国家出版基金项目
NATIONAL PUBLICATION FOUNDATION

# 华北抗日根据地及解放区文艺大系

陈晋 郑恩兵 主编

# 《晋察冀日报》文艺文献全编

## 文艺评论

### 第三卷

杨程 编

河北出版传媒集团
河北教育出版社

图书在版编目（CIP）数据

《晋察冀日报》文艺文献全编．文艺评论．第三卷／杨程编．－－石家庄：河北教育出版社，2023.12

（华北抗日根据地及解放区文艺大系／陈晋，郑恩兵主编）

ISBN 978-7-5545-7670-0

Ⅰ．①晋… Ⅱ．①杨… Ⅲ．①文艺－作品综合集－世界－现代②艺术评论－中国－现代－文集 Ⅳ．①I11②J052-53

中国国家版本馆 CIP 数据核字（2023）第 043820 号

| 书　　名 | 《晋察冀日报》文艺文献全编·文艺评论·第三卷 |
|---|---|
|  | JINCHAJI RIBAO WENYI WENXIAN QUANBIAN WENYI PINGLUN DI-SAN JUAN |
| 编　　者 | 杨　程 |
| 责任编辑 | 王　莉 |
| 装帧设计 | 郝　旭 |
| 出　　版 | 河北出版传媒集团 |
|  | 河北教育出版社　http://www.hbep.com |
|  | （石家庄市联盟路705号，050061） |
| 印　　制 | 石家庄众旺彩印有限公司 |
| 开　　本 | 787毫米×1092毫米　1/16 |
| 印　　张 | 23.25 |
| 字　　数 | 290千字 |
| 版　　次 | 2023年12月第1版 |
| 印　　次 | 2023年12月第1次印刷 |
| 书　　号 | ISBN 978-7-5545-7670-0 |
| 定　　价 | 138.00元 |

版权所有，侵权必究

# 丛书编委会

**顾　问**
陈平原　刘跃进　王长华　李　扬

**编委会主任**
吕新斌

**编委会副主任**
彭建强　孟庆凯　刘　月

**主　编**
陈　晋　郑恩兵

**副主编**
董素山　向　回　汪雅瑛

**编　委**（按姓氏笔画排序）
马春香　王少军　田浩军　包来军　吉　喆　刘书芳　刘贵廷
关小彬　杨　程　杨春生　宋少净　张　辉　张川平　赵　华
高露洋　郭义强　阎晓宏　梁晓晓

# 编纂说明

在中国共产党百年发展历程中，文艺始终是党领导人民开展进步事业的有机组成部分，是党在各个历史时期的中心工作的实时反映和重要推动力量。"华北抗日根据地及解放区文艺大系"，是一部全面展示抗日战争和解放战争时期华北地区党的历史创造、奋斗风采和形象建构的大型革命历史文艺文献丛书，对于深入研究华北地区革命文艺史、红色新闻史，弘扬伟大建党精神、梳理中国共产党人精神谱系，是必不可少的第一手资料，是我们在新时代坚定树立文化自信的重要思想资源。

## 一、编纂缘起

抗日战争及解放战争时期，华北地处各方政治与文化力量激烈博弈的前沿，这种特殊政治、军事、文化、地理环境中产生的革命文艺，具有鲜明的地域性特征，是五四新文化运动以来的革命文艺发展史上的突出标识。

但一直以来，由于史料文献整理不足，对华北抗日根据地及解放区文艺的研究，始终未能深入，其独特的地域性实践价值和蕴含的文化创新意义被严重遮蔽。这些史料文献主要以党报党刊的形式呈现，梳理汇编这些党报党刊中的革命文艺史料，借之以探索华北革命文艺的发展路径、发展方向、创造机制和创新经验，是深入贯彻习近平总书记关于"把红色资源利用好、把红色传统发扬好、把红色基因传承好"，"用好红色资源、赓续红色血脉"等系列重要讲话精神的有力举措，也是新时代文艺研究者不可推卸的责任。

2017年6月左右，我们去中国社科院文学所拜访时任所长刘跃进先生，协商合作研究事宜，寻求中国社科院文学所的帮助。请教过程中，刘先生建议我们结合地方特色，做好地方红色文艺文献的搜集整理与编纂出版工作。经过一段时间筹备，2017年底，我们以"河北红色经典系列丛书"为名，正式申报"2018年度河北省省级宣传文化发展专项资金"项目并成功立项，旨在通过选定刊行河北红色经典作品、梳理汇编河北红色经典研究资料、系统阐述河北红色经典发展历史等基础性工作，打造一个集大成式的河北红色经典文献资料库。

项目最初设计共二十四卷，包括六大板块：《河北红色经典史》一卷、《河北红色文艺作品选》六卷、《河北红色经典作家作品索引》三卷、《河北红色经典研究资料汇编》四卷、《〈晋察冀日报〉副刊文学作品全编》六卷、《晋冀鲁豫抗日根据地文艺作品及〈新华日报〉太行版文艺作品汇编》四卷。但在项目实施过程中，我们充分吸收专家意见，认为网络时代和大数据背景下的科研活动有了很大变化，《河北红色经典作家作品索引》与《河北红色经典研究资料汇编》的编纂工作，在当前学术生态中价值不大，并予以取消。同时，在项目实施过程中我们发现，《晋察冀日报》《人民日报》等党报除刊发大量文艺作品外，还有大量记录边区文艺工作者行迹，反映边区戏剧、音乐、文学、美术、舞蹈、曲艺活动与报刊书籍出版发行等各方面情况的文艺史料，以及体现我党文艺方向、方针变化的政策文件与重要领导讲话，是华北地域党和人民对敌作战的重要宣传武器，更是飘扬在华北地区军民心中一面旗帜。这些史料是华北地域革命文艺发生、发展与壮大的真实记录，对我们正确认识革命文艺的特点与历史地位有重要的决定性作用。

为此，我们精心整理了《〈晋察冀日报〉文艺文献全编》《晋冀鲁豫〈人民日报〉文艺文献全编》《〈晋察冀画报〉文艺文献全编》《晋察冀日报社人物志》（共五十一卷），同时收入全国抗战时期和解放战争时期与河北地域相关且被广大群众所喜爱并广泛传唱的红色文艺作品，结集为《河北红色文艺作品选》（共六卷），至此形成丛书目前的五大板块，而且将名称由"河北红色经典系列丛书"改为"华北抗日根据地及解放区文艺大系"，方便以后在此基础上做进一步拓展。

## 二、地域范围及文艺特质

华北抗日根据地包括当时山东、河北、山西、察哈尔、绥远、热河全部及豫北、苏北、皖北部分地区，分晋绥、晋察冀、晋冀豫、冀鲁豫、山东五大块。1941年，冀鲁豫合并到晋冀豫，称晋冀鲁豫。其中晋察冀抗日根据地作为开辟最早、地域最大、人口最众的模范抗日根据地，是华北抗日根据地的坚强堡垒，牵制和抗击了三分之一以上的华北日军和二分之一的伪军。

在河北及其邻省周边地区开辟与创建华北抗日根据地，是红军长征到达陕北之后党中央迅速做出的重大战略决策。这些根据地地处对日武装斗争最前线，不仅打开了抗战的新局面，成为华北敌后抗战的主战场，而且进行了新民主主义社会的实践探索，对解放战争的历史进程产生了巨大影响，成为我党开辟东北解放区的前进基地和逐鹿中原的战略后方。随着抗日根据地的开辟，延安文艺工作团、西北战地服务团、东北促进纵队干部队、八路军总政治部前线记者团等大批文艺工作者，随同党政干部一道陆续抵达华北，东北、平津的青年学生也纷纷冒着生命危险来到边区。他们一手拿枪，一手拿笔，深入农村与抗战前线，切身体会工农兵的生活，深刻了解工农兵的需求，从而根本上克服了艺术至上主义思想倾向。所以，华北抗日根据地及解放区文艺，既响应了伟大的民族抗战对文学艺术提出的时代要求，亦充分兼顾到广大人民群众的接受习惯和欣赏水平，真实地反映了华北人民火热的战斗与生产生活。很多作者本身就是农民、战士或基层工作者，他们把自己的经历和熟悉的人和事，通过小说、戏剧、诗歌、报告文学、歌曲、绘画、舞蹈等文艺样式记录下来，语言通俗平实，富有生活气息。由于产生于特定时代、特定区域而又适应特定需要，故而无论是题材、语言还是风格，在体现革命大众文艺共性的同时，又具有强烈的华北地域特性。

华北抗日根据地及解放区文艺的繁荣发展，是专业文艺工作者与工农兵群众共同创造的结果。人民群众不仅是革命文艺运动的主导主体、推进主体、受益主体，还是一切成败得失的评判主体。华北抗日根据地及解放区文艺，归根结底，是"以人民为中心"的文艺。

## 三、学术价值

今天的河北在抗日战争、解放战争时期是晋察冀、晋冀鲁豫两大根据地的中心区域，有着悠久的革命历史传统和丰厚的红色文化底蕴。据不完全统计，抗日战争和解放战争期间，仅晋察冀边区专区以上就办有报刊四百余种,编印图书五百余万册。如果将这种统计扩大到环绕河北的整个华北抗日根据地及解放区,时间扩展至从中国共产党成立到中华人民共和国成立,数据更为可观。这些红色图书、报刊的出版发行,团结了一大批来自全国各地的著名革命文艺家和专业文艺工作者,其中有大量文艺相关信息,是研究近现代中国革命文艺的重要史料。但因受当时物质条件及复杂局势影响,它们传播范围有限,保存困难,如今已普遍出现老化或损毁现象,面临着消失、断层的危险。

长期以来,由于对抢救、整理和利用红色文艺文献的意义认识不足,现行的科研评价、出版机制亦难以有效刺激科研工作者积极从事老旧报刊等红色文艺文献的系统整理,大量有待整理的红色文艺文献尚未进入学界的视野。特别是华北抗日根据地及解放区的文艺文献,有很多甚至还是学术盲区。如《冀中导报》《救国报》《边政导报》《冀南日报》《团结报》《前进报》《新察哈尔报》《冀热察导报》等各类党报,以及《冀热辽画报》《冀中画报》《北方文化》《五十年代》《新长城》《新群众》《诗建设》《诗战线》等期刊,虽有部分学者对其办报(刊)历程、思想以及传播等方面予以研究,但均无系统的文艺文献整理本。"华北抗日根据地及解放区文艺大系"整理的《晋察冀日报》、晋冀鲁豫《人民日报》、《晋察冀画报》,是当时华北抗日根据地及解放区党报党刊的典型代表,是党的理论和实践同文艺结合的主要媒介和载体,是华北革命文艺重要的传播平台。这些报刊,既客观记录了华北革命文艺的传播与发展,也完整展现了华北革命文艺的特殊使命与风格特征,具有极其重要的史料价值。在此基础上,我们还会将视角延伸到《晋绥日报》《新华日报·太行版》《新华日报·太岳版》等党报,不断地充实这套大型文献史料丛书,以此来系统建构华北抗日根据地及解放区的"文艺史料学"。

## 四、丛书特色

这套丛书的编纂，主要以抗日战争及解放战争期间华北境内各根据地、解放区出版、发行、制作之图书、期刊、报纸等红色文献中的文艺资料为内容。编纂特色主要包括：

（一）抢救珍贵历史文献，弘扬伟大建党精神。

华北抗日根据地及解放区的红色文献发行于条件艰苦的战争年代，数量少，印制质量粗糙，历经岁月的洗礼，留存下来的品相完好者已经很少，有些到今天已成孤本。这些文献作为特定历史时期和区域的产物，见证了中国共产党领导华北人民争取民族独立和人民解放的伟大历程，反映了华北近代社会的巨大变化，蕴含着珍贵的史料价值和鉴往知来的现实意义，是中国共产党领导的文艺事业、新闻出版事业与意识形态建设发展的历史见证。它们诠释了党的初心和使命，蕴含着坚定的理想信念与崇高的革命精神，到今天仍然具有强大的感染力与说服力，是陶冶情操、磨炼意志，走好新时代长征路的有效精神资源。抢救性搜集、整理与研究这些珍贵历史文献，有利于增强党政干部政治信仰，弘扬伟大建党精神和践行社会主义核心价值观。

（二）文艺与党史密切融合，拓展革命文艺与党史研究的新视野。

革命文艺作品的创作、发表和传播，和党的历史任务和奋斗实践是分不开的。在艰苦卓绝的革命岁月，奋斗前行的中国共产党始终强调，既要拿"枪杆子"，也要拿"笔杆子"。革命的文艺工作者，一手拿枪，一手拿笔，深入农村与抗战前线，以人民大众易于接受和欣赏的形式，宣传党的政策，推行党的方针，为中国共产党顺利完成不同历史阶段的中心任务和伟大使命发挥了独特而重要的作用。本套丛书收入的文献史料，主要是抗日战争与解放战争时期党报党刊中的文艺作品与文艺史料，它们鲜明生动地体现了党的历史，党领导人民争取民族独立、人民解放的奋斗历程和精神面貌，从而为学界从文艺角度研究党史和从党史角度研究文艺提供了有力支撑。

（三）作品汇编与史料梳理并行，还原革命文艺的历史场域。

"华北抗日根据地及解放区文艺大系"的编纂，全面辑录华北抗日根据地及解放区党报党刊上刊登的诗歌、小说、戏剧、报告文学、散文、歌曲、版画等文艺作品，并系统梳理当时文艺发生、发展、传播以及社会各界文艺活动的各类消息和报导，同时选编了大量的河北红色文艺作品作为补充。这种文艺史料与文艺作品的配合整理，还原了革命文艺的历史场域，有利于构建对革命文艺的科学认识。

## 五、丛书内容

（一）《〈晋察冀日报〉文艺文献全编》共三十八卷：

诗歌三卷

戏剧一卷

小说二卷

文艺评论三卷

文艺史料九卷

外国文艺二卷

散文报告文学十七卷

歌曲版画一卷

（二）《晋冀鲁豫〈人民日报〉文艺文献全编》共十一卷：

诗歌一卷

戏剧、小说、文艺评论一卷

散文报告文学五卷

文艺史料四卷

(三)《〈晋察冀画报〉文艺文献全编》一卷

(四)《晋察冀日报社人物志》一卷

(五)《河北红色文艺作品选》共六卷：

诗歌一卷

戏剧一卷

散文一卷

小说三卷

## 六、编纂体例

(一)整套丛书题材丰富、门类众多，在体裁上不做强行统一。

(二)丛书中所录作品均为当年报刊发表的原文。为确保丛书的文献性、学术性、专业性和资料性，丛书编辑加工的总原则为保持文献原貌，内容上不做改动。

(三)文字的使用

1. 丛书中文字的使用以2013年教育部、国家语言文字工作委员会公布的《通用规范汉字表》为准。

2. 丛书中的古体字、通假字、俗体字，以及所涉及姓名字号、职官地理等专用字，均予保留。

3. 丛书原文字迹模糊残损，但仍可辨认或可依上下文校正，以字外加方框"囗"表示；原文缺字或无法辨识，且无法校补，每字以一个方框"□"表示；如无法统计所缺字数，则以"⊠"表示。

4. 丛书中数字的使用，保持原貌。

（四）标点符号及其他符号的使用

1. 丛书在不改变原文意义的情况下，将旧式标点改作现行标点符号。

2. 丛书原文中出现代表文字的符号，如"×""△""○""▲"等，保持原貌。

3. 丛书原文中的着重号、专名号等不再保留。

（五）其他

1. 丛书原文中的注释，保持原貌；编者亦出部分注释，供读者参考。

2. 因为原始文献本身产生于战争年代，保存不易，漫漶不清处较多，丛书疏误之处在所难免，希望专家读者批评指正。

## 七、鸣谢

本套丛书得以顺利面世，要特别感谢中共河北省委宣传部、河北省社会科学院、河北教育出版社的资金支持，以及北京大学陈平原教授、中国社科院文学所刘跃进研究员、南开大学文学院李扬教授、河北师范大学文学院王长华教授等，为丛书编纂提供了多方面的学术支撑；晋察冀日报社老报人及报史研究会诸位老师，中国社科院文学所现代室、中国丁玲研究会、中国现代文学馆各位专家，也在丛书编纂过程中提出了许多建设性意见；院内外的数十位年轻科研工作者，在原文录入和校对方面付出了艰辛劳动，确保了项目的顺利进行。在此一并致谢。

# 把艺术交给大众（代序）
## ——祝贺"华北抗日根据地及解放区文艺大系"结集问世

**中国社会科学院　刘跃进**

由河北省社会科学院文学研究所编纂、河北教育出版社出版的"华北抗日根据地及解放区文艺大系"结集问世，值得庆贺。

文艺是时代前进的号角。1937年7月7日，卢沟桥事变爆发，全面抗战由此而起。广大的爱国知识分子和青年学生，表现出同仇敌忾的民族气节，走出书斋，走出校园，用知识，用智慧，用不屈的精神力量唤醒民众，用实际行动担负起抗日救亡的历史重任。在此后的岁月里，延安文艺和华北抗日根据地及解放区文艺，是中国共产党领导下的两大主体，双峰并峙，展示着那个时代的风貌，引领了那个时代的风气。

随着抗日根据地的开辟，延安文艺工作团、西北战地服务团、东北促进纵队干部队、八路军总政治部前线记者团等大批文艺工作者，随同党政干部一道陆续抵达华北，东北、平津的青年学生也纷纷冒着生命危险来到边区。他们一方面积极创作大量街头剧、活报剧、街头诗、墙头小说、木刻版画、歌曲、舞蹈等革命文艺，开展抗日救亡宣传运动；一方面也通过开办文艺干训班，开展各行业、各阶层甚至全民的文艺创作与评选活动，吸引工农兵群众加入文艺队伍，掀起了"晋察冀一周""冀中一日"等具有深化性质的群众写作运动，以及"创造模范村剧团""穷人乐"等群众戏剧运动，为晋察冀文艺史添上了浓墨重彩的一笔。

说到这里，我想起2009年参加《北平学生移动剧团团体日记》捐赠仪式的一段往事。从1937年到1938年，在中国抗战史上唯一以大学生组成的"北平学生移动剧团"在长达一年半的时间里，历尽艰难，转辗于国民党第五战区的各个战场，演出话剧，创办报纸，宣传抗日，鼓舞斗志，谱写出响彻云霄的时代赞歌。移动剧团的成员每人一周轮流记述，用日记形式记录了那段不平凡的岁月，《北平学生移动剧团团体日记》就是这部历史的记录。它不是写给个人看的私密记录，也不是为将来面世扬名。作者完全出于一种历史责任，真实客观地记录了那段鲜为人知的历史，体现出强烈的史家意识。日记封面上有这样一段题记，"北平学生移动剧团·愿我永恒·中华民国二十七年二月二十三日始·璧华"。孤立地看这部日记，也许没有什么轰轰烈烈的战斗业绩，也没有什么感人肺腑的情感纠结。客观、平实是它的本色，正是这种本色，为那个历史年代留下一段真实。"北平学生移动剧团"的抗日活动，是文艺工作者投身抗日洪流中的一个历史缩影。

随着抗战的胜利，察哈尔省会张家口解放，晋察冀文协、晋察冀剧协、晋察冀音协、晋察冀美协、晋察冀通讯社、晋察冀边区剧社、晋察冀日报社、晋察冀画报社等文化团体随中共晋察冀中央局和军区领导先后开赴华北根据地，一大批文艺工作者也随之来到华北，开展丰富多彩的文艺活动。他们坚持毛泽东《在延安文艺座谈会上的讲话》中指出的方向，一手拿枪，一手拿笔，深入农村与抗战前线，既为切身体会工农兵的生活，也为深刻了解工农兵的需求，从而在根本上克服了自身相当普遍和严重的艺术至上主义思想倾向，为工农兵而创作，为工农兵所利用，以人民大众易于接受和欣赏的形式，普遍写人民大众的生产战斗故事。譬如左翼作家邵子南，于1938年10月随西战团到晋察冀，主持战地社日常工作，主编《诗建设》；1943年整风运动后，他到阜平任小学教员，在反"扫荡"中与群众、民兵一起转移、战斗，还直接在五丈湾跟随李勇的游击组对日寇展开地雷战；1944年5月随团回延安，在鲁艺任教，后调陕甘宁文协搞专业创作，开始大量创作反映晋察冀边区生活的小说。他以亲身体验为基础创作的短篇小说《李勇大摆地雷阵》（后改为《地雷阵》），运用阜平农民群众的语言，以口语化方式讲述了爆炸英雄李勇的抗日故事，明显吸取了民间说唱文学的优点，特别是在白话叙述中还插入不少快板式的韵白，更适合群众的喜好，因而在当时广为流传，家喻户晓，起到了很大的宣传鼓动作用。其他作品，如《荷花淀》《太阳照在桑干河上》《漳河水》《赶车传》《王九诉苦》《孟祥英翻身》《新儿女英雄传》《白求恩大夫》《我的两家房东》《穷人乐》《李殿冰》《戎冠秀》《没有共产党就没有中国》《团结就是力量》《没有土地的人们》《白毛女》等，都是成功的文艺典范，在现代中国文学史上占据比较重要的位置。

在华北抗日根据地及解放区的文艺创作成果中，还有数以万计的文艺作品和极具研究价值的文艺史料刊发在根据地及解放区所办的报刊上。很多作者，本身就是农民、战士或基层工作者。他们把自己的经历和熟悉的人和事，通过小说、戏剧、诗歌、报告文学、歌曲、绘画、舞蹈等文艺样式记录下来，语言通俗，富有生活气息。人民既是历史的创造者，也是历史的见证者；既是历史的"剧中人"，也是历史的"剧作者"。让故事中的人物自己编词、自己表演的创作方式，很好地反映出人民的心声，并让人民群众从生动活泼的艺术作品中得到教育，这确实是一个成功的尝试。

配合党的中心工作，"把艺术交给大众"，通过文艺唤醒大众，这已成为华北文艺工作者的自觉意识。他们积极响应伟大的民族抗战对文学艺术提出的时代要求，充分兼顾到广大人民群众的接受习惯和欣赏水平，创作了大量的作品，真实地反映了燕赵儿女火热的战斗与生产生活，起到了良好的宣传教育与鼓动激励效果。刘萧无编排新闻报道剧《李殿冰》，编剧与演员一起住到李殿冰家里，以便于熟悉主人公的生活，搜集真实生动的群众语言，还模仿他们的动作，理解他们的心理，甚至还让主人公李殿冰等直接参与剧本的修改和编排。描写群众的生活，邀请群众参与创作，这是当时文艺工作者走群众路线的生动体现。该剧演出后获得当地老百姓的极大赞赏，鲁中实验剧团还专门学习该剧的创作方法，创编了三幕五场话剧《过关》。艾思奇《前方文艺运动的新范例》更是誉其开创了前方文艺的新范例。抗敌剧社的《王老三减租小唱》、冀中火线剧社的话剧《我们的母亲》，也都具有这种特色。

这些文艺作品，可能略显仓促，有的甚至急就于战火中，所以在素材提炼、人物形象塑造以及语言的使用、细节的刻画等方面还有很多不足。但是，这不是一般意义上的创作，而是燕赵大地为争取民族独立、人民解放的集体记忆和行动号角，是中国革命事业的重要组成部分。华北抗日根据地及解放区的文艺，有很多这样未经沉淀的纪实作品，不管其艺术性如何，但在发动群众、组织群众、铸就抗击日寇和国民党反动派铜墙铁壁方面，发挥了无可替代的作用。20世纪五六十年代，河北地区涌现出大量的红色经典，便是华北抗日根据地及解放区文艺的传承和发展。

2017年6月，河北省社科院文学所郑恩兵所长来京与我们协商合作研究事宜。我根据所了解的信息，建议他们结合地方特色，做好地方红色文艺文献的搜集整理与编纂出版工作。"华北抗日根据地及解放区文艺大系"就是那次商讨的成果。全书由五个部分组成：第一部分为《晋察冀日报》文艺文献全编，第二部分为晋冀鲁豫《人民日报》文艺文献全编，第三部分为《晋察冀画报》文艺文献全编，第四部分为晋察冀日报社人物志，第五部分为河北红色文艺作品选。全书收录各种文体的作品六千余种，包括小说、诗歌、文艺评论、戏剧、报告文学、散文、文艺通讯、美术、书法和音乐、文艺史料，还有文艺信息、文艺广告，基本涵盖了华北抗日根据地及解放区的文艺创作情况，具有很高的研究价值。

时值中华人民共和国成立七十五周年之际，我们有机会阅读这部皇皇五十余册的"华北抗日根据地及解放区文艺大系"，更加深切地感受到新中国的建立真是来之不易，她是无数条战线的可歌可泣的人们不懈奋斗的结果。在这样一个特殊的日子里，我们感念当年那些有名无名的作者，感谢参与整理工作的学者，当然，更要感激我们这个伟大的时代。

# 目录

《王秀鸾》的现实性 ………………………………………… 1
看了头一个晚会 ……………………………………………… 7
看了《苏州城》以后 ………………………………………… 10
黑板报 ………………………………………………………… 13
《白毛女》观后感 …………………………………………… 18
对在延展出的留渝木刻家作品的印象 ……………………… 21
《白毛女》观后记 …………………………………………… 24
《白毛女》的演出教育了我们一些什么 …………………… 29
《白毛女》观后 ……………………………………………… 31
"门外谈剧" …………………………………………………… 33
看了电影《肉》后 …………………………………………… 37
试谈绘画 ……………………………………………………… 40
到群众中去 …………………………………………………… 44
漫谈《子弟兵与老百姓》 …………………………………… 46
《八年见青天》观感 ………………………………………… 50
关于搜集材料与新闻写作 …………………………………… 52
悼 T. 德莱塞 ………………………………………………… 58
谈谈木刻画 …………………………………………………… 61
介绍秧歌剧 …………………………………………………… 65
介绍《真假李板头》 ………………………………………… 68
门外汉的感想 ………………………………………………… 70
关于创作中的地方色彩及其他 ……………………………… 72

| | |
|---|---|
| 关于鲁迅的遗族与遗书 | 76 |
| 木刻画的欣赏 | 78 |
| 介绍茅盾先生的《腐蚀》 | 80 |
| 工专秧歌观后 | 86 |
| 关于《戎冠秀》 | 89 |
| 继承五四传统 | 92 |
| 介绍伊林和他的作品 | 96 |
| 读诗杂感 | 108 |
| 《戎冠秀》创作经过 | 114 |
| 扮演戎冠秀杂记 | 118 |
| 笔的总动员 | 122 |
| 从读者中来到读者中去 | 124 |
| 评《王秀鸾》的演出 | 126 |
| 谈《王秀鸾》的演出 | 129 |
| "秀才"参政 | 131 |
| 《夏伯阳》 | 134 |
| 生动的群众语言 | 136 |
| 《夏伯阳》观后感 | 138 |
| 友谊的援助 | 140 |
| 旧剧界的今昔观和今后的任务 | 142 |
| 漫谈旧剧与剧人 | 143 |
| 旧戏新话 | 145 |
| 漫谈连环图画 | 148 |
| 谈大众文艺 | 151 |
| "假如敌人不投降——消灭他！" | 155 |
| 《腐蚀》读后感 | 160 |

《克隆斯达海军》观后感 162
文字的浪费 164
关于主题 165
略谈《忍让》 167
新英雄主义 169
答马彦祥先生所问 171
关于《在炮火里诞生》 173
寿阳的壁画运动 174
《碑》 177
评《略谈〈忍让〉》 179
关于文艺作品的朗读 181
略谈《虹》 183
向恩尼·派尔学习什么？ 186
《忍让》之我见 189
再谈《忍让》 191
论典型环境与事件 194
走向人民文艺 198
评《李三娘》 202
《春夜》读后感 204
谈《歌声泪痕》 207
看了《李三娘》，我同情谁？ 208
纪念伟大的人民音乐家——聂耳同志 209
我怎样写《春夜》的？ 212
《逼上梁山》评介 214
不要把自己的作品偶像化 217
画上街头 219

《大报仇》 …… 220
大众的鲁迅与鲁迅的普及 …… 224
光辉的旗帜 …… 226
崇高的革命友情 …… 228
读《地板》 …… 231
平剧改造运动杂谈 …… 234
从《李三娘》说起(影评) …… 243
战斗的歌手,人民的歌手 …… 246
介绍文学名片《莱蒙托夫》 …… 249
官场学者的脸 …… 252
要承继鲁迅的文艺传统 …… 256
鲁迅先生的"博"和"专" …… 258
关于《鲁迅思想研究》(书评) …… 260
关于社会新闻 …… 262
谈解放区文艺 …… 264
文艺怎样"为兵服务" …… 267
读《狗尾巴醒了》 …… 269
"板话"及其他 …… 270
关于政治诗 …… 272
"滦州影" …… 275
编者的话(副刊第九十三期) …… 277
改进我们的通讯和报纸 …… 279
关于写作 …… 283
鲁迅文章难懂辩 …… 284
《三打祝家庄》介绍 …… 287
读《马秀英献田》后 …… 290

读《李有才板话》 ………………………………………… 295
诗话 …………………………………………………………… 297
关于《夜半歌声》 ………………………………………… 300
谈灯影 ………………………………………………………… 302
关于民间文艺 ……………………………………………… 303
《少年鲁迅读本》读后 …………………………………… 304
保卫莫斯科的雄狮是怎样训练的 ……………………… 307
把尖利的画笔刺向中外反动派 ………………………… 310
短些,再短些! ……………………………………………… 313
读了一首诗 ………………………………………………… 315
关于《李有才板话》 ……………………………………… 317
为新的农村着色 …………………………………………… 320
新华总社对各解放区新闻工作的几点口头意见 …… 324
谈文艺问题 ………………………………………………… 329
学习新作风 ………………………………………………… 336
钢铁三大队的墙报是怎样办好的 ……………………… 338
反对客里空作风,建立革命的、实事求是的新闻作风 … 341
改造我们的党报 …………………………………………… 345

# 《王秀鸾》的现实性

郑佳 柳荫

在《王秀鸾》刚刚上演的前两天,曾写过一篇《王秀鸾评介》,重点是放在介绍剧情上面的,文末也附带对剧作和演出提了几点意见。因受篇幅限制,意见不够具体、明确倒是真的。之后,获得重看《王秀鸾》的机会,愿单就剧作再补充一些意见。(至于演出,因前哨剧社努力很大,效果很好,不再特别写它了。)一方面,和同志们研究、讨论;另一方面,也可以让不熟悉边区的观众,借此,更多地了解一些根据地的现实,和《王秀鸾》一剧的现实性,就是它所反映边区当时的现实,究竟到达什么程度?

《王秀鸾》一剧的现实性,到底怎样呢?

我们以为,想要弄清楚这个问题,是无妨着重从作者对于主题的把握和人物的处理上来讨论起的。

《王秀鸾》的主题是作者通过王秀鸾这一英雄人物,表现一九四四年冀中平原抗日民主根据地的妇女,经过五一大"扫荡"以后将近两年极端残酷的敌祸天灾,在共产党和民主政府领导下,所引起的伟大觉醒与参加生产的热情。同时,并以王秀鸾这一英雄人物为中心,反映冀中平原抗日民主根据地的群众——特别是妇女群众的追求自力更生,涌向生产战线,坚持对敌斗争及其最后所必然引起的结果——人民生活的实际改善和妇女社会、政治地位的真正提高。(在前哨剧社演出说明书上,写着《王秀鸾》这件事情是发生在一九四三年,恐怕是一个误会,因为无论是边区的大生产运动,无论是群英大会,都应该是一九四四年的事。)

无疑的,《王秀鸾》在这一主题的表现里,是有着它的很大成就的一面：

在十三场整个的戏剧里，不少地方，所描绘出来的画面，是非常真实而动人的——有的时候叫人憎恨（老太婆在敌祸天灾下，丧失生活信心，好吃、懒做、赌钱、逼走儿子、虐待儿媳，闹得一家人东逃西散……）；有的时候叫人感奋（老太婆母女逃避现实，流浪在外，险遭汉奸毒手，而王秀鸾母子都一直面对着残酷的现实，忍辱负重、坚决顽强，不分昼夜地参加生产和担负抗日工作……）；有的时候叫人欢欣鼓舞（村政权对穷人的关怀，乡亲们对穷人的帮助，王秀鸾的劳动热情、耕作的辛劳、收获的愉快，和劳动英雄的光荣……）；有的时候又叫人深刻地回味起根据地军民关系的亲切（丈夫参加八路军，妻子送慰劳品、做军鞋，秘密通信员……）；再加上不时给人以哀婉爽朗的歌曲、优美朴素的舞蹈、活泼诙谐的村民生活的插话，还有鸡鸣声、牲畜吼叫声、水井的辘轳声……尤能使人引起一种对于劳动的渴望，和对于老根据地农村生活的怀念与向往！

作者对于戏剧主人公的描写，正如他对于主题的表现，同样是获得了很大成功的一面的。作者把王秀鸾写成："中国农村最能受苦、最能忍耐的妇女的代表。在求解放的斗争面前，她就是最坚决、最顽强的代表。"（见《王秀鸾评介》）正因为作者是比较好地把握了王秀鸾这一典型妇女性格的本质，而且比较细致地写到戏剧里面去了，所以不仅能在戏剧里"敬服了"（感化了）显得极端落后的婆婆，使其转变；也同样能在剧场里感动了她的成百成千的观众为之下泪！

除过王秀鸾母子和老太婆母女以外。作者对于其他一些人物的选择和处理，显然也是费过很大斟酌的。如：张店臣（长期住敌占区不完全了解根据地的商人）、张四保（忠实可亲的村干部）、三秃子（解放了的青年贫农）、王秀鸾的丈夫（勤劳谨慎，开始在政治上还很落后的青年农民）、妇救会主任和她的同伴（追求进步自由愉快的青年妇女）……在每一个人物身上,我们都能找到他自己的个性,而每一种个性,又都代表着根据地一定类型人物的性格。同时,在每一个人物的发展变化上,也都一般地合于现实的规律,如:老太婆这人,无论她如何落后,经过现实严厉的磨炼,便不能不回心转意,和儿媳一块,来过那节俭辛勤的日子;张店臣在敌占区失业了,看到边区人民欣欣向荣的富裕生活,随即宣布自己永远不离开边区,参加劳动;王秀鸾的丈夫参加了八路军后,也终于变成了一个英勇坚强的革命战士;三秃子、青年妇女等人,从此更加爱好劳动;在整个人民生产热潮中,张四保这位村干部的工作,也一天天地更加显得活跃了……

总起来说,《王秀鸾》的现实性,表现在作者对于主题的把握和人物的处理上,其所有成就的地方,都是异常值得我们珍贵的。它是边区数年来剧作中一个比较杰出的产品,从它的内容到形式,都是非常易于被群众接受,为老百姓所喜见乐闻的。不给它以充分的估价,就无法了解,为什么在它刚刚问世以后,马上便被冀中区广大群众普遍地上演起来,并很快地推动着广大群众——特别是妇女群众,或者是开始,或者是更加起劲地拿起锄头跑到田野中去。

那么,《王秀鸾》的现实性,其表现不够的地方,又在哪里呢?

我们认为,主要的,就是"在剧本的取材上,有些地方,对我根据地的力量,还有表现不足之处"。(见《王秀鸾评介》)戏剧的构成,本来是以"向敌祸天灾,所做顽强的拼死斗争的生活经验……来描绘成的一个女劳动英雄的故事"的(见前哨剧社演出说明书),戏里对于向自然的斗争,是着重地描写了的,而对敌斗争的分量就显得有些太轻了。

这些缺点,是很明显的。

根据所知,冀中区在一九四二年五一大"扫荡"以后,环境是极其残酷,敌我斗争是非常尖锐的。作者在戏剧上也描写了这一环境的特点,例如:故事本身是发生在冀中平原靠近敌人岗楼的一个村庄里,时间经历了春夏秋三个季节的过程。直到夏季敌人岗楼撤退以前,在村庄里,群众不敢大声唱歌,干部不能公开活动,敌人不时出扰,粮食、牲口、家具常常遭到抢掠破坏;而同时,我们的抗日工作却一直在坚持进行着,区小队、八路军时常来往,村里有着一整套秘密的抗日组织……是的,作者对于这一环境,在有些地方的描写上,的确是比较真实而周到的。遗憾的是,作者并没有能把这残酷的环境与尖锐的对敌斗争,和"生产"的主题始终密切地联系在一起:村民突击生产,大家帮助王秀鸾集体耕作,都仅仅成为一种"生产热情"的表现,其中并没有防备敌人破坏群众生产的顾忌;从王秀鸾等人送粪耕地一场,很少看出有什么是游击区环境残酷(如本剧第三场所表现者)的气氛。夏天,敌人岗楼撤退以后,除了用三秃可以大声唱"战斗生产"表现了一下群众情绪的提高以外,对于村民的生活与生产,竟无其他较为突出并为作者着重指出的直接反响,这一点,恐怕就更加值得我们考虑。按一般情理,凡是临近敌人岗楼的村庄,人们的生活情绪,对于敌人岗楼的撤退或被拔掉,是得发生一种极大的变化和波动的。在一个村庄的小范围说,真不亚如一个小型的抗战胜利。原因是,敌人直接的威胁消减或减小以后,村民可以大大喘一口气,比较能够放心大胆地进行生产,而不至于时时刻刻担心敌人的掠夺破坏了。另外,敌人的抢掠勒索减少,人民负担大大减轻,生产能力就可以大为提高起来。如此,单是用一个极简单的场面表现一下村民情绪,当然是非常不够的。秋收时就简直是天下太平了。村边的岗楼虽撤了,但冀中区仍是处在战斗中,而在戏剧里,连一点防备敌人抢粮"扫荡"的警惕性都没有。战斗的环境、战斗的生活、战斗的情绪,不管采取什么形式,都会深深地渗透进到生产活动的每一个行动、每一个段落中去，对于当时冀中区的群众来说，将是没有例外的吧。而作者忽略了这一点，以致影响到戏剧的现实性，影响到戏剧反映现实的宽度和深度，这是第一件令人可惜的事！

另外，我们还不应该忘记，王秀鸾和她的乡亲，是在边区党政军民普遍开展大生产运动的情况下，参加和进行生产的边区人民。以北岳区为代表，自一九四四年始，有组织地展开了轰轰烈烈的大生产运动，边区面貌因此为之一新：生产战斗高度地结合起来，用战斗保卫生产，生产又大大地推动了战斗；成千成万的公私个体劳动力，都在毛主席"组织起来"的号召下，结成各种劳动互助组织，实行"生产制度上的大革命"；党政军民的工作干部，都以亲自学习和领导群众生产为己任。

自然，我们知道，在冀中区，由于战斗频繁、环境残酷，大生产运动在一九四四年，并没有很好地普遍地展开，因此，在戏剧里，除了如上所述，战斗环境未能与"生产"主题紧密联系，应该算作缺点外，其他，如所表现的劳动互助是仅限于三秃子"代耕团"的一种前期形式，王秀鸾的纺线组仿佛完全是由她自发组织的，没有谁来具体领导和帮助，诸如此类，看来也还是当时冀中情况的真实反映。不过，如果我们要进一步求于戏剧，要它具有对现实的前进的推动作用时，就不免要要求作者最好不以冀中的现实为满足，最好能站在比冀中现实更高的地方，通过戏剧情节，巧妙而明确地指给戏剧的主人公——王秀鸾，也就是指给广大观众一条鲜明的前进的道路，那就是边区人民，以北岳区为代表，所已走过的"组织起来"、战斗与生产、干部与群众高度结合的道路，而作者好像也没有能来得及照顾到这一点，以致影响到戏剧对观众更大的教育作用，减弱了戏剧的影响，这是第二件令人可惜的事！

最后，让我们只举出一个例子，来说明在戏剧里面有些对我根据地力量表现不足的这一事实吧：张巧玲母女在外流浪数月余，最终说是碰见张店臣以后才回了家的，姑勿论其巧遇是否合理，这种流浪数月，竟没有碰到任何我们抗日政权和群众的力量的事，也似乎是不合现实的，谁都知道——甚至连敌人也很清楚，抗日的力量，除去敌人主要点碉和交通要道之外，是到处都有的。甚至于敌人主要点碉与交通要道，也有我们的潜在力量，张巧玲母女乞讨，到处碰壁，究竟那幕后的"大叔大婶"是代表根据地的群众呢，还是敌占区的群众？这是模糊的一点，如果是根据地的群众，一定会热心帮助她们，如果是敌占区群众，那么她们母女真是不幸得很，走了数月之久，百里之遥，竟没有碰到我们一个负责的抗日干部、一个热心的抗日老百姓？如果作者让她们母女碰到抗日力量，送其回家，这比巧遇张店臣，在剧情上想来是不会怎样减低感人的力量的，相反，倒会显得更合理些吧？

匆匆写出，意未尽处，留待将来与大家讨论。

鲁迅逝世九周年纪念日

（《晋察冀日报》1945年12月7日）

# 看了头一个晚会

## ——略谈《把工厂交给祖国》的演出

丁克辛

一共大小六个节目：振华毛织工厂工友和财政处印刷局工友的歌咏都博得了不少的掌声，印刷局唱得比较熟练；不过振华工厂的也不弱，而且他们那么兴奋和认真，唱了六七个歌曲之多，倘再过一些时间，一定能赶上印刷局的老歌咏队。这一次的唱出就给了他们一个很好的鼓励和互相影响、互相学习。

汽车大队那个工友同志的自行车表演，大可和上海大魔术团比一比，非常精彩。整个身体在那悬空的三角架里穿来穿去，把观众都拧了一身汗。喝彩声掌声经久不息。

日报社工友的歌活报《跟着共产党走》，演老头子老太婆的都能唱，有两个扮日本兵的演得还很像。缺点是：受了《血泪仇》的影响，有意无意套了公式，中间对话太少，又没有力量，剧情的发展显得不自然，感情接不上，效果就小了。（干脆演哑活报也许效果反而会好些。）不过他们没有指导，自己能做出这样的成绩，实在已经很好，发展前途很大。

印刷局工友的《五个鸡蛋》是小型歌剧，演唱都很熟练，老头子，尤其是老太婆演来很逼真，表情歌唱都很动人，整个剧给观众的印象是自然、真实、生动，因此虽然极大部分观众都不太了解老根据地军民的生活和斗争的实际情形，但看来都觉得是那回事，很好，很满意。音乐的伴奏和布景的合宜，都大大地帮助了演出的成功。

最精彩、最动人的一个节目是振华工厂的《把工厂交给祖国》。（他们说是四幕活报，实在是近于话剧了。）这是他们工友和职员表演自己的伟大的斗争:当我八路军解放张市前后,他们如何受敌人和走狗汉奸的侮辱压迫,无法生活;如何在敌人走后的一时混乱中组织起来用石头、木棍、大枪,昼夜防守,终于打退了坏分子的抢劫破坏,坚决保卫了工厂,毫无损失地交给了解放他们的八路军和民主政府,交给了祖国;在解放后的工厂里做工又是如何的痛快、自由和幸福;为了支援反内战的自卫战争,又如何加紧生产……一切种种,在短短的四幕里描画得一点儿不错,交代得清楚明白。你看:工人家里没有一粒粮食下锅!偷东西被捉住以后敌人汉奸辱骂和踢打!汉奸走狗被工人逮捕了!想抢工厂的坏蛋被八路军绑起来了!解放后一面工作一面说笑,又受教育、又有娱乐!观众随着舞台上真实动人的表演一会儿叹息痛恨,一会儿笑。那个偷东西的工友向汉奸跪下去了,台下就一点儿声音也没有;汉奸又被大家逮捕了,立刻掌声欢呼声像雷一样响。因为对敌人和汉奸的压迫,演员们都是长期亲身熬过来的,知道得那样熟悉,体验得那样深刻。所以演敌人演得那么像,特别那个汉奸演得更入神:一个眼色、一个动作、一句话,都能使你咬牙、悲痛。最后一幕解放后的愉快紧张的集体工作场面,就像使你到了工厂去参观一样,甚至比工厂更集中、更生动;台上十多个人,每一个人都有戏,整个舞台面在调和地美好地有节奏地运动。"开始排的时候也许不大顺当,可是当真演起来却是那么熟练和自然。生活和斗争本来是有它们自己行进的一定的姿态、方式和内在的力量的,但你一定要深知深受这些生活和斗争,然后你才能掌握它,演来恰到好处。"——这是工人们演工人自己的事,所以如此成功的主要原因,因为如此成功,政治上的收获也就更显得强烈了。你看,戏完之后,长久的鼓掌叫好以后,多少观众(大部分是大会的工人代表)在快乐,在议论。说:演得真像,真带劲!说:咱们回去把咱们的事也演一演,这个好闹,真人演真事,把洋鬼子和狗腿子再出出气,才解恨才痛快!

　　自然,缺点是不会没有的,比如八路军上场那一节(第三幕)还不够有力量;演儿子的在第一幕说话太低(虽然痛苦也不能太低),在第四幕做鞋底时的表情说话动作又太过火,反而显得不真实,影响了剧情。(他本意是想努力要把戏演好的。第二幕他就演得很好。)此外当然还有,但这些缺点都是开始时不可避免的,比起整个的成功,实在不算什么。

　　成功的方面不仅在演出上,剧本也写得很不坏,而且是工人演员们自己讨论后分头执笔,再在排的过程里加以修改的。华北文工团的一个同志给了他们很大的帮助——导演。没有这个帮助,成功就会减小。

　　总之,这个剧本的创造、排演、修改,和演出的成功,又一次说明了《穷人乐》道路的正确,《把工厂交给祖国》明明是工人中的小型的《穷人乐》。今后开展工人中间的剧运一定要向这个方向去走,而专业剧团对他们的扶导和帮助在目前说来是尤其重要的。军区抗敌剧社和华北文工团已经开始这样做,但我希望(工友们更希望)他们更普遍更细致地来做。

(《晋察冀日报》1945年12月26日)

# 看了《苏州城》以后

何方

我看的《苏州城》是平绥路局工人俱乐部演出的,一个业余剧团,能够演出这样的历史剧,并且有的场面颇得一般观众的美评,说来虽非"唱作俱佳实属难得",但确也"殊非易易",如"九千岁助纣为虐,周顺昌据理力争"一场,观众不平之情油然而生,至周顺昌与毛玉禄争辩一场,观众心情十分畅快,不由叫好,特别增进了观众自发斗争场面更是难得。这些都说明这个戏是有了不少的收获,他打破了旧剧只是娱乐而已的旧套,灌进了人民只有斗争才能生活的新内容,可以说《苏州城》这个剧在改造旧剧为新社会服务上是得到了一些成绩的。

但是这个剧在缺点上以我看来也是还有的——主要是剧本的——首先在主题上的描写就不够深刻。这个剧的主题我看应是"官逼民反,不得不反"八个字,在这八个字中,"官逼"的故事抓得越典型,就会衬出"不得不反"更有力更正气。可惜《苏州城》在描写"官逼"上是轻描淡写的,在抓典型上只是叙述了三件事:一件事是衙役拿了猎人的一只鹿不给钱;一件是从渔翁口中说出(未表现)捉不到鱼也要纳税;再一件就是差役到人家翻箱倒柜,最后将阎佩威之妹写入名册准备送入宫中,此外就没有啥了。这三件事在封建社会中是多么平常啊!这怎能代表苛政猛于虎和人民流离失散死亡的情形呢?把封建专制统治所给予人民的痛苦、所造成的悲惨局面,放得太松了,根本从剧中就看不到封建统治使人民流离死亡的悲惨情况,因此在诱起观众对封建统治的反感上,就不起劲就火力不足。这表现在当着人民捉获赃官毛玉禄及其爪牙以后中间加一个滑稽场面(这个场面加得破坏剧情），观众并不感觉什么，觉得有这一场换换口味也好，事实上如果"官逼"两个字做得好，诱起观众对封建统治者的高度愤恨，当着人民起义，和统治阶级进行武装斗争的时候，加一个滑稽场面，观众就会感觉十分不适，觉得不合情理，观众对不合情理场面未起反感，说明了观众还在就戏看戏，对他影响不着，观众体会不到"不得不反"的意义在哪里，也就是剧本本身失败的地方。

其次《苏州城》在处理群众领袖问题上也不大明确、不够适当，群众领袖是周顺昌呢，还是阎佩威呢？周顺昌在剧中的描写，他是一个富有正义感的官僚，他和苏州人民除去有桑梓父老之情外，没有别的，在为人民谋利益上他除去"上堂和赃官辩理"外，也没有别的什么联系，因此他不能成为群众领袖。不过，在剧本中几次提到"蛇无头不行"，影射着周顺昌可为群众领袖，我想如果在那个社会中，周顺昌成为群众的一个崇拜偶像的话也可以，这必须增加周顺昌对人民的救济爱护等场面，否则他一提回乡的缘由，人民就崇奉备至，似乎有些不大适当。全剧真实的群众领袖还是阎佩威，这个群众领袖的产生似乎也值得研究。他之所以成为群众领袖，为群众拥护，剧本的描写不是由于他处理问题得当，见义勇为，群众信赖，而是由于大家见了他都叫大哥。事实上大哥式的群众领袖多么无力，怎能领导武装起义呢？同时群众领袖一般应是见义勇为、慷慨直言的人，不应当见了苏州府尹就说不上话来，增加群众领袖见府尹时的滑稽场面有何意义！我想除去降低群众领袖的威信，好像再也没有别的作用了。总之，对群众领袖只描写缺点不提优点是不好的，这也应是剧本失败的地方。

全剧最不好的地方是在人民起义严肃的武装斗争中增加很长的滑稽场面，这是打击观众情绪，破坏整个剧情的场面，似乎是因人而设的，很不适当。

最后声明一下，我本来是门外汉，对旧剧丝毫不懂，不过看了《苏州城》以后觉得这个剧还可改造，所以提出上述两点意见供作专家研究的参考材料，当然算作门外汉的引玉之砖，引起研究也未为不可。

于十二月十六日晚

(《晋察冀日报》1945年12月31日)

# 黑 板 报

申玮

  黑板报是贯彻政策教育群众最好的工具之一。这篇文章记载延安市黑板报一些工作经验，介绍过来，作为本市黑板报参考。

——编者

  延安市场口，是商业繁华、人口最集中的地方。南区群众办的黑板报牌就竖立在这儿，黑板报上大大小小的红白字和彩色的图画，都有力地吸引着读者。商人、小贩、手工业者爱看它，机关学校的同志从这儿路过时，也要走过来看看。他们关心着上面写些什么，更关心着自己所投的稿是否登出来。在群众和机关学校共同投稿帮助下，黑板报在群众中产生了很大的影响。很多读者说："看黑板报有益处，能知道很多事情，能多识些字。"

  在摸索中，黑板报一天天与它的读者们取得了紧密的联系，它抓住了读者的需要，登出四种内容，受到了群众的欢迎。

  一、配合与推动政府各时期的中心工作。这些材料来自本区各乡，这是黑板报最主要的内容。占稿件的百分之四十四强。

  今年二月拥军工作在延市南区展开后，黑板报除登出拥军消息外，选出了两期副刊（拥军专号），推动拥军工作。在拥军运动月中，登出拥军稿子十四篇，其他稿子仅七篇。政府强调群众思想教育工作，发动检讨，提高思想认识，黑板报及时收集材料，二月五日便登出了一篇在各村各组的大会上，大家热烈检讨拥军工作的消息。

  这篇稿子登出后，配合区乡同志的深入宣传，对拥军工作的思想检讨便推动起来了。小市场的居民会上，第一次没有人检讨，只是拿出些东西拥军，第二次的会便不同了，虽然是很小的缺点，也都说了出来。马德温发言三四次，说他卖给参议会的馍馍做小了。张大忠说过去因怕军队住他们的房子，把房子里洒上水，说是房子漏来拒绝军队。

三月初，配合修飞机场的任务，经常登出表扬的新闻。在五月，为了发动防备旱荒，根据城市区的特点，黑板报上特别提出了这样的号召，实行大节约，反对浪费。组织商人婆姨纺线、织布，减少开支，增加收入等。对这个运动起了推动的作用。

二、登载时事、新闻材料。因为读者大部分是小市民、商人，他们对时事新闻很关心。很多商人自己订了《解放报》《群众报》，但因政治常识差、文化程度低，对报纸的理解能力有限。黑板报登出的重要时事新闻为总结性的时事常识，很受欢迎。七月初，在读者进一步的要求和时局急剧的变化下，便增加了一块黑板，出刊了时事简报，差不多每天都登出国际国内的重大事情。如爷台山之战、苏联出兵、日本投降等消息，并在黑板上画出简单地图加以说明，便利群众阅读。很多商人每天都到市场口等着看新消息。连机关的同志，晚饭后也来看看黑板报又登出什么新闻。

三、商人道德教育方面：地方法院投稿，登出市场豫华皮厂掌柜无理吊打学徒受处罚的事情。公安局投稿，登出卖卤猪肉的王文祥，不讲卫生，卤死肉卖。影响特别大的是批评"一分利饭馆"，题目是《一分利——名不符实》。这篇稿子登出后，看的人特别多，所有饭馆的人都跑来看，群众纷纷议论开了，这个消息教育了别的许多饭馆。

四、发表了儿童模范及儿童故事。商人子弟小学学生马牛栓投稿写晋西北儿童割敌人电线的故事，登出后，小学生们欢喜地说："我们学校也有人上了黑板报了。"旧城民小学生刘纯秀在路上拾了六万元，她追赶前面走着的老乡问明后，把钱还给他。黑板报把这消息登出后，读者说："真是好娃娃。"又一次完小教员说："黑板报登出完小出演秧歌的消息后，娃娃们更起劲了。"

黑板报在群众中建立了威信，被表扬的人感到光荣，更加积极起来；被批评的人感到丢脸，下决心改正自己。

怎样使黑板报在群众中真正生了根呢？怎样才能使黑板报坚持下去呢？这里的关键是有没有群众投稿、群众关心不关心它。今年三月以前，群众中的积极分子投了一些稿，但数量很少。每期三天出版的时候总发愁登什么。自从三月正式建立通讯网以后，编委会把过去写过稿的积极分子发展为通讯员，组织他们经常写稿，和培养他们。现在共有四十几个通讯员，编委会曾召集他们开了会，经过大家讨论，确定四个任务：（一）自己写稿及为群众代笔；（二）看黑板报并向群众宣传；（三）向编委会提意见，并经常收集和反映意见；（四）发展通讯员。

会后他们积极起来了，一种责任感和学习写稿、提高文化的渴望鼓舞着他们。最积极的通讯员张景全，去年在敬信裕当店员，在山西时念过三四年书，爱好艺术，能编写秧歌戏。他对黑板报很关心，自当了通讯员以后，更加积极了。他白天一面记账、一面写稿，一有材料便写。六月十九日第二次通讯员会议上，大家选他做编辑委员了。通讯员薛自立说："我以后要订一个小本子，把黑板报上登的都抄下来，慢慢学习。"

民间画家张永安，是小市场振兴油坊的青年伙计，他爱好美术，但没有机会学习。他用自己的聪明，模仿着别人的画学会了。现在他是黑板报编委会的委员，在插图上有很多贡献。他为黑板报画画的热情是那样的高。他五月二十八日的日记上写着："前天画了一幅生产节约的连环画，贴在黑板报上，配合文字，使大家懂得防旱备荒的一些办法，群众都很注意地看画。我这两天心中非常的快乐。"十六岁的小画家梁济海，十四岁那年就学会了图画，过年时，因他卖画，文协的同志才发现了他。去年便教他写生。现在他是黑板报的通讯员，供给了很多插图。大家都称赞着他们，说他们是天才的民间画家。在他们的积极努力和文协的同志自愿帮助下，七月间，黑板报成立了画报组，吸收画匠白怀秀、史宜轩和愿意学画的人参加，出定期画刊。内容是选择本地的典型事实，采取画像和连环画的形式画出若干幅，贴在黑板上。画刊配合当前政府工作，曾先后表扬了妇纺、卫生、拥军等模范和乡选中敢于检查批评政府工作的典型材料。群众对画报尤感兴趣。一个老乡说："画报看起来省力，容易懂。"它的作用也特别大，如旧城张树仁对过路军队招待殷勤，给他画像以后，听王乡长说："张树仁高兴得很，过去出粮不大痛快，画像后，与以前大大不同，今年五斗夏征粮早早地就送来了。"

通讯员中有三十六人是最关心黑板报的，他们是黑板报的支柱。因为他们生长在群众当中，是最觉悟最积极的群众，他们能代表群众说话，能说出群众心里的话。所以，这块黑板报才受到大伙儿的欢迎，把它看作是自己办的，而不是属于政府的。自从一九四四年边区文教大会后，九个月中，他们写了一百六十多件稿子，占所有稿件的百分之五十强。

## 关于编排

黑板白字看起来一大片，对读者的吸引力是不大的。怎样才能吸引更多的读者呢？开始时，黑板上写的字，题目和内容都是大小差不多，或一样大。直写总是直写，很难使读者一眼看出是新出版的。以后便注意了版面的活泼和标题的新颖，跟着，读者也就增多起来。

标题不仅要吸引人，而且要能把这篇稿子的内容表达出来，一个大题目不够时，就要增加辅题。比如登出新市乡二十二组的妇纺动态，题目是《看看多么大的利》就比《妇纺模范》更能吸引读者的注意。又如有一篇南郊乡开办一处民办小学的稿子，黑板报刚写出《好消息》的题目后，读者便议论着："快看！什么好消息？"但看了第一句"七里铺民办小学定于本月二十七日正式开学"后，便有两三个人失望地走开了。这个题目毛病是太空泛，未表达出这篇稿子的内容，而且开办一个学校已是通常的事情了。

版面活泼、形式美观是吸引读者的办法。除了采用直写、横写及题目位置的变化外，群众最欢迎的是画报、插图、连环画、画像等。它不仅使群众发生美感，还能使内容更加形象和生动。一百一十五期贴出"生产与节约"的连环画，群众看过后，不用看文字便知道生产节约要做些什么事情，不识字的人也能看得懂。

## 黑板报还存在着不少的缺陷

在七月十九日通讯员的会议上，大家提出编委会不够健全，与通讯员的联系不够。内容的配备上，时事新闻和社会常识还少，篇幅太长，有错字掉句等。会上改选了编委会，五个积极的通讯员当选为委员。大家除写稿外，还愿意经常写日记，交给编委会修改，提高文化和写稿能力。

黑板报在群众中是生了根了。但是还需要大家继续努力、多多帮助，克服今天还存在着的相当多的缺点，这样才能在今后发挥更大的作用。

（《晋察冀日报》1946 年 1 月 1 日）

# 《白毛女》观后感

张帆 肖白

看了《白毛女》给我们很强烈的印象，使我们流了同情的热泪。这个故事曾流传在我晋察冀解放区，引起广大人士的注意。这一歌剧所以能轰动延安，获得很好的效果，引起观众的共鸣，是由于这一歌剧的主题，正确地尖锐地真实地反映了两个社会的内幕，正如剧中所说："旧社会把人变成了鬼，新社会把'鬼'变成人。"

现阶段中国革命问题基本上是农民革命问题，而《白毛女》的主题恰恰写出了一个从苦难中翻身的农民典型，反映了旧中国（封建独裁中国）农民的苦难和新中国（民主解放区）农民的翻身与快乐。

像白毛女这样苦难的农民，在旧中国是很多的，他们终年劳苦，整日爬在地里去劳作，还是过着悲惨的生活，而地主们依仗财势，不劳而获，坐享其成，整日骄奢淫逸。地主们过年"花天酒地辞旧岁，张灯结彩过新年；堂上堂下齐欢笑，酒不醉人人自醉；我家自有谷满仓，管他们饿死在大道旁"。佃户们过年"家中无米面"，因为交不了租，还不了债，有冤无处诉，被地主逼得出卖了亲生女儿，还得喝卤水自尽。地主们所以能花天酒地谷满仓，并不是因为别的，而是因为他用了最凶狠、狡诈、阴险的手段，剥夺了农民的生产果实，地主黄世仁说"杀不了穷汉当不了富汉"，是他们在旧社会所以致富的原因。在旧社会农民被锁在土地上，永远受压迫，不能翻身。他们有冤仇也无处诉，因为地主和统治阶级是一家人。正如狗腿子穆仁智对佃户杨白劳说："哪里说话去？县长和少东家是好朋友，这里就是衙门口，你到哪儿说去？"在旧社会中，无数的杨白劳（佃户）被地主逼死了，无数天真烂漫的小姑娘被逼变成了像白毛女一样的"鬼"！

但是在新社会在解放区，由于共产党抗日民主政府实行减租减息，再也不会有因为交不了租还不了债而被逼自尽，被逼将自己的亲生女儿卖掉的事情。由于共产党抗日民主政府实行了合理的婚姻政策，不许使用丫鬟虐待妇女，使人民都得到了幸福的家庭生活。更不会有像白毛女这样的人，"自进了山洞两年多，受苦受罪咬牙过，白天不敢出来，怕见人，黑夜出来虎狼多，穿的是破布烂草不遮身，吃的是庙里供献山上野果，……身上发了白！"

为什么在新社会在解放区，人民能过自由幸福民主愉快的生活，能够把"鬼"变成人呢？这就是由于共产党八路军是全心全意地为人民服务，抗日民主政府是人民自己的政府，是帮助人民翻身的，共产党和抗日民主政府要帮助与领导人民走上"人财两旺"的大道。这就由于在整个抗日战争中，人民（主要是农民）付出了极大的代价，受尽敌寇的无数次"扫荡""清剿"和"三光政策"的苦处，他们妻离子散，流血牺牲，忍受最大的痛苦，最后终于战胜敌人，获得抗战的果实。

但是今天国民党反动派正大举向解放区进攻，企图独吞抗战的果实，把人民既得的利益夺去，把人民用血肉建立起来的解放区（新社会）拉回到旧社会白毛女时代，让佃户们再给他们建立金字塔，让农民妇女再成白毛女，让新社会中翻了身的"鬼"，再变成鬼！其实这绝不能，历史车轮是不会倒转的，"海水干了也要活，石头烂了也要活""烂了骨头也记住这冤仇"的决心不仅是白毛女一个人的，而且是代表了中国百分之八十以上的农民的心声。今天在解放区，无数的白毛女申了冤、报了仇、翻了身、抬了头，过着和平民主自由幸福的生活，可是国民党反动派不叫人民过这种生活，又想把人民推回黑暗饥饿与死亡的深渊去。但我们可以肯定地说一句：国民党反动派这样的阴险目的，是决然达不到的。

(《晋察冀日报》1946年1月3日)

# 对在延展出的留渝木刻家作品的印象

胡蛮

【新华社延安六日电】一九四五年十二月廿三日，中华全国文艺界协会延安分会、陕甘宁边区文化协会假交际处举行文艺座谈会，同时展出了新从重庆带来的中国木刻作家协会暨重庆会员的一部分作品，计共九十五幅。出品者有丁正献、刃锋、王琦、梁永泰、陈烟桥、陆地、刘铁华，会场上还陈列了他们在重庆出洋的《木刻联展纪念册》，并且于一九四六年元旦起，已把这些作品和延安的作品，以及各解放区的作品共同在延安市举行了一次规模较大的木刻展览会，希望各界对这些木刻提出意见，使得中国新木刻运动更能向前发展。

现在对这一部分留重庆的木刻家的作品，我先写出一个初步的简短的意见，只不过是"抛砖引玉"而已。

所有这些木刻家都是一个共同的方向——描写工农兵人民大众的生活，在技巧上、在作风上也可以看出这些作品之接近民众的爱好。有些作品已注意到中国风格和民间趣味，从这些里面看来，可以说这是毛泽东同志《在延安文艺界座谈会上的讲话》影响扩散至全国的象征。

木刻家刃锋的《人民的受难》（八幅连续木刻）反映出国民党反动派专制统治给广大人民带来灾难、饥饿和死亡的情形及他们大家来商量怎样解脱苦难。

刃锋的另一幅作品《露尸》，刻制出今天"大后方"的"时代"——"朱门酒肉臭，路有冻死骨！"在他所描写的下层社会人民生活的题材之中，还有一幅可爱的《嘉陵纤夫》——江水绕山来，纤夫在石岸上佝偻迟行与船声舫影相照，颇饶有诗意，可以断言这样的作品在"大后方"的人民中是会发生很大的影响的。

一幅热烈的斗争的剖面显现在我的眼前,这是木刻家梁永泰的《无辜》——在"青天白日"之下,国民党军警在大街上乱抓青年远景,被抓的青年大声疾呼,他们正被蛮横的军警用绳子捆扎身体,远景还有一些被逮捕了的人们正在被押往集中营去,这是国民党反动派残害青年的描绘。

在刘铁华的许多作品中,我特别注视了他的《东北游击队》,木刻家的刻画流露出对于祖国的热爱。在那黑水白山之间、在森林里、在冰天雪地里,有正在活跃着的中国游击队,这些战士们正是东北人民的子弟兵,在东北沦陷后,他们一直是在中国共产党领导之下进行了前赴后继的持久的抗日战争,最后他们配合了盟军——苏联红军,解放了自己的领土。

观众很熟悉的一位木刻家陈烟桥也带给了我们可宝贵的作品《人民军进城》,像画面上所刻画的,有民兵、工人、知识青年和战士们结彩欢呼着正在进入刚被解放了的城市,画面上流露出愉快的情调;另一幅题为《耕耘》,描写艰难困苦的农民在田间耕地,他们身披蓑衣,衣服褴褛,面孔上呈现出凄惨悲痛的表情,这是国民党统治区横征暴敛下农民生活的写生。

木刻家王琦热爱劳动者的生活的作品《码头》,写江岸望眼欲穿的苦力们等候搬运工作的情景,他的《当宣布要停水的时候》写成群的水夫在焦急着打水,表现出苦痛的失望心理,他爱写江滩、街头、农村的劳动者,如《石工》《脚夫》《运输队》《船家》等作,善于把劳动人物与当地风景结合起来,运思构图富有中国民派。他的三幅《湘桂来渝难民特写》,表现难民无家可归的狼狈状况,反映出对同胞的热爱。

木刻家丁正献的四幅套色木刻春《耕织》、夏《戏水》、秋《收割》、冬《碾米》是新的耕织图,色彩朦胧,含有"牧歌"情调。

木刻家陆地的《修船》等，作风平易近人，他的《迎春小景》——描写农村儿童燃放纸炮光景也很有民间风味。

这些艺术家是在国民党反动派专制暴政压迫下生活着、工作着的，他们把这种现实反映到画面上来，这是为中国人民申诉，为民主为自由而战斗。这些作品的绝大部分把握住了群众观点，反映了客观现实，并用一种泼辣生动、新鲜活泼的手法，甚至是一种浪漫的和夸张的手法来表现，这也是艺术上的现实主义所允许的，这叫作"主题一致"。在作者们所处的环境与条件下，能有作品是难能可贵的，宜乎其能得到观众的热烈欢迎……

但也有个别作品不很现实，例如《新工业》，它描写着、憧憬着中国将要有大规模的工业建设，这种工业建设将来一定是会有的；但在目前国民党统治区工厂倒闭、工人失业，就是现存的极少数的民族资本的工业也凋敝得不堪言状，正如大后方工业界最近屡次在"星期五聚餐会"上所申诉的那种苦况，特别是工人生活的苦痛，这种现象如不改变，要发展大规模的工业是不可能的，而作者单纯地画出大工业的远景，就会模糊了本来创作的主题。

艺术家对题材的选择各有其爱好，也各有其自由，同时由于他们所处环境的不同，由于政治条件的限制，由于创作条件困难等，而且我们所能看到的又是木刻家这一小部分作品的展出，当然难以看出每位艺术家的全面，因此这些意见也不能是全面的。

最后，我向为人民服务的艺术家，为推动新艺术运动而工作的木刻家致衷心的敬意。

（《晋察冀日报》1946年1月9日）

# 《白毛女》观后记

联星

我看过很多歌剧的演出，真正使我满意的要算是《白毛女》了。过去以及现在的大后方所谓"歌剧"的演出，因为没有解决艺术创作上的基本问题——为工农兵服务，不仅在内容上是浮浅而空虚，不能深刻表现人民思想情感，在技巧上还仍旧遵循着西洋方法和传统，对于"歌剧"尚存在于旧的范畴，所以演来演去，洋气十足。在中国的舞台上，还没有出现一部在内容上能深刻反映现实，在技巧上趋向于中国风的歌剧。而歌剧工作者□不知怎样在剧作中向中国的、人民的故有歌剧形式学习，吸取到自己的作品里来。虽然"大众化""通俗化""中国化"口号在演剧史上已不是新的问题，但因为没有明确的概念和方法，始终不能在歌剧发展上做出成绩来。

《白毛女》的演出对中国歌剧发展是一个最大贡献，有最大功劳——这是它的最高价值。从这次演出上，我们知道了怎样地向中国故有的歌剧形式学习和吸取，怎样把旧的和新的东西结合起来。

《白毛女》的创作和演出也说明了毛主席对于文艺创作上正确指示，他的"从群众中来，到群众中去"在艺术上得到了收获。也只有在解放区，才能产生这样的演出，艺术工作者创作上的自由是和《白毛女》演出成功分不开的，是在共产党领导下得到的果实。

《白毛女》是在民间传说很久的故事，带有传奇封建性。但作者使它能成为有血肉、十分动人而有斗争意义的作品是很不容易的，能很有力地将"旧社会把人变成鬼，新社会把'鬼'变成人"的主题表现出来，故事的发展都围绕着白毛女。在主线上是很清楚细致而有力，在人物的性格上也很明显的。如白毛女从天真的农女被害变为一个不能见太阳的"白毛仙姑"的过程，是很周到而不会感到一点突然的。杨白劳被地主黄世仁逼死的过程里也是很周到的，黄世仁的罪恶，以穆仁智作为说明是很好的，比直接写黄世仁的罪恶更加有力些，使人更能了解黄世仁不但他一个人奸淫妇女、压剥农民，而且他还有他养的狗替他跑腿，更说明了他的狠毒，再加上地主黄母虽然整天地烧香拜佛，口头上救苦救难大慈大悲，但是她时刻在做着而且教她的子孙们做着奸淫杀人的勾当，这说明了旧社会的黑暗和残暴。《白毛女》对旧社会黑暗的一面写得很好，对于新社会到来的部分还比较弱，如：对八路军的认识了解，在剧本中提得不够，在第一幕第二场老赵说故事说了一点，而且这一段对观众的印象不够深刻；大春离家参加八路军的伏笔几乎没有，不能使观众有个长久的悬念，盼望八路军快来；在老百姓集谈时对八路军的渴望太少；大春当了八路军回来后群众不够热爱。在音乐方面，歌剧的成分还不十分够，如杨白劳与老赵喝酒的一段好像完全是话剧，中间杨白劳一段独唱似乎很突然，与前后对话不能衔接；大春和栓儿打穆仁智一场完全是话剧，音乐成分太少，第一场与最后一场我觉得歌剧的气氛最适当、最完整。整个剧本就感到对白、独白、对唱、独唱还不能揉成一起成为一个大整体。

## 演员方面

三个不同的白毛女，第一个白毛女（王昆饰）她的声音很好，柔润而奔放，能将白毛女的欢乐愁苦与悲愤的情感表述出来，她对农民的情感熟悉而自然，只是在第一场上场时不能很好、真切地将寒冷带到家里来，觉得是在做戏，当第一眼发现父亲死时沉痛得还不够，穆仁智拉她走时绝望、沉痛和反抗的情绪也不十分够，我想这时白毛女的脚已经不可能站起来，而是被穆仁智像拖着一条被打伤的猎狗似的拖下去……这样更可以说明地主黄世仁的兽性。

第二个白毛女（陈群饰）在短短廿天中能演出这样的成绩是不容易的，声音表情很好，尤其是由黄家逃出后悲愤情绪的流露是很够的，但父亲死时与最后一场斗争黄世仁时声音还是太弱，呼吸太短、中气不够，所以整个情绪发展不够统一。

第三个白毛女（孟于饰）相当熟练沉着。在农民情感和动作上差一些，看来不像是一个农村女孩子，城市味道浓了一些，情绪的发展太平，悲愤苦痛的地方不够，所以对主题的说明不够有力。

杨白劳（凌风饰）在他整个演出中诚恳认真动人这点是做到了，但他不能更适当地运用他的情感和声音，有时因为自己受了感动而不能很好地将这悲愤的情绪感染给观众，而停止在自己悲愤上，动作话剧成分太多，若能将悲愤的情感通过内心和声音，就是站着不动，一切情绪依然存在而能表现时，他的戏可以更演得好些。

黄世仁（陈强饰）反派的特点他都能把握住，叫人讨厌、叫人恨，这也就是他的成功之处，关于他的独白对观众次数太多，我□应该学习旧形式里面的东西，但应当适当选择地运用更好。

黄母（孙铮饰）她的表演是很成功的，由她的动作、走路、语气能将农村地主的土气狠毒和洋烟气都带上场了，只有第一次见喜儿那段话的感情太温柔，不是在和一个丫头说话，好像是在和一个侄女说话似的，内心不够狠毒，应当温里藏刀，不然与喜儿下一场戏的情绪含接不上。

穆仁智（叶央饰）到杨白劳家要债一场，恶毒的情绪不够，唱词不够清楚。强迫杨白劳按手印的一场有"把喜儿带来顶租子"两句话不够，不能帮助杨白劳下面一段情绪，对黄世仁的态度不够卑躬屈膝，像是兄弟而不像是他家养的一条狗，其余的地方都还很好。

王大婶（高维进饰）演得不错。就是声音太年轻了，走路不够自然，对大春当八路军回来时母亲喜悦悲痛的感情不够，在那样情况下很久得不到大春的消息，忽然看到大春站在自己的面前了，而且当了八路军，她这时会兴奋得流泪而说不出话来。在演出上虽然看到在表演她流泪，但观众看起来是没有多少感情，是否可以从内心上更浓烈一些更好呢？

二婶子（车毅饰）表演的□□可亲，声音弱□一些，对黄老太太招待得不够周到，对黄母是否可以动作□□点。

老赵（□明如饰）饰这角色或许是身体小对角色的创作有些影响，总觉得不够沉□。唱歌的音最好再厚一些。

## 导演方面

《白毛女》的导演能以秧歌为基础，并很好地利用了旧形式里面的东西，如开门关门、独白、过场等都是旧剧里的东西，在《白毛女》里就运用得很好，不但对剧情发展没有破坏，而且帮助了戏的发展。比如说在第一场里，父女两人贴门神一段，虽然他们是用空手做样子，但有那样的感情存在就很够了，而且觉得很舒服。舞蹈方面，虽然没有什么□作，但我觉得用现在这样表现的形式，以人物性格为基础的步法，与音乐配合起来觉得是很自然合理不单调的，与大后方演《军民进行曲》时农民走路都是两脚尖先落地的西洋舞完全不同。导演是很有力地处理了主题，□□暴露了地主黄世仁的罪恶，体现了新社会的光明，有□□□□分□的太零碎了。如杨白劳由黄家被穆仁智推出时的一段可以不下场和第二次出场唱"杨白劳□沉……"接起来，对老赵上场并无妨碍，对杨白劳情绪发展更能含接，大春和栓儿打穆仁智一场，前面一段过场唱词可以放在这场中，使观众感到情绪容易统一。老赵说红军故事一段最好不要老坐在那里，因为剧本对八路军的介绍就很少，希望在这段和大春当八路军回来前后，村民对八路军的情绪□高些才好，其他群众都□□□□得很好。

## 舞台工作方面

舞台□□除了黄世仁的□房不够漂亮外都很好。

灯光是给演员与整个剧情发展很大的帮助，只是□□第一场星□太多，天幕光也太亮，在大春让白毛女出山沟时由月夜到天明时的变化太突然。

效果小孩哭做得很好很有感情。□□那一场的雷声太□，最好只听到远雷的声音不要铁片的声音。

这些意见不一定是正确的，只是热忱地提出作为参考。

（《晋察冀日报》1946年1月10日）

# 《白毛女》的演出教育了我们一些什么

思三

从前,有一个时候,当我看到贫苦的农民被代表封建势力的地主所压迫、摧残的时候,我总是同情,我感到他们受人压迫是不应该的。然而仅仅同情有什么用呢?

这个思想慢慢在我脑里明确起来,这次看完了白毛女以后,就使我更清楚地认识到"同情"是个什么立场?杨大伯被逼死了,喜儿被糟蹋了,我感到被逼死被糟蹋的不是别人,而是自己爸爸和姊妹,假使过去我看这个戏,我仅仅会流些同情的眼泪,而现在呢?眼泪是次要的,仇恨却是主要的。《白毛女》的演出教育了这一点,我们的脚跟要稳稳地站在被压迫阶级上面,这一点,想必大家都有同感吧?

一般小资产阶级出身的知识分子,常常只抽象知道,贫农是被压迫阶级,代表反动的封建势力的地主阶级是压迫人的阶级,至于对各阶级的具体认识是不足的。《白毛女》的演出,清楚地反映了像黄世仁这样的地主阶级的真面目,他们表面上也许怎么的仁义道德,肚子里是怎么的男盗女娼,他们怎么利用一切没有人性的手段来欺压贫苦的农民,而贫苦的农民又是怎样过着牛马的生活,怎么为了生活而挣扎,怎么为着活命而反抗。所以,《白毛女》的演出,就是我们所要了解的地主和贫农阶级的最具体最生动的材料。

其次,《白毛女》的演出,告诉了我们:人为什么要生活?喜儿逃出了虎口,躲在山洞里过活,海水干了也要活,石头烂了也要活,她是为了什么呢?她是为了孩子,为了孩子长大了好报仇、好出头,我们生活是为了什么呢?也是为了出头、为了报仇、为了自己和千千万万的杨大伯喜儿出头,这就是我们生活的意义,也只有这样,生活才会充满快乐。喜儿为了出头,她不怕任何艰难困苦,难道我们还怕革命过程中的困难吗?任何享乐主义的思想、害怕艰难困苦,对我们的事业没有信心或信心不足该是彻底反省的时候了。

最后,在技术上,白毛女的演出告诉了我们,要我们走斯坦尼斯拉夫斯基的道路。感情不是抽象的,而是从具体出发的,动作表情是合理化的,这样才能不失掉剧情的真实性,这样才能打破舞台上的洋教条,打破从抽象的、美的出发的观点。表演要走这条路,编剧导演同样要走这条路,这条路是不好走的,但要不断地走才好。(我对斯坦尼斯拉夫斯基体系的理论和实际修养是很差的,所以谈不出很多东西,这只作为一个感想和意见的提出。)

总之,《白毛女》的演出,无论从哪方面来讲,基本上是获得成功的,原因是什么呢?那就是:我们的艺术是为群众服务的艺术,没有这就不可能有《白毛女》的演出,演员如此,导演如此,有了人民广大的立场,才有广大人民的感情,有了这种感情才能把这感情搬上舞台。人民的立场愈坚定,戏就演得愈好,这个真理好像很简单,但是这却是一个铁的规律,任何真正愿为人民服务的艺术工作者想要逃出这规律都是不可能的。

(《晋察冀日报》1946年1月10日)

# 《白毛女》观后

浩成

我很幸运地先后在延安张垣两地看了《白毛女》,有些同志便以"哪里演得好"这一问题来问我,于是愿以观众之一的资格随便说几句。

剧本方面,我发现这次做了几处必要的修改,较前更臻于完善了。这就是增加了:

一、赵大叔的关于红军的传说。这纠正了以前群众对于八路军完全生疏的不合事实的误会,并为后来八路军的到来之张本。

二、青年农民大春、大锁搭救喜儿失败,痛打黄家走狗穆仁智,以致大锁被捉(后坐牢三年),大春出逃(后参加八路军)的一幕。添加了这一农民斗争的场面,表现了人民的力量。

但也有一点疏忽的地方,即黄家恶毒老太太的交代问题。虽然在最后一幕中黄世仁帽上戴了白箍,表示戴孝,但是没把"老太太已死去"的事实更清楚地在道白中交代一句,使观众怀疑作恶多端的黄母为什么得不到人民的惩办而漏网了。

关于演出方面,由于灯光利用的便利条件,布景较之在延出演时是大进一步,尤其后几幕室外的天然景,幽美逼真,足见匠心。美中不足的,山洞里的石头(尤其洞口的石板)太整齐了,好像经过人工琢磨似的,这与剧情似有不合,因为能隐蔽喜儿多年的山洞必在一极其荒僻、人迹罕至的地方,这里面有那样整齐的石头未免太不合适了。其他,我感到孩子们的哭声不够逼真,抗战初八路军到来时的号声似不如歌声(在延出演时是歌声)的雄壮。

总之,《白毛女》在此时此地的出演,配合了目前的人民自卫战争,是极有实际教育意义的,现在国民党反动派以大军进攻解放区,要把人民已经翻身的地方仍旧拖回到黑暗、痛苦、悲哀……白毛女的旧时代去,我们定要坚决反对的!《白毛女》在张市出演以来,备受群众欢迎,收到了很大的效果。希望联大文艺学院与抗敌剧社诸同志再接再厉,更多努力。最后附带提一个意见,迅速印发《白毛女》的歌本,目前群众极感这一需要。

(《晋察冀日报》1946年1月10日)

# "门外谈剧"

刘崇庆

这是去年夏天的一个黄昏,当我同一个从延安归来的同志坐在无定河边的果树林下时——那陕北有名的河流咆哮而澎湃地向东流着,而在那绿荫下的果林里却是静静的没有声响,风轻轻地摇着枝头上的熟透了的红红的果子。他是一个极其喜欢艺术的同志,在前方他是一个极其善战的指挥员,到后方他演得蛮好的戏。

我们谈到延安的文艺活动,谈到那轰动一时的在延安演了个把月的《白毛女》,于是我便要求他给我讲述这个歌剧——因为当我四三年在阜平时曾听到这个传说。

他是很喜欢艺术的,他把《白毛女》背得熟烂。于是那《白毛女》的歌剧便在绿荫下演出了。

他用嘴描绘出布景与道具,分了场,于是他便身兼数职地演了杨白劳、喜儿、黄世仁……

我犹如一个贪馋的孩子,静静地看完了这场戏,但也感到些微的敛歉,因为我没有看到真的《白毛女》的上演。

当去秋华北文工团往前方来的时候,那时我正在绥德,我遇到他们之中的一些同志,谈到他们开往晋察冀边区,当时我几乎有一种近于"失望"的情绪——他们离开了陕北,我则是留在那儿工作。我不知什么时候才能看到《白毛女》的演出。在绥德虽然有些剧团企于排演它,而女主角——喜儿——很难找出适恰的人来。

年前十二月,我来到这里,知道正在排演《白毛女》。遇到一些熟识的朋友,我就问他们什么时候可以演出?很可欣喜地,在四五年最末的一个晚上我看了《白毛女》的预演,这之后,我又去了一次。

也许不久的将来我还会去看它，从它里面，我可以学到很多东西，可以更加坚定我的革命意志，和培养我的革命的感情，也许以前我看过关于农村间阶级斗争的一些论文或报告。但，它们没有这通过话□形象所给予我的感动。《白毛女》的一群是翻身了，他们争得了做人的权利，可杨白劳的死、喜儿的被侮辱……那一些场面却留给我一些哀愁，而哀愁也渐渐变成对吸血鬼——压迫阶级的仇恨了。我想：只有大家团结起来，跟着党——这为人民解放事业斗争了廿多年的中国共产党走，古老的中国才能成为新的中国，人民才能成为国家的主人翁。

在此的一个朋友，是不大喜欢看戏而□静坐在家里的人，我知道《白毛女》演出后，他已看了两次，而且两次他都流了许多泪。

"以前我们知道的农村中的阶级斗争，只是抽象的。现在看了这场戏后，我知道得更深入真实了。"他对我讲："这个戏给我们小资产阶级出身的人，以很大的阶级教育。"

这个剧是我们的艺术工作者，在整风、在学习毛泽东同志的"文艺座谈会讲话"后所创作的，它发掘了一些□的东西，它更加深入，再不是以前那一些表面、概念的文艺作品了，我庆祝剧作者、演出者……的成功。

这是一个新的尝试、一个成功的初创，在音乐中它吸取了河北小调、山西小调、秦腔……（一个同志他最喜欢那改编的《捡麦根》，因为那是轻快充满了乐观情绪的曲子。）它采取了话剧、歌剧、秧歌剧的形式与手法。在第六幕斗争黄世仁时，采用群众的口来谈出喜儿的不幸地被侮辱，用群众的雄伟的齐唱来加强斗争的气氛。这都是很好的，否则，不免失之于一般化了。

为了我热爱这个戏、为了我曾经是□观众，我愿在这儿写出我门外汉的私人意见。

关于时间的问题：

第一幕，刚吃完饺子——那大约是子时，一点钟左右——杨白劳服毒倒在门外，紧接着就鞭炮响，天明，大年初一了，时间太紧迫。

第二幕，三更鼓过，二婶刚走，喜儿把熬莲子汤的小砂锅打了，呼地跑出去……结果遇到黄世仁，被他拉走，但当喜儿再出来时，已是天明，似乎是刚受了糟蹋出来，找绳子寻死。但以喜儿被拉走到天明顶少有两三个钟头，这之间她做什么事？

第六幕，斗争黄世仁，要求减租减息。那顶高是我们军队来了一年左右的样子，这时是实行"合理负担"，减租减息的提出是在四〇年八月十三日"双十纲领"颁布之后。

未交代明白的：

杨白劳死了，穆仁智要强拉喜儿走，大婶讲："穆先生，我求求你，叫孩子给她爹戴个孝吧！"随即从怀里掏出一块孝布。一个人问我，那块布是哪里来的？我对他笑着讲——这是管小道具的人给她的。

还有喜儿逃出到了河边，后面追人很急，就躲在草里，之后又往山沟沟里去了，为什么她起初不往山里跑？还有喜儿到了河边，鞋子陷在泥里，但这之前并未显出泥泞难走，预演时有一个观众讲，喜儿很聪明，把鞋脱掉一只以示她投河死了。

不相关的地方：

黄家只有二十多顷地，但是黄母、黄世仁的穿着排场太阔绰了，黄母的动作活像一个官庭之家。黄家虽然那么富，但熬莲子时却使用那么一个小炉子，黄世仁出来还得用自己打灯笼。在晋察冀来讲，二十多顷的地主家中的佣人也没有穆仁智穿得那么阔气，我看倒像一个大老爷的跟班的。

在节奏方面我们采用旧剧中的打击乐器，以使演员之动作"规律化",但不是全剧都使用,有时动作与声音也不一致,显得有点生拉活拖似的。

杨白劳□喜儿的□□,我感到会有些是□□,不是用抑扬顿挫——声音的强弱,把自己的感情传送给观众。

其他在布景方面是天□座位的布置太乱,一等座太多,夏天的树也没有叶子……

剧本写作上是头重脚轻,旧社会把人变成鬼是够了,但新社会把"鬼"变成人是不够,第三幕写得细微,后面写得松懈了一些,再者剧作者还不能摆脱"传说"的影响,喜儿的头发白了……喜儿偷供……喜儿在山洞中的生活足足占了一幕,而最后一场斗争黄世仁时,群众也无有个性。

但是,无论怎样,这部剧之演出是有了很好的成功,每个演员也很卖力气——虽然会有一些小疵,至于音乐之上不调匀,旧剧、秧歌剧、话剧等手法之采用显得不统一……这是初创,这说明我们对民间的一些东西还不能□□□□,□把□□□□□□合起来□□一个□□艺术品还得我们大家努力,我们艺术工作者要更加刻苦学习。

一月九日

(《晋察冀日报》1946年1月10日)

# 看了电影《肉》后

熊焰

因为电影业的贫弱,所以看不到什么好片子,都是多少年前的旧片子。然而我看了《肉》后,却得到一个意外,觉得这是一部很好的片子——当然不是用现在的水准要求它。

它暴露了旧社会资产阶级的黑暗,面上是仁义道德,骨子里是男盗女娼,老头子是一毛不拔的啬吝鬼——为平民补习学校不肯捐一块钱,然而胡花起来却很慷慨——为妓女可以拿出一千元。对于儿孙是一本正经,可是背后却要偷鸡摸狗。太太整天打着麻将,沉浸在方城戏中,然而却又不准丈夫出外,她看中了丈夫的弱点,抓住了丈夫的把柄。因此丈夫对于她也采取最普遍的怕老婆形式,虚伪的打躬、赔笑,这正是资产阶级最典型的家庭——金钱、罪恶、虚伪、痛苦。

梅香是旧社会的牺牲者——有钱人家的丫头,自己还有几分姿色,正因为这样倒了霉,她被奸淫了,有孕了,驱逐了,谋生不能,屈为娼妓,被那一些人类的渣滓所唾骂,然而也为他们所玩弄——这正是旧社会的拿手好戏。

为了爱女、母亲的生活,她过着非人的生活,她有这样的理想:望自己的女儿能受很好的教育,能幸福——这在旧社会中完全是不可能实现的。因此自己牺牲一切,这种崇高的母爱、自我牺牲的精神,是令人感动的,她比起那种一夜欢乐后,记忆中都没有子女存在的"父亲",在人格上不知高尚多少倍。

当老头子在妓院中又碰到梅香时,那种假惺惺的问话,梅香给了非常干脆的回答:"你有钱可以玩女人,我有肉可以卖钱,至于孩子怎样，你这种不负责任的人，可以不必过问！"

然而钱少爷，却是一个从被粉饰的道具中出来的鸽子，他太不了解社会，甚至于他的家庭。他具有幼稚的热情幻想，他给梅香带来了与其说是安慰不如说是痛苦，没有他，她可以忘记自己的精神生活，有了他却引起自己灵魂矛盾的痛苦，尤其当这幼稚的孩子，再来疯狂打击她时，她更痛苦得不能支持："少爷！你以为我们做妓女都是心甘情愿的吗？我们也是父母生的！为什么愿意干这样皮肉生涯！生活逼迫我们的啊……"

这是多么沉痛的声音啊！她奔出去跌倒在大雨中，她说明了妓女是个社会问题。

她因为有着灵魂，因此受不了这样的刺激，没有什么可以解救她，只有以死，在旧社会中这样孱弱的女子，几乎只有以死是最好的出路了！

无数的女人是这样牺牲的，那是计算不清的，知名的就有阮玲玉、英茵等，她们都是旧社会的牺牲者，我感到沉痛！然而犯罪者得到什么惩罚呢？最后儿子老子都在梅香家碰见，当梅香指着小梅说，这是老爷的女儿，这是得到的惩罚吗？不是的！旧社会中这些人永远不会得到惩罚的！他的神经决不会这样脆弱，他的名誉也不会受到损害，他会有更多的钱，他仍能玩女人。

旧社会是一切罪恶的渊源！我曾听过这样一句："穷人是可怜的，而穷女人更是可怜中的可怜者，她们永无翻身之日！"

然而一切是改变的，在新社会中穷人翻了身，女人也翻了身，她们能有冤报冤，有仇报仇，死不是解救自己的办法，只有活着，斗争才是最好的办法，制造罪恶者，不能逃避地要得到群众的惩罚，不会再有被推下火坑的女人，只有被拉起的女人！站起来的女人！

女人们要珍惜自己的翻身,这是几千年历史所不允许的,我们有了生活、说话、政治上的一切自由,想想这是谁给予的?我们应该跟着谁走!

(《晋察冀日报》1946年1月11日)

# 试 谈 绘 画

冯宿海

对于绘画，我是彻头彻尾的门外汉，但有时也看一看画。至于看了后怎样，则大只是看看而已，自然有时也不免有些感想的，不过总是随感就随忘了。然而，这回看了一些旧的中国的"连续图画"，却很有所感，而且竟没有忘。

那是今年的大年初一，街上锣鼓喧天，便和一个同志也去看"红火"。走到庆丰戏院的拐角处，见围着一圈人，挤进去看，原来一个青年，看着一个小摊，摊内摆着许多十二开小本的"连续图画"，有《西游记》、有《封神榜》、有《小五义》、有《水浒传》、有《岳武穆传》、有《施公案》……大约好几十种，围着的人，争着看。看法是看一本五块钱，不卖。我问他为什么不卖。他说没有来路，只有这些旧存的，有许多本还是残缺不全，这可见是"奇货可居"了。我又问一天可以挣多少钱，他说平常一天可以挣到一百五十到二百元，好的时候，可以挣到三百元。假如每天平均可以挣二百元，那就是每天经常要有四十个人要看他的画了。在我与这青年问答之间，旁边就正站着几个少年，一个手里捏着几张票子，拿起一本《三侠剑》，问："看看这本多少钱？""二十吧。"于是一手交钱，一手拿书，蹲在一边去看了。另一个人正看着不知一本什么，一个少年却一定也要看那一本，说："我先订下，他看完那一本了我看。"……这就使我大感其想，并且感到几乎每天晚饭后到那里去看看，而每天却都有人在看画。有小学生、有市民、有店员，也有工人模样的人。自然高雅之士，是没有的了。

八年抗战中，在边区作为一种抗战武器的画，是有功劳的。当然画与画有不同，因而，功劳之大小，也是有分别的。我看见过丁里等同志的大幅油画、沃渣等同志的木刻、李劫夫等同志的讽刺漫画，都画的是人民抗战与翻身斗争的事迹，例如参加子弟兵、破路、救灾、生产诸内容，但只一点：看的人少，没有像"连续图画"那样百看不厌地吸引群众。那原因怕是因为这些画，只能在大会上或展览会上出现，不如"连续图画"的可以自由拿来拿去，因而限制了它的观众；另外我们的一般的观众，还不习惯看这类的画，自然决定的原因，还是是否确切地反映了群众的生活。在抗战中，有一种画是为群众欢迎的，那就是拉洋片。在集市、庙会、乡村、大会上，拉洋片是最吸引人的，也最容易和中心工作结合。例如盟军在北非登陆，召开庆祝大会时，群众剧社同志就画了十几幅连续的时事新闻画，内容是说明希特勒的力量日渐不行，盟军力量如何强大，戈培尔牛皮的破产等，敲着锣鼓，唱着曲子，到各村演唱，并在会场上拉了半天，看的老百姓是多的。其原因，怕是：

一、有连续的故事，如这次庆祝盟军北非登陆时的洋片画，就可以看出希特勒败亡的简单过程；也许有的群众已经知道希特勒一定要死亡，但没见过希特勒，所以要看看。

二、有锣鼓，能引人入胜；有唱，可以补救看不明白的地方。

自然，洋片画在艺术上，没有油画的精致、美丽，然而，却为群众所喜爱。所以，拉洋片对抗战的功劳，我以为比之于油画等，是要大些的。但可惜没有引起我们文艺界应有的重视，而给以提倡。

这回我在庆丰戏院拐角处，看了那些成本大套的"连续图画"，虽然是些不美的，内容是封建的，宣传神奇鬼怪的东西，可是它是有广大的读者层的，而且是蹲在那里，看一本五块钱，反观我们的油画、漫画面前读者的冷落情形，比之是大有逊色的。就单是为了把每天平均有四十个读者，从封建图画影响下挽救出来，也得使你不能不有所感呀！

但是，为什么许多群众要看一本五块钱封建落后的画呢？据我看画的结果，原因是：

一、画的故事性是大的，几乎都是历史故事，成本大套的，一部至少有百图，而此一图与另一图的连续性又非常紧密，即每一图的时间与空间的距离是很短的，所以使读者看了第一图，还想看第二图。

二、容易看懂。自然这里面包含有习惯的教养，如三战吕布、唐僧取经，在旧社会常演这些戏，民间也流行着这类的故事，所以就更容易看懂，因为事先脑子里就有些印象了。如果再识几个字，即使不熟悉的事物，看看简单的说明，也就懂了。

三、不看这些，看什么呢？

假如我们利用这种形式，略加改造，或先不加改造，换上群众斗争的现实内容，多多画一些人民翻身的与抗战的连续画，拿到农民中、拿到工人中、拿到士兵中、拿到其他市民中，我想将受到很大欢迎，而且我以为也将是美术工作者真正达到为工农兵服务的必由之路。

但是，这意见同几个同志谈，他们不是不赞成，而是说行不通。他们的意思是，因为这种画不科学，单线条，画不出人物的表情、骨骼、阴影、明暗、背景等，不合乎光学、透视学之类的规矩。

这些话，曾使我踌躇了一些时候，但在前天，我遇到一个美术工作同志，又把我的意思同他谈，他不但不反对，而且他一定会这样做，并且要在最近做出成绩来。这给了我很大的兴奋，我的感想得到了同调，因而，我就更愿把我如何利用"连续图画"这样形式的意见，在此也谈出来，以就正于同好：

一、画"连续图画"，一定要单线条。工笔画，不必管什么明暗，勾出人样了就行。因为我们的读者看画，还在"会意"的阶段，

他不管什么明暗之分的。自然能够分出明暗来，更好。

二、要学习民间艺人（画匠）的创造性，不要拘泥什么画理。比如连续画的发展历史，据我初步研究，开始大抵是画历史故事，而且是武的多，所以容易懂，后来发展了，也画神怪故事，画文事了，于是就有了难题。解决这难题，我们的民间画家创造了新办法，一方面用文字说明，一方面用分图的办法，例如在一幅图中，中间画一条线，一边画一个人在睡觉做梦，一边画出他的梦境，或在头上冒出一道白光，白光中画出梦境。后来更学习了电影，也画现代的故事了。因而画法也变了，回忆时，用特写的办法；做梦时，用附图的办法，而这样的改变，使群众就更喜欢看了。我们的美术工作者，多是从西洋画法学出的，都懂高级的画理，一旦要画这些东西，在艺术上的顾忌就多。有时带点浪漫色彩也是必要的。

三、连续画的说明文字要求尽量地少，并且每幅画的说明，不要超过每幅画的内容，要恰恰合适。说明的写法，最好用唱本中的韵文，一律五个字一句，或一律七个字一句，便于背诵。

四、这种"连续图画"，都是石印，到处都可翻印，没有制版的麻烦，更没有重制版的豪费——制个一方寸的版要六百元，并可与民间画家——画匠，建立统一战线，从而改造画匠，为人民服务。同时可以与民间印刷所结合，大量印刷，送到民教馆，送到那个摆小摊的那里去，请他推广。

五、但是美术工作者，必须到实际斗争中去，否则画不出群众翻身的事迹来。

现在旧历新年快到了，做美术工作的同志，如果认为这意见还不完全错，何妨先画几幅六扇屏或八扇屏之类的东西，试试看呢？

（《晋察冀日报》1946年1月19日）

# 到群众中去

方纪

这回文艺工作者的大批到前方,对于我们的文艺运动是一件大事。抗战八年,这样大规模地、有组织地、有思想准备地到实际中去,无论对我们解放区,以至全国的文艺活动来说,都还是创举。我说创举,是因为这次行动,与以前的任何"下乡""入伍"有个根本区别,这区别,主要是思想上的改变。

经过了文艺座谈会与整风运动的延安文艺界,思想上已完全改变了面貌。这从近几年的文艺创作活动可以看出。虽然这方面还远远落后于实际斗争,落后于读者的要求,但从作品的思想上、从描写工农兵与为工农兵的努力上,以及从工农兵自己的作品数量增加等,与整风前的文艺活动作一比较,便可以知道这一差别是非常明显的。在这里,我们可以不必多谈这一时期的成绩,但指出这一思想上的变化,看到这个本质的差别,则是必要的。

文艺上的工农兵方向,对于每一个进步的文艺工作者都是清楚而肯定的。但在创作实践中,还有不少的实际问题等待解决。诸如对于新的主题思想、艺术形式、语言、风格的掌握与创造等。最近延安关于几篇作品的争论,便也表现出在许多具体问题上的各种不同的见解。在这些问题中,我以为实际是对于新的生活、新的人物和事件的理解与表现的问题。这中间,包括文艺工作者从对于旧生活和旧事物的理解与表现能力,到对新生活、新事物的理解与表现能力的改造过程。这是一连串的创作实践问题。

这些问题的解决,绝不是概念的理论所能达到的,只有到生活中去,到广大群众的斗争中去,体验、观察、感受时代的情绪、群众斗争的情绪、生活的形式与语言的形象,并在不断辛勤的劳动中,才能完全脱出旧的窠臼,创造出新的具有时代精神与时代形象的作品。有了方向,还要有具体的改造过程中情感与技巧的改造过程。生活实践之对于文艺工作者的需要,也正在此。徒托空言,是无补于实际的。

每一个文艺工作者都常常被人诘问,抗战八年,中国为什么不能产生一部伟大作品呢?这种发问,是正当的;然而是会使人脸红的。虽然也有可以解嘲的理由申说,但其中一个最重要的理由,我以为恰是作家的思想与时代的距离所致。这一点,毋庸讳言,只要看看苏联作家在爱国战争中的创作表现,便可以知道——在人民的时代里,在群众斗争的时代里,只作为个人精神活动的旧的创作表现,自然要落后了。

抗战胜利了,但群众的时代并没有过去,反之它正在兴起。到群众中去,沉没在群众的斗争里,然后才能表现这群众的时代。

(《晋察冀日报》1946 年 1 月 25 日)

# 漫谈《子弟兵与老百姓》

刘崇庆

我请求剧作者、演出者们的宽恕,容许我在这儿说一些外行话,写出自己看了这出戏之后的感受:

我说这不是剧,它宁毋如说是一首诗,一首散文诗。它有着我们边区的风俗画与风景画,告诉我们的观众——尤其是对老根据地生活有点陌生的观众——八年来,我们为什么能屹立于敌后而日益壮大。从这儿你将获得"题解",你会是一目了然,说"咳!真不容易,真不容易……"。你会了解到为什么老百姓是那么地热爱八路军,而八路军又是怎么和群众站在一起,战胜了我们中华民族的敌人——日本法西斯。

这个剧第一次上演是在四四年初,是根据四三年大"扫荡"(从九月到十二月)所有的材料而写的,它有一些近于"活报"形式,现在请看看这瑰丽如画的舞台场面吧。

幕开了,湛蓝的天空上飘着一朵乳白色的浮云,高参的大树下坐着许多子弟兵,那是刚从地里回来休息着。大家聊聊笑笑抽着烟,看老妖精——那个善良的乡民的绰号,拿着块手巾扭着唱着,使人感到一种淳朴轻松的气氛。之后,我们的子弟兵又都拿着镰刀、绳子、犁……帮助群众收割去,末后又去执行新的任务袭击敌人。

第二幕共分两场,第一场写一个敌军联队长的司令部,写敌军中上下级之矛盾,汉奸的卑鄙无耻,甘为敌探出卖祖国;第二场是暴露敌寇罪行及我们人民在敌人面前是如何英勇不屈地斗争着,如是众多的老乡被敌人包围着,枪杀了一个老汉、一个青年,可是他们始终是遵守"国民公约",没告诉敌人八路军到哪儿去、粮食坚壁在哪儿……当老妖精的孙女大妮被敌人拷问，她说我爷爷不叫我说——我应讲这个小姐姐演得不大够味——敌人叫老妖精用棒打她时，老汉想到自己的将来，想到自己该做的——为怕孩子泄露秘密先打死了那小姐姐，而最后用棒猛力地向敌人击去，终于英勇牺牲了。这不是仅仅表现是那可爱的老妖精的思想与行为，这是整个中华民族的化身，所有不愿做亡国奴的化身，他启示了我们应该爱谁，怎样爱谁，也告诉我们怎么地来对付敌人和在敌人面前该怎样做。

呵！好一幅可歌可泣的画面与民族解放的伟大史诗呀。

第三幕，第一场是劫后的农村到处是断墙颓壁及无食无衣而带来的荒凉呵，然而队伍又重回来了，为了报仇，准备消灭据点里的敌人，为了同甘苦拿出他们自己的粮食分给人民，并出发作战。部队动员了，民兵也动员了，我猜想这是全剧之高潮。（请想想那几年的岁月吧！我们的军队虽然是每天每人斤半米，但都是年纪轻轻的小伙子，每天要行军作战、要生产，都吃得很多，这是勒紧了裤腰带而匀出的粮食呵！）第二场是民兵配合作战进攻敌据点而胜利凯旋。

自然，这个剧中所写的人物事件并不一定是最典型的，但从这短短的话剧中我们已看见我们边区人民生活的一个缩影了。

我离开边区已是三年了，我感到幸运，刚刚回来不久就看到《白毛女》的演出，隔了几天我又看到这个优秀的话剧之演出。这个剧，是有它自己成功的地方——它突出地刻画出一些人物，老妖精、大妮、来福、老太太（两个）、歪把子……通过这些人物的言语行动描绘了人民战斗生产的雄伟的生活，八年来对于老根据地的生活，如果还不太熟悉的人，将会懂得更多一些。你慢慢地就会了解它，但，这个剧因为要表现的东西过多，难免有些更多地注意于事件的发展，这限制了对于人物之刻画。比如第三幕第一场就不得不以那些人的叙述来表露出后台所发生的事情——就是说有许多事暗中进行，没搬上舞台来，如果作为小说来讲，就是它散文性质更多一些，毫无疑义的它自然也是很秀丽隽永的散文，可以当得起乔皇瑰丽的四个字。第一幕与第二幕二场，无论从人物、布置以及天幕的变化这都是最好的，我比拟它是也镶在羊脂玉上的两颗亮晶晶的珠子。

这之中，不免也会有一些不注意的疏忽，自然这一些都是小节，像第一幕，军队帮群众收割时扛回来的都是干草，如果是金黄的、沉甸甸一尺多长的谷穗，那该多好呀。（自然现在很难找到那。）其次，是在情理中有些不大通的，敌人联队长办公室中连一个电话机也没有。自然，在剧情发展上是没有用上它，他的办公室也比较简陋一些。第三幕第一场民兵站岗烤火，那似乎是在村边沿，如是，是会被人发现岗哨的位置的。如果是为了加强气氛的话，我想在这里该有点改变，在窝棚或哨棚里倒是可以烤火。三幕二场日本哨兵唱了个歌，按实际情形忖度，恐怕他不敢，因为那是不被允许的。

布景方面，我感到这样一点，第三幕，三棵树像被折断的，不是锯断也不是砍断，日本人包围了村庄，逮走了人，可是搞去三棵树做什么呢，树搞得成树墩子了，因而破坏了平衡，使得那画面不美了。

效果所用的爆竹也不太好，当敌人打死老百姓时，倒是在台的左方起了火星。

总之看完了这个戏之后，使我回忆到前几年的生活，那是我坚壁在曲阳的一个乡村里，时间是四○年冬在"扫荡"中，我期待地等着我们的军队来，果然，不久他们来了，我真是感到有了依靠，有了可以给自己作"主心骨"的亲人，有了他们将打走日本鬼，将获得平静的生活……自然全村的老百姓也是如此想。

我不知道别的同志怎样，当军队奏起那凡是生活在老根据地的人都喜欢唱的调子时，我便不自主地随着它哼着：

　　　　嗨哟！军队老百姓，

打鬼子保家乡，

咱们是一家人，

咱们是一家人哪，

才能打得赢哪，

□□□□……

廿五晚

（《晋察冀日报》1946年1月27日）

# 《八年见青天》观感

陈孟君

《八年见青天》是"新新剧院"自己创作的,他们把八年来血的冤仇,用戏剧的形式,活生生地演出在舞台。

八年啦!在这悠久的岁月里,他们生活在敌人压榨下的张家口,日本人"给予"的是:献金、献铜、配给制度、灌凉水、强奸……最后落到贫困和死亡。这种酸苦的滋味,他们都亲身遭受过,这种种的不幸,现在他们带着痛恨的心情,把它表演在舞台上。

戏的前几场是对汉奸露骨的讽刺:一群失去了民族意识的汉奸就没有一点人味,因为他们的差事是和日本狗一样——喝中国人的血,他们为了弄几个来路不明的昧心钱,专门做着欺压同胞的买卖。他们的"发财之道"是以冠冕堂皇地查"许可证"为名(当然别的办法更多,这只是一种)到市场去,见到每个小贩都是一句:"许可?"就是小贩们带有"许可证",他们也要硬找个碴儿,以便拿盒联宝烟,或是一瓶香油。卖芹菜的因为"许可证"迟换了二天,硬要往领事馆送,可怜他几天的叫卖,挣来的几块钱,统统塞给了这些无耻的汉奸,才算免进一次鬼门关,他们怎么会想到这些纸烟、香油、钱都是小贩们一家子的生命。

戏,从"吉老汉"家里展开,五六十的吉老汉,天天卖麻饼,儿子吉有胜拉洋车,女儿做针线活,这样维持着贫困的生活,但在敌伪统治下,他们一家三口,都有一段痛心的遭遇。

吉有胜饿着肚子,做着那人下人的买卖,好不容易碰上一个顾客,偏又拉了个不通人性的汉奸,给了一块钱车费,吉有胜说个"少"字,就饱饱挨了一顿耳光。

发白眼花的吉老汉，遭受汉奸一顿毒打后，身体被摧残了。裁缝铺的掌柜送他二斤肉，又碰上汉奸说他是"私自买肉"，拉到领事馆里，用凉水灌得死去活来，他儿子背回了他半死不活的爸爸后，忙着出外买菜。妹妹到门口等望哥哥时，不幸碰上了个醉醺醺的日本兵，就在吉老汉的屋里，强奸了吉老汉亲生的女儿，吉有胜回来时，才救活了他刚上吊的妹妹。

这些惨痛的事情，不仅只是发生在张家口，敌人所到之处，都会发生这种兽类的行为。

这会儿天开了，死去的又复活了，和八路军生活在一起的人民可以随便地骂，自由地骂，骂欺侮我们的敌人，骂那些卑鄙的汉奸，把它写成剧本，记上这笔血账，让我们后代也知道谁曾经欺压过我们。

(《晋察冀日报》1946年1月29日)

# 关于搜集材料与新闻写作

冯兰瑞

一月廿三日本报第二版,刊登了两篇报导冀察冬季生产的新闻,一篇是《涿鹿六区修渠三道开煤窑二十一处》,另一是《龙关二泡等三村冬季生产获利百四十万,采取合作方式效率很高》。这两篇稿子都用数目字来说明冬季生产的成绩,但它在效果上是失败的。因为读了之后,仅能得到零碎抽象的概念,不能留下一个深刻具体的印象。这是为什么呢?可先看看原文:

其一:

在民主政府积极扶助倡导之下,四个月中涿鹿六区的生产建设已经得到了显著成绩。总计全区开渠三道(双树子沙窝渠、东小庄黄泥渠、赤脚寺渠),共长一千八百五十余丈,可浇地六千余亩。开荒滩一百亩,每亩能产大米一石。在张家堡、沙梁子、针刺屯一带开煤窑二十一处,其中五处系私人投资经营,十六处系工人自己组织的煤窑合作社。二十一处煤窑共有工人一百一十余名,每天可出煤二千八百四十五筐。此外,并在界牌梁、双树子等村组织合作社及纺织业,也获得初步成绩,该区各种冬季生产的收获,给今年大生产运动打下了一个基础。

其二:

察哈尔讯:龙关赵家窝棚等村积极组织冬季生产,成绩已相当可观。赵家窝棚、二泡、姜庄子三村,打柴换得小米二千零六十斤;往口外贩卖牲口,赚洋九十九万三千五百元;打豹子五十二个、獾五个,卖钱十万一千五百元;做运销赚钱十四万五千元;开店卖饭赚洋十七万四千五百九十元;毛织赚洋八万元。总计共赚小米二千零六十斤，钱一百四十九万四千五百九十元。大庙子村二十余户，在冬季生产中，共烧炭一千斤，卖钱一万元；编筐八十二对半，卖钱三千零二十八元；砍笼驮绊一百对（尚未卖出）；套狐狸二个，卖钱一万四千元；打山鸡六十只，卖钱六千元。总计共赚钱三万三千零二十八元。其他如李家寨、侯庄子等村，也得到不少成绩。经营方式上，各村大都采用合作社方式，如大庙子村五个人合作经营编筐烧炭等项生产，按劳动力入股，获利以后，按股均分，大家取长补短，互相合作，工作效率很高。李家窑村以打柴为主要生产，全村生活集体化，起床、吃饭、生产、上学，都以打钟为记，所得成绩也很良好。

综合这两篇东西，可以得出下面的公式。

抽象的导语+成绩（或缺点）数字+一般的收束语＝新闻。

它们开始是"在民主政府积极扶持倡导下，四个月中涿鹿六区的生产建设已经得到了显著成绩""龙关赵家窝棚等村积极组织冬季生产，成绩相当可观"，接着来的是一大堆平列的事实和数目字。没有记载事实的原因、过程和结果，也没有说明成绩主要表现在哪里，乍一看见前面导语的时候，首先就使人不明白，这篇新闻的中心点是什么？是"在民主政府积极扶持倡导下"的生产情形呢，还是只介绍成绩？是以"成绩相当可观"来说明"组织冬季生产经验"呢，还是只说明数目字？因为"民主政府扶持倡导""积极组织冬季生产"是新老解放区的一般情形，并非特殊的问题。"成绩相当可观""得到了显著成绩"也不能给人一个具体深刻的印象，前后都是很原则的东西。而且事情的叙述中，绝未提起民主政府如何扶持倡导，合作社的组织也写得不深刻。因此整个来说，这两篇东西从内容上和风格上来看，都算不得好新闻。

然而主要的问题，却在于它们共同代表着一类型的新闻样式。与这相类似的缺点，还可以从登载过及未登载过的稿子中间找出许多来，而且数目不算少。如一月十日报上"房山、怀来、宣化民兵冬训热烈进行"及"香武宝联合县开学冬校达百分之八十"，虽然它们另用了"热烈进行中""普遍开展"做导语，叙述的事情也不一样，但它们的抽象化、一般化、不能提出问题则大致相同。

因此这种写法，实在是许多新闻短讯中的典型。

是不是材料本身限制了新闻式样呢？不是，我以为如果真正熟悉了（或者掌握）了材料，哪怕是一条极简短的新闻，也能写得深刻，而且能提出问题来。

这种缺点的产生，应从材料的收集与写作方法上去寻求解答。自然，我下面的意见并非专对上述两条短讯而发，而是对一般新闻通病而言。不知正确与否，愿供通讯员同志参考。

文章的内容，是通过一定的形式来表现的。风格是个重要问题，内容却更加重要。没有具体的、生动活泼的内容，就没有好文章。在新闻写作上，内容的好坏决定于材料的搜集和掌握。这两步工作做不好，写好新闻是不可能的。

（一）搜集材料是写东西的第一步工作，也是最困难的工作，搜集材料要具体、详细，了解要深入，能发现问题，这是一个艰苦的调查研究过程，不但应将准备写的事情、人物，从头到尾，每一阶段、每一细节、每一问题了解清楚，还要调查当时、当地、当事人（或群众）的一般的和特殊的情况，为第二步的裁减工作准备下充分活动的余地。

听工作报告和总结，看材料，参加各种会议或工作，找参加工作或直接领导的同志谈话，都是材料的来源。但更要紧的，则是深入群众，调查研究。如要报导一个区的优抗工作，到区公所调查是必要的，却不能就此止步。还必须挖根掘底，钻研问题。找群众中优抗模范和受优待的抗属来谈谈，详细了解他们怎样做，结果怎样，当时怎样想，过后又是怎样想，研究群众在工作中是否受到教育，思想有无改变，从中发现问题，介绍经验。只有如此，才能把事情报导得真实、深刻、有意义。

可是，现是有些通讯员和通讯工作的干部，缺乏这样一种作风。他们或是坐在家里看材料、开会、谈话，没有自动接迎群众、深入钻研问题的精神，或是听到一点就写，未抓住线索追下去，继续调查。无论文字写得如何通顺，但也难免空洞和一般化。还有的同志，亲自参加了工作，却仅能得到自己接触的片面材料，或有了许多材料，写不出好新闻，这主要是没有掌握全面，没有发现问题，也就没有掌握和使用调查研究方法。

（二）应根据各时期不同的报导重点，和所获材料性质，决定一篇新闻的中心。应围绕着中心去选择材料。采取的材料，应符合这时期的报导重点，才能反映出典型的事件和人物。适当舍去不必要的东西，克服不忍割舍材料、抓不住中心的毛病。

但现在有的通讯员同志，毫无中心地把所有材料都写上去，不加裁减，使新闻失去重点。这样的文章，已不能指导实际工作，也不能配合政治斗争。新年以后，来稿中有一篇题为《新年在天镇》的通讯，全篇不到八百字，从除夕的下午一直到二日上午的事情都写了，材料中有重复的、有无关重要的——尽是表面现象。抄几段在下面：

"卅一号晚上……县党政军民干部、城团干部，与城里高小、永嘉堡高小的全体教员，齐集一堂，娱乐晚会即开始了。'欢迎韩政委唱个山西小调！'会场肃静起来，锣鼓响了，胜利的新年歌曲唱起来了……

"一日……傍晚，庆祝新年及反内战大会开始了，数千个拳头有力地举在空中'坚决反对内战'……

"二号的早晨，不少的革命军人家属，走进了自己政府的大门口,抗属们团团地围着……"

读了之后,使人觉得天镇不是在过年,而是在开会。而这些会又都是这样的平常,没有意义,更没有写出抗战胜利后第一个新年的特点,如果将其中的一个会,抓住特点(能表现抗战胜利后第一个新年的特点),作生动具体的报导,文章就会有意义得多。如果材料未经裁减只堆积排列,如第一节中所举的两个例子,那是失败的新闻。

就算事实确是如此吧,但我要问,你把这些数目字告诉读者的目的是什么呢?大概没有人"为数目字而记数目字"的吧。其实,不管什么新闻,它都有一定的意义。我并不反对抄数目字。但应通过数目字来说明你想传达给读者的某种思想,或某种问题。否则,就会失去新闻的价值。

(三)搜集和裁减,同时也是组织材料的过程。甚至材料用在什么地方合适,才有力量?怎样做到有条不紊?怎样才能围绕中心?怎样提出和解决问题?怎样总结及介绍经验?必须在动笔以前充分思索:第一写什么?第二写什么?主要问题是什么?次要的是什么?思索的时间要充分,成熟之后才下笔,写起来也就容易。

(四)在调查研究时,还要注意挖掘问题。许多稿子只写出事情经过,却没有提出问题,也没有介绍经验。说"成绩很好",究竟成绩来自何处?群众发动起来了,究竟如何发动起来的?说张市某区成立了自来水合作社,但在什么条件下成立的?如果只写事实经过,而没有说明其所以然的新闻,也是没有价值的。

死板的公式,不能表现活泼生动的内容。新闻写作的技术问题是很复杂的,我只简单提出下列几点供参考。

第一,按照内容决定写法。目前最主要的问题,我认为是采用活泼生动的形式。要做到这一点,首先是打破千篇一律的新闻八股,套公式是"削足适履"的办法。第一节中所举的两条简讯,就是例子。

许多通讯员同志，不知不觉地铸成了一只模子，或者是许多差不多的模子，一开头就往里套，把好材料套成了死文章，把许多活泼的新闻变成了僵硬的新闻。由于套公式，真不知埋没了多少极有价值的材料。明明是一个有特点的好材料，但由于"套"公式，却"套"成毫无特点、枯燥无味的新闻。

第二，要通过重要的、典型的人物和事实，来反映和说明一般的实际和本质的问题，过去有些稿犯了没有中心、不深刻的毛病。（自然因为材料选择和组织得不好，也有许多是由于表现不得法。）例如打柴多少、打粮多少、打豹多少、纺织多少、运销多少——总共多少。全篇像一页流水账。这样的稿子，给人看了只感到沉闷，无意义，更谈不上经验介绍，指导工作。

总之，一篇新闻的作用，不外是反映实际，交流经验，配合政治斗争与指导工作。如果不能在任何一面完成任务，那么，这篇新闻就没有意义，就失去了新闻的价值。

（《晋察冀日报》1946年1月30日、1月31日）

# 悼 T. 德莱塞

陶然

德莱塞最近逝世了！

德莱塞是美国当代的名作家，是世界文坛上一颗明星，也是一位革命的文豪，而且是"工作者，苏联的老朋友，反抗法西斯、反动的一位战士"，共产党员。他的死是世界文艺界的重大损失，是世界反法西斯民主阵营的重大损失！

德莱塞于一八七一年生于美国之印第安纳州的特雷霍特。他的父亲是毛织业商人。当时美国的社会正由资本主义社会过渡到帝国主义时期，资本集中垄断的托拉斯开始了，金融寡头大资产阶级出现，而且登上了政治舞台，掌握了美国中的政权，中小资产阶级破产了。他父亲的小作坊也没逃脱了命运，随着多数中小资本家一同破产了。这正是德莱塞的幼年时期。

幼年的德莱塞跟着母亲离开了破落的家庭，开始了流浪的生活，他几乎走遍了印第安纳州的各个角落。德莱赛的兄妹很多，这更增加了他母亲的负担，因此德莱塞在大学读了一年书就去自谋生活了。他做过各种各样的职业，如在芝加哥饭馆做堂倌、五金行里的学徒等。德莱塞虽然过着牛马般的穷苦生活，但他没有向旧社会低头。他要提高自己，他埋头读书，他利用各种机会学习。他有远大的理想，他要解放他自己，他要为解放劳苦大众向资产阶级作斗争，于是他常失业，常受到老板的驱逐。

德莱塞是很聪明的、努力的，他进步非常快，读了很多的书。他得到从前的教师的赞助，进了印第安纳大学，但贫苦的生活，在一年后，就把德莱塞抛出了学校，投入劳苦大众中去。

德莱塞在洗衣铺、家具公司等做了三年多的劳动，于一八九二年开始了新闻记者的生活。在芝加哥、匹兹堡、纽约各地报社中工作。一九〇〇年发表了处女作长篇小说《加利姊妹》之后，十几年内又出版了《金融界里人》及《巨人》等长篇小说。至一九一五年有名的长篇小说《"天才"》发表了。因为在《"天才"》里他对美国基督教徒做了极大的暴露与讽刺，引起了旧社会中剥削阶级的攻击。但四十五岁的德莱塞在思想上已接受了马克思主义，再加上几十年的生活经历，他的斗争精神是更倔强了。过了二年，他对剥削者的攻击，还击了一个永垂不朽的武器——《美国的悲剧》。这部长篇巨著，不仅对美国的剥削者和罪恶的旧社会打击得体无完肤。同时，对劳苦大众也是一个美好的礼物，使他们对于号称富强的帝国主义的美国社会，有更进一步的认识。

《美国的悲剧》出版后，震动了世界文坛，受到了各国作家的赞扬，德莱塞成为欧洲各阶层最熟悉的名字、劳苦大众的好友。此书有德、法、日及苏联一切文字的译本。在美国出版数十万册，再版十余次，即就版税来说，收入竟达四十万美元之巨。

《美国的悲剧》中所描绘的，是一位贫苦的、没有受过教育的、孤独的然而野心很大的青年的一生的悲剧。围绕着这个青年，写出了社会各阶层人物的思想、情感及当时美国社会的组织机构。因此，它不单是这个青年的悲剧，而实是美国社会全体的悲剧，即从下面所摘译的第二部里第四十、第四十一节来看，也可以看出生长在资本主义社会中的克拉图的思想、情感。他为着金钱、名誉、地位，想着抛弃已经怀孕了的爱人劳泼特，而准备着和富家女郎逊德莱结婚。

克拉图是美国资产阶级中的典型，他们所说的"道德""人性"……是以金钱为依归的。

在日译本的《美国的悲剧》里序言上，译者田山纯一说："……作者德莱塞说他很醉心于里尔□克，同时也爱读陀思妥耶夫斯基的作品，诚然这部作品，有些地方使人想到《罪与罚》。有些批评家也把这两部作品相提并论地批评，但在本质上这两个人的气质是有很大的距离的……"

　　苏联十月革命的成功，苏维埃政权的建立，工农大众的翻身，给德莱塞很大的鼓励，使德莱塞为无产阶级彻底解放而斗争的思想更坚定了。他不仅用笔作武器，而且亲自参加各种斗争。如一九三一年十一月他组织视察团到肯塔基州的哈伦去调查煤炭工人的罢工。后来他不断地参加和领导罢工运动，美国的反动当局竟把他捕逮起来，判了徒刑。但劳苦大众是热爱德莱塞的，由于他们的营救及各国舆论的攻击，反动的统治阶级才把德莱塞从监狱里放出来，改为缓刑。

　　去年秋天，德莱塞以七十二岁的高龄参加了美共，这是进步的文艺界的光荣，同时，也是一个进步的文学家应走的道路。关在亭子间里写文章的时代已经过去了，只有到广大的工农兵中间去，参加他们各种斗争生活，成为他们组织中的一员，才能够写出伟大的作品。

一九四一年六月于联大

（《晋察冀日报》1946年2月4日，《每周增刊》创刊号）

# 谈谈木刻画
## ——参观《延安木刻展》之后

张望

正当张市人民以无比的欢腾庆祝和平胜利时节，联大文艺学院主办的"延安木刻画展览会"在民教馆展出了。无疑的，这在张市是空前的，富有时代意义的。

这次参加出品者有：古元、彦涵、沃渣、马达、力群、胡一川、百风、天流秋、计桂森、焦心河、盛单、吴劳、张菊等二十余人。作品达百余件，其中有套色木刻十余幅、木刻窗花三千余幅，除窗花富有民间装饰趣味外，全部作品都以写实的手法刻露出新民主主义社会中人民大众的生活，和陕甘宁边区的各种建设，以及八路军英勇抗战的事迹，毫无疑义的，是新时代的产物，是中国人民喜见乐闻的东西。

在这次出品中，古元同志的作品颇为观众所注目，其作风：刀法健壮有力、黑白对比强烈、热情澎湃、富于思想。例如《人民的刘志丹》，充分地表现了革命者是从群众中生长的，陕北农民热爱革命先烈，刘志丹同志的精神活现于人民的心中。再如《马锡五调解婚姻案》《结婚登记》，是说明了陕北过去的旧婚姻制度在新民主主义政权中已得到了合理改革，同时，也证明民主政府执行群众路线的正确。古元同志在前一幅广大场面的构图中，很适当地处理了主人翁——一对青年未婚夫妇的喜悦姿态，和周围农民赞扬马专员的气氛，在构图和刀法上并不因其复杂而紊乱、琐碎，堪称杰作。

古元同志他热爱农民，熟悉农村生活，许多作品都和劳动人民结合得紧紧的，反映了边区各种生产建设，使观众看出地薄人稀、偏僻荒凉的区域，在共产党的领导和边区人民努力下，已日渐繁荣，享受丰衣足食的生活了。《八路军大生产》是作者描写一九四三年陕北南泥湾部队生产情况。四三年在毛主席和朱总司令号召下，全边区民众、机关、部队开荒一百万亩中，部队开荒也达二十万六千亩，收细粮三万一千石，因此不仅改善了战士生活，提高了战斗力，同时也大大地减轻了人民的负担。这幅木刻报告了八路军生产的范例是值得全国军队学习的。

彦涵同志也是一位多产的作家，他曾在敌后体验了多年的战斗生活，因此其作品的取材也偏重于此。例如《夺回粮食》《当敌人搜山时候》《子弹打完之后》《把传单射给敌伪军》等作品，表现出八路军和敌后人民的英勇对敌斗争。任凭敌人如何残酷、凶暴，施行其"三光政策"，但，八路军始终是保卫着人民。再如他的连环木刻《狼牙山五壮士》，更具体地显示出八路军战士宁死不屈、杀身成仁的精神。彦涵同志有大胆、独创的构图，活泼而又写实的刀法，再加其丰富的生活而造就了他的成功。

木刻界先进沃渣同志，素以刀法细致、构图严谨见称，从他的《夺回我们的牛羊》《妇女慰劳站》便可以证明了。作者也曾在敌后艰苦中磨炼了数年，因之其反映敌后军民团结、艰苦奋斗很逼真也非偶然的。

观众很熟悉的木刻家马达，他在这次的出品虽仅三四幅而已，但却是可贵的。从作品《莫待天旱过农时》《插图》中可以看到他严肃地在钻究中国固有木刻的长处，希望继这些收获努力下去。

胡一川同志他也给观众带来了数幅套色木刻，是其近年来的结晶。例如《攻城》《埋地雷》等作品，其大刀阔斧的性格是别具风味的。

力群同志的《饮》《老人像》刀法精细，使观众惊奇。其《丰衣足食图》（套色）色彩鲜艳，反映陕北农家愉快幸福的生活。

夏风同志的《货郎担》《自卫军练操》《请八路军喝年酒》，张菊同志的《文化摊》，郭均同志的《助产训练班》，戚单同志的《学习文化》，吴劳同志的《八路军修筑水渠》，均是成熟的作品。

还有二位青年木刻家：计桂森的《请抗属喝年酒》《八路军移防》和王流秋的《我们要复仇》《宣传卫生》。前者以坚劲流利的笔致，后者以活泼而又稳妥的构图，充分地表现生动的主题。

延安木刻工作者有今日之成就，是由于首先得到毛主席《在延安文艺界座谈会讲话》的启示，了解如何为工农兵、人民大众服务，从人民的实察生活中寻找无穷尽的题材之故。

有充实的生动的生活为素材，是延安木刻工作者成功的主因。但也有个别作品的人物须加以修饰。这也许是因中国新兴木刻缺乏师资，以及作家素描基础欠佳所致。然而这是可以克服的。

★★★★★

谈起中国的新兴木刻运动，溯源探始，使我们永远不能忘记鲁迅先生一手扶植起来的功惠。远于一九三〇年上海一个艺术小团体"一八艺社"就是首先得到鲁迅先生倡导的，就今天参加展出的作者来说，也有不少是当时的艺术青年。由于鲁迅先生苦心栽培，举办展览，刊印欧洲和苏联的木刻给予艺术青年以借镜，而且又殷勤地和他们通讯指导，以及物质上的资助等等，因而使年轻的木刻工作者得到鼓励和推动。

由于中国新兴木刻画一开始便在前进的思想指导之下而和时代相结合，站在时代的最前头。"七七事变"前，它就带着明确的反帝反封建的色彩。故此惹起了中国反动统治阶级的注意，随后则加以压迫、囚禁、毒害！其走卒"艺术大师"们大加冷讽热嘲，睨视木刻画为雕虫小技。然而我们的艺术青年却不因此而灰心丧志，咬紧牙根，坚决地和这恶势力搏斗到底！（今天参加展出的作者中也有当年饱受"铁窗风味"者！）

"七七事变"后，随着民族解放斗争的展开，中国木运也开始呼吸到自由的空气，并且争取到公开合法的地位去共同为祖国的自由独立而奋斗。他始终不会和"艺术大师"们一样逃避现实。例如在延安以及其他抗日根据地许多木刻工作者，他们参加了实际的生产建设和宣教工作。在前方，也有不少的木刻工作者参加战斗，例如延安鲁艺木刻工作团从三九年至抗战胜利前仍在晋东南敌后坚持工作，出入于枪林雨弹中去鼓舞抗战！

在抗战八年中，木刻工作者的牺牲也是不少！其中以四一年"皖南事变"后的魏磊同志，四三年秋季反"扫荡"中的陈九同志的牺牲，更使我们沉痛和愤恨！

苦斗十五年来的中国新兴木刻已经长大，在根据地由于政府的帮助，其自然得到迅速发展，在全国其他地域也因木刻工作者的艰苦奋斗而产生了不少优秀的作品。然而我们不能掩盖，应当指出来的还有个别作者已倾向于颓废、无聊，与时代背道而驰了！例如重庆出版的《艺新》、《星岛画报》（渝版第二期），还以大篇幅刊登《红》《听涛》与现实无关的木刻作品！

抗战胜利了，和平胜利了，建设自由、独立、民主、富强的新中国时代到了，在新的时代、新的条件之下，我相信我们的木刻艺术也一定会有新的成就、新的收获的。

二月五日夜于张家口

（《晋察冀日报》1946年2月10日，《每周增刊》第2期）

# 介绍秧歌剧

陈孟君

秧歌剧在张家口是比较生疏些，在陕甘宁，无论大人、小孩，逢春节时，宁可不吃饭，都要跟着看秧歌，秧歌里的曲子流行在每个老乡们嘴里。

它的内容是表演老乡们自己日常的事：生产、拨工、改造二流子（注），战斗等，而且从戏里，群众懂得了怎样才能过好日子，怎样才能打败敌人，这是群众喜欢它的主要原因，而且有好多剧本，是根据群众中真实的事写成的。如《钟万才起家》一剧，就是钟万才自己从二流子转变，到起家的一段故事，这个剧曾在钟万才家乡演出过，而且他也是观众之一，演出后，感染了不少二流子由游手好闲而变成一个勤于劳动者。

一九四三年大生产运动中，鲁艺曾演出了以生产为主题的《兄妹开荒》这个戏，得到了群众的热烈赞扬，鼓舞了群众的生产情绪，在这一运动中，它起了推动作用，里面的歌曲，流行之广，不仅在陕甘宁，在前方各个根据地里，都普遍地流行着。

由于秧歌剧蓬勃发展，影响了群众，他们自己起来组织秧歌队，编写自己的事。去年春节，吴满有乡的秧歌队，曾出了《纺线》，表演一个勤于生产的妇女，纺线快而且白又均匀，所以日子愈过愈好；另一个嗜吃懒动的婆姨，纺线不用心，白棉花，纺出来成了黑线，线和"九节鞭"一样，一节粗一节细，生活得不到改善，身上穿的仍是前二年的破衣，这些实际困难教育了她，以及别人的影响，便她转变了，在区合作社的帮助下，几个月后，换上了一身崭新的衣服。

这是一个例子，其他秧歌队，都产生了许许多多的精彩节目。

秧歌剧，是戏剧里的轻骑队，十几个人可以组成一个秧歌队，演员化好妆，随身穿个服装，各人带自己应用的道具、锣鼓、乐器等，可以随时转移，一天能演出四五场，演出多半在白天，地点不限制在舞台上，无论在街头上、旷场上，随地可以打开场子，观众围在四周，打起锣鼓，就可进行表演。表演时，有歌、有舞、有打击乐器和管弦乐器的伴奏，打击乐器不是死抄旧戏锣鼓点，是根据戏的情感变化，采用不同的打法。

里面的曲子，都是收集自民间的民歌、小调、□□、道情等，因为它是由群众中而来，歌曲里充分地表现着农民的气质，唱起来田野风味很浓，听着也很洒脱，感情非常健康。

语言是用地方话写成，演员演出时也说地方话，群众容易听懂，而且感着亲切。

它没有布景，只带简单道具，所以秧歌剧的演员，是具有丰富的想象力和创造性的。戏是在室外或室内进行，以及舞台的装置，都是经过演员的动作和道白来传达给观众，有些动作是采用旧戏的，如开门、关门等。

这种形式，是最适合流动宣传的一种工具，在今天，新解放区的群众，正在同恶霸汉奸们进行着清算斗争，减租减息正在实行，广大群众已发动起来啦，今年又处在大生产和节约运动中，在这群众翻身浪潮里，他们的生活是多么富有战斗性啊。形形色色，各种斗争方式，需要我们文艺工作投身到这个巨流里，去体验，把他们生活斗争情形，创造出新的、带有地方色彩的秧歌剧来，我想一定会得到群众的热爱和拥护。

我对秧歌的了解，仅是些皮毛，只是简单介绍一下，对于没看过秧歌剧的，多少可以知道一点。

（注）"二流子"是陕北土语，形容一个嗜吃懒做的人。

（《晋察冀日报》1946年2月10日，《每周增刊》第2期）

# 介绍《真假李板头》

王子野

故事是平凡的故事，文章是质朴的文章，好处也就在这"平凡"和"质朴"上头。说它是一首歌颂"新英雄主义"的史诗也不算过分。

谁要想认识一下什么是"新英雄主义"，他就该读一读这篇作品。说起"英雄"二字，很容易使人联想到旧戏的穿甲戴盔的角色，走起路来，八面威风，说起话来，房子也会震坍。然而那些"英雄"与我们的"新英雄"毫无共同之点。我们的"英雄"是一些普普通通的农民、工人、士兵，是些老实人，像李板头。或许有人会问：既然叫作"英雄"，总得有些"出众"之处，否则还叫什么"英雄"呢？的确，李板头比别人更能埋头苦干，更努力、积极，操练的成绩比别人好，被人推举为模范。这，还不算。更重要的是他不骄傲，虚心。他和别人比赛不是要把别人比垮，而是要把别人比上来，跟自己一样，甚而超过自己；看见别人前进不是嫉忌，而是喜悦。就在这里表现出"新英雄主义"的特色。这是作品的主题。

写作方法上的特点是白描。作者尽力想按照真实情况把故事记述下来，没有渲染、没有夸张、没有造作。读了之后会感到故事是合乎情理的，人物是生动活泼的。叙述用语也好、对话用语也好，没有任何华丽的词句，全都是我们士兵的常用语。就结构说也很完美。开始先写李板头怎样埋头苦干，终于得到成绩，受人称赞。继写李的事迹被编为剧本上演，由于饰李的主角刘巨宽在舞台上说错了话而被人议为假李板头，假李板头因受议而奋发上进，想和真李板头比赛，最后以比赛中的相互帮助而彼此成绩都好结束。

第一节主要用力写李板头的"新英雄主义"、埋头苦干的一面。演戏是一个过脉,当戏中主角刘巨宽说:"比就比吧!我还比你不垮?"李板头亲自在台后听出这句话的毛病,提出抗议,是故事发展的一个很重要的契机,由此而展开李板头的"新英雄主义"的另一个面:不骄傲,带领别人前进。在这里可以看出作者的写作技巧是很圆熟的,难为作者想得周到,没有这个穿插而要使这个故事圆满发展下去是很困难的。

在我们的新政权底下,到处都有这样一些看似"平凡"而实则"伟大"的人物和故事。虽然也写了一些作品,可是无论数量上和质量上都还不够。像《真假李板头》这样的作品应当加以珍视,应当加以提倡,特别是提倡它的质朴的作风。

(《晋察冀日报》1946年2月10日,《每周增刊》第2期)

# 门外汉的感想

茅盾

这一次看见了最近几年来的延安木刻,十分欢喜,以前也曾零零碎碎看到过一些延安的木刻,然而总不及此次之多,而且在看遍以后,门外汉如我亦觉得有些感想要向内行的朋友们请教。

延安的木刻有些特殊的风格,内容是最现实的,而形式亦朴质刚韧。试看此番在重庆展览的材料,如艾青的长诗《吴满有》的插图,秧歌剧《瞎子算命》的插图,《新旧光景》(连环画),秧歌剧《货郎担》的插图,生产、识字、卫生一类的故事,乃至窗花、年画等等,表现出陕北人民的和平劳动的生活,表现了这些和平劳动的人民在民主政权下生活得多么快乐,然而和平劳动之中仍然有斗争,这便是和落后斗争、和灾荒斗争、和经济封锁所造成的无数困难斗争,结果是胜利了,斗争胜利后的喜悦,洋溢于朴质而大气淋漓的窗花和年画中。

从技巧上说来,延安的木刻手法很新颖,富于创造性,这是融合了西洋技巧和中国的优秀传统,再加上翻身以后的陕北人民的如火如荼的创造力,才能够达到这样美妙的境界。如果有谁要问民族形式这口号提出了五六年,我们到底创造出什么可以称为民族形式的东西没有呢?那我敢大胆回答,这些木刻便是大大的始基的椎轮。

如果有人进一步问,为什么陕北艺术界能够做出这样可以夸耀的成绩来呢?我以为最好的说明,不是几句原则性的话,而是这些艺术家的实际生活,这是确确实实的,他们不但生活在和平劳动的人民中,并且与人民拥抱,他们自己也在干着生产,干着教育、卫生、破除迷信等等工作,他们也是和平劳动的人民,不是脱离了生产站在斗争圈外的清高雅人,他们人人有生产工具、教育工具,此外再多一副工具——木刻刀。

我相信我这番话一点也不夸张,如果有人为这些艺术家写一篇传记,这将是没有前例的一篇艺术家的传记,然而正却是陕北□艺人们,几乎人人相同的平常的生活记录。

最后一句话,我希望我们不仅欣赏这些新颖、生动、有力的艺术品而已,不仅了解陕北人民的和平劳动生活,且为他们的斗争胜利而欢喜鼓舞而已,我希望我们且将由此而认识了艺术创造的正确道路,从活生生的实例中领悟到如何安排自己的生活,然后能使自己的艺术真能为人民服务。

(《晋察冀日报》1946年2月17日,《每周增刊》第3期)

# 关于创作中的地方色彩及其他

何莫

最近在张家口新华书店翻了卡达耶夫的小说:《我是劳动人民的儿子》。读了这部书,有谁不因那里面所描写的乌克兰风光而觉得心醉呢?我们读肖洛霍夫关于顿河的许多著作,往往也有同一的印象。这些作品的魅力,地方色彩可以说是原因之一。因为这个缘故,文学把我们带入活生生的生活实际中间去,我们再也不会觉得作品中间说的只是概念,而是具体的人、具体的事。那不就是我们的朋友、我们的兄弟姊妹在那里行动、说话吗?

事实上,成功的作品或多或少地都具有这种色彩,就拿中国的新文学来说,比如:鲁迅作品中的绍兴和北平,茅盾作品中的浙江以及东北,四川许多作家关于他们自己的乡土的许多描写。我们常误解作品中人物、环境的典型性,努力构造一些典型的地主、农民出来,结果不过贫弱的概念罢了。在这里不妨顺便解释高尔基的话。高尔基叫人观察几十几百个商人、官吏,等等,抽出其阶层的特征,创造一个典型。其意思,根据我个人的了解,无非教人多观察,舍去其偶然的现象,而深入到人们阶层的本质。绝不是教人东拼一点、西凑一点的意思,事实上,在创造过程中,心目中没有一个完整的形象,绝写不出生动的作品来,所谓完整的形象,必须是具体的人、具体的事、具体的环境,而绝不仅仅是概念,我们读高尔基初期的小说,里面充满了伏尔加的地方风光,也就是这个原因。

文学的重要特质,就在它的形象性,本来科学研究也必须照顾到具体环境,而文学的这一特质,就更加要求对这点的注意,甚至在细小节目上都必得照顾。为什么呢?因为每一地方,因为社会自然条件之不同而形成的不同,就在任何国家也是有的;尤其中国,因为长期封建自然经济的闭锁性和近百年来的政治分割，这个特点尤其显著。我们今天要创造中国自己的民族文学，首先应当创造各地方广大人民自己的地方文学。

这两件事是不是矛盾呢？依我看，一点也不矛盾。今天谁能代表中华民族呢？只有广大的人民群众，而首先是工农兵大众。他们之间，赞成和平民主都是一样；而他们之间，因为社会经济条件的不同、政治觉悟之不同而各有其特□的斗争方式，这也是明白的。不具体地反映上他们的斗争来，而描写出一些一般的农民、一般的兵士，其结果必然会走向公式主义。

但是这里，关于构成地方色彩的一些因素必须要说一说，什么是构成地方色彩的重要因素呢？有人以为是方言，于是他们记录了不少的方言土语，应用到创作上。方言土语无疑是构成地方色彩的重要因素，但是对于现在创作中方言土语的运用，我有这样的感觉：现在的方言土语运用在创作上的大部分限于个别的词儿，这是不是算掌握了方言土语的特点了呢？我以为还不算。个别的词儿仅仅算方言土语中间的一部分，而且是极小的一部分。我们应当学习人民的表现形式以及人民说话的语调和文法组织，事实上人民的表现形式有许多和我们不同的。比如本报一月廿一日登载的《行军散歌》，里面就有许多和我们平常传统的表现形式不同（如"脑拌上哨子一哇声""满沟里下雨活洒洒"等）。这还是就民歌来说，如果在散文的写作上，那不同的地方就更多啦。说相声的都知道南方人说话和北方人说话繁简很不相同，各地的尾音（的了吗呢之类）也不相同，甚至各地的话在文法的组织上也有不同的地方（如"你到哪儿去"广东人说"你去哪里"）。这些地方我们都应当研究，同时创作的时候，切忌把抄来的语汇（尤其歇后语和谚语，因为老百姓用这些的时候也不同的）硬塞进去。以上是关于方言土语的应用的。除了这个构成地方色彩的重要因素，我以为更重要的还有当地人民的生活——人民的经济环境和当地具体历史社会环境所形成的文化心理结构。前面说过，现在中国，这些条件是千差万别的，我们必须具体研究每个地方人民的物质精神生活，决不能够拿抽象的公式来把人民的生活硬套进去。

在这里想到目前文艺运动中间几个具体问题。我们的文艺为什么人服务呢？谁都知道是为工农兵服务。但是前面说过：只有具体的工农兵，没有抽象的工农兵。所谓工人，就有产业工人、手工业工人，这里面又有各种部门；农民中也有各种阶层；兵里面有战士、有干部，有新参加的、有原来的，还有各个兵种，有野战兵团和地方兵团，还有游击队，还有城市环境和农村环境、平原和山地之分。对于这些职业的、地域的、历史的种种特点，我以为我们注意还相当不够。因此，我的意见：我们的文艺工作者应当首先研究当地的现实，为当地的具体政治运动服务，这才是很好地为工农兵服务。有人会说：这样一来，是不是会限制主题的意义呢？我以为不会，相反地，你对这一个地方研究得最深刻，描写得最生动、最具体，其对全国的政治影响，比起公式主义的描写不知要大几百倍，甚至几千倍不止。

这里就发生两个问题：一个，我们的文艺工作者，很少本地人，对本地情况不熟悉，但是当地老百姓对于艺术的要求又很迫切。这个矛盾如何解决呢？有人主张"搜集材料"。但是对于材料的来源、对于材料的态度我觉得还要申说一下。材料从哪里来呢？有人以为好像只有某些特定工作部门才有材料，或者要发生了一些所谓"大事情"才能找到材料，于是他们到处打听有材料的地方，尽量想法上那些地方去。这样对不对呢？我以为不能算是十分恰当的，有人民的地方都值得反映，而且只有深切地了解了人民日常的生活斗争，才能很好地了解所谓"大事情"的前因和后果。这种了解不是走马观花式的所谓"找材料"的方法所能办到，必须参加人民的斗争，在里面发现问题，和他们一起想方法解决问题，首先使自己的利益与人民的利益一致，然后自己的思想情感自然就会和人民一致，然后才谈到反映人民的情绪、人民的斗争。这不是一朝一夕的功夫，非下苦功夫不行的。而世界上也并没有什么不费力的事。我们应当打破那种狭隘的材料观，随时注意人民当中所发生的问题，不要看到一点就写，应当多加研究。从素材到一篇完整的作品，这中间有一个复杂的加工过程。如果我们能够抛弃自己个人急于写东西的打算，多下功夫研究人民的生活，材料一定俯拾皆是。

这里应当说说所谓研究，不是叫大家搁笔不写，相反地，凡事只有多练习才能长进。我要补充说的只是：练习的目的，只尽力达到表现你所要写的就完了。能表现到什么程度，就表现到什么程度，不要心里预先悬定一个什么目标，要写得如何如何的完美。至于东西写成以后的命运，更不用想了。

其次我要谈道：发动当地群众自己创作的问题。这一方面，近年已经有了不少的经验，尤其去年"穷人乐"剧本创作的经验。事实证明，群众自己有丰富的创作才能。从这里面，我们多多向群众学习，对于每个文艺工作者，我想都有好处的。

以上这些意见，只不过想对解决目前所谓"材料荒"和"没有人写"的矛盾现象以及地方的文艺运动提供一个参考。

拉杂写来，错误在所难免。不过任何意见，公开出来让大家讨论指教，总比各人自己摸索好些。我写这篇东西的目的，也就在此。

一九四六年一月五日

（《晋察冀日报》1946年2月17日，《每周增刊》第3期）

# 关于鲁迅的遗族与遗书

何干之

近来,关于鲁迅的遗族与遗书的问题,为北平文化界的主要议题之一。北平文化界中有人主张要翻印《鲁迅全集》,与收集鲁迅的遗书遗物,由公立机关管理,并且公开陈列出来。至于他的遗族问题,大抵是由于访问在北平的鲁迅夫人而起,或由访问而更扩大了注意的范围吧。年近七旬的鲁迅夫人,正患着严重的肺结核病,但是她平日所吃的是小米面窝头、素白菜汤、虾油黄瓜、腌白菜、霉豆腐等。

社会人士之评论鲁迅的家族问题,是值得注意的事,而同时他的家族的反应,也是使人感着兴奋的。一位青年到周府去访问,见了周太太,他表明了来意之后,即把带着的款子交给了她。她问道:你是他的学生吗?他说:不是。她却不肯收受她不认识的人的钱,然而又很委婉地谢了客人,说道:等需要的时候再去找你吧。这无疑是鲁迅遗嘱中的崇高精神的具体表现。还有为了这一事,有人写信去问上海的许广平女士,许女士的回答也是同样的,她是以"胜利之后各方待救较个人为重者实多"为理由而辞谢了关心者们的好意了。

这是北平报纸所载关于这问题的大要。如今我们把这事作为中国文化界的一个影子来看,即是用鲁迅当作一个普通名词而推论到中国作者们的著作与家族问题,那也是很有意义的。

鲁迅在晚年所作的杂文收集在《伪自由书》以下,差不多一半是评论时事的,而其中心的主题则是关于抗日问题。这是中国近代史的最重要文献之一。在他未死之前,也曾计划过出三十年集,把三十年中的作品,都收集起来印行于世,但不幸未成功就已经死了。《鲁迅全集》是在他死了之后由亲友们所□辑出版的。但未发表的遗作还有不少,如日记,据说鲁迅从民元以来,每日都写日记,从来没间断过。鲁迅的书简,散在各处而未收集的大抵至少也还有一千封以上吧,这些都是研究鲁迅生平以至研究中国近代文化史的重要文件。鲁迅在北平与上海的遗书与遗物,也始终未公开陈列。抗日胜利之后,北平舆论界即注意到这样的问题,是合于时宜的。在抗战期间日本也出版过《鲁迅全集》,但却把鲁迅所写关于抗日的文字都删除了。翻印《鲁迅全集》,使流传于全中国,实在是文化界的一件重要工作。可是《鲁迅全集》在过去是不许自由销行的,今日是否能够自由出版、自由发卖,也还是一个大疑问。

关于鲁迅的家族,我们暂且不说。即拿他个人而论,在他的一生,生理上的最低要求是得不到供应的。在南京求学、在日本求学、在北京教育界这三个时期,且不必说了,即在一九二七年至三六年这十年中,这是鲁迅最绚烂的战斗时期,但是那时期中,他的生活也始终在水平线之下。倘使那时不愁衣食,可能出国疗养,并且摒除一切不必要的事,专心养身,也许不会到五十六岁就辞世吧。但是这已是使人不敢回忆的往事了。

文化事业发达与否,是政治民主化与否的标志,出版自由、作家生存自由是政治民主化的基本条件之一。拿鲁迅的经历,作为中国作家们的一个影子,那么争取政治民主化是目前最紧急的任务。

(《晋察冀日报》1946 年 2 月 24 日,《每周增刊》第 4 期)

# 木刻画的欣赏

张望

木刻与其他绘画不同。油画可以有丰富的色彩、变化复杂的明暗调子，以及巨大的篇幅，创作时也可自由发挥，随意涂改。近代西洋画派则繁多，也各有其立论，不胜列举。而□国画也有其所谓"气韵生动"……的"六法"理论为依据。前者取材大多以裸体、风景、静物、肖像画为主；而后者大多取材于山水、花卉、古装人物，而且以"仿古""苍老"为贵。新的中国木刻却没有这些题材了。

中国新木刻画它有着这样的特点：

（一）它之产生与中国革命结下不解之缘。木刻工作者大多有进步思想，而且在革命洪流中浸洗实践着，因之，其取材也与革命不可分离。抗战前它反帝反封建，抗战中也始终服务于中华民族解放运动。在今天国内和平建设时期，无疑的，也有其新的任务了。

（二）它适宜于反映活生生的中国现实生活，新兴木刻十五年来，正是人民陷于惨痛灾难中。而木刻它有着黑白对比强烈、以刀代笔富有生命力的特具作风，深刻、尖锐地反映人民大众的饥寒交迫、流离失所、悲痛的生活，以及愤怒、坚决、勇敢、无情地与侵略者和其走卒斗争，反抗到底。它反映工农兵人民大众，改革落后，表扬新的进步，因此也成为人民所喜见乐闻的。看新的木刻作品之成功与否正是取决于此。同一时代的中国木刻，也因其地域社会性质不同，表现有异。大后方的木刻作品大多反映黑暗统治罪恶所造成的广大人民在失业、饥馑、灾难、恐怖、死亡，这与抗战前的木刻反映饥饿、亡命、罢工等相似，他们大多运用黑调子，这也因为适宜表现黑暗、痛苦之故吧。

然而，我们看看今天介绍的两幅木刻，由于它来自抗日民主模范根据地——延安，那儿人们是过着自由、民主、丰衣足食的生活，反映的是光明，是新中国的雏形，其特点是明朗的调子。尤其可贵的是他们能深入到人民的实际生活中去体验，因之增加了作品的真实性。他们所刻画的每个人物的脸孔也清晰明显，这是为了使广大的工农兵人民大众易于了解，但它却不因其寥寥数笔致使人物生动表情逊色。由此作品告诉我们，歌颂光明，表扬每一生动新事物，是与那些暴露黑暗的作品根本不同之处。

《帮助居民修理纺车》，是力群同志去年创作之一。他表现民主政府关心人民生活。陕北因受敌人重重封锁，尤以人民的穿衣问题颇受影响，人民的政府顾及于此，号召开展大生产运动，自力更生，倡导植棉、组织合作社，发给纺车、织机、棉花，鼓励自纺自织。甚至派许多干部深入农村帮助这一运动。从画面上可见干部帮助群众修理纺车，亲切融洽，俨然如一家。连棉卷、剪刀、油瓶等细小东西，作者仍不马虎地刻出来，其严肃的写实的创作精神是值得学习的。

《请抗属喝年酒》在边区各地是常见的。延安各机关、学校、居民同样在响应民主政府的号召，贯彻优抗工作，建立抗属的革命家务，使前方战士安心致力抗击敌人。图中是表现某一个机关与抗属贺年敬酒的情景。作者计桂生同志，运用坚劲、流利、着重白的调子的刀法，接近于中国固有木刻的朴素的表现法，明快地刻出喜悦与欢欣。

二月十三日

（《晋察冀日报》1946年2月24日，《每周增刊》第4期）

# 介绍茅盾先生的《腐蚀》

陈稻

在齐太史简,在晋董狐笔

——文天祥

朋友,你如果因不了解为什么我们国度里会有这么许多耗子、毒菌、"金头苍蝇"而惘惑,你得读这本书;你如果不理解那些不幸堕为耗子、毒菌、"金头苍蝇"的人们内心的痛苦,因看到现政治生活上的畸形而失望,你也得读这本书。茅盾先生在这三百十四页日记体裁的小说里,像一个外科医师一样,揭开包扎在外面的白纱布,让你看看那些腐烂了的肌肤、紫里带绿的浓血,向每个读者控诉一种制度。

时间:抗日战争后半期的一个年头。经过一次"九一八纪念日""双十节""十月革命节",以迄举国哀痛的"皖南事变"。这是一个最黑暗的、反民主势力最猖獗的和投降毒果喷出烂熟气味的年代。

地点:作为陪都的山城、C—S协会、"文化区"……光明与黑暗的角技场。

日记主人赵惠明是这样的一个人,用她自己的话:"你要照人家的计划去行事,今天是风,明天也许又变了雨,你浑身是耳朵,是眼睛,人家悄悄谈心,你得听……"(二六三页)她的身份较之今天在群众集会中扔石头、燃鞭炮、路上盯梢、黑里绑人的家伙稍高一筹。用"某种姿态"接近进步人士,"注意最活跃的人物,注意他们中间的关系,择定一个目标作为猎取的对象"(九页):用自己的肉体□饵,勾引他们抛弃信仰,出卖人头。在这个圈子里,"飞短流长……是家常便饭"(二八页),"落井下石,观风使舵,以别人的痛苦为笑乐——是他们这班人的全部主义"（二九页），对她，伙伴们"早存了'彼可取而玩之'的野心"（同上）。

当她陷入这个圈子之前，她曾有一个时期的恋爱生活，她的爱人小昭因为无法挽救她陷进这危殆的环境而同她分离。后来小昭辗转来到山城，这群苍蝇闻到了气息，上级要她找得小昭和他恢复过去的关系，注意他的行动。这时她周围除开那些苍蝇，一方面有想拉她到上海去的旧同学舜英，一个新来山城做诱降活动的汪系特工；另一方面是她的猎获物 K 和无意间碰到的旧同学萍，他们都是小昭的同志，暗里分别地挑起她的旧情，或暴露她伪装的面孔。加上伙伴们对她的排挤、中伤、构陷与追逐，她直在错综的关系里困惫地挣扎着。

小昭被捕了，K 要她打听他囚禁的处所；上级也给她一个"机密的差使"……用美人局劝他自首，取得一张共产党员的名单。八天的接触，柔情敌不过革命者的坚贞，恋爱的残灰复燃着，但又不能毅然帮助他越狱，结果小昭被押到别的地方，她自己也被责为"不能完成使命"。在这被怀疑的危险关头，她做了一件"损人不利己"的事……告发了小昭曾托付她的 K 和萍，上级马上要她以十天前迷醉小昭者迷醉 K。经过痛苦的曲折的斗争，她决定掩护他们俩，但是由于她所处的地位，又难取得他们俩的谅解。

她被调到大学区的邮局里工作，在那里认识了 N，N 是一个为着念书、升学被诱骗恐吓加入××团的女子，现正一步步被驱向毁灭，N 的出现唤回她自己的过去，她拯救 N 脱离火坑，自己也决计离开这万恶的圈套。

★★★★★

现在让我们通过故事来看人物的发展。出现在书里的人物显然可以分为肯定的与否定的两个集团，前者以小昭、萍、K 为代表；后者又可以分为若干类型，惠明与 N 是一类，G、陈大胖子、B 又是一类,松生、舜英则是后一类的别支。后一集团之为渣滓、为毒菌,读者们不会发生疑问,这里就不谈它;问题在于惠明与N(特别是惠明)之可以而且能够超脱于淤泥,就是说这两个人物的发展是否合理。要解答这个问题,必须详细分析她们的历史、性格、失足经过以及圈绕她们的客观环境。

根据本书所揭示的材料:惠明曾是一个为家庭学校压迫的不满现状的学生,和小昭恋爱以前(或以后)曾有一时期被迫同一个党官结合。抗战中到过战地做工作,她聪明、好胜、顽强,"是个有希望的人才,缺点和优点相比,还是优点多,只可惜聪明反误了她"(六二页),恶魔们看中了她,诱逼她跌落火坑。至于何时跌落火坑,书中没有点明,我们可以假设:她也许中学时代思想激烈,为统治阶级所逮捕、威胁,为他们做事;也许同那个党官同居的时期,被人诱骗操这丑业;可能是生活困难,逼而出此;也可能是思想糊涂,误把统治阶级看作民族救星。这些假设都是为被害青年的血淋淋事实所证明过的,无论她的失足是由于上述假定的任何一项,她本人不是生下来就要为非作歹、反对人民的,这就是她所以能够自拔的根据。

特务制度是为着维护个人独裁、巩固小集团专政而产生,它破坏的对象是代表人民的组织——共产党及民主党派,甚至稍为人民谋利益的团体(如书中提到的"工合",和今天正被攻击的劳动协会),要监视的是广大的人民。要进行这么庞大的"事业",自然不可能光靠独裁者本人及出身自这一小集团的子弟,必须在这些人以外去招收队伍。因此他们反人民的措施,却不能完全代表每个成员(尤其是下层)的利益,这是这个制度的内在矛盾。为着补救这一矛盾,除开极端颠倒黑白的教育,还有就是层层相互监视的网子。因此,在这个圈子里"人人是笑里藏刀,拉人上屋拔了梯子,做就圈套诱你自己往里钻……你要是浑身的神经松了一条,保准就落了不是"(一〇页）。无论为它出过多少力气，最后总有"兔死狗烹"的一天。以惠明的聪明，这一点会看得清楚的。

既然这个制度集中了一切仇恨于人民及其组织的身上，对于民族敌人必然是采取放任或合作的方针。当惠明向她的上级报告舜英和日汪有关系时，得到的答复是"你何必多管这些闲事……"（四三页）；其实他们间已经有了招呼，早谈论着"咱们是十年旧雨，你的事就是我的事"（九六页）了；无怪乎"皖南事变"之后那些汪系特工高兴喝彩："不久就可以和了，功德圆满……"（二五〇页）。这些事实揭露着特工组织并不是什么反外国间谍的机关，纠正了那些为狭隘民族思想堕入谷中的人们的迷误，因此惠明的醒悟是发展的必然。

每个女人总希望有幸福的恋爱生活，都具有本能的自尊，但是特务组织就要违反人性地把这一点点最后留存的"人之所以为人"的东西都剥夺了。在他们看来女人是"一条活的软索子"，可以同刀锯鞭笞一道用以夺人之志，"做了一个'美人局'的主角，紧接着又是一局"（一八九页）。只要看着书中九月二十二日（二三—六页）和十一月六日（一〇三—五页）的两段日记，读者就不难了解所有由特务机关喷出用以中伤革命组织、描绘得惟妙惟肖的淫词秽语完全是他们的夫子自道。处在这个圈子里，作为一个女子的惠明怎么能够忍受呢？她的醒悟也是必然的。

反之，人民的集团对她又怎么样呢？他们并没有因她的陷身于特务的圈套而深恶痛绝她。十月十日萍同她的谈话（五三页）、K对她的启示（六二页）都充满着促使她自觉的精神；就在小昭自知难以幸免的当儿，还是鼓舞她，表示相信她，使她感到"他是了解我的，他说起我的优点和弱点，他勉励我，暗示我'趁早自拔'。最后他把两个朋友托付我，要我把他的情形告诉他们"（一七二页）。这一切深深感动了她，使她有一个明显的对照去选择何去何从。虽然由于她处境的复杂，中间曾发生了曲折或误会；当她用行动表明了帮助革命的真忱，"他们每一念及她的境遇，总是愤慨和忧虑交并"，鼓励她"自己去创造环境"，称誉她为"被一位光荣的战士所永久挚爱的人儿，是一个女中英雄"（二五五—六页）。这种伟大的爱——人民对于回头的浪子的热爱——增加了她的恨，给予她以力量拯救 N 和超拔自己。

惠明的发展完全是合理的，不仅惠明如是，过去、现在和将来许多被害的人们也要跟着这唯一的道路找到光明。

《腐蚀》是不是仅仅暴露黑暗而已呢？

它形象地集中地表现了半封建半殖民地法西斯的真正面孔。使广大人民知道，当我们在拼命进行神圣民族战争的时候，这批家伙在那里干什么荒淫无耻的勾当；使广大人民知道，现阶段获得的民主胜利是打击了法西斯的胜利；教育了我们政治经验缺乏的年青的一代，让他们知道，在争取民主的斗争中，有一个非常复杂的反对特务的斗争。

它现实地细密地刻画了特务组织内部的重重黑幕。使稍有正义感的人们深恶痛绝这个制度；使始作俑者看到自己干出来的"好"事，主持这些组织的看到他自己丑恶的脸谱，而有所憬悟；使广大被诱惑被陷害不幸堕进这圈套的人们知道有一光明的道路可走。

今天，渝平各地的特务还在横行，他们背城借以反抗民主的胜利，他们更企图利用人民的爱国观念掀起排外高潮，以转移人民对民主改革的督促，甚至在排外高潮中发展特务组织，准备有一天用这些队伍反过来进攻人民，使宣判了死刑的法西斯在我们国度里复活。因此，我认为只要特务制度在中国没有迹绝，《腐蚀》的主题是仍有其积极意义的。

茅盾先生这部小说，无论在政治上、艺术上都是成功的作品，可惜我对艺术是个门外汉，不能在写作技巧上有所开发，这些是很抱歉的。

二月二十五日夜

（《晋察冀日报》1946年3月3日，《每周增刊》第5期）

# 工专秧歌观后

迪之

各地秧歌队为了配合市选宣传活动,再一次出现张市街头。工专的秧歌队在这次可以说是最出色的。

在一阵使人感情振奋的锣鼓声后,随着出现两列化装群众的队伍,脸上有着愉快健康的表情,步调是和谐地扭动着,他们的声音是那么强有力。

擦亮咱眼睛要看清,谁好谁坏要分明,好人中挑出更好的人,忠心为咱们办事情。

每一段不同的歌词,随之变化不同的队形。由于他们唱的曲调简单而有力,扭的步伐轻快而明朗,兼之他们表演的动作与唱出的歌词有机地配合,所以每一字句都打动观众的心,都给观众一种活泼愉快的感觉。在西沙河街有一个五十多岁的老妇人,看过他们的秧歌后,下意识地做起扭秧歌的动作来。当她发现别人在注意她时,她那布满皱纹的脸现出很不自然的样子,同时向她旁边一个四十多岁的妇人讲:"咱这次一定选一个能替咱办事的人,再不像往年受鬼子王八蛋的气了。"

演出第一个小节目是《民主选举》,是两个女同学以打花鼓形式演出的,唱的是老百姓最熟悉的"打黄羊"调子,下边就是八段歌词中的两段:

1. 满街锣鼓喧天,张家口竞选参议员,民主政治人人拥护,各界都有参政权。

2. 太阳出,满天红,男女贫富都平等,不分党派和种族,

参加竞选大运动。

这里边很清楚地说明了张家口在民主政府下的选举,是怎样为着实现政协决议而努力。

第二个《兄妹去选举》,第三个《夫妻讨论选举》,都是小秧歌剧。在这两个小秧歌剧里,很技巧地表现出全张家口所有的公民,都卷入这次空前未有过的市选热潮中。同时还描述了从前鬼子在时,别说老百姓有选举和被选举权,就是吃饭、走路、住房子、做生意都没自由,有时说错了一句话,就会被特务警察抓去拷打、罚款,说不定还有性命的危险。而今天,八路军解放了张家口,人民在民主政权下不分党派、不分贫富、不分男女,各阶层都可以自由选举出自己所爱戴的代表,来替自己办事、说话。

第四个是《选举活报剧》,共分两大场,第一场写的是反动派的选举。在这一场剧里,很幽默地暴露了国民党反动派强奸民意、包办的伪选。县长(过去是敌人的伪县长)与县党部的书记长(过去是皇协军的小头子),一对汉奸互相争夺选票。县长活动一些流氓地痞,以二百元收买一个选票。书记长就以救济总署发的救济灾民的粮食,作为收买选民的诱惑物。他们用威胁、利诱,最后用武力强迫种种手段,使选民把反动派们自己事先写好了自己名字的选票投在票箱内,这就是反动派所谓的"民主",所谓人民的"自由"选举。

第二场是真实地反映出首席解放区——陕甘宁边区的真正民主选举。在那里,人民的民主权利是毫无拘束地运用着,是不记名由下而上的普遍选举,人民愿意选谁就选谁,只要他真正能大公无私替人民办事。在乡村为了适合于不识字的选举,使用投豆的方法,用五个碗,写上人民自己慎重提出的五个候选人的名字,主席宣布了每一个选举人的碗,每个选民发三颗豆子,由选民亲自把这三颗豆子放在自己认为最满意的三个人的碗里,哪个候选人的碗里豆子多?哪个候选人就正式当选为人民的代表。最后，由主席宣布三个当选人的名字时，所有的人无不是欢欣鼓舞地庆祝胜利的选举，并高声歌唱着：

  咱们边区好地方，千百万人民喜洋洋，选出咱们好代表，老百姓要把主人当。

一边唱着，一边舞着结束了话剧。

此剧充分地表现了：一面是专权、包办、威胁利诱、强奸民意，国民党反动派的伪选；一面是经过全体公民直接、平等、无记名的、由下而上的、共产党领导下的真正民主的选举。这两种不同的选举形象在观众面前，使得观众脑中都深深留下了一个强烈对比的印象，同时也教育了每个观众应怎样珍贵今天这神圣不可侵犯的民主选举。在车站上有两个工人看过戏后，在路上说：

"国民党反动派要汉奸特务当官，咱们可不要，咱们张家口决不让一个坏人待在这儿。在这次选举一定要当心，谁真正替咱办事，谁救咱翻身，咱就选谁。"

工专整个秧歌所贯穿的内容是教育群众怎样认真、慎重选举，而他们的表演是很成功的：动作细腻适当、感情丰富真实。据说他们都是没有演过戏的，为了完成这次市选深入而普遍的宣传任务，同学们自己动手写剧本、自己导演、自己演出，经过短短一个星期连夜突击，而今天能有这样的成绩，这不能不说是他们埋头努力和热情换来的成果，希望他们今后在课余时，在这方面多努力，以便随时配合政治任务为社会服务。

（《晋察冀日报》1946年4月21日，《每周增刊》第20期）

# 关于《戎冠秀》

程思三

子弟兵的母亲戎冠秀,这个剧是可爱的,它可爱的地方就是能够把真实的事情搬到舞台上来,把根据地的老百姓朴实的战斗的生活带到舞台上来,把根据地人民对敌斗争的热忱、相信共产党热爱自己的军队那种高贵的感情带到舞台上来,这些,也可说是这剧的特色。

这个剧编得很自然,这种自然表现在自然现实的真实,不凭虚构,不凭想象。(当然不是说虚构的作品就没有好的,这里只是说明这个剧真实性的好处。)语言是老百姓的语言,感情是老百姓的感情,思想是老百姓的思想,连戎冠秀的外形化装都像戎冠秀真人,这说明了什么呢?说明了我们解放区的文艺工作者,是工农兵自己的文艺工作者。

但是,这个剧还不能令人满足,不满足的地方就是反映现实不够深刻,也许"舞台"这玩意儿本身具备那样的条件还不充分吧。而另外一个原因主要就是取材和表现方法上可能有缺点,问题讲得多,有点像多幕性的连续活报,主题抓得不够紧,故事性差,没有一个主导的矛盾存在,剧情简单化,没有更好地抓住材料中有戏剧性的地方,这些或多或少的是影响全剧的深刻性的。

这里,谈谈关于戏剧表现的特点问题,全剧第四场应该是顶动人的一场戏,但是却表现得冷场、平淡,这就包含了一个戏剧表演的特点的问题了,譬如戎冠秀给伤员包脚,这件事要是写在小说里那是会很生动的,但是用在舞台上,那就无论你表现得怎么好,都不会怎么动人的。我曾见到一个老头,当他的房屋被日本人烧了以后,他是多么的愤恨和悲哀呵,可是他只是闭着眼,一言不发地坐在那里,脸上看不出什么特别的表情来，如果这样搬上舞台，那是无法表现他的感情，但作好小说来给一番内心描写，那就可以完全表现出来，第四场戏平淡的原因也就在这里。

戏剧这东西，是要有矛盾，而且矛盾是要发展和得到解决的（这种解决不管是好的或坏的方面都可以），这是一个规律，也是戏剧的性质问题，如果没有这，那么要把主题动人地表现出来，是不可能的（哪怕这一矛盾是短促的）。这里面有一个取材和组材的问题，有很多材料（像戎冠秀这样的材料）的确很难把它组成一个有着矛盾的发展和解决的完整故事，这就要好好地寻觅现实中的矛盾。因为在任何事物中都有矛盾存在，而且有着错综复杂的矛盾存在，这些矛盾也会变化，戎冠秀这一剧里是存在着许多矛盾的，举个例来说：在战斗情况中，发生了很多困难，一个困难又一个困难来了，一重一重的困难，形成高潮顶点，而老会长在自己对抗日的热情、对军队的酷爱的鼓舞下，把这些困难一一解决，最后当了英雄，这样处理对于表现主题来说，就会更顺手一些。

另外，这个剧是为了写戎冠秀这样一个人的历史呢，还是为了写这个人爱护军队呢？当然是后者，这样，第一场戏就没有必要写，固然戎冠秀这样一个人的翻身是她爱护军队的决定原因，可是并不需专门作为一幕剧表演，假使要表现翻身过程及她思想进步过程的话，那就应该细致，不要太简单，这个剧的全部使人有太简单的感觉，七八年的故事仅仅是短短的五场戏是表演不完全的，所以顶好是不要写她的历史，专写她怎么样成为子弟兵的母亲。

全剧没有很好地围绕戎冠秀一个人，□来表现，这也是主题不够深刻的原因，如第□场她的戏较轻，第二场中她的儿媳妇的戏较重（不一定是词多），第三场三大娘的戏也较重，同时其他人的戏跟□是没有多大联系的。

至于材料的组织显得零碎，表现她在反"扫荡"中帮助别人，又表现她磨炒面帮助民兵，又表现她在生产中□助别人工具，再表现她的生产计划，结果她爱护自己军队这一点上（主要的一点）却没有很好地表现出来，虽然这些都是抗日工作，但泛泛地表现总没有从一方面来表现好。

全剧有些手法是成功的，譬如一场田老头起初不知道那个战士是聂司令的队伍而拿出手枪来，但最后知道是八路军又非常喜欢；又如四场中那个伤员以为敌人来了而拿出手榴弹准备拼命，这都会增加舞台的效果。

以上所说，都是关于编剧方面的，至于在演出上，基本上都很好，群众场面很活泼，打破了背不能朝观众、演员不能遮住演员的舞台洋八股，这一点是特别值得提出来的。

我的意见不一定就是对的，也许狭隘，也许我的看法还有毛病，同时也不一定成熟。总之，这个剧的演出，使我想起了根据地的老百姓，想起了他们的可爱，使我在搁笔前，默然向着这些热爱自己的军队的老百姓致以真诚的敬意，我爱他们抗日的热情，所以同时我也爱这个戏。

（《晋察冀日报》1946 年 4 月 21 日，《每周增刊》第 20 期）

# 继承五四传统

翻开近百年的中国革命运动史,第一件引人注目的大事是太平天国革命运动,以后经过戊戌政变、义和团运动、中法战争、中日战争、辛亥革命、五四运动、五卅运动、北伐战争、土地革命、一二·九运动、抗日战争,一直到现在的争取和平民主运动。

依照事件先后的次序排列,五四恰恰居于中间的位置,而实际上五四的确也起了承前启后、继往开来的作用。它是中国近代革命路途上的新的里程碑,是一个重大的转折点。

从太平天国运动到现在的争取和平民主的运动,就革命的性质来说都是属于资产阶级民主革命的范畴。

"然而中国资产阶级民主主义革命,自从一九一四年爆发第一次帝国主义世界大战与一九一七年俄国十月革命在地球六分之一的土地上建立了社会主义国家以来,起了一个变化。在这以前,中国资产阶级民主主义革命,是属于旧的世界资产阶级民主主义革命的范畴之内的,是属于旧的世界资产阶级民主主义革命的一部分。在这以后,中国资产阶级民主主义革命,却改变为属于新的资产阶级民主主义革命的范畴,而在革命的阵线上说来,则属于世界无产阶级社会主义革命的一部分。"(《新民主主义论》)

大家都知道,五四运动恰恰就发生在这一九一四爆发的第一次帝国主义世界大战与一九一七年俄国十月革命在地球六分之一的土地上建立了社会主义国家以后。换句话说,它恰恰发生在中国的新旧资产阶级革命的交递点上。它是中国新民主主义革命的第一炮。

五四运动对于紧接其后的五卅运动和北伐战争到底起了怎样的作用呢?

"五四运动是在思想上与干部上准备了一九二一年中国共产党的成立，又准备了五卅运动与北伐战争。"（同上书）由此可见五四运动对于以后的中国革命运动的重要。

关于五四运动的历史评价简单说来就是如此。

我们大家都说要继承五四传统，但什么是五四传统呢？

"五四运动是反帝国主义的运动，又是反封建的运动。五四运动的杰出的历史意义，在于它带着为辛亥革命还不曾有的姿态，这就是彻底地不妥协地反帝国主义与彻底地不妥协地反封建主义。"（同上书）

所谓继承五四的传统就是要继承五四的彻底地不妥协地反帝国主义与彻底地不妥协地反封建的精神。

中国革命的政党和革命的人民始终都继承了这种精神。因为继承了这种精神所以才有五卅运动，才有北伐战争，才有土地革命，才有一二·九运动，才有抗日战争，才有抗日战争的胜利，才有如此壮大而强固的中国共产党，才有这样坚强的人民军队，才有这样幅员广大的解放区。

八年抗战中，我晋察冀解放区和其他解放区一样，发动与组织了广大人民与日本法西斯和汉奸特务进行了最残酷的斗争，无论在军事上、政治上、经济上、文化上，群众都翻了身，他们就是在极端严重困难的时候，从不屈服，不顾一切牺牲，坚持奋斗，创造了无数可歌可泣的英雄伟绩与无数的英雄模范人物，表现了中华民族与中国人民新民主主义革命的最伟大的精神，也就是五四运动所昭示的反帝反封建的伟大精神的继续发扬。

现在，日本帝国主义虽然已经打倒了，可是中国的国民党反动派不是还在勾结日本法西斯残余，想把中国倒拖到半殖民地半封建黑暗专制独裁的老路上去吗？目前国民党反动派在东北、在中原所掀起的内战就是为了达到这个目的。

因此为了保卫和平、民主、团结，我们必须继承五四的彻底的不妥协的斗争精神，和国民党反动派进行坚决的斗争，一直到他彻底失败为止。

五四运动不仅是一个伟大的民族民主革命运动，而且是一个伟大的文化革命运动。

"五四运动所进行的文化革命则是彻底地反对封建文化的运动，自有中国历史以来，还没有过这样伟大而彻底的文化革命。"（同上书）

继承五四运动的传统，当然也应当继承五四的彻底的革命文化的传统。

这个传统，中国的革命的政党和革命的人民过去继承了，现在要继承，将来还要继承。

这个文化传统的继承，在五卅到北伐战争这一阶段表现在："以……上海《民国日报》及各地报纸为阵地，曾经共同（指国共两党——注）宣传了反帝国主义的主张，共同反对了尊孔读经的封建教育，共同反对了封建古装的旧文学与文言文，提倡了以反帝反封建为内容的新文学与白话文。在广东战争与北伐战争中，曾经在中国军队中灌输了反帝反封建的思想，改造了中国的军队。在千百万农民群众中，提出了打倒贪官污吏打倒土豪劣绅的口号，掀起了伟大的农民革命斗争。"（同上书）

在十年内战中间，国民党不但进行了"军事围剿"，而且还进行了"文化围剿"。"军事围剿"没有成功，就是"文化围剿"也惨遭败局，"其中最奇怪的，是共产党在国民党统治区域内的一切文化机关中处于毫无抵抗力的地位。为什么'文化围剿'也一败涂地了？"（同上书）这就在于革命的政党和革命的人民继承着坚持着五四的彻底的文化革命的传统。

而这一传统的集中的表现者就是鲁迅。"……共产主义者的鲁迅，却正在这一'围剿'中成了中国文化革命的伟人。"

在抗战的八年中间，革命的政党和革命的人民一方面粉碎了日本法西斯的奴化的反动宣传，同时也击败了国民党反动派花样繁多的反人民反共的欺骗宣传。这也是靠着坚持五四的彻底的文化革命的传统。

毛泽东同志在《新民主主义论》中指出革命的文化方向，就是人民大众反帝反封建的文化，抗战八年间各解放区的文化工作者，包括我们晋察冀的文化工作者，都在毛主席指示的"为人民服务""为工农兵服务"的方针之下，努力工作，收到了很大的成绩。成千成万的文化工作者与工农兵群众和广大人民结合起来了，特别是乡村文艺运动在晋察冀边区的开展，广大人民创造了真正属于他们自己的艺术，与他们自己的斗争生活密切结合着，沿着他们自己所创造的"穷人乐"的道路大踏步地前进，不断获得新的发展，这是历史上空前未有的奇迹，也是五四以来人民大众反帝反封建的文化运动的重大成绩。

现在抗战虽然胜利了，但是反动派反人民反共的活动并没有停止，甚至愈演愈烈，变本加厉。

因此为了保卫和平、民主、团结，我们必须继承五四的彻底的文化革命的传统，继续发展人民大众的新文化，和反动派进行坚决的思想理论上的斗争，一直到他们彻底被消灭为止。

(《晋察冀日报》1946年5月4日)

# 介绍伊林和他的作品

陈企霞

伊林这个名字,在中国是不十分生疏的。可是我们所能知道关于他个人的事情,没有像关于他的作品所知道的那样多。虽然没有什么材料,但我觉得还应当尽可能地介绍他一下:

伊林生在旧俄,出身是一个并不很有钱的家庭。他幼年住在城市旁边磨坊隔壁的一所小屋子里,曾在当地的体育学校里读过书,毕业后便在一家炼油工厂做工。一九二〇年进了高级技术学校,一九二五年毕业以后就当了工程师。他大概还是一个不满四十岁的青年科学家。

他的写作开始在一九二四年,他的文章首先发表在一个叫作《新鲁滨孙》的儿童杂志上。他的哥哥马尔夏克,是一个专门为儿童写作的诗人,在苏联的文学界也是有名的。他们兄弟俩都是一个研究科学、历史和苏维埃的生活的学会的会员,这个学会曾为儿童和工农大众写作了许多很好的读物。

关于伊林的作品,已经翻译成中文的有:《五年计划故事》(《苏联初阶》)、《黑白》(《书的故事》)、《几点钟》(《钟的故事》)、《十万个为什么》(《室内旅行记》)、《人和山》(《人类征服自然》)、《不夜天》(《灯的故事》)等。这许多书在中国非常受人欢迎。其中如《十万个为什么》《书的故事》《五年计划故事》《人和山》等,每种都有两三种译本。此外,据说还有一本叫《汽车怎么学会走路?》的,在中国还没有译本。一九三八年的十月革命二十周年纪念,伊林还特地为这伟大的日子出了一本新书,据说内容是更精彩、更通俗和更受人欢迎的。

在已经翻译过来的这些伊林作品中，根据内容的性质和写法，我们可以用这样的次序来谈论它：

首先是《五年计划故事》和《人和山》。《五年计划故事》是伊林的成名杰作。这确实是一本动人而有意义的读物，写的是关□苏联第一次五年计划的主要内容。我们知道，第一次五年计划是苏联开始走向社会主义建设的第一步，这样一个伟大的、历史上空前的事业，并不是一件普通而简单的事。在无数枯燥的图表和乏味的数字中，伊林用了最生动明快的语言和手法，创作了这一部趣味浓厚而有文学价值的、适合大众需要和少年人阅读的优秀读物。在这一点上，我们说伊林第一次在写作事业中奠定了他的地位，并且在科学和文学作品中开了一个新的纪元，实在并不是太过分的话。

至于《人和山》这本书，我们或许可以把它看作《五年计划故事》的续集。因为它更进一步地、更深入地和更明白地描画出了社会主义经济建设的基本特点。特别是关于新的社会制度下，新的社会和新的人物怎样有计划地运用集体的力量，向大自然做了积极不断的斗争。使自然力顺从了人的意志而发掘出它无限的宝藏。

他写到在过去人类历史上被看作悲观绝望的象征的沙漠，是正在怎样地被灌溉和改造；河道的改正和湖沼的排水……这些都使地图奇迹似的改换了它的面目。他写到人类一直向之屈服的无可挽回的天时气候，是怎样可以改正和改造；地质的情形、矿物的发掘，这一切又使人类成为真正的自然的主宰。他也写到供给人类主要食用品的谷类植物，正在扩大它的种植范围，一直推广到严寒的北方；无数的新植物的种子正在被配种和试养，肥料的新发明要和水利的兴造，使土地变成了更为肥沃。这些又都说明了大自然的产物正在被人们所改造和控制，成为完全可以任人类支配和使用的劳动生产品。

在这两本书里，除了这些正面的丰富内容以外，还有许多包含各方面的活生生的事实材料。譬如在《五年计划故事》中,他指出了社会主义国家和资本主义国家有什么基本上的不同:为什么资本主义国家只有在恐慌和混乱中打着没有出路的圈子,而社会主义国家却可以,而且一定能够实行伟大的经济计划!(如《两个国家》)

在《人和山》这本书中,他指出科学的发展和发达怎样帮助了社会生产力的进步。但一方面,在今天资本主义国家中,科学成为资本主义社会生产的自身的残酷的嘲笑。(如《假造的故事》《水和鱼的案子》)而另一方面,在社会主义的国家中,在集体的、有组织的力量推动之下,却发扬了科学本身十足的能力和灿烂的光辉。(如《堤坝建筑家故事》)

在这许多正确的、现实的图画上面,伊林还给我们不少历史的知识,扩大了我们眼界到过去人类活动的历史上去。这些材料在整个的内容上都是恰当地有机地联系着和被活泼地配置着的,例子随处都可以找得到。

还有值得提出来的是伊林在这些作品中还随时随地明朗地给我们展开了一幅将来的壮丽的图画,这是人类充满着希望的远景!无论在《五年计划故事》或《人和山》中,这些立足于现在所展开的将来,鼓动了我们无穷的进取心和培养了我们无比的想象力。

这可以说是关于苏联社会主义的伟大经济建设的最好的两部通俗的读物。它使我们能更清楚地、更形象地获得对苏联社会的认识。关于苏联的书现在我们并不很少,特别是理论方面的,但如果我们青年人或少年人在□来扩大和充实我们关于苏联的知识,伊林的作品是决不会使他们失望的。至于它们里面的各方面新颖的科学知识,那更会使读它们的人增加不少有用的常识和见闻。

其次是《黑白》《不夜天》《几点钟》等等。《黑白》叙述人类的主要文化工具——文字、书籍、文具的变迁和进化。从用口头作传达，用结绳帮助记忆，用各种物件如贝壳、珠子、刻棒当作符号，一直到"会说话的纸"。

从开始知道用符号记录事物的时候起，人类所用的文具真是千变万化的。刻在野兽骨上、石碑上，甚至于画在野蛮人的身体上。

关于文字，伊林在这本书里也有明白而有趣的叙述，埃及的象形文字、巴比伦和波斯的楔形文字，经过了多少的变动才进步为现代的拼音文字，文字所走过的道路，又是多么曲折和辽远啊！

从下卷起，伊林才讲到书籍的本身，所有文具，特别是纸，从原始的兽骨、兽皮、树叶和陶器碎片、石头砖瓦和金属板，一直到埃及人用纸草做成的"带书"，还有蜡版啦、羊皮纸啦，最后才是我们现在所用的纸张——这是中国人发明的，以及印刷机和打字机。

当伊林叙述这些各色各样的书籍文具时，主要地他是用各个时代人类文化生活的具体形象来表现的，里面更有不少生动的故事。他每每指出文化工具的低落怎样局限了人类文化的进步。即使文字本身，在各种不同的材料上面书写，也因此而被迫改变自己的形式（如石刻、铜刻和蜡版上文字体裁是不同的）。生在现代的我们，每天毫不稀罕地应用着纸张文具和印刷品，难道就不应该知道这些人类文化工具所经历过的艰苦创造的途径了吗？

《几点钟》也是这样性质的一种读物，在幽默机巧地提出"没有钟成什么世界？"之后，接着他写了最初人类用念经、点灯、手杖来计算时间，但天空的时计——太阳，却是到现在还在各处农村里有着重要的用处。可是城市里为了要知道较为正确的时间，各种方法是被想出来了，用脚步测量日影的长度啦、日晷碑的建造啦、印度僧侣用特制的手杖计算时间啦，一直到正式利用太阳光所创造的较□正确的日晷仪。不过这些东西在没有太阳的日子和夜里的时候就无法应用，所以"夜钟"是用另一种方法的。利用滴水的茶壶钟、中国古代的铜漏、埃及的乳漏钟,以及沙钟和烛钟等等,这些东西在不断被改造和进步,渐渐地较为正确可靠起来。在讲到人类用那些稀奇古怪的方法计算时间的各个时代,伊林每次都给我们讲了许多有名而好笑的故事。

真正的钟要等到人类知道了摆的作用时才有,在这本书的下卷,伊林就谈到这些东西的原理和应用的过程:钟的发动机、调节器,以及绞盘和齿轮的应用。但是最初这些钟还是常常要闹笑话的,在这些地方伊林是决不会放松谈几个有趣的故事,以加深我们读者对这类知识的印象。

因为发条的发明,才可能制造可以带在身边的表。最初各色各样、奇形怪状的表,原来不过是那些吃了饭没有事做的贵族的装饰品和奢侈品。一直到机器工业的发达,它才成为普遍应用的东西。近代的时计是在伽利略发明了摆的作用和原理后才完成的,关于摆的原理,伊林在这里是说得很容易懂的。

最后,伊林用对于钟表的各方面知识来结束这一本书。这里面有许多问题是对我们日常生活有很多用处的。钟表不是常常使少年人最觉得惊异和好奇的东西吗?伊林这本书给读者的帮助就可以用这来说明了。

《不夜天》叙述人类用灯的历史。从没有知道用灯的时代经过了用引火本、松脂、火炬,才有用油质燃烧的茶壶灯。(我们现在还在用它喽!)以后油灯经过不少的改造,以及灯芯和蜡烛的发明。他还叙述都市里怎样从没有路灯的黑暗街道到最初应用路灯。

从正式有了灯烛以后,又是经过了多少的改造和变更:煤气灯和硬脂烛的发明,一直到用火油作为灯的燃料。至于电灯,那是最近才有的"物质文明"。这本书告诉我们灯的发展,是跟着时代而进步的。这一连串的自己成了系统,贯穿着全书的中心的是火的燃烧作用。它告诉了我们古式的灯是现在的灯的祖宗，新式的灯的发明都是从旧式灯蜕变而来的。灯的前途，在人类不断地进步的基础上，也是没有限制的，人类还正在创造只有光而没有热的冷光灯啊！

这一类有系统的通俗的科学读物，虽然写的是书籍、灯烛和钟表的个别事物，但在丰富的材料和他那种卓越的写法之下，告诉了我们人类怎样从远古的、落后愚昧的情况，以不断的劳作和努力踏上了光明的、进步的和科学的大道。我们可以□。

最后，我们也要谈到的是那本短小有趣的《十万个为什么？》。它用《室内旅行记》的副标题，提出了许多有关于日常生活和用品的科学知识。这些事情是粗心的人所忽略的，普通人所不注意的。

正像他开头所提出的"水为什么会灭火？为什么烟从烟囱出去而跑不进房里来？……"等等"小小的"问题，但没有丰富的科学常识，也是难以得到圆满解答的。这不仅是一个好像是为了满足好奇心的问题，因为日常科学知识的缺乏给我们找来了不少的麻烦和损失。在许多堂堂皇皇的书本上所找不出的事情，也许对我们日常起居生活却有很大帮助。而且对于这些知识的正确和丰富，也会锻炼我们的思考力，挑拨我们的想象力，使我们获得机智、敏捷、精细和常识丰富的各种益处。

"室内旅行"的问题首先发生在"第一站"的自来水龙头，从这里，他谈到了人为什么要用水洗澡？为什么又要常常用水洗换衣服？水和肥皂在洗涤中起了什么作用？人类为什么要喝水？这以后又从火炉说到了火和燃烧作用、取火的方法。从食橱和铁灶讲到食物煮熟的过程，洋芋、面包、啤酒、牛乳、肉和肉汤以及茶、咖啡、巧克力等饮料和饮食的用具。从锅架讲到各种器皿的制成以及各种材料：铁的、铜的、锡的等等。再从碗橱讲到陶器、瓷器和玻璃器。最后，"旅行"的终点是衣橱，在这里他讲到镜子，讲到各种衣服原料的性质和作用。

这本书所及到的知识范围实在是很大的，虽然好像很零散随便，但自然的知识和社会的知识、科学的原理和历史的故事，都是生动而灵巧地穿插着，决不会使人厌倦或者摸不着头脑。这本书将给你这样的启示：即使是日常最不关轻重的事物和器具，它也包含着复杂的关联和深湛的学问。而这些却又是少年人和青年人最容易忽略掉的。

★★★★★

介绍伊林的作品，我们一定要指出伊林作品的特点。关于通俗科学的书籍，关于用文艺的笔调所写的科学知识的读物，在资本主义国家也曾有过不少的成绩，如法布尔所描写的昆虫、房龙所作的史地，都是很著名的。伊林的作品不但赶上这一类工作的水准，而且还超越过了他们。这在立场的正确、内容的丰富、写作技巧的成功等各方面来说，都是这样。

首先，伊林写作事业的基础，主要的是稳固地立足在苏联社会主义建设的开始和强大上面的。伟大的十月革命，使苏联从落后的、农业的、破坏的情况中走向先进的、工业的和建设的情况中去。深深地被压迫着、被剥削着的劳动人民，从根本上翻过身来，在无产阶级的政权下，在伟大的列宁、斯大林和共产党的指导和努力下，新社会的建设，迅速地在工业、农业各种生产部门以无比的速率进行着。生产技术和工作效率被普遍地提高了。劳动的作用在新的生产组织中，起了本质上的变化——从受资本家剥削榨取的劳动变为集团的为自己的劳动。因此，科学和技术的作用，必须的也需要被加以新的认识，被高度地发扬。

这样，科学也获得了可能开拓自己领域的客观根据。苏联科学迅速地发展除了因为有新的哲学——辩证法唯物论的正确指导以外，还因为苏联政府对科学有计划地努力和有组织地推进。使服务于人民大众的科学，更有无限的前途，发挥更大的效力。

其次，一般社会文化教育的提高，儿童、少年、青年和成年中文盲的彻底扫除，配合着工业、农业的大规模发展，使科学知识有着广大普遍的需要。因此通俗科学读物必须提高自己的质量，和扩大读者的范围。

再说，苏联社会教育的方针，对于像伊林那样的作品，也一定有其教育的作用。科学被扩大和充实了应用的程度，知识和技术被解放了。苏联的教育方针显然是改革旧的意识形态的、打破陈腐的传统思想惯例的。因此，历史的、科学的和人类生活的许多学术思想，必然将摆脱各种错误和歪曲，而且作为教育对象的是广大的劳动人民，所以也一定提高了和扩大了科学的研究和科学知识的传播。

在这样的社会基础上，伊林才有发挥他那种卓越的写作技巧的可能。在这样的劳动生产组织下，才使伊林有重新考虑、重新研究人类劳动生活的内容而进一步去重新认识它的根据。也只有这样广大的阅读对象，伊林的作品才能发挥它的最大的作用——这一切给伊林作品以一种新鲜而灿烂的特色：

第一，伊林的观点是稳固地建立在科学的历史唯物主义的观点上的。在这些书本的内容中，伊林在个别事物中有系统地揭开了过去人类长期劳动生活过程。到处有活生生的事实和事实的发展，它们使我们了解了劳动过程怎样创造了一切。这一点，几乎都贯穿着他所有的作品。这也使年轻或知识水平较低的读者对于多种多样的物质变化过程获得了活跃而明晰的概念，使他们可以在接受这些读物后建立自己正确的历史观和世界观。在通俗的科学读物中，用这样的内容观点无疑的是最新颖和最有意义的。在这一点上，伊林和许多资产阶级这一类书籍的作家们有着何等的不同！资产阶级的作家也有有非常才能和成功的，但当说到科学知识接触到实际社会生活时，没有一个能不加歪曲或故意忽略的。他们常常企图把年轻和广大的读者拉到过去的牛角尖里去，不然也一定有意无意地对历史和将来加以宿命的、悲观的解释和推论。在这一点上伊林是和他们完全不同的。

科学知识可以说是人类劳动生产的最高级、最精粹的经验的积累。它的发展还是依存于人类不断的生产劳动。伊林作品的内容中充满着对人类劳动和劳动成果的赞美和讴歌。关于人类从原始劳动，从半意识的劳动过程的最初，经过遥遥的历程而到达社会主义的集体劳动，关于劳动工具和生产组织，在这里都有形象的具体表现。而且在他的笔下，阶级社会的劳动生活的不合理，和社会主义劳动生活的彻底解放，成了一个多么明显的对照。不论在他哪一本书上，对于人类劳动的肯定，也是他所给予读者的一种最好的知识。

在对于事物的认识上，伊林的作品和其他科学的通俗读物还有一个显著的分别：普通的通俗科学读物常常因循着专门科学的分类，把科学的知识单纯地割裂开来，化学书只讲化学，天文书专讲天文。一般内容很多显得是很枯燥的，没有各部分之间的联系，甚至离开实际生活也很远。这类东西使读者只能得着支离破碎而缺乏完全的整体的认识。但伊林的作品所叙述的科学知识，决不会忘记事物和事物的关联，而且他正是这样地去配置他作品的重心的。为了描写自然和社会各种错综复杂的关系，使年轻的读者能够洞察整个宇宙和社会的结构，对它们有一个完整的概念，伊林打破了科学为了专门研究的需要设立的分限，最显著的例子是那本《人与山》。

这些书本的每一章节内容总是构成了一幅壮丽的图画：自然和社会的交流，过去和未来的对照，日常知识和高深学术的配合……在这一点上，伊林作品可以说是通俗科学读物一个最优秀的示范。

这一些特点说明了伊林在把握着读者对象时，处处完成了自己写作的任务：加深读者对人类生活科学的认识，提高普遍的科学知识的水准，增强广大人民常识的丰度。我们可以在这里下一个这样的结论：伊林的作品是正确地把握了社会教育的方针的——因为大众和儿童读物的主题，不用说就是对于大众的儿童的社会教育的方针的问题——这些特点表示伊林的作品的正确和新颖。

第二，伊林作品的取材是异常丰富的。无论在他的哪一本作品里，特别是如《人和山》和《黑白》里面，他所搜集的材料是既广博而又深入的。通俗的大众读物当然不同于专门的科学著作，但恰恰因此就更需要有丰富的内容来充实它。

苏联社会主义的大规模生产和各种科学的进步提供了关于人类劳动生活和工具的丰富材料和知识，而伊林敏捷地把握了它。在这些内容上，伊林的作品不仅仅是单纯的事实的罗列和选择，不仅是完善地反映了现实，而且还充分地把握了立足于现实基础之上的，使作品加强力量的过去的历史和未来的远景。这一点使读者可以在他丰富的内容中明白地理解到：人类的思想和意识，计划和想象的功用。

高尔基在《人和山》的序文上说：伊林有一种不可多得的才能□能把复杂奥妙的事物，简单明白地讲出来。确实的，伊林在他的作品里所构成的特色，由于写作的方式和技术在内容的配合下获得了圆满的成功，是有很大作用的。

最值得我们注意的，是伊林的写作技术首先出发于他的各方面深刻的修养。在他所把握的写作的主要部分——这一点表示他实在是一个优秀的科学工作者，此外，他对于政治和文学的素养，也是达到了很高程度的。

第三，伊林写作的技巧是极其优美的。他对于叙述、说服和使人理解一事一物的描写，到处充分地表现出他自己对于写作的事物有高度的热忱和深入的理解。没有死板的公式，也没有枯燥的教条，这使他的作品具有了新鲜而明朗的风格，形成了单纯通俗的文体。这也证明了要获得通俗的文体和明朗的风格,绝不是只有作品质的降低才可以达到,恰恰相反,只有真正丰富的内容和熟练的技巧才能成功。

充满着伊林所有作品里的还有那种富于朝气的、活泼的趣味性。这种趣味性也有些是在内容材料上附丽着的,但主要的是在作者技术的造就方面。也只有在事实材料的适当配置和剪裁中,这种活泼的趣味性才在整个作品作为浑然的构成。趣味在通俗读物的写作技术上是特别重要的,但硬添上尾巴和油腔滑调的打趣却是通常最容易发生的毛病。伊林在这方面的成功,使他的作品决不致使读者厌倦和憎嫌。

再说,伊林还有一种他自己所特有的组织故事、创造故事的才能。讲故事的方式本来也是儿童读物和通俗读物的重要的表现方法。伊林在作品里有不少的东西是用故事形式来表现的。这些故事可以说完全丢弃了陈腐的那种无原则的、伊索寓言式的方式,成为一种崭新的东西。他用最具体的人类生活状况做每一故事的骨干,他用科学界的轶事、历史上的奇闻,适当地充实故事的内容,使读者得到一种亲切的感觉,因而加强了他所讲事物给人的印象。

在文章叙述的组织上,分段的□短、句子的单纯、条理的清楚、标点的动人也都有他显著的特色。

这些风格和文体,趣味性和故事式,以及文章字句的组织,说明伊林在他的作品里所采取的表现手段是达到多方面的。

在单纯、清晰、有趣的写作技术下,在明确、朴素、流利的语言形式中,有含蓄的叙述、机智的暗示、明快的解释、巧妙的比喻、动人的例子、适当的形容和形象化的具体描写、活泼而精到周密的结构和铺排,这一切优点统一在他的作品的整体中,使他的作品不仅在主题、题材或内容上成为显然的一种特色,同样在他的写作技术和表现方法上,也构成了一种新鲜的作风。

伊林的成功不是偶然的——毫无疑义的,那是他这些方面的造诣所换取来的。他的作品现在正受着不但全苏联而且全世界的读者的欢迎。特别在我们中国，因为我们的文化界、学术界正在解决着在某种程度上和伊林同样的课题：怎样去满足广大人民对文化和知识的要求，怎样去创作给儿童们、少年们或青年们所需要的健康的读物——伊林的所有的作品，更将是我们最好的精神食粮和参考资料。因此我在这里不但向少年的读者们推荐伊林的作品，同时对于我们的教员、宣传员、科学知识的传播者和大众文学的作家们、通俗读物的写著者，我还热诚地提议：向伊林学习！

（《晋察冀日报》1946 年 5 月 5 日，《每周增刊》第 13 期）

# 读诗杂感

潘非

在最近的《晋察冀日报》上，看到了几首特别使我喜爱的诗——贺进的《开差走了》、流箭的《阎锡山的催粮人》、朱子奇的《民兵从前线归来了》、张克夫的《毛主席回延安》。这些诗像才从延安出来的木刻一样，给人以一种清醒、淳朴、踏实之感。

这些诗的特点，首先我觉得是：风格清新、布局明快（但并不是简单），并富有音乐性。这里已没有晦暗的、使人难懂难读的东西。而音乐性，更是诗歌的因素之一。诗如果不是读的，只是看的，那它将很难与人民大众相结合，跳不出知识分子的小圈子，这也是所以群众喜欢大鼓唱词、民歌、民谣的原因。

这几首诗的节奏与韵律，都是美的、和谐的。有许多是接受了中国民歌的情调。如《开差走了》中的：

　　崖上下来了老妈妈，
　　窑里下来了女娃娃，
　　长胡子老汉笑开啦，
　　揽羊娃娃过来啦。

还有：

　　快快走了快快来，
　　人不来了信捎来，
　　山高路远信难通，
　　要把你的心捎到，
　　把那些敌人都打垮，

回来给你们戴红花。

新形式的产生,并不是和过去旧形式"一刀两断",而是从旧形式中孕育出来,而否定了前者。它吸取和提高了旧形式中的精华,遗弃了它的糟粕,再加上自己的创造。因此,中国新诗歌的建设上,就不能同过去的东西"绝缘"。所谓"过去的东西",花样很多——有诗有词……这绝大部分是属于士大夫阶级的;还有民歌、谣曲……这是属于人民大众的,它们大都是蒙着浓厚的地方色彩,流行于一定的地区。鲁迅先生曾经说过,从唱本里可以产生出托尔斯泰、弗罗贝尔来。那么,我们也未尝不可说,从民歌中也可以产生出荷马(姑当确有其人)或普希金来。

上举《开差走了》两节,其节奏的组织上、用词的朴质上,与民歌相仿佛。如果我们以拍数(词儿或音段)组成节奏,那么民歌每句节奏的基本形式,是:

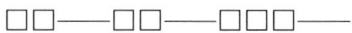

(注:"——"表示音的延长,如"月儿——弯弯——照九州——")

有时候纵使是八个或九个方块字,其节奏也是如此,而且又好用拍数相等的同型句。这些节奏,一般说是很适合于朗诵(如果再加上韵律的和谐)。《开差走了》《毛主席回延安》,都是充分地接受了民歌的这种优点。

为了免得误会,再加一点说明:我并不是想把这画成一个公式,恢复到"平平仄仄平"的时代去,而只是举个例子而已。民歌的节奏,也是非常复杂的,每个字或词的音,其长短轻重高低,都因内容或情感的不同而有所差异。

用词的简洁、朴素、生动、活泼是这些诗作的另一特点。"诗人是语言的魔术师",这句话永远是至理名言。写诗所以比写小说和剧本困难,就是要在几百字甚或几十字的范围内,刻画出一种形象,传播出一种感情。简洁朴素,并不是简单肤浅;生动活泼,并不是故意雕琢或用些粗言俚语。这里的一个基本问题,是怎样向群众学习,从实际中去搜集与丰富词条,又怎样将它提炼。如:

阎锡山的催粮人,

到了村庄,

一下子抓住村长,

"催粮三天交齐,

少一颗,

拿你的脑袋算账"。

仅仅是这三十四个字,但我们好像看见了一幅细腻的素描,非常逼真地刻画出一个穷凶极恶的狗腿子来了。

方言在这些诗里,被广泛地采用了。如"你的身子骨好像?""今儿个村里好红火""脑拌上哨子一哇声"。关于这,何莫同志在其《关于创作中的地方色彩与其他》一文中(刊本报《每周增刊》第三期)已经说到过,这里我不再说了。我要补充一点的就是:民歌的所以生动活泼,是因为它特多方言土语。但采用方言土语,要有一定程度,过多地不加选择地采用,结果会变成一个满带洋环镯子的乡下姑娘,反而失去了原来的风韵。另外,这些诗篇中,还用了些口语上不用的字,或可以说"文言"字。如"万里无云"的"无","手拉手儿把话明"的"明"字。这些字虽然在口语上不用,但群众对它是熟悉的,犹如三家村茶馆里说书先生的"说时迟,那时快""且听下回分解"一样,谁也能理会得。

毛主席在《反对党八股》中,要我们向群众、古人、外国人学习,而以群众为主,早已给我们解决了这个问题。而要运用到诗歌写作上去,却还得要依靠作者自己的努力。

第三个特点,是形象化,这也是生动活泼的一个主要因素。这些诗作中,没有口号似的叫喊。小说的写作,如果充满了累赘的叙述、说理,而不是形象地展开主题,那就不是一篇好小说。而诗歌呢?如果犯了上述的毛病,它不但不能成为一篇"坏诗",而且简直不是诗。

这里再举两个例,《毛主席回延安》一诗中:

……………
喇叭筒里在说话,
头不动,眼不转,
喘气的声音也没啦。

《阎锡山催粮人》中的:

……………
马后边,
拴着一头牛两只羊,
老百姓抓着门缝,
两眼泪汪汪。

中国的旧诗词中,作者惯用这样的手法:从复杂的现象中,删去其不必要琐碎点,抓住其最突出的一部分,去表现这现象的全部或大部,特点和气氛。如:"星随平野阔,月涌大江流"(杜甫),"含羞整翠鬟,得意频相顾"(欧阳修写一弹筝女子),"兽形云不一,弓势月初三"(李白),"帘卷西风,人比黄花瘦"(李清照)。如果说,我们的新诗歌要接受旧诗遗产的话,我觉得这是亟应接受的一部分。不如此,我们的新诗歌就无法免去概念化、原则化、不深刻、不生动的毛病。不过,旧诗词以描写田园风景和个人抒情为多,我们学习他这种手法,应该学会:把握最尖锐最激动的场面,抓住一点或一个侧面,有力地透过问题的中心,表达问题的中心。从"老百姓抓着门缝，两眼泪汪汪"中，我们确是看到了全村的悲惨恐怖气氛。

　　以上这些，并非只是单纯的技术问题，而是作者的立场与方法问题。一个作者如果没有为群众服务的精神，他就不会重视群众、接近群众、学习群众。他要没有与群众一致的立场，也就不会有与群众一致的感情，也难以达到深刻与形象化的要求。这些原则，本□在毛泽东同志文艺座谈会讲话中已经解决了的，但还须经过各种具体的实践，需要我们把他的原则、精神，运用到诗歌创作上去。这就是立场与方法的一致，内容与形式的一致，理论与实践的一致。要是把这些问题作为一个技术问题，那结果只是学会一些雕虫小技，无补大事的。

　　似乎在一本大后方出版的杂志上，有人这样说过：中国的新诗，从五四到现在，愈走路愈狭，如今已快到末路。它不是从中国的土壤里生长起来的，而是受了外国自由诗的影响。因此，它始终像水上的浮萍一样，没有生根，漂来漂去。

　　这话有一部分理由，但不是问题的全部。新诗的产生与发展，自有它经济的与政治的基础。可是，我们过去的成绩，也的确太渺小了，我们有什么呢？有胡适、刘大白等的白话诗，有朱湘等"小脚放大"式的诗，有徐志摩等极端欧化的诗，还有，豆腐干似的格律派的诗，断了半天依然不懂的印象派的诗，"前进呀，决斗呀"的口号诗……二十年来的路，都是弯弯曲曲地摸索着的。这倒也不能过于抱怨过去的作者，因为当时的政治条件与理论条件还不具备，没法从基本上解决这些问题。

　　不能成立这样的结论："诗在中国不能成立"或"我们命里注定，只该有五言诗七言诗……"那么，反过来说，我们就要建设新诗歌。这一任务是艰巨的，比戏剧、音乐、小说等各部门还要艰巨。好在现在情况已不同了，毛泽东同志的文艺座谈会讲话，已经给我们从理论指导上解决了基本问题。只要我们遵循这个方向，不走错路，坚持下去，努力下去，我们的新诗歌会有成绩的。我觉得前面所说的几首诗，已经在代表着向一个崭新的方向前进！

（《晋察冀日报》1946年5月13日，《每周增刊》第14期）

# 《戎冠秀》创作经过

胡可

一九四三年□,敌人对我边区做了三个月的残酷"扫荡",在反"扫荡"中,我边区部队群众中创造了许多可歌可泣的故事,涌现了大批的英雄——战斗英雄、爆炸英雄、神枪手、劳动英雄、模范工作者、生产模范和拥军模范。一九四四年二月,时旧历灯节,边区召开北岳区群英大会,到会众英雄齐集一堂,轮流报告自己的模范事迹,以互相学习。在报告的最后一日,曾有一位四十八岁的老太太起立发言,她是一个拥军模范,她毫不修饰地报告了自己的事迹。拥军事迹在边区来说是很多的,但是她的报告是那么亲切动人,她对边区子弟兵的崇高的母爱,感动着在座的英雄和旁听者,这就是我们的"老会长"——戎冠秀同志,会后,军区首长代表全体指战员赠她以北岳区"子弟兵的母亲"的光荣称号。

为了反映这一拥军事迹的典型,以介绍给边区广大群众,我接受了写作《戎冠秀》的任务,任务的紧迫只可能有半个月的时间。为了真实地反映这个典型,我随母亲回到平山下盘松村去,来回走路曾用去八天,而剩余的时间,必须和主人翁以及她周围的人们、村干部们去调查,详细地了解她的历史、遭遇、思想的转变的过程,气质和风度、语言、事迹,以及该村的尤其是她家庭的经济的、政治的情况。因为还负有把剧本创作出来的任务,对材料的调查研究是不深刻的,并且有些更重要的东西竟被遗漏。直到今天,我对戎冠秀虽是认识了,但并没有熟悉她,这是事实。这些,曾增加了剧本修改中的困难。

根据我的调查提纲,白天我和老会长以及她周围的人们、村干部们谈，参加会议，夜晚我构思剧本的细节。这样过了一周，还好，剧本的初稿总算写了出来。

我把初稿读给戎冠秀和老有听，征询他们的意见，他们笑着，听着，拍着腿说："对，对，一模一样。"遇有不像的地方，他们便提出他们的意见，并为我纠正，什么话应该怎么说才合适，这样，对剧本的现实性，我有了一个初步的估计。可惜得很，在半年后剧本修改之后，未能再去征求他们的意见，也未能去演给他们看，这至今仍是一个很大的遗憾。

在剧本创作中，我是犯了毛病的，为了减少创作中的忙碌，我曾在路上构思好了这剧本的梗概，我想以一个新妇女的成长为主题来反映她的那个时代，两种思想以两个迥然不同的社会作为陪衬。因此，对她的历史访问较多，而她在抗战中的事迹，有的便看轻了（如动员儿子当兵，就调查得不详细），当时又是以素描的形式来写□□时期的片段的。因此，她的转机（减租、增资、生产、翻身）便调查得不够。后来，在剧本集体修改时，同志们曾提出主题不尖锐的意见。因为她是一个拥军模范，她比别的英雄更出色处是拥军，应以军民关系为主题、拥军事迹为内容较好，这意见是对的，我决定推翻我原来的梗概，重新结构，这时，我发现我的主观主义，预先设定一个框子的办法，曾使我少得到多少必需的材料！造成工作上多少损失啊！

现在这剧本的面貌，便是第一次修改后的大致结构。

我深信，一个写作者应该写自己所熟悉的事物这句话。在自己的经验中，对农民和士兵是不熟悉的，所以始终信心不高。但是，集体□自己的责任心促使自己去熟悉那过去所不熟悉的人物和事件。自己所了解的边区农民的生活和情感，曾帮助了和弥补了我创作和修改中的贫乏。我从此深刻了解，没有生活便不会有艺术。

关于真实人物的写法，我曾认为决不应烦琐细节的模拟与记录，但是在广大熟悉戎冠秀的观众面前来演出它，力求丰富，还应当是作者努力的一个目标。不过，我没有做到这一点，我想在这短短的几天中以所得的材料来达到这要求还差得很远。不过我认为主要还是掌握主人公的精神，在别的地方尽可以失败，对主人公的思想感情、品质，是不应该有丝毫的歪曲的。

为了表现更集中和戏剧性，我曾把一些事件集中在一幕里，发生的时间和地点有些归并（如第一幕）；我曾把一些人物归并在几个人身上（如剧中村长便是两个人的合并）；我曾加了些必需的渲染（如动员参加子弟兵）；在配角的刻绘上，因为了解不够，有些性格写得失败了（如几个儿子），有些写得不明确（如老韩站长等），有的人物竟是根据自己的体验想象出来的（如三大娘三大伯），有的人物死掉了或再没有见过，便以想象来弥补（如霍三妮，如伤员）。这些，在写真人真事的报导剧来说，不知是否也要得。

今天又上演了它，我也曾根据一些同志的意见，又做了第二次、第三次的修改，但是直到今天，缺陷仍是很多的：首先，戎冠秀对子弟兵的崇高的母爱的根据，自然是八路军共产党挽救了和保卫了她的生活并改善和提高了她的生活和政治地位，在她本身的体验来说，就是她的翻身（减租、增资、救济、生产）。张庚同志及其他的同志曾着重提及必须表现她的翻身——热爱子弟兵的思想根源，但是因为材料和能力的限制，两次想加添这一场的尝试都失败了，对观众、对母亲本人，我是很觉不安的。

另外，由于材料是搜集来的，而不是长期体验与熟悉来的，在材料的取舍上是很受拘束的，这也是一个难以弥补的缺憾。再就是陪衬人物的性格化不足，减弱了她的环境的生动性。

今天它上演了，如果还有可看的价值，那是因为在许多同志——

尤其在该剧导演杜峰同志和汪洋同志的帮助之下,多少记录了些边区的生活。最后,必须谈到这一点,集体的力量,完成了它的创作和演出。

(《晋察冀日报》1946 年 5 月 13 日,《每周增刊》第 14 期)

# 扮演戎冠秀杂记

胡朋

由于党的正确的文艺政策，边区文艺工作者曾清算艺术至上主义的倾向和单纯技巧观点，使边区戏剧更进一步地为群众所喜爱。向群众学习、向实际生活学习成为我们的道路，演员艺术和其他艺术部门一样，也毫不例外。

当我们决定排演《戎冠秀》时，我对戎冠秀的认识和了解都还很肤浅，于是，我到她的家中去住了一个短时期。应该感谢母亲——戎冠秀，她帮助我懂得了许多人生的知识，并以她高尚的品质教育了我。

演真人真事，还要给熟悉她的人看，这还是第一次的尝试，我几乎没有信心，我摸索着，和同志们探讨着。

扮演英雄要单纯地模仿她的一举一动，这是简单的，而难的是表现她的伟大处。因此，我肯定，首先要掌握母亲的思想和感情。

我和母亲住在一起，一起生活，一起工作，我和母亲讨论着、分析着和解决着问题，我也和母亲在一起劳动，我听着母亲告诉我过去的遭遇，我和荣华子、春进子他们谈论着母亲，我就这样地学习着母亲，我就这样观察、了解、认识和体会着母亲的思想感情以及行动。

当我越觉得母亲的伟大的时候，我对于扮演母亲的任务就越胆怯了。

我们排演的时间，只有一个星期，在这短短的时间中，要排出四幕话剧，这确实是很困难□，不过在敌后的环境来说，这已是很充裕的时间了。我认为说明排演的过程，还是整理几段演员日记方便些。

十九日：今天开始排戏。

我像往常一样地重视这第一遍的阅读剧本。出我意料之外的竟发现了这样大的困难（在分配角色时，是我所没预料到的），我想在排演过程中，还会发生更多的困难的。

第□遍词对过去了，一点也不像戎冠秀。

首先，在这第一幕里，所表现的，□是母亲八年前的事，虽然真实的人物存在，然而所发生的事件和环境，都是要凭想象的，也就是说，对于角色的历史环境没有熟悉，那么对她当时的动作与感情，自然更不熟悉了，要我通过我对她思想感情的不深刻的理解来创造她八年前的行动，这是我感到最困难的。

在克服这些困难以前，我还必须先熟悉一些四十余岁的壮年妇女，来弥补我从未扮演过壮年人的缺陷。

为了接近这角色快些，我牺牲了午睡，把有关母亲的材料又反复地读了□遍。

二十日：天刚亮，在村边读词，这处有一两个拾粪的，不时地望望这又哭又笑的疯子。

青草上的朝露，湿透了我的裤脚和鞋。

我一面研究着台词，一面模仿着她的动作、语调，尤其是她的语尾，又失败了。反复几次，都与感情接合不起来，生硬的、死板的，我非常别扭，跑去找导演……

二十二日：两天来，还没有找到这型，我采纳了同志们的意见，从我最熟悉她的几句话来掌握她的节奏和语调，主要的还是体会她的感情。真的，我就开始温习着，她最特征的语调，"同志，你喝水不啦？""你结记着□！"我这样读着台词，做着她的动作，在考虑事情的时候，头仰着，用舌头舐着嘴唇，我两手扣在胸腹之间，这影子开始对我熟悉了。

我应该警惕的，扮演英雄，特别是真人，不是单纯的外形和琐事的模仿所能完成的，而重要的是演出她的所以伟大处，对她的品质，更不应有些微的歪曲。因此，掌握母亲的思想感情，是□重要的事，并且更需要体会她思想感情表现的方法与规律，这样才能掌握她的动作与她的感情，也就是说，你拿来她的动作，是必须□过她的思想感情，才能是有根据的活的行动，否则，你所安置上的动作，都将是死板而生硬的。

二十三日：扮演一个真实的人物和创造一个典型是各有所难的。平常创造一个型，只是依据着剧本和平日生活的经验，这一方面说起来是难的，然而在创造典型上来说，范围就更大些，受的限制就比较少些。然而扮演一个英雄就不然了。虽然英雄本身就是一个典型，但是同样的感情，在各个英雄表现的行动就不一定是一样的，她有她□定的特征，因此，还要受真人的限制，可是另一方面说来，真人在，又是很便利的条件。

二十四日：最近两天才接近了型，但是未克服的困难还是很多，有的同志告诉我"我们的技巧很差"，我承认，但是，我认为主要是我的生活太贫乏了。因为，技巧是要靠生活来充实它、丰富它的。

二十五日：……对我自己的要求，是能表现在某些地方也可能有些夸大，但我是忠实她的。……

二十六日：深夜里，沙滩上寂无人声，我默默地背诵着台词，研究着动作，一个戎冠秀的小影子，在我脑子里支配着我，也许就要接近这型了……

明天就要预演了，□不起观众……

这已经是两年前的事情了。

两年后的今天，又重排《戎冠秀》，除了增加了新的困难之外。这些困难依然摆在面前，有待我们去克服，我得在这里提出，与爱好戏剧的同志们共同商讨。

（《晋察冀日报》1946 年 5 月 13 日，《每周增刊》第 14 期）

# 笔的总动员

可夫

过去在抗战期间，特别在敌后印刷条件特别困难的情况下，有些拿笔杆子的人由于深怕动了笔写出文章来，没有发表出版的可能，所以索性把笔搁起来了。这虽然有点儿因噎废食的做法，还是情有可原。

可是，今天情况不同了，这种顾虑可以不必再有了，就拿张家口来说吧，印刷出版条件确实比过去小山沟里好得多了，各种报纸刊物的数量也增加了。那么，我们拿笔杆子的人理应大大挥动着笔杆子，不断写出文章来，但事实上，我们的笔似乎还是动得不多，所以文章的"生产量"也就不大，为什么缘故呢？这是值得我们大家，特别是拿笔杆子的人，严重注意而加以深刻检讨的一个问题。

首先，我们要认清，今天拿笔杆子的人肩上挑的担子是异常重大的。□我在此随便来列举几点吧：和平民主建设新中国的事业需要用你强有力的笔来捍卫促进；法西斯残余势力的阴谋诡计和世界上一切丑恶黑暗需要用你锋利无情的笔来暴露揭穿；也需要用你的笔来歌颂发扬人民英勇斗争的业绩，充分反映人民的生活、希望、要求……一句话，需要用你的笔来全心全意为人民服务。——这还用得着多说吗？

笔和枪都是和敌人搏斗的武器，拿笔杆子的人和拿枪杆子的人一样，要时常锻炼自己的武器，熟谙自己的武器，并热爱自己的武器；假如一有懈怠，或稍存冷漠之心，就不但不能战胜敌人，而且会吃败仗。这仅是一般粗浅的道理，要进一步来研究的话，那么问题就在乎拿笔杆子的人如何锻炼、熟谙并热爱自己的笔。这个问题不准备在此详细论说，只想指出一点，即我们的笔要是不浸透到实际中，不深入到群众中去，结果便会成为一支秃笔，即使死抱住这支秃笔，且手不停挥，那也不中用，因为在这支秃笔下产生的文章作品不能满足读者的要求，也就不能得到他们的欢迎，至多只供自己欣赏而已。但这到底不能算作完成了笔的任务。

如果说，打仗的胜败是拿枪杆子的人负的责任，那么报纸刊物办的好坏就是拿笔杆子的人所要负的责任了。这大概不会错吧？！不过还得在此着重指出：报纸刊物只靠编者的几支笔是办不好的，必须把所有拿笔杆子的人的笔全体动员起来才行。

"写出文章来！""拿出作品来！"这是经常听到的读者群众的呼声。今天这种呼声似乎喊得更响更高了。这是正当的迫切的要求，我们每个拿笔杆子的人是应该负责尽可能来予以满足的，因此，更有必要来一个笔的总动员。

五月二十五日

（《晋察冀日报》1946 年 5 月 27 日，副刊第 1 期）

# 从读者中来到读者中去

## ——创刊漫笔

丁玲

有时候一个小小的企图,也会显得多么的遥远,多么的艰难;但有时候一个小小的企图也会多么的鼓舞人心,热情澎湃,坚持航程和达到目的呵!

一切事情最怕盲从□不用思想,工作也如同海洋,海洋面积广阔,好像处处都可行走,可是海洋上有风浪,海洋下有暗礁,在这时就需要罗盘,需要思想,它能指出方向,找出路程。

副刊也如同一只小船,它在海洋上,它有一个希望,这希望如同一朵美丽的睡莲,开放在岸的那方,我们便是这船上的人儿,我们要与这只小船乘风破浪,我们的目的与小船一样,渡过海洋,捉住希望。

这希望是什么?是企图把这只船儿真真为群众所有。副刊是人民的朋友,那上边有大伙的呼声,是人民的知心话语。谁有欢乐,谁有疾苦?你高歌颂扬,把你的欢乐带向四方,让欢乐的人们、光明的人们同你齐唱。你反抗控诉,我们也要把它播向四方,让反抗的力量加强,控诉更成为更前进的行动。这朋友最好还能更有用些,他会帮助你学习,那上面有许多世界知识,他会答复你心中的问题,给这些问题加以分析,他帮助你写作,帮助你把你的思想、你的感情,缀成语言的花朵。让这个朋友会使你得到安慰,得到鼓励,得到助益。要把这只船儿真真为群众所有,要把副刊成为人民的朋友。

人民的朋友不是高高在上,不是闭门造车,不是主观愿望,它必须到群众中去,在群众中生长。船儿行在海上,群众就好比海洋,船要离了水，就搁浅在沙滩，日晒夜露，转瞬成为无用的朽木，徒然忙碌一场。

我们一定要驶向群众。反映现实，掌握住毛主席的方向，我们愿意向群众学习，学会思想，我们要切实负责，跟着大家的意见随时修改。我们现在伸出手，向你们，副刊的读者呵！发出呼声，请你们以明亮的眼睛，监督着我们，而且，你们是我们的主人！

(《晋察冀日报》1946年5月27日，副刊第1期)

# 评《王秀鸾》的演出

胡沙

## 一、关于剧本

在解放区八年的对敌斗争中,根据地建设过程中,产生了许多可歌可泣的英雄与模范,也产生了许多优秀的反映这些事件的作品。仅就张家口演出的节目,举其大型的有:《白毛女》《子弟兵与老百姓》《戎冠秀》及仍在上演中的《王秀鸾》,一般均颇获好评。《王秀鸾》描写了一个旧社会的女人,在民主政府的帮助下,如何翻过身来,而且成为群众推戴的英雄与模范。

《王秀鸾》的剧本,按其发展,大体可分为三段:第一段描写王秀鸾因为不会劳动,受婆婆的骂,挨丈夫的打,只得被赶着哭哭啼啼地回娘家去。第二段描写王秀鸾从思想上认识到在经济上不能独立,就无法翻身。家庭生活给了很大的刺激,再加上她本质上是个勤劳而善良的女人,于是,空手起家,从事各种劳动。在民主政府的物质上、思想上的帮助与鼓励下,经过各种苦闷,同一个仅仅十一岁的男孩,忍耐地积极地从事农作。第三段描写王秀鸾经过一年的苦闷后,在家庭中、社会上大大提高了地位,成了英雄。

我认为作者的手法是很朴素而大胆的,生活是丰富的,他特别强调地描写了王秀鸾母子的生活斗争过程,也就是劳动过程,给观众兴奋和感动的也是这部分。从春天到秋天,经过担粪、撒粪、拉犁、浇园、锄草、割谷、扛草、入仓、纺线等。看过这剧的人,大体说来,有这些意见。(一)从剧作到演员,对生活很熟知,作者不是简单的拿故事框子找材料,凑场面,它好像是从生活里流出来的,朴素动

人。（二）有人说比《白毛女》的主题更积极，更有冀中农村生活的特点，可是不如《白毛女》精练，就是说《王秀鸾》在创作上比较自然形态些，比较琐碎。我个人感觉到，如果把母亲讨饭几场、劳动过程、头两场，较加精练是更好的，更集中、更有效果。观众也不会感到太长而疲乏。

如果只看《王秀鸾》的剧本，恐怕没有太多味道，因为劳动过程中，仅仅只有几段唱词，所以剧本对演员的要求也比较严格。演员在演出中的地位，就更显得重要。

## 二、关于演员

《王秀鸾》的演员，据说都是冀中农村中土生土长的，所以农村生活知识便较丰富，表演作风上也很朴素、自然，王秀鸾演得很成功，描画出一个勤劳善良的女人。我感觉演员并没有怎么去表演，便很自然地把王秀鸾的内心生活传达给了观众。她动作很熟练，情感朴素，没有摆姿态，没有自我欣赏。后来掌管了家务，社会声誉也高了，当了劳动英雄，仍然是那么谦虚平凡，当她告诉她父亲母亲自己的光荣时，没有夸张，便更显得可爱、真实。

秀鸾之子演得也很成功，这位小演员我相信是做过农活的，在拉犁、浇园、锄草、背粪、割谷，动作非常真实，虽然并无实物，但力量用得恰如其分，想象力很丰富、注意力很集中，在很多场合，他并无台词，像腰痛、调皮、天真、活泼，都表演得很好，同母亲、姑姑、秃子、奶奶、爷爷的关系也很明确。三秃子在拉犁场、同大春回家场、扭秧歌场，都很好。这些演员的动作均被恰当的情感指挥着。

有人认为"奶奶"的表演有些"过分了"，讲话不清楚、嗓门太高等，我相信这位演员同样有着许多生活，对农村中的刁泼懒婆娘有了解，可是，是否从外形抓得比较多，动作有些堆积、零碎，像走路、面部表情,尤其是头两场。讨饭及归家场就比较好,情感比较收敛、自然。刘大三表演得不很好,像旧戏,性格一般化。大春太年轻一点,父亲和头上戴花的那位大娘,也抓住了一个形象。其他如四叔、小玲、妇联会主任,都还像农村中的人物。

## 三、关于导演

整个戏,摆场面、故意造气氛地方不太多,不太做作,尤其是拉犁场、大春回家与秀鸾见面场、母亲流浪归来时,处理得很细致而美妙。观众对头两场感觉得不舒服,这方面可能由于演员对旧的生活不大熟悉,情感达不到,或者导演也并没从生活出发去帮演员,所以有些动作不合农村妇女。如秀鸾发现婆婆走了时,往后退了几步,上身痛苦的一痉挛,还有秀鸾挨打以后向妇联会主任哭诉时的表情(曲子当然也有关系),是否掺杂了一些小资产阶级的情感进去。还有大春拿着枪与秀鸾唱战斗生产时,在现实性比较强的室内布景中,总觉得不统一。结尾的舞蹈,从秧歌舞,一变而为西洋舞,演员又以第三人称来歌唱,也不恰当,假如就扭着秧歌,拍着手,唱着,拥着王秀鸾上前,便开幕是否会更自然、更完整些。

(《晋察冀日报》1946 年 5 月 30 日,副刊第 4 期)

# 谈《王秀鸾》的演出

宋玳

看了《王秀鸾》的演出，我很兴奋，剧中的王秀鸾鼓舞着我，全剧红火愉快的气氛感染着我，我以为这是一个有现实教育意义的新歌剧。

《王秀鸾》这戏的故事很简单，主要描写一个在封建家庭里的媳妇，没有经济自主的能力，受尽了婆婆的气后怎样克服困难参加了生产，而获得光荣的劳动英雄的过程。里面穿插着贪吃懒做的婆婆的转变，村干部怎样关心抗属的问题等等。通过这些穿插，使这故事的发展更鲜明，主题更显得积极。结尾的大团圆等，正说明了时代的精神——乐观的精神。只有在民主政府领导下，女人有了自力更生的能力，才能获得家庭与社会的地位，才能成为劳动英雄。

饰王秀鸾的演员，相当成功，掌握了朴素、踏实、能"耐"的性格。在舞台形象上，她是一个健康农妇的典型。其他演员也各有独到之处。只有个别演员，似乎较侧重外形，例如饰婆婆的演员。

在演出上，布景、灯光、化装、服装、道具，都不苟且的，使戏的气氛更浓，如春耕两场，王秀鸾在太阳没有出来前下地的灯光，又如除草浇水那场的景——花草正欣欣向荣，敌人的炮楼已被八路军打毁等，都加强了戏的气氛。但春耕那一场，景后是远村完整的房子和发绿的树木，右面高耸着敌人的炮楼，色彩与线条却非常明朗，显得这个炮楼是静止的，没有内容，也就是说这炮楼与这村没有什么关系，没有带给人们被压抑的感觉，悲□与作者的企图，是不够一致的。这场戏的演出，也似乎太轻松些，王秀鸾头次下地，面前还摆了好些困难，等待她去克服，即或有三秃子及妇救会的帮助，但如果能低沉些,到除草与秋收时,再转为轻快便更圆满些。

通过这次演出,来研究剧本,也是值得我们学习的,作者运用了老百姓喜闻乐见的民谣风的音乐,运用了老百姓所习惯的有头有尾的大本戏结构,运用了老百姓最喜欢的大团圆的结尾……这都是好的。但正因为是大本戏,就容易不够严谨,显得啰唆,如三个生产场面——从春耕到秋收,介绍了劳动过程,似乎是需要的,但在戏本身却并没有发展,并没有介绍更多的内容。又如婆婆在路上乞讨,谁也不给她,接着又换一场碰到特务,这完全可以合并的。又如结尾,全村人扭着秧歌来庆祝光荣的劳动英雄,这可以完了,但又来一个单人舞,这在手法上显得重叠多余。

听说这个戏在张家口已经演了不止一次,而且每次都拥有不少观众,最近一次演出,据说也是每场客满,这是说明这戏为大众所喜欢,有它独特的优点。我因篇幅所限拉杂写来以供前哨剧社的同志们参考。

(《晋察冀日报》1946年5月31日,副刊第5期)

# "秀才"参政

## ——苏联名作家被推选为最高苏维埃代表的候选人

朱子奇

苏联人民最熟悉、最敬爱的作家：长篇名著《静静的顿河》的作者米哈依·肖洛霍夫，叙事诗《基洛夫与我们同在》的作者尼古拉·吉洪诺夫和著名的剧本《侵略》的作者列昂诺夫，是这次第一批被推选为苏联最高苏维埃代表的候选人。

这三位出色的作家，为保卫他们自己的母亲——苏联，完成了许多英勇的工作。祖国战争爆发的第一个早晨，他们就以光荣的苏维埃公民的资格报了名：到前线去。

在前线，他们和炮兵、坦克手们，在阵地里、在战壕里，一同工作，因此广大士兵群众爱戴他们、拥护他们。

米哈依·肖洛霍夫是由顿河流域的维森斯卡雅村的居民推选为候选人的，这位作家就是在这个村子出生长大的，并且，在这儿他度过了自己的童年生活。他描述顿河哥萨克生活的小说中的许多事件，也就是发生在这一带地方。肖洛霍夫的作品，曾译成了十四国文字，在本国，除俄文外，还译成苏联其他许多种民族的文字。在从事写作以前，肖洛霍夫曾当过烧砖工人、教员和普通记者。他很小就显露了他的文学天才：十九岁那年，发表了一篇有名的短篇小说。现在，在维森斯卡雅乡村里，他享受着最高的尊敬，他非常了解这个居民地的一切，尤其是当地集体农民的生活，并且不止一次地帮助他们。肖洛霍夫在其长达两千页的小说《静静的顿河》（这部巨作，前后写作时间共费去了十三年多）一书中，曾描述了十月革命前以及内战时期的顿河哥萨克生活。他的第二部名著《被开垦的处女地》，描写顿河区域第一批集体农庄的集体化的过程。目前，肖洛霍夫正在努力从事一篇新小说《他们为祖国而战》的写作工作，这部小说的片段已在《真理报》上发表过，小说的主题是写爱国战争中顿河草原上一个英雄的故事。在这些成为激战场所的地方，他的七十五岁高龄的老母在本村为法西斯的炸弹炸死。肖洛霍夫的小说的特点之一，是以他亲身的经历和印象为基础。他曾实际参加过战争，并且在南线、西线与西南线作过战。当第三日俄罗斯前线发动攻势时期，他曾经到过东普鲁士的境内。

  名诗人——吉洪诺夫，是由列宁格勒推选为候选人的。这个诗人的最显著的特点，就是他的一生与列宁格勒城的一生不可分离地紧连在一起。他在这里开始他的文学生活，并且于二十五岁时，就得到了"名诗人"的称呼。吉洪诺夫今年四十九岁，参加和经历过四次战争：第一次世界大战时，他是一名小兵，随骑兵团在北线与德军作战；十月革命时，他便参加了红军；一九四〇年，参加对芬兰的战争；一九四二年，他又充当红军军官。当列宁格勒被封锁的时期，整个苏联的人民都以深沉的情感阅读着吉洪诺夫关于英勇的列宁城的生活与斗争的简单而有力的报告。后来，这些报告转成为一本著名的书——《列宁格勒的一年》。吉洪诺夫描述列城英勇保卫者的诗——《基洛夫与我们同在》，曾获得斯大林奖金。现在这位作家、诗人已从列城搬到莫斯科，担任苏联作家协会的主席。

  去年（一九四五年）出版的苏联第一本描写坦克手的作品，新长篇小说——《攻克大索穆斯克》的作者列昂诺夫，这次被选为最高苏维埃代表的候选人，这是一件非常自然的事。他是一位多产的作家，是无数小说与剧本的作者，他在苏联和其他国家里拥有很高的声誉。他的著作已译成许多种外国文。列昂诺夫是一位自学成功的农民诗人。由于他的卓异天资，这个俄罗斯农民的儿子，始被准许升学，升学，至升入莫斯科大学。在战争时期——列昂诺夫写了一本著名的剧本《侵略》，曾获得斯大林奖金。苏联的每一个人都熟悉这部发表在各种报纸杂志上的反法西斯的热情而激奋的文章。

（《晋察冀日报》1946年6月4日，副刊第9期）

# 《夏伯阳》

肖白

八九年前,我看过富尔曼诺夫的小说《夏伯阳》,至今尤对夏伯阳那样性格爽朗、果敢的人特别喜欢。今天在人民剧院又看到《夏伯阳》影片,非常兴奋。我觉得电影《夏伯阳》比小说《夏伯阳》更精练、更形象,特别在目前形势下映放,更具有重大的教育意义。

夏伯阳是苏联红军中一个果敢善战的人物,他身经百战,经过白党和帝国主义干涉者无情打击,一直打得敌人听到夏伯阳的名字,看到夏伯阳的军队,就要望风而逃。当人们看到夏伯阳一马当先追击敌人的雄姿,当人们看到他认识了军民正确关系而召集部队讲话,严格宣布群众纪律时,当人们看到他负伤了,裹好伤继续用机枪扫射敌人时,人们的欢呼声、热烈的掌声经久不息,人们对这位列宁的同志、朋友,都表示了无限的敬爱。

但是,最后一次,这位常胜的英雄——夏伯阳失败了。他死在白党突然的袭击战斗中了。不,夏伯阳是失败在自己的骄气里。那是一个漆黑的夜,新政治委员向夏伯阳提出防止白党偷袭的警告时,"不怕,因为我是夏伯阳"。夏伯阳的骄气阻止了他接受这一警告,整个部队都酣睡了,前哨也睡着了,好像黑夜给了他们特别的恩惠似的。白党却是老鼠一样狡猾,白天他知道斗不过夏伯阳,便趁着黑夜,利用夏伯阳的骄气,突然袭击,获得了胜利。夏伯阳就在这一次战斗中牺牲了。

夏伯阳之死,又一次在历史上说明"骄必败"的真理。今天,抗战胜利了,我们有些人看到和平局面到来,便以为抗战有功,自己产生某种疏忽与骄气,我要劝劝这些朋友,多看几次《夏伯阳》,严防反动势力趁黑夜来偷袭啊。我更希望人民剧院延长放映《夏伯阳》的日期。

四日于灯下

（《晋察冀日报》1946年6月6日，副刊第11期）

# 生动的群众语言

## ——从标语口号中看群众的斗争艺术

文普

我们的同志常常忘记了一件很重要的事。这就是用生动的群众语言，用具体、群众熟悉的事实，用最通俗的形式来作宣传。可是，我们来请教老师吧：群众在斗争中确是比我们害党八股病的高明得多哩！最近，在热河隆化地区的清算斗争中，可以看见老百姓极善于用标语口号来鼓动斗争，他们叫作"写条子"。这种条子由他们自己想出，自己写，自己粘贴。由于他们写的条子都很具体、通俗、有中心，还常用颇易流传的歌谣形式，因此，群众都很爱看，看完后都说："对呀，是这样呀！""应该这么办呀！"斗争的勇气就百倍地增加了。

在清算斗争王文忠时，群众贴出这样的标语："反对王文忠霸占杜绍清的妻！""反对王文忠抢普光何的牛！""要求政府枪决王文忠为民除害！"揭露和要求都很具体。郭家屯清算保甲长李健德、李玉山时，大会场贴出鼓动的标语"算一算十三年的账，甲长牌长扣了我们多少钱！""大胆地告状，不要怕，现在是好人的天下了！"同时它又提出对待斗争对象的口号："回头吧，重新做好人，认罪赔罪，扣钱还钱！"在清算鸦片组合长李仲三时，会场上贴出"李仲三是害民的毒狠虫！""换中华，出青天！"就很形象生动。

几乎是在每一个清算大会上，群众都那样的勇敢、坚决，用大家都知道的事实来揭露日寇、汉奸、特务、罪魁，以激发大家的斗争情绪，就像槌擂战鼓一样，催动他们步入战斗。如清算董万选时，他们贴出的条子中这样的来描写他："……人前说好话，转脸成汉奸；唆人下了水,他在陆地看;坏人说他好,好人他欺骗;他是大粮户,花费小户担;收的义仓谷,不把收据填;老斗上尖入,度斗平出端。"(老斗与度量衡斗之间他就能贪污不少粮食)斗争汉奸张钧时,条子中有这么一段:"……结交多官吏,走动常衙门;日本有来往,热河(即承德)有官亲;见了日本鬼,携手进衙门;说话无关系,俱是一面人!"

呵!编排得这样聪明,文字又这样简练!我们再求学习如何在宣传上对待不同的对象,如何对破坏斗争的人坚决斗争,又一面不放弃争取吧。在清算董文选时条子上写着"与他合谋人,罪同董德祥,认罪自坦白,政治宽大量",同时对于团结大家及斗争目标则有下面的话:"欢迎七甲人,携手告张钧;先告使(即贪污之意)仓谷,叫他还众人,本利还清楚,才消冤仇账!"而在每一次斗争中,他们都不忘掉解救他们的共产党八路军,他们用朴素的语句来说出内心的感激。"来了共产党,人民把身翻;人民得了地,才告李仲三;政府查实了,就把他来拴,将他押大狱,与民报仇冤!"以上这些例子是木匠、本地小学教员或稍识字的人拟出的。

从标语口号的创造上已证明:群众在斗争中锻炼得能很熟练地进行宣传鼓励工作,富于创造性,其中不少的天才宣传家、组织家正不断地涌现出来。这又证明:轻视群众,不相信他们的创造才能和相反在标语口号上只擅长搬用非常空洞、生硬和千篇一律的字句,或甚至仅仅照抄文件与施政纲领的现象(是的,仅仅是照抄,有的甚至连标点符号都不加),是绝不应该再继续下去了呀!

(《晋察冀日报》1946年6月8日,副刊第13期)

# 《夏伯阳》观后感

歌焚

当夏伯阳逃不出敌人的枪林弹雨而终于沉向水底时,我的心就像压上一块大石头似的,再也透不过气来。

夏伯阳是个稀有的,英勇果敢、淳朴爽直、可亲可敬的人。

夏伯阳是个有才干的军事指挥员。

夏伯阳是个曾给无产阶级建立丰功伟业的、为无产阶级奋斗到底的革命家。

夏伯阳是个所向无敌的英勇的战士。

然而,当敌人正猖獗的时候,当革命正艰难的时候,当人民最需要他的时候,我们的英雄——夏伯阳却战败于骄傲自大的坟墓。

让我们喊出夏伯阳精神不死吧!但是,夏伯阳的骄傲自大却是一定要死的。

于是我想起了许许多多可亲可敬的、英勇果敢的、淳朴爽直的,和曾给人民建立过丰功伟业的、忠心耿耿的、为革命奔走过七八年至十数年的、有才干的政治工作者和军事指挥员,在这些可敬的同志里边,却也有着某种程度的骄傲自大,而我们自己同志之间,也的确存着这种现象,平素不善于研究革命的理论,不深刻了解研究革命每一个时期的不同的政策的重要性。在干部中还有的闹不团结、任性、闹脾气,不是虚心地感觉自己为人民和革命贡献太少,而是常常满足于自己的小名声,认为自己已经是劳苦功高的了,骄傲自大、目无组织、目无同志。不研究敌人,不研究自己,只是盲目地轻视敌人,容易被胜利冲昏头脑而忘却狡猾的敌人常常趁这样的空隙突然卡着我们的脖子。

够了！夏伯阳的血淋淋的事实给我们的经验教训够巨大的了，让我们清除那些偷偷隐藏在我们身心的肮脏的，危害革命，造成革命巨大损失的坏东西吧：如果我们抱定了为人民服务、为革命奔忙一生的宗旨的话。

六月六日脱稿

（《晋察冀日报》1946年6月9日，副刊第14期）

# 友谊的援助

周扬

北平，这文化古都，又是新文化的发祥地，正经历着文化的灾难。日寇八年的统治所带来的文化上的灾难还没有来得及补救，新的灾难又随着国民党反动派的统治而降临了，这个灾难甚至是更大的。一个晚上，七十七家报纸刊物被封禁，就标志了这个灾难的严重程度，这种事情就在日寇统治期间也不曾有过的。蒋介石的四项诺言已经完全证明是彻头彻尾的谎话。几个月来一连串的事实证明了这点。

在北平，如同在其他国民党统治区一样，人民没有自由，人权没有保障。言论、出版、集会没有自由，学术、思想没有自由。印刷厂、纸张，以及一切公共场所都被严厉管制着，从根本上剥夺了人民自由地表达自己意志的必要工具和手段。对一切有良心、有正义感、喜好光明、追求光明的人，特务如同阴影一样追踪他，生命随时随地受到威胁。生命的威胁之外，又加上经常的生活的磨难，这种磨难更是绝大多数人都受着的。教授要靠卖东西才能维持生活，中小学教员穷困到了如他们在一次罢教宣言中所说的"衣不蔽体，食不能饱"的地步，演戏的人为百分之六十的娱乐捐所苦恼。北平文化界是在重重压迫、极端困难的条件下工作，但是他们没有消极、没有沉默，他们发出了争自由、争民主的呼声。有人感叹过北平太沉寂，文化界很消沉，学生没有生气、没有理想、没有目的，因而怀疑地发问道：五四精神哪里去了呢？然而不到几个月的工夫，北平的民主运动蓬勃开展起来了。事实证明北平正蕴藏有无限的有生力量。"星星之火，可以燎原。"现在虽还不到燎原的程度，却也不似星星那么小了。这个火，人民的愤怒的火，是扑灭不了的。

张家口与北平是两个世界，但是两地人民的心是联结在一起的，在苦斗中的北平文化界同人是我们亲爱的战友与同志，我们对他们的处境与努力寄予无限的同情与敬意，我们之间的友谊是没有什么东西能够破坏的。这次张市为援助北平文化界举行义卖公演，就是这种友谊的表示。我相信北平文化界同人一定会珍视这个友谊，从这个兄弟般的友谊的关心中得到温暖，得到力量！

（《晋察冀日报》1946年6月10日，副刊第15期）

# 旧剧界的今昔观和今后的任务

崔万春

过去有一句俗话:"说书唱戏劝人学好。"戏剧本身是一种娱乐,但它又是感化教育人民的工具。可是在封建统治和日本鬼子压迫之下,他们是不允许我们演有教育意义的戏的,像神奇鬼怪淫乱封建的戏,他们不但不加限制而且大大提倡。

我们那时候的生活是没法提的,不要说穿,连吃也不够,所以一般旧剧人只顾演戏是不能生活的。男演员不得不卖纸烟、卖月饼来糊口,女演员只好在台上演些淫荡荒乱的戏来博得有钱有势的老爷们开心,他们把女演员根本就不当人看待,只当作一种玩弄品。

我们旧剧人以前是被人看不起的,我们的人格比哪一行都矮下三尺去,自从八路军解放了张家口同时也解放了我们,我们的人格地位提高了,并且还帮助我们提高技术,我们现在可以自由地演出有意义的戏,演我们自己写出的戏,我们的生活比过去提高了十几倍,过去我们吃不饱、穿不暖,现在可以说丰衣足食了。

可是这样的生活,不是到处都可以这样的,最近有北平旧剧团人跑买卖到张家口来,他们告诉我们说:在国民党统治下十有九个顾不住吃喝,演员们大部得做小买卖。他们谈某名伶为了维持生活常给人家办红白喜事,去给人家当吹鼓手。这类消息,很使我们难过,我们如何去帮助他们呢?我们不得不痛恨那些贪污腐化的官僚,更痛恨那种专制独裁的政治,人民得不到自由,人民永远受压榨。我们全国戏剧界应该团结起来,反对国民党反动派,反对他们发动内战、屠杀人民。没有民主的政治和人民自己的政权,我们一切起码的生活改善都是谈不到的。

(《晋察冀日报》1946年6月11日,副刊第16期)

# 漫谈旧剧与剧人

*唐伯弢*

"旧剧"是封建社会的产物,它是服务于封建社会的,所以内容常是"忠孝节义""纲常伦理"等,许多东西都不合于今天人民的需要,还有宣传迷信、麻醉人民、描写两性关系、较淫荡的东西,这些东西都是帮助统治阶级毒害人民的。但旧剧同时它又是中国人民自有的一种"民族艺术",原出自民间,且仍拥有大多数观众,它能冶"音乐""舞蹈""美术""文学"于一炉,所以今天对于旧剧不是摒弃而是改造的问题。

毛主席在一九四二年,于延安文艺座谈会上的讲话中,也曾指出:"对于封建阶级,与资产阶级的旧形式,我们是并不拒绝利用的。但这些旧形式到了我们手里给了改造,加进新内容,也就变成革命的为人民服务的了。"根据这一原则,我们就应当将那些"反动的""迷信的""淫荡的"内容去掉,而加入新内容。旧剧本中其较有革命意义的如《打渔杀家》之类,仍可出演;有些稍加修改亦可演出,如《苏州城》之类;那些不易改造,如《御碑亭》《琼林宴》之类,或根本不能改造,如《四郎探母》《乌盆记》之类,这些就不必再演了。最好还是尽量多写有现实意义的,如《逼上梁山》《三打祝家庄》之类的新历史剧,这样的确能做到为工农兵及广大的人民服务。

其次便是"旧艺人"大多生长在落后的社会环境里。一般地说,文化水准较低,政治上的认识和思想上的觉悟也比较落后,虽其中进步的也颇不乏其人,但大多数是被旧社会一切陋习所束缚,故必须加以改造。首先当然是以"改造思想"为中心工作,但必须要照顾他们的生活,解决他们的困难,摧毁他们中间的封建剥削关系,如贾买异姓子女充当养子养女，或营业老板挣绝大多数利润等。在组织他们的工作中，使他们能认识到过去旧社会的丑恶，和他们受到旧社会的"压迫""摧残""轻视""侮辱"等，更要让他们明白解放后，他们翻了身，他们今天已不再是人们的玩物，而是为革命为人民服务的文艺工作者了。这是一件艰巨的工作，我们应当长期地、耐心地、好好地帮助他们。总之若是能够把"旧剧本"和"旧艺人"都加以改造，配合起来，这却是对革命对服务人民的一大贡献。

(《晋察冀日报》1946年6月11日，副刊第16期)

# 旧戏新话

陈稻

有戏就有角，缺了生、旦、净、末、丑，戏便开不成；戏目愈来愈繁，角色也愈来愈多，"武生""玩笑旦""刀马旦""二花脸""开口跳"……凑够一个班子好不容易。但是，角色虽不齐全，台却停不得，物"穷则变"，跑完"龙套"，马上改装，"三花"做皇帝，编辑扮"难民"……，再不然，找个身擅生、旦、净、末、丑的名票——儿皇帝溥仪的兄弟、国民党中央监察委员、红豆馆主傅侗就有这一套本事，登台"客串"，管能叫座。或者来个小旦放开嗓子唱须生，"黑头"扭着屁股学女人，据说叫作"反串"，尤饶风趣漪。欤盛哉：草头班也！

人民的世纪，台上是店家，酒保行时，草头班的角色都是"加官"的财神或法场上的刀斧手出身，尽管戴上毡帽，穿上茶衣，挂着"一截"或"吊搭"，一迈步开口就漏泄了天机。换来换去，台下连馄饨担也快溜完，这回轮着打诨插科压轴。

战鼓擂得咚咚响，幕后的全武行却不好全搬上前台，该是看像《群英会》里蒋干之类的"文丑"做戏。戏是重的，重在明明替曹操办事，又要使人看着给周瑜打算，这就要演者"保持君子风度"了。为此"帮闲"要留分寸，万不能露骨；得风气之先稍事宣扬，可不敢"尾巴"；有目共睹或终难遮掩的黑暗（即使是主子的），要"攻评暴露"一二；咬了人家一口，赶快抹抹嘴巴声明，本人"赤手空拳""不愿意参加宣传战"；帮同发布"不能正确"的新闻遭受责难，则从从容容由衣领上取下折扇，用大袖一挡指指后台，便算一身干系推脱干净；假使还不识趣唠叨不歇，便反问："你的'报导究竟应验了几分之几'?"使责难者感到自己"也有一部分责任",从此心照不宣。此外,还得给看客交代自家一向"懦弱","打不还手,骂不还口"云云。如此演技,不是"科班"出身,就是名票逢场,毕竟与众不同。

有时,他可以去扮介乎公子与豪奴之间的角色,名曰"师爷"或"先生"。打出手、却娇娘是打手的事,"先生"插手就有失"风度",理合站立一旁;但碰到强项,豪奴被打翻,眼看公子脱不到手,他就要出头讲道理,劝架。沾上三不管颇流行这种劝架法:一伙人把对方揪住,口喊"打不得!""不要打!",让自己的同伙饱饱揍那被揪住的。当时虽未贴"痛恶内战"的招贴,据云其劝法仍不失为"大公"。不过,这一手只能偶一为之,否则就无以别于豪奴,而况多是"不得已","忙"得厉害,能眼睁睁袖手不"帮"吗?

"忙"就不能"头脑清明,心境平和,说来可怜",枪法就要"乱",此之谓"忙"则"乱",露马脚也在这个时候。平时,看他向观众报名,说得多伶俐:

"《大公报》不属于任何党派,是一张人民立场的独立报纸……"(五月三十日社评,《论宣传休战》)

当主子"忙"着霍霍磨刀,他就先出来喝道,"这命令(指朱总司令向敌占城市进兵的命令)……显然与中央军事委员会对立","只有国家有兵,人民不得有兵,也无所谓人民的武力"。(去年十一月二十日社论,《质中共》)。主子在长春,"忙"着奔逃,他又出来说话,"东北是国家的","徒手的先锋队成堆成堆地倒了,消耗了对方的火力以后,才正式作战……残忍到极点;可耻到极点"。(四月十七日社论,《可耻的长春之战》)。"国家""中央"……满口官话,竟跟刀斧手出身的说起相声来了。人民呢?既"不得有兵","只有忍气吞声,静候","坏到使人不敢相信",然后"有兵"的

"国家""统治了"。这一下裤子后穿,"帮""忙"露脸,台下倒彩,看客走散;自称"人民"的就脸上青一块,鼻子白一块,显出丑相。

可是老板的还在后面哩。君不闻,民国二十二年说:"东三省热河失掉,没有多大关系。"下过"侈言抗日者杀毋赦"的命令,民国二十八年主张"抗战到底要恢复'七七事变'以前的原状"的那位"老爷",居然"恳挚"地对东北父老说"抗战一十四年,唯一的目的,就是为了要收复东北的失地,拯救我们东北的同胞"(中央社沈阳二十九日电)。无怪旧戏到了末代总是时兴"反串"了,正是:

连台好戏不寻常,谈判期间内战忙。

装扮"人民"难叫座,抱着耗子哭一场。

六月十日夜

(《晋察冀日报》1946 年 6 月 13 日,副刊第 18 期)

# 漫谈连环图画

张望

本市新华书店经售二种连环图画《葛存的故事》《三儿脱险记》。当此新连环图画极端缺乏的情况下，这二种小册子的出版是可喜的，是应该向作者鼓励的。然而，据书店门市部同志言，该小册子销路不佳，另一方面，在旧书摊上的旧连环图画却又经常拥挤了不少的人在阅览，这是什么道理呢？

首先我们应该了解，旧连环画之所以流行：一、大多采用民间流传的故事，为读者所熟悉。或神怪小说，情节离奇、曲折、变幻，颇能引起读者的兴趣。二、描写技术虽不尽高明，还很浅显，但富于说明性，一草一木、假山、楼台……都很清楚。而且长篇大套，每幅画面间连接很紧密，使读者一幅幅地接连看下去。容易了解。三、目前缺乏新的连环图画，所以旧连环画仍拥着大批读者。

我们上述二种新连环图画因何销行不旺呢？简单地说，是内容故事性不大，不生动，描写技术不够写实，草率。而且又只寥寥二三十幅，形式近于小说中的插画，构图不完整，所以不能使读者满足。在发行工作上，我想：还应该向旧书摊推行，让新的和旧的摆在一起，让群众来考验，以期进□。

有一位同志告诉我，他主张采用"故事画"而不同意连环图画，因为"故事画"内容故事性强，表现技术后之连环图画要提高，并且不需要那样多的篇幅——每幅与每幅的时间空间不必太关联，使每一幅画均有其独立的意义。关于这，我想也是值得商讨的。

从来的连环图画就有故事内容，否则是无从连环了。

今天我们的作品——不论"故事画"也罢，连环图画也罢，主要的读者是工农兵（以及小市民、小学生），因此技巧的提高、题材的选择，都应为了主要的对象——工农兵。但他们文化程度还很低，倘若为了要"每一幅画均有独立的意义"而过于节省篇幅，使每幅画的时间与空间相差甚远，则难免要加一大套文字说明，这样是否适合于读者呢？如果只是为了作者主观的兴趣和爱好出发而提高，一味过于强调构图、明暗、线条……不顾读者欣赏能力，这样也恐难获得预期的效果！

如果作者技巧高明，能以极简练的笔法，描绘出每个人物逼真的表情和立体感，以及整个画面的气氛，使读者一目了然，领略了作品中的思想感情，这种大众喜见乐闻的作品，自然是我们十分需要的。否则，且为了读者易懂，采用单线条的描写，没有阴影，也是可以的。"甚至做梦头上放出一道毫光，也无不可。观者懂得了内容之后，他就会自己删去帮助理解的记号。"（鲁迅《连环图画琐谈》）

连环图画和小说中的插图，"画记"是有差别，前者是以图画为主，画面要求完整，后者以图画为辅，构图可选择其重要部分描绘，补助文字之不足。虽然两者都要求写实、易懂，但连环图画是较为接近下层群众，易于普及。正因为此，所以我们才急于提倡。然而普及与提高又是怎样的关系呢？毛泽东同志在一九四二年延安文艺界座谈会上讲话曾这样启示我们："只是从工农兵的基础，从工农兵现有的水平与萌芽状态的文艺基础上去提高……只有从工农兵出发，我们对普及和提高才能有正确的了解，也才能找到普及和提高的正确关系。"

我们认识了这正确的方向，而如何去实践——创作适合于工农兵的作品，也是个重要的问题。无疑地，我们应该深入到工农兵，深入到实际斗争中去，使自己的思想感情与工农兵大众的思想感情结合起来，有了深刻的了解与熟悉之后，才能产生出人民喜见乐闻的东西。这是今天每个前进文艺工作者应加以重视的。

例如说：我们创作《葛存的故事》，仅仅是画了他的像，或到他村子去看了一趟，于是简单地描绘主人翁先前受苦，后来因勤劳生产改善了生活的过程，这较之"闭门造车"单凭主观编撰故事要强得多。但其意义还不大。还应该对典型人物的性格，勤劳俭朴、克己奉公、热心为群众服务的精神深入了解、研究，然后着重表现劳动英雄葛存的优良品质，与其所以受到群众拥护的原因。只有强调劳动英雄的群众观点，才能给予读者积极的教育意义。《葛存的故事》的作者却忽视了这一点。同时也由于生活体验不够，所以有些人物（劳动者）的描写还是小资产阶级知识分子的姿态。甚至连处理耕犁过的土壤，也不够逼真，使读者误为一片露天的地板！然而，这种缺点，是可以克服的，因为作者具备了埋头苦干和为工农兵服务的热情。

至于对旧连环图画，除了删去其封建、迷信、淫荡的落后性外，加以批判地来利用其旧形式是需要的。为了宣传教育的效果，也是目前急需利用与推行的，尤其是作为面向工农兵的作品，力求易懂，也是革命的文艺工作者的正确的努力。

六月十二日于张垣

（《晋察冀日报》1946 年 6 月 17 日，副刊第 22 期）

# 谈大众文艺
## ——纪念瞿秋白同志被害十一周年

丁玲

瞿秋白同志是中国革命领导人之一，十一年前的今天，被国民党杀害于长汀，关于他的生平，萧三同志写有一篇长文，载在最近一期的《北方文化》上，请读者参阅。

时间过得很快，距秋白同志牺牲的时候已经十一周年了。距秋白同志在上海写文章时就更远了。秋白同志因为身体不大好，在三一年、三二年、三三年之中，做工作较少，本来是应该休养的，可是却在他一边工作一边休养之中写了不少文章。揭露了中国的资产阶级文化和论述了中国文艺的前途，尤其对大众化及口语问题，反复阐述和辩论，并对"第三种人""自由人"进行透辟的论争。我因限于篇幅及材料，不能对这些文献很好地介绍，但愿意谈谈大众化问题，以作为我的学习和我对于秋白同志的纪念。

当四二年我在延安参加文艺座谈会的时候，我曾经狠狠地回忆了一下在上海时我们的文艺大众化运动。后来再重复读毛主席的讲话，想到在上海那一段生活时，都不能不想到秋白同志。秋白同志那时是给了我很多教育，首先是在立场上。秋白同志曾经在很多文章上指出文艺应该是为大众服务，应该揭露清洗一切旧的封建的、帝国主义者的思想文化，清洗他们向劳苦群众散布的毒菌，它应该写大众的战斗的英雄，应该深入大众生活，了解大众战斗的意义，解决战斗中的问题。他也告诉我们要搞通思想，肃清小资产阶级残余意识，"抉心"，这就是说要把旧的感情连根拔去。他说："大众化问题不是笼统的文艺大众化，而是创造革命的大众文艺。"他也曾说："革命的先锋队不应当离开群众的队伍,而自由单独去成就什么'英雄的高尚的事业',笼统地说什么新的内容,必须用新的形式,什么只应当提高群众的程度,来鉴赏艺术,而不应当降低艺术的程度去迁就群众——这一类的话是'大文学家'的妄自尊大!革命的大众文艺必须开始利用旧的形式的优点——群众读惯的看惯的那种小说诗歌戏剧——逐渐地加入新的成分,养成群众新的习惯,同着群众一块儿去提高艺术的程度。"而且从秋白同志下边的一段话中,我更体味到群众观点:"这就必须去研究大众现在读着的是些什么,大众现在对于生活和社会的认识是什么样的,大众现在读得懂的,并且读得惯的是什么东西,大众在社会斗争之中需要什么样的文艺作品。总之,是要用劳动群众自己的语言,针对着劳动群众实际生活里所需要答复的一切问题。"在那时期中秋白同志的文章,我大半都读过,我在他的影响和鼓励之下,曾努力去创作,努力从各方面去尝试,但距在延安读毛主席文艺座谈会讲话时是十年了。十年之后我才认识我那时是并没有真真了解秋白同志的文章。我才明白我还需要"扪心"。我很难受我"脱胎换首"之难,我曾经想过假如秋白同志不死,我也许会羞于见他的呵!可是现在又四年过去了,我有什么成绩呢?而我今天还在这里纪念着秋白同志。

整风以后,我在工厂、农村都稍稍跑了一时,时间虽不多,却也搜到了一些素材,当我想执笔写它的时候,我忽然想到了一个问题。用什么形式?我一直到这个时候才真真地对秋白同志所反对过的欧化形式起了根本的怀疑。而且对脚踏两只船的文艺觉得很可笑了。谁不会说呢?"今天的文艺必须吸收中国民间文艺的精华和接受外国文艺遗产。"但是请问,谁者为主呢?是站在中华民族形式这只船上而接受外国遗产呢,还是站在外国遗产的船上来吸收中国民间精华?我肯定地答复应该站在中国的这只船上。因为这是老百姓喜闻乐见,谈惯听惯的。然而这个道理容易说明白，但要大家去做去实在不容易。因为写的人都有一个"写惯"呵！写惯了颠颠倒倒、无头无脑的小说的人忽然要从头述起，写惯了"有着两个儿子和一个女儿的寡妇"，却忽然只要他写成"有一个寡妇，她有两个儿子，和一个女儿"，却不是件容易的事呵！而且中国小说的好处，常常是能集合许多小故事，就是用事来形容人。但所谓欧化小说只要有一段说明（美其名曰描写或抒写）便成了的。因此用中国形式就会更感觉得生活的贫乏，从生活中所积累的好事是太少了。其次就是语言，假如采取中国形式，而又不愿用旧小说上的宋人语言，或陈腐滥调，则不能不采取真真的老百姓语言，这语言不是硬凑，或者全搬来一些歇后语，语之要有身份、个性，这又必须要有长期的深入的生活，还不止是一种生活，而是所欲表现的各种人的各种生活。因此急切要产生的确继承了中国民间形式的优美，而又有创造，完全使用新的语言，从老百姓那里提炼了出来的语言的作品便实在不是一件易事了。虽然这还有着许多困难，但方向却需要搞清楚，主要的要从中国民间形式上去吸收外国的革命的进步的文艺，要如同秋白同志所说的："应当运用说书、滩簧等类形式，流行的小调，夹杂着说白，编成纪事的小说，创造有节奏的大众朗诵诗，利用演义的体裁创造短篇小说的新形式……至于戏剧，那就新的办法更多了。这在实际工作开始之后，经验还会告诉我们许多新的方法，群众自己会创造许多新的形式。"而对于欧化语言、格式的白话文，秋白同志也骂得很透骨："中国文学革命运动所产生出来的新文学是骡子文学（非驴非马），既然不是敢于向旧文学宣战，又已经不敢对于旧文学讲和，既然不是完全讲'人话'（即真正的老百姓的口语），又已经不会真正讲'鬼话'（文言文），既然创造不出现代普通话的'新中国文'，又已经不能够运用汉字的'旧中国文'，这叫作不战不和、不人不鬼、不今不古——非驴非马的骡子文学。"

　　虽然当我今天想到秋白同志而生许多感慨的时候，却不免也有一些慰藉，就是像秋白同志所希望的文艺，在毛主席的文艺座谈会讲话以后渐渐萌芽了。像秋白同志所曾提到很重要的报告文学很普遍地开展过，跟着这条路已经又在走到了小说，中国味的小说。诗也会努力于朗诵，由情头诗到民歌。并且也的确有很多人努力于说书、大鼓等等能唱能读的东西。戏剧更不消说得，正如秋白同志所说办法更多，群众自己创造了形式。这还只是就形式而言，内容上也正是走向群众，走向群众的斗争生活，答复了在斗争中产生的问题。十一年过去了，可是多么艰辛的十一年呵！我们在秋白同志牺牲之后又不知牺牲了多少同志，然而我们今天还不能完全如秋白同志所希望一样。过去秋白同志所骂过的那些人，现在还依然存在，而且更狰狞更卑污，更显出临死前的疯狂的挣扎。我们还须更努力、更坚决，虽然人民势力已经一天天壮大了起来，但更其艰辛的日子仍然存在。不过我们整齐在毛主席的旗帜下，我们望得见我们前面的胜利。我以我个人失去了一个最可怀念的导师的心情，同时对革命却又怀着坚定的乐观来纪念秋白同志。

十七日晨

（《晋察冀日报》1946年6月18日，副刊第23期）

# "假如敌人不投降——消灭他!"
## ——纪念高尔基逝世十周年

萧三

伟大的作家、文化的灯塔、反法西斯蒂的民主战士、伟大的人道主义者、人类最真挚的朋友——高尔基,于一九三六年六月十八日去世以来,到现在整整十年了。这十年来,世界发生过多少惊天动地的事变,特别是第二次世界大战,全世界民主主义反法西斯主义的战争,由于高尔基所热爱的祖国——苏联及其人民做了反法西斯蒂的主力军,终于将那股黑瘟疫驱散了,民主世界获得了光辉的胜利,亿万人民得庆解放。伟大的爱国者高尔基生前所说的话是灵验了:

"假如世上的抢劫者毕竟会商量好,假如他们又一次会欺骗无产阶级和派遣他来反对他自己的先锋队,——苏联的工人阶级会这样英勇地投入战斗,将和他有力地走上了生活大道,坚决地开始了建设自己的,社会主义的,国家一样。

"这将是决斗,在那里,反对被骗的奴隶军队,统治他们的主人们的非人的权力的保卫者,有一个军队站起来,它的每一个战士会很好地知道和感觉得,他为自己的自由,自己作为自己国家唯一的主人的权利而作战。这样的战士是会胜利的。"(《工农不会让自己受骗》,一九三一年作)

但是,人类的进化与革命,从来不是一帆风顺的,迂回曲折是一切革命所必经的道路。德、意、日法西斯主义是被打倒了,西方和东方两个战争的温床是被摧毁了,但是法西斯蒂残余还没有肃清,法西斯的制度今天在地面上的东方和西方某些处所还在奉行。西方的佛朗哥政权,东方中国一大块土地上的蒋介石国民党政权,就都是十足的野蛮黑暗的法西斯主义!而且很奇怪的,曾经站在反法西斯阵营里的两个强国，今天却极力支持这种法西斯制度——英、美共同支持佛朗哥；英国帮助希腊反动派压迫人民，干涉伊朗内政；英荷军队进攻印度尼西亚人民军；美国用大力帮助国民党蒋介石打内战屠杀中国人民，想把全中国永久陷入殖民地的深渊。这股反动的逆流已经给中国人民和世界人民以莫大的灾难。如果继续下去，全人类的苦难将是难以形容的！

为什么有这种反动的现象发生呢？为什么法西斯主义残余还是这样猖獗呢？答复是：因为资本主义——帝国主义在作祟。请看高尔基怎么说的吧。

"资产阶级死前的痉挛，就叫作法西斯主义……

"法西斯主义是已经腐朽和堕落的资产阶级文化的产品，它的蟹形的瘤肿物。法西斯主义的理论家和实行家是一些从资产阶级的圈子里提拔出来的冒险家。在意大利、在德国，资产阶级把政治的、物质的实权交给法西斯蒂手里，用中世纪意大利城市资产阶级指挥孔多捷尔（十四、五世纪雇佣兵团的头子——译者注）那样灵活地指挥他们。他不仅心满意足地看着和鼓励着法西斯蒂对无产者施行最卑鄙的肉体的剿灭，而且允许法西斯蒂把一些文学家和科学工作者（即是他不久以前还引以为自豪和自夸的，他的智识界力量的代表）撵到祖国境界之外去。"

中国人民长期处在封建压迫底下，近百年以来加上了帝国主义的桎梏，使人更加喘不了气。帝国主义与封建主义又总是互相勾结为用的。中国的法西斯主义也因而是买办的（帝国主义来后的产物）、封建的法西斯主义。反帝反封建在今天到了这样尖锐的程度，统治者与压迫者——大地主大资产阶级买办——于是从自己圈子里推出来大批冒险家，把政治的、物质的权利交给他们，如意地指挥他们，心满意足地看着和鼓舞着他们对无产者、对人民施行最卑劣的肉体的剿灭。

这在我们人民是看得非常清楚明白的。但难道人民就甘心情愿让他们宰割吗？不，我们只有战斗，坚决地战斗——中国人民伟大领袖毛泽东同志教导我们："对敌人要狠！"高尔基教导我们："假如敌人不投降——消灭他！"一九三〇年高尔基写过这样一篇论文，现在把它摘译在下面以供我们研究和学习。

"由于马克思和列宁的学说所组织的工农先进队伍的毅力，引导苏维埃联邦劳动人民群众到一个目的，这个目的的意思可以用三个简单的字眼表达出来：'创造''新的''世界'……

"归根结底这就是：创造为一切人和每个人发展其力量和才能的自由的条件，创造对于一切人的同等的可能，使其达到那种高度，（过去）只有少数特殊的所谓'伟大人物'费了许多力（而后）升到的那个高度。

"这是幻想，浪漫蒂克吗？不，这是现实……

"……苏联的工人阶级……在自己面前提出了巨大的任务，而他的集中的毅力胜利地解决着它（任务）。解决的困难——非常的多，但是，假如愿意——就能做到！（注：等于'有志者事竟成'。）十三年前（注：此文作于一九三〇年）的专政，工人阶级，差不多是没有武装的，没有鞋子、衣服穿的，没有饭吃的，把那由欧洲资本家富足地武装起来的白军赶出了国境，赶出了外国干涉的军队。

"十三年来为建设自己的国家，他和少数正直的、真正忠实于他的专门家在一道工作，那里面混杂着许多卑劣的叛徒，他们也玷污着自己同僚们的名誉，甚至侮辱着科学本身；在世界资产阶级仇恨的气氛下，在'机械公民'毒蛇式的叫嚣下工作，这些'机械公民'幸灾乐祸地观察着所有微小的错误、缺点、短处；在他自己对于工作条件之困难和可怕处都还不很明白的条件之下工作。在这些地狱式的条件之下，他发挥了真正革命的和神奇创造的毅力之非常可惊的努力。

"只有工人们和表达他的理智——革命群众的理智的党的英勇，乃能在这种恶劣的条件之下，做出这样的大事业来……同时，用自己的力建设工业，领导农村的改造，工人阶级和农民不断地从自己的群众里面，提拔出成百成百有才能的突击队员、工人通讯员、作家、发明家……总言之——新的、自己的智识界的力量。

"国内反对我们，最狡猾的敌人组织粮食的饥荒，富农用暗杀、放火，各种各样卑鄙的行动来恐吓集体农民。所有活过了历史所赋予他的时期的人反对我们，而这就给我们以权利，认为自己还是处在国内战争的状态里。由这里得出自然的结论：假如敌人不投降——消灭他。

"从国外反对苏联创造工作的（敌人）……也是过了时的和必然要灭亡的。但是他总还想，也还有力量抵抗那必不能免的（命运），他和联邦内部做破坏工作的叛徒们有联系，这些叛徒本着自己固有的卑鄙性，帮助他的强盗的企图……

"工人阶级和农民应该武装起来，记得，已经有过一次，强大的红军胜利地挡住了世界资本主义的袭击，那时是没有武装的，饥饿的，没有鞋子、衣服的，和领导的同志们也是不十分认识军事的诡谲的。现在我们的红军，每个他的战士都很知道，他为了什么要打仗。

"假如（敌人）在必不能免的将来前面发生恐慌而疯狂起来，毕竟敢于派遣自己的工人和农民来反对我们，必须用这样一个又说又做的（语言文字与直接行动的）打击去迎接他们，照准他们的蠢脑瓜，这成为对资本的头颅的最后一击，把它丢到由历史替他完全及时地挖好了的坟墓里去。"

读了这篇战斗的论文，不由得也增长我们战斗的勇气，使我们鼓舞兴奋。中国人民解放区的目的，也是想创造一个有别于几千年来压迫剥削黑暗残暴非人社会的新的社会、新的世界。解放区的一切人和每个人都能发挥其力量和才能，一切人都有同等的可能条件，以提高自己。

中国的人民军队，也曾经"差不多是没有武装的，没有鞋子衣服穿，没有饭吃的"，但他一定要，一定能够把由美国帝国主义者富足地武装起来的反人民的军队打垮，也一定要，一定能够"赶出外国干涉的军队"。

因为中国人民的军队，"每个他的战士都很知道，他为什么要打仗""他的每个战士都很好地知道和感觉得，他为自己的自由、自己……的权利而作战。这样的战士是会胜利的"。

解放区的建设工作，也自然免不了错误与缺点，但解放区的人民"发挥了真正革命的和神奇创造的毅力之非常可惊的努力"，因为我们有"表达……革命群众的理智的党"——中国共产党，他是英勇的，所以"能在这样恶劣的条件之下，做出这样的大事业来"。

国民党和美帝国主义者共同训练的特务、暗探、破坏分子用各种各样卑鄙的行动来反对我们，我们经常"认为自己是处在内战状态里"。"我们的教育者——是我们的实际。"（高尔基《论实际》，一九三一年作）在国际和在中国国内的实际，教育了我们："失掉理智的、疯狂的统治者……没有一件罪恶他们做不出来的，怎样多的血他们也不怕流的。"（高尔基《论兵士思想》，一九三二年作）那么，我们除了自卫，别无道路可走。"假如他们疯狂起来……反对我们，必须用这样一个又说又做的打击去迎接他们，照准他们的蠢脑瓜，成为对他的头颅的最后一击，把它丢到由历史所替他完全及时地挖好了的坟墓里去！"

纪念伟大的高尔基，我们遵循他伟大的指示：假如敌人不投降——消灭他！

（《晋察冀日报》1946年6月18日，副刊第23期）

# 《腐蚀》读后感

朱志远

《腐蚀》是茅盾先生用第一人称手法写成的长篇小说,虽然这书初版离现在已有四年多了,但今天国民党统治区的黑暗制度,不但没有绝迹,反而日渐猖獗,因之,这本书并没有失掉时间性,《腐蚀》的主题思想还是有它现实的、积极的意义的。

本报第五期《每周增刊》陈稻同志的《介绍茅盾先生的〈腐蚀〉》一文说得好:

"茅盾先生在这三百四十页日记体裁的小说里像一个外科医生一样,揭开包扎在外面的纱布,让你看看那些腐烂了的肌肤,紫里带绿的脓血,向每个读者控诉一种制度。"

是的,《腐蚀》是暴露了一种制度,一种垂死的、腐化的、反动的、吃人的制度。这种制度是建筑在压迫老百姓上面的,它的本质就带有法西斯的伤害人性的、阻碍社会进步的、反民主的、毁灭正义真理的,也就是违背时代潮流的毒素。这种制度就是"特务"。

特务是制造罪恶的魔鬼,它把许多人的生命毁灭了、身体囚禁了,但这还是小事,而性灵思想上的迫害,是残暴到吃人的地步,如《腐蚀》中以女主角为典型,形象地、具体地刻画了她(他)们暗无天日的生活,由精神的麻痹,她(他)们都变成畸形、脆弱、寄生的人物了,就连理性还未完全泯灭的惠明其心理病态的成分也是很大的(如为了解救自己,曾把 K 和萍告密),很清楚的,这种结果是特务们制造的——是比杀人更残酷的事。

这是一面——黑暗的一面,《腐蚀》里同时也有它的另一面——光明的一面,它指给我们识清那些"特"字号的嘴脸,勇敢地跳出

"特务"的泥坑，小昭和 K 都是可敬的光明的象征，为了拥护真理、坚持真理，小昭虽然牺牲了，但真理是不会死的，它永远照耀着人民反特胜利的前程，冲散阴霾，驱走恶魔，同时真理也启示着法西斯特务制度的末日——这是历史的轨道。

通过了艺术形式，《腐蚀》是有它政治意义的作品，特务制度在中国没有绝迹，《腐蚀》永远做一面正义的照妖镜：反映了他们的脸谱，反映了人民摆脱了魔鬼的羁绊，走向自由的、民主的地方去！

五月十九日

（《晋察冀日报》1946 年 6 月 22 日，副刊第 27 期）

# 《克隆斯达海军》观后感

苏凡

落后分子与英雄——红海军战士弗尔登，始出，有浓厚的陈腐的思想意识，他有一般海军的骄傲自大、瞧不起陆军的恶劣思想，他任意打架，追女人，不守军纪，讽刺党派来的政委，不懂得什么是同志……但在残酷的战争中，他终于接受了新的思想，成为一个共产党员。在前线上敌人最猛烈的炮火下，他第一个响应党的号召，带领群众唱着国际歌前进，一直冲破了敌人第二道防线！

他用尽了一切办法，克服困难，不畏生死，要为政委和死难同志报仇，于是得到党的爱戴，一举成为海军舰队的队长，将敌人消灭尽净，成为保卫祖国的英雄。

当我看到弗尔登转变以前的所有表现时，我实在是对他有点讨厌，但当他第一个响应党的号召，在猛烈炮火中毫不犹疑地带领群众高唱国际歌冲锋时……为了给同志们报仇，在白党的枪弹下乘着小船，在狂涛巨浪里歌唱而去的时候，我又爱他爱到了极点，因为他真正地接受了革命，变成了英勇的布尔塞维克，因为他不但做到了，而且领导了群众，把所有的力量都贡献给革命，贡献给列宁事业！

在我们的队伍里，像前一阶段的弗尔登，不是没有的，虽然表现未必完全一样，但思想意识相同的，恐怕不会没有，我亲切希望这些同志，勇敢地抛弃了丑恶的包袱，不怕自己落后，只要不折不扣地把一切献给革命，一切服从党的利益，弗尔登的英雄成果，是不难获得的！

政委是我们革命干部的好榜样——不管在任何的情况下，哪怕是海军们轻视地、讽刺地拿着灯照他的脸说："我不认识你是谁。"……士兵们对他的无理的嘲笑……但他从不暴躁、发脾气，相反的是苦口婆心地耐心解释，怎么使同志们认识自己的错误，自觉地改正。恰恰与夏伯阳相反，是那样的沉着、有涵养。

这是一个英雄的党的领导者——冲锋在前，没有后退，任何时候都在号召同志们为了党而勇往直前，尤其是当敌人逼迫他跳海时，向着白党说："你不要推我！我是个共产党员，共产党员为党牺牲，死是光荣的，我自己会跳！"在壮烈的乌拉声中，谁能不被感动呢？

在我们革命的行列里，同样的需要每个干部，都像这个政委似的，对党无限的忠诚，在群众中深入地耐心地掌握，正确地领导与教育，虚心向群众学习，不轻视群众，使群众真正地接受革命，发挥出更大的力量，要把威信建筑在群众的爱戴上，而不是建筑在自己的干部的职位上！

一九一八年至一九一九年，苏联在十四个帝国主义和国内邓尼金的武装干涉下，并没有失败，反而取得了最后胜利。虽然红军还没有坦克，但团长卫兵的四颗手榴弹，和布尔塞维克的勇敢，却要了坦克的命；虽然白党武装好、人多，但一样在红军们坚强的意志下被打败。红军前倒后继，负伤上前线，手榴弹用完了用石头，不屈不挠。虽然粮食困难，大家分一小块面包吃，供给困难，好多人共穿一身军装……但他们没有因为种种困难而后退，相反地把敌人消灭在被他们污辱了的祖国大地上——因为他们不是单靠着枪炮，而是有全国广大人民在支持，不是为少数人的利益，而是为了争取人民的幸福与自由！

国民党反动派正意欲扩大内战，到处向我们进攻，我们被迫起来自卫的今天，看到《克隆斯达海军》，是颇有意义的。

（《晋察冀日报》1946年6月23日，副刊第28期）

# 文字的浪费

T. T.

肆意挥霍物质财富是一种浪费，任情摆弄语言文字，也是一种浪费。不过，许多人对于财富的使用，常常有所警惕，因为那是与生活紧密相关的事情，对于文字的使用便肆无忌惮了。民谚所说的："懒婆娘的缠脚布又臭又长。"是对于滥肆使用文字者一个善意的讽刺。

我们常常谈论着一条浅近易解的真理，那就是：写文章一如作战，兵精才能制胜，文章的精，是要我们每一个作者有勇气去洗练你那文字的阵营，使着一字一句都是前进阵地上旺盛的火力，一枪一弹都会给敌人以杀伤。

当你真正是由于生活的感召，发生了创作冲动时，你应该慎密地透视你要写的那件事情的本质的所在，就是说你必须在思想上弄清事情的本身是一个什么样子。如此当你拿笔写起来的时候才不至于像喝得顶醉的酒鬼一样——语无伦次。

你必须是在一定的目的下开始你的写作。就是说你所写的文章里必须是要说明一个东西，这样你所要使用的文字就会沿着一条思维的道路，紧密地集中起来。

你又必须善于安排已涌现于你心头的字句，使之"各得其所"，万勿塑成"重山叠岭"的样子。

你必须时刻记着鲁迅所说的："竭力将可有可无的字、句、段删去，毫不可惜，宁可将可作小说的材料缩成速写，决不将速写材料拉成小说。"

你又必须深刻玩味爱伦堡所说的：写文章如同打电报。

（《晋察冀日报》1946年6月23日，副刊第28期）

# 关于主题

## ——评《在炮火里诞生》

法鉴

读过六月七日本报副刊田雨同志的《在炮火中诞生》一文，当初只觉得不大实际，像是写了一个听来的故事，后来又有同志问到，这篇文章到底是表现什么呢？我再细看一遍，确是有几个问题值得研究。

故事里的女同志，很像是跟着队伍来的，仿佛就是连长的爱人，因为村里的妇女说："村东头院里，有个女同志正在难过哩，叫大婶子去扔（？）摸扔摸。"这位女同志，对她们无疑是陌生而突如其来的，在后边生下孩子的一刹那，也现成的"就用一件军衣包起来"，而连长对她生孩子的事，想必事先就知道，当战斗一开始，就关心地要把她安置到山头上去，可是妇女们把他驳倒了，后来"外面的炮火一阵比一阵近"，又听到"外面响着沉重的脚步声，连长第二次又来催"，事情挺简单，"好连长，停当一会儿吧"，一句央告，连长又跑出去。

"战斗更加激烈了，炮弹一颗一颗地飞过来，白杨树折倒在地上，……连长看见机关枪班，在敌人炮火轰击下转移阵地，他把横着的眉头一皱，叫通信员再传去'坚决抵抗'的命令。"显然这不是一枪两枪的小仗，同时连长也英勇而有"坚决抵抗"的决心，因此绝不能受到轻微的伤亡，就会"终于我们的队伍，从村外的高地上撤回村里的掩护物后边"。很自然地使人想到，若是小孩子早点生下来，战士们就可以免受这种"敌人的兵力很大，我们仅仅是两个排"不利情况下的拼斗，可巧第三次连长擅自离开阵地来看望的时候，孩子落生了,"于是一分钟也不能迟延",队伍和老乡们逃走了。从此才完成这一不利情况下的抗击任务。莫不成真像刘大婶子说的"难中生贵人"吗?这当然是说不通的,可是这一个不利情况下的战斗,而硬要"坚决抵抗"的意义究竟在哪里呢?我觉得这个连长处理问题犯了原则错误,八路军里又有几个这样的连长啊!他的政治教养往哪儿去了?!

故事的中心意思,似乎在表现艰苦的游击环境里军爱民、民拥军的一个片段。(在这样的情况下,连队里有一个怀孕的女同志跟随行动,就是事出例外。)从军爱民方面来看,老乡们为着这位女同志都守候在村里,实在太危险,可是连长对此并没有表现多么关切,正如在开头两段,老乡们集中力量给军队做饭,抢光了炊事员的活,看不到连长对待这些"逃到山沟的老乡们……大雨把他们淋成一群小鸡儿",回到村里,应该如何体贴一下一样。再从民拥军方面来看,她们爱护女同志和临盆的小宝宝,是一番好心,可是为了产妇母子,甚至有些执拗地要求两个排的战士在劣势的情况下坚守村庄,也是失去大义,并无利表现群众的牺牲精神和智慧,实际上,如果"敌人兵力很大"、村庄摇摇欲陷的当儿,这一群妇女的走脱倒是一个问题。

文章的主题处理不当,就会失掉积极的明确意义,在收尾也还是:"雨,照旧在倾泻,大风摇撼着大树,炮弹和机枪在后面追击着,担架颠颠荡荡越过山头。"这只有使人担心着,因为产妇母子所招致的群众灾难。

(《晋察冀日报》1946 年 6 月 25 日,副刊第 30 期)

# 略谈《忍让》
## ——创作批评

伍延秀

最近我们收到好些批评创作的文章,这是一种可喜的现象。只有这样,文艺创作与文艺批评才能大大地推进一步。有一些文章中的批评观点,我们不一定完全同意,但为便于大家研究讨论,我们不加删改。能引起互相批评、互相研究,是我们的希望。

——编者

《忍让》这篇小说,在副刊第二五期上发表后,又在张家口广播电台广播,可见这篇东西相当值得重视。

《忍让》这篇作品它的主题是什么呢?作者在描写国民党军队向我们炮击的时候写道:"连长用望远镜向国方探视,看不见什么。柱子几乎是号叫:'连长!这我们还不打吗?人家的炮火已经落在我们的头上来了,我们是窝窝头吗?连长!你下命令吧!老子一个人拿他的王八窝!'……"

"连长放下望远镜说:'可能是国民党向我们解放区开玩笑……''我们忍让还不是为了老百姓!为了和平!我了解啊!哼!要是以我的意思,非誓死斩净杀绝这些吃人饭不办人事的东西,不能解气。但今天党的政策不是这样,我们还是忍耐一下吧。……'"

从这里看来,这作品明白地告诉我们,它是反映党的争取和平政策——反映党的争取和平政策在国民党破坏协定而向我们屠杀或进攻的时候的执行。因而这作品就和目前的主要斗争密切联系起来,这是它较有价值的地方。而且,在暴露国民党军队的黑暗方面,有些地方描写得不坏，这表明作者有相当的艺术修养。

但是，作为反映反对内战，争取和平的党的政策来说，却未免太不够、太片面。使人看了，感到我们党争取和平的政策只是忍让而已。其实，党的争取和平的政策对于国民党撕毁协定、破坏和平的行为，不仅是在必要的时候采取"忍让"，更重要的是坚决自卫，坚决用武装来保卫和平，给进攻者以反击，而最近的胜芳保卫战，就是极明显的一例。我想：这作品产生这种缺点的原因，恐怕是作者在取材上受了个别事件的限制，拘泥于国民党军队仅仅是炮击而没有进攻的这个个别事件上，因而不能够使作品发展成为典型，不能够使它发展成为更有现实意义的东西。

另外，在柱子性格的刻画上、在语言上，有些地方也还不够妥当，譬如：作者既描写柱子是一个性格刚强急躁而身经百战的战士，为什么当他知道父亲被国民党杀害之后，却常常流泪呢？当然，当他猛然得到这个不幸的消息的时候，他可能哭了；然而，一个胸中拥有强烈仇恨的人，却常常是沉默、果敢。至于语言上的毛病，当国民党这样残忍向我们炮击的时候，怎么能够说是"国民党向我们解放区开玩笑"呢？

（《晋察冀日报》1946年6月25日，副刊第30期）

# 新英雄主义
## ——苏联历史片《转战千里》观后

羽山

如果说夏伯阳是苏联英雄的典型，而《转战千里》中的帕尔贺敏科则是更完美的苏联英雄的代表人物。帕尔贺敏科是内战时保卫察里津（即斯大林格勒）的红军总指挥季米特洛夫手下的一位得力师长，他不仅以勇敢而且以高度机智和科学的战术思想打垮了敌人。他可以置身到保皇党的队伍里去煽动士兵革命，当他被捕以后，又很镇静而巧妙地说服保皇党士兵解脱绑缚，用手榴弹逼迫他们投降，使保皇党的队长成为自己的忠实而得力的助手。不久，他又化装成伤兵，探得白党军队实情，以突然袭击取胜，并从俘虏口中知道托洛茨基分子欲炸死乘火车来察里津的革命领袖斯大林，终于从万分危急中搭救了斯大林同志。

在整个影片中，我们都看到帕尔贺敏科的勇敢和机智结合，获得不断的胜利。德国人以优越的武装，长驱直入乌克兰，德军的神经战术没有吓退帕尔贺敏科，他以一支红军正面抵抗，另一支骑兵包抄敌人后方，如同勇敢的夏伯阳一样，他一马当先，把德国侵略者打垮了，既而，奇袭白党反动军的司令部，迫使白党司令下令停止其军队的进攻。并只身去挡住白党的援军，打死他们的指挥官。从此，帕尔贺敏科以胜利之师，从察里津把白党反动军追逐到一千五百公里以外，反动军队溃不成军、兵心漫散，终于被帕尔贺敏科歼灭，使光荣的察里津从危险中得到解救，革命进一步得到巩固。

然而，帕尔贺敏科的进军并不是那么顺利就获得的，我们看见银幕上第一个出现的场面，是托洛茨基分子正在和德军司令秘密勾结，企图颠覆革命，以后他们又和白党反动军勾结，这些家伙在革命中担任着要职，发给帕尔贺敏科的子弹打不响，借口发的弹药太多不继续发子弹给他，托洛茨基分子在他的团队里煽惑红军反对革命，一个怕死的队长要他放弃阵地，这一切都是些严重的困难，但由于有列宁、斯大林的领导，他毅然决然地克服了它们。他可以用自己对革命无限的忠诚来说服不安的红军，使托洛茨基分子被群众检举出来，对那些不忠实革命，而且阻碍革命的渣滓，他可以毫不怜惜地打死他们。

同样，帕尔贺敏科也很关心人民的痛苦，和爱护自己的战士。在军务匆忙来到莫斯科时，他还和乌克兰逃来的难民谈话，安慰他们。当战士牺牲以后，他以最大的敬意留在他们坟前致敬，他歌颂光荣牺牲的英勇红军是新英雄主义者，是为新的乌克兰而牺牲的。这恰好可以用他自己的话来称誉他，我们说帕尔贺敏科的的确确是一位苏联的新英雄主义的典型，他不仅为了新的乌克兰，也为了新的苏维埃联邦而勇敢、机智、忘掉一切地战斗着。

今天，我们祖国正面临着内战危机的时候，帕尔贺敏科对革命的忠诚与他的英勇、机智是很够给我们以借鉴的，如同白党和托洛茨基分子一样，今天中国反动派也是那么野心勃勃，欲颠覆百年来和抗战八年来人民流血斗争的战果，像沙皇的企图那样假借外国武装，来武力继续其独裁统治。可是，苏联的历史告诉我们，反动派的势力是会随着时日而没落，而革命的力量都是随时日而增长，结果，革命的人民是会战胜反革命的，哪怕这个过程中还有多少困难。在这儿，我看见中国人民的革命军队，自成长以来曾经涌现过不少的帕尔贺敏科，如果中国反动派要坚决进攻人民，掀起大规模内战的话，中国人民和人民的军队里，将出现更多的帕尔贺敏科的。我这样确信。

（《晋察冀日报》1946年6月27日，副刊第32期）

# 答马彦祥先生所问

戏剧家马彦祥先生由北平托周扬同志带来十四个问题,请张市旧剧界答复。此为旧剧联合会筹委会答复原文之综合与摘录。

——编者

彦祥先生:

从周扬同志处转来先生所问,我们做如下答复。

(1) 剧场数目:现在张家口共有剧场六座,两家京戏院,有庆丰戏院、新新戏院;两家晋剧(山西梆子),有同德戏院、裕民戏院;另外有人民剧院和新张家口剧院,是歌剧和话剧上演的地方。

(2) 剧团(即戏班)与剧场之关系(即前后之关系):这里有两种形式存在,一种是共和班,为新新戏院,前后台共和,推选老板,共同分红,赚多多分,赚少少分。一种是院长制而带有合作性质的,如庆丰戏院、同德戏院,他们的最高领导为营业委员会,院长任委员长,参加人有前台一人、后台三人,共同决定计划布置全院前后台工作,闭会后,根据营业会决定分别具体实施,老板负责督促、检查、领导,这是一种照顾前后台与演员老板两方利益的形式。它的分红分配为老板百分之十、前后台百分之四十、公积金百分之五十,这公积金用作建筑、修理、互助与改善生活等,另外用之于社会公益事业。如庆丰戏院日前筹办小学一座,解决附近贫苦失学儿童上学与戏院子弟读书,全部经费由庆丰负担。

(3) 演员待遇如何?最高头路角(主角)每天一工戏(半天戏一场)小米一百五十斤左右,白面七八十斤(四月份内);一般底包每天得小米三四十斤,白面十五六斤;龙套跑兵每天小米十四五斤,白面六七斤。

（4）戏剧业一般的生活在解放前后有何区别：解放前各剧院的底包，主要生活是做小买卖，现在赚十五六斤白面的人，过去只赚一斤白面，卖烟卷、估衣、什物是主要的收入。他们常说，假如八路军不解放，去年冬天光戏班就会冻死不少人。有棉袄者只占四分之一，其余大部衣不盖体、饭不充饥，而现在春天时候已全体置好夏天衣服。过去真是三月不知肉味，而今天家家是香气扑鼻。目前剧业内提倡成家立业，戒嫖，以正当文化娱乐代替了赌，现已无嫖赌现象，晚饭后踢足球、下棋，经常集体游名胜，电影院有时在下午专门为他们放电影，政府帮助他们成立戒烟小组，限期根绝。他们旧有的生活习惯，并不加任何限制，四月二十三他们依然过着祖师爷生日，初一十五，照旧有人烧香磕头。这短短几个月，从他们需要中，已经习惯于开会解决问题，并且开始掌握批评与自我批评。

（5）戏剧业本身有无组织？这里无梨园公会，有群众性的自己组织，各戏院成立旧剧联合会分会，总会正筹备。

（6）政府与剧团剧场之间的关系？政府对戏院戏场完全采取帮助态度，鼓励为人民服务的好戏，没有所谓官座，警卫席上没有摆瓜子花生的，军人除星期及星期六外，一律不准入场看戏，而戏院亦在这两天以半价优待军人。戏院有演出自由，政府只提出不演：一过分宣传封建迷信的，二淫荡的，三反人民的戏剧。

（《晋察冀日报》1946年6月27日，副刊第32期）

# 关于《在炮火里诞生》

田雨

我的习作《在炮火里诞生》一稿在副刊发表后，时间不久，见到了法鉴同志的批评文章，读了之后，我感到意见很珍贵，为便于我们间有一种批评创作的风气展开，借此我做一番自我检讨。

故事本身是一个真实的事件，那个女同志，原是群众里最有威信的重要妇女干部，反"扫荡"中，她和十几个病员，被一个警卫部队掩护向外线转移，这个连长的任务，也就是安全地掩护她们跳出敌人的包围，到另一个地方去休养。在转移途中，女同志适遇临产，其余病员已转移了，只剩下这女同志，那么掩护部队在此情况下，连长的忠实守责，保护她的安全，这是对的，那么主题的意图是在于抓取这事件表现敌后斗争的尖锐，表现一个部队的坚决果敢。

但文章的漏洞，是没有说明这是一个警卫部队，上级给予连长的任务是掩护这个女同志和另外的十几个病号的转移，因此而引起法鉴同志的意见，自然是一种合理的怀疑和批评。

在法鉴同志的批评文章里，启示了我：在普遍的事实中抓取典型，是现实主义的创作方法，而非普遍性的事实，却不一定是最好的典型主题，我之所以在这篇文章里留下这漏洞，正是省略了构成这一故事的详尽经过和事件本身的具体情况，这是一个极好的教训。

我很高兴，从我的拙作开端，在我们的文艺创作里发生了争论，我想今后张市的批评作风将会推动初学写作者之间的互相批评和写作兴趣。

（《晋察冀日报》1946年6月28日，副刊第33期）

# 寿阳的壁画运动

李光

## 一、开展壁画的动机和过程

几千年来封建愚昧的农村，又被鬼子蹂躏了八九年，越发显得苍老和破烂不堪。和平建设时期，为了在乡村的创伤上逐渐加以修整，特别是揭发反动派对解放区和平居民的罪恶进攻和破坏，以及启发群众保卫解放区的斗争情绪等，我们决定开展壁画运动，作为完成这个任务的一个重要工具。去年十月县里布置这个工作后，各区都召开了村教育委员小学教员联席会，首先说明壁画运动的开展，是和平建设、自卫斗争和教育群众的重要措施。接着讨论了壁画的内容、画匠的组织和各村完成的具体数字，并规定经费应由教育经费项下开支等具体问题。之后，县里又组织政治攻势工作队，以七区（画匠多）为重点，十天突击过后，村里出现了许多生动现实的彩色画，并领导各校教员进行参观，大家人人喝彩，训毕回村不到一月光景，寿东五六七八区也大小画了五百余块出来。不论山沟小道和通达村镇全都画上，即离宗艾、黄丹沟两据点二三里的村庄也画了出来。

## 二、壁画开展以后的成绩

壁画在寿东普遍开展后，很受群众欢迎，有的群众说："到了街上和进了大庙一样，又像进了天北京似的，咱们这里，一天比一天齐楚了，城里都叫灰鬼阎锡山拆了个乱七八糟。"（拆砖瓦修炮台）街上常有三五成群的人们指手画脚地谈论画上的事情。一个八岁的小孩，牵着大人的手去看画报，兴奋地给他妈讲解："妈，这个是伪军刁了咱老百姓的蒜和醋瓶子，踩着地雷炸断了他的腿，那个伪军吓得连刁来的包袱也丢下跑了……"他妈接着说："该！该！炸死了才好哩！"可见什么人也能看得懂。另外还有以下的几段有趣的故事：宗艾据点驻着一百多晋绥军，还驻着一百多盂县伪政府的工作队，盂县伪工作队的供给据说是应从盂县境内筹划，可是他不敢到盂县，经常在寿阳刁抢。去年十一月的一天，这两部分伪军齐到了七区河底村刁抢打了一顿老百姓后，又要大家开会听讲。首先是晋绥军的讲话："墙上那刁抢奸淫老百姓的是盂县工作队，不该把他画在寿阳境内，这样老百姓容易当成是我们办坏事。"工作队的马上反驳说："画着的是指晋绥军，不是我们，因我们来并不时常呀……"你一言我一语的，由口角竟至动了手，不是伪村长从中劝解几乎拼起枪来，旁观的群众低声互语："日你妈的，刚才都还在打人，立刻又都说起漂亮话来。都没有一个好球东西，壁画都是照着你们画的。"也是在十一月的一天。胡宗南的军队和晋绥军，同时出发到张井村（位于正太路，□炮台不上一里远），看见了壁画时，胡军说："看山西军队多么坏，气得老百姓画出画来了，真给'国军'丢人。"阎军不服气地说："日他妈的，你们还装什么洋蒜。抢东西搞姑娘的，你们什么坏事不干，我们部分小，倒不敢过分出坏。"威风抖抖的"中央军"哪能吃住这个头子，"叭"的一枪，打了起来，接着互相打了十余枪，后经双方军官解劝，方才罢休。结果还是晋绥军向胡军哀求半天了事，据群众告诉，他们走后地上留下许多血迹，伤亡不明。

旧历腊月二十二，宗艾的阎军到尖山抢去群众许多过年的食品，归途中遭我三团一连伏击，亡三名伤□名，抢的东西抛在路旁，我军拾起，全部归还该村群众。次日，安胜村（离宗艾十里的大村）请了画匠，依实画出，取材生动现实，画得又好，附近村民闻讯赶去参观……在顽我分别上，来了个鲜明的对比。顽军到处抢掠，到处碰到壁画的刺激羞愧之余，只得下令士兵用刺刀刮铲，群众为了保存这些心爱的画，每当顽军到村时，埋雷在壁画近侧，十二月十二，一个刮铲壁画的顽军，挨了护画雷的爆炸。壁画就这样被保存下来。

以后，壁画的内容，采用得更加广泛了。能注意到与中心工作的结合。生产开始后，它曾配合着改造了不少懒汉，如五区下庄的李贵毛，好吃懒做，把很好的光景给过穷了，现只能求亲戚找朋友来过活，形同乞丐，但也不变样，村中就给他画了连环画。从光景极盛时他，一直至乞饭，一一画了出来，并写上姓名，李贵毛很受刺激，求村干部毁了连环画后，努力转变，现李贵毛成了该村的头等工人。

三区南苹竹村有三十多个抽料子的，因工作差，没有戒了瘾。今年正月，壁画上把他们画了出来，同时结合着黑板报上也登出劝他们戒瘾的稿子来。跟着许多料面客成群结队地向村干部申请登记戒瘾，并请出证人作保，现在已有二十个戒除了嗜好，参加了生产。

### 三、对壁画的评价和意见

我们认为壁画运动的开展是相当成功的，它是广大群众活的教本。比写标语、黑板报起作用，其宣传效能，有时不在开会、读报、讲课等宣传方式之下，因为它本身带有艺术性，不论什么人都看得懂，而且也愿意看它，所以应该加以推广。可是过去在开展这一运动中，同时也存在着不少缺点的，比如有的村干部，不注意节省，甚至有人借着这个机会和画匠大吃大喝，加重了群众负担。其次是领导上先紧后松，特别是壁画一定时期内内容的指导和布置不够，使内容上有许多欠妥处，如郑家庄敌伪顽合流的画上，写着"和平民主、团结万岁！"第三，过时了的壁画，未能及时换成新内容。以上这是我们的主要缺点，也是今后继续开展这一运动时，须要努力克服的地方。

(《晋察冀日报》1946年6月29日，副刊第34期)

# 《碑》
## ——孙犁作，载《北方文艺》第八号

白桦

《碑》这篇小说，给人的印象是清丽的，它的语言也是朴素的、简洁的大众语言。

它，表现出抗战期间在与敌人作艰苦斗争的土地上，人民和军队精神结合的强度及深度。

这种结合，在庄严而且艰巨的大目标——打倒日本帝国主义，解放中国人民——前面，是无限优美的、是神圣的。

"站立在河边的老人，就是平原上的一幢纪念碑。"

因为，他是人民英勇战斗的见证，他的记忆里刻画着血的战绩，所以，他是平原上的纪念碑。但他自身也部分地参加或协助了人民的战斗，在这意义上，他亦是纪念碑。他自己即是他自己的纪念碑。他和人民整体是分不开的。

这个老人（老金）的老伴，和肖洛霍夫的《他们为祖国而战》里出现的乡村老太婆（一个兵士去向她借炊具烧蟹子的那个），在性格上是对跖的。那是一个顽梗、倔强（带着战争的神经质）的"好心肠的人"，老金的老伴则是个"好说好道好心肠的人。她的心那么软，同情心那么宽"。这是好的，这是中国善良农妇的典型。只是，她的转变，在心理上，点描得仿佛不够充分。而且，将她的拥军行为的动机，仅偏重于她的家里"常住八路军和工作人员"，她的"熟人很多"，她很怀念他们——这一方面的解释，也是不够的。如果能够暗示出她对于敌人的现实上的憎恨，对于打击敌人的殷切的想望，那就要比较深刻。

全般说来，也使人深深感到对敌憎恶情绪（这是很重要的，没有这个，便衬托不出英勇战斗的重量）的稀薄。原因是，关于敌人的行动和压力暗示的不足。仅只指出"敌人在河南岸安上炮楼"，或"……也比待在村里担惊受怕，比受鬼子汉奸的气便宜多了"，是并不够形象化的。

又因为这种关系，便感不到全村的紧张，也感不到全村居民的脉搏和气息。

"枪声越紧也越近，是朝着这里来了。村里乱了一阵，因为还隔着这□条河，又知道早没有了渡口，许多人也到村南来张望了。只有这一家人，心里特别沉重，河流对他们不是保障，倒是一种危险了。"

这一段叙述，恰好表现出对于在火线上挣扎的战士们抱着关心的只是老金的一家。而其他村民却在汲汲于自身的安危，却在"张望"，他们没有热情，也没有悸动，没有敌忾气，也没有同情心。在"仔细地""冷静地""观战"之后，"心里形成了悲壮的感觉"，当"战争已经靠近……人们低下头来，感到一种绝望的悲哀"——这时太寂寞了。

人们对于他们自身的战争竟是这样冷漠的吗？或者，是受"鬼子汉奸"的压制，不敢不冷漠吗？小说里，并没有指出这点。而且，村子里究竟有否"鬼子汉奸"的存在，也不明了。

当战士们都悲壮地"跳进结冰的河里"，冒着危险去抢救的也仅是"老金他们"。这个"他们"，好像也并未包括其他村人在内，而只指老金及其妻女。以后，去打捞尸首的，也仅是老金一个，并没有任何村民出来帮助他。

读者对此不禁要提出质问的："这是真实的吗？"

在这里，显得过于单独理想化了的老金及其妻女的行动，因为没有群众作意志背景，无疑地，是减轻了许多力量。

（《晋察冀日报》1946年6月30日，副刊第35期）

# 评《略谈〈忍让〉》

晨耕

副刊第三十期刊载的《略谈〈忍让〉》一文里谈道："……其实，党的争取和平政策对于国民党撕毁协定、破坏和平的行为，不仅是在必要的时候采取'忍让'，更重要的是坚决自卫，坚决用武装来保卫和平，给进攻者以反击……"我认为这样说法与共产党的争取和平政策及其事实表现是不符合的。我们从报纸上可以看到共产党对战后的中国国内问题，一向是主张用政治方式来解决的。就拿今天国民党军队到处进攻我们解放区，内战危机一触即发的形势下，周恩来同志的谈话中仍然说："凡有一线和平希望，我们无不努力以赴。"共产党在东北又做了自动撤出长春这样大的让步。显然地，共产党对争取和平，反对内战的态度不是像作者所谈的，"必要时采取忍让，但更重要的是坚决自卫与反击"之态度。

是的，我们在不少地方进行了自卫或反击，在报纸上也看到了不少的关于我们自卫与反击战的胜利消息。可是，我们同时也看到了：凡是我们进行自卫或反击之处，又有哪一处不是在国民党进攻，而我们一忍再忍，一让再让，直到忍无可忍，让无可让，迫不得已，在人民的请求下，才不得不进行自卫或反击的哩?！胜芳保卫战也好，泊镇的自卫反击战也好，四平街保卫战也好，事实上都是如此的，又有哪些地方说明了共产党是"更重要的是坚决自卫或反击，而必要时才采取忍让"的态度哩？如果共产党是采取了——国民党一攻之，则共产党一击之的态度，恐怕今天的中国早已成了全面内战的局面了。当然，如果反动派得寸进尺，欺人太甚时，自卫反击不仅必要，而且是完全应该的。因为"忍让"是有其一定限度的，不是毫无原则的。

因此，我认为副刊二十五期的《忍让》一文，是正确的。它正恰如反映了真实，反映了我们的立场和态度。

(《晋察冀日报》1946年7月2日，副刊第37期)

# 关于文艺作品的朗读

叶末萌

最近,我仔细听了几次张市广播中的文艺广播(正确地说,应是文艺作品的朗读),总觉到平淡无味,反不如一张大鼓的唱片来得吸人心神,但有一天又听到一位河南口音的同志广播一篇《平汉路上的八路军通讯员》,倒是有声有色,如临其境。从而加以思索,使我发现到电台上广播员播送文艺作品时,可能是"照本宣科"念完了事,一篇好的文艺作品,经过广播便失去其应有的艺术效果了。我觉得利用广播来进行文艺作品的朗读,是目前识字读者不多的情况中绝好的方法,但方式必须讲求,朗读一篇文艺作品,是一个创作过程,是这一作品之再表现。因之绝不是"念",而是表现,利用声音来表现作品的内容,使这一作品能在听众的耳朵里,绘影绘声地活现出来。这里叫我想起我的老外婆在葡萄架下给我讲故事谈神鬼时,她的艺术才能来,迄今我不能磨去从她嘴里说给我的那些神奇鬼怪,假如说,她能在广播中讲出来,一定会获得广大的听众的。另外,我又想起家乡那个说"善书"的瞎子,在他的简板小鼓声中,迷醉了多少乡下妇人和老农夫;再说北平天桥"山药蛋"的大鼓,也拥有不少的听众。这些我觉得都是好的朗读手,他们有一种高妙的说明魔力,掌握着听众的心理,这是我们从事文艺作品朗读时必须学习的。中国文字,具备着丰富的"声色美",所谓"抑、扬、顿、挫""喜、笑、怒、骂",若能在这一方面下点功夫,仔细体会作品的作者用意,利用大众熟悉的语调表现出来,便会得到听众的欢迎。

其次,关于朗读作品的选择,也必须注意到便于朗读的。确实有很多文艺作品只宜阅看,不宜于朗读的。特别是群众语言不熟悉,或造句生硬的作品，读起来往往不能表达作品之内容，总之朗读文艺作品绝不是"念"，而是通过朗读者的声音表达作品的内容。这是艺术创作过程，作品的再表现，我们必须学习一些旧艺人说大鼓、弹词、相声的表现手法，使我们广播中之朗读文艺作品不是念文章，或念报告，而是表现一件艺术成品。

关于这一问题，由于篇幅限制，容有机会将设法来研究文艺之作品朗读过程中的一些细节，同时希望得到更多的同志来研究，因为文艺作品的朗读问题若能形成一个运动，于教育群众、推动工作上，将起很大作用，特别在今天文盲多的中国。

(《晋察冀日报》1946年7月5日，副刊第40期)

# 略谈《虹》

朱志远

"战争里可以产生好的作品。"我想这话很□。在苏德战争中,苏联的人民和红军,为保卫祖国,为保卫人类文明,为保卫真理,是怎样英勇果敢地创造了人类历史的奇迹!在这可歌可泣的事迹里面,以艺术的形式表现出来,我认为瓦希列夫斯卡所著的长篇小说《虹》是最生动的、最典型的一本书。

"苏联人民是不可征服的,苏联的人民永远不会做德国人的奴隶!"这种坚定的精神贯穿着本书的主题,贯穿着苏联每一个平平常常老百姓的思想。当希特勒的血手伸进和平的乌克兰这村以后,他(她)们就很快地结成了一条战线,一条比马其诺战线还要结实的战线——精神上的战线,跟法西斯匪徒们展开了殊死战。

同时在本书里也积极地穿插了法西斯匪徒们的残忍和没有人道,"他们受着侮辱、毒打、迫害、掠夺……绞首架成了德国侵略者的政权的象征"。他们企图达到征服的目的,对当地的人民采取了以血来淹没反抗的高压政策。但是,人民并没有向恶魔低头。《虹》里的这些人物都是可敬的光明的象征,他们有坚定的信心,知道"苏联一定会胜利"。真理和黑暗的搏斗,这是一定的历史轨道。德国人的残暴,只是自掘坟墓。

我想:乌克兰人民对希特勒匪徒们的憎恨,已在他们血液里流动着吧!他们顽强的反抗精神,也许已变成他们神经上的细胞吧。作者的笔锋,特别形象地刻画了这些人。像女游击队员娥琳娜、集体农场优秀的工作人员马兰,以至于费多霞,他们伟大的精神似乎要从书页上站立起来,我觉得马兰并没有死!

但是像普霞——德国军官的姘头，夏波里——伪村长，这些背叛祖国、背叛祖国人民、没有民族意识的人物，已是腐朽时代的污点，在光明火焰的燃烧下，让他们很快地泡沫似的灭亡吧！

在残酷的环境里，乌克兰的每一个人都坚持着心，作者在这里显示着："这是战争呵。铁、血、火，袭击到村子上了。可是这儿的一切人，都充满着坚决的信心，这信心是在最可怕、最惨痛的日子里，支持了这村子。相信自己的军队会来的，相信最后的胜利是他们的。"这种信心终于实现了，祖国的军队不久真的来了，胜利也是他们的！

"血的债必须用同物来偿还。"那么，这时就是他们用同物来偿还的时候，希特勒的匪徒们，一个一个都不体面地倒下去——在乌克兰的土地上。

是的！"作者拿'虹'作为这部杰作的象征，'虹是一种吉兆'，这是胜利的象征，是胜利的预兆。好像鲜花瓣似的温润、柔和、纯净而灿烂的虹光，照彻着这部作品，照彻着这作品人物的胜利的信念。"

我们再看看：《虹》的现实意义在哪里呢？

就拿中国目前的形势来说：国民党当局在人民强大力量的压抑下，使他不得不召开政治协商会议来应付一下，可是会后觉得这是一种失败，一种不能保持其一党独裁的失败，于是又想极尽阴谋之能事来撕破这条约的尊严。如同：二月十日重庆的校场口事件、二月二十日北平的执行部事件。最近更变本加厉：五月二十九日北平封闭解放报社、新华分社及迫使七十七家言论机关不能与读者见面，以及前几天的"南京惨案"。和国民党一手策动的反苏、反共、反人民的"游行示威"这一连串的事实，都告诉我们：法西斯残余的势力不但没有绝迹，并且还企图死灰复燃。《虹》这部小说是对爱好和平、爱好自由的人民，对反动势力进行斗争的号角。它不时地提示着我们的血的经验教训：法西斯是人民的公敌，号召我们来有我无彼地毁灭最野蛮、最凶残、最黑暗的法西斯残余。这样才能争到民主与和平来！

《虹》不是一种吉兆吗？是的，它是中国人民的吉兆，而不是法西斯反动派的吉兆！

在现在的大时代里，一些陈旧的、反动的、反人民的势力都会被抛弃到废墟上去，而新的、进步的、民主的花朵会蓬勃地生长起来，那么，瓦希列夫斯卡的《虹》在文艺战线上开辟了崭新的道路。它在艺术上和政治上的成功，该不是偶然的吧！

(《晋察冀日报》1946年7月6日，副刊第41期)

# 向恩尼·派尔学习什么?

雷行

恩尼·派尔是美国最著名的随军记者,他的"派尔专栏"文章,在美国三百一十家报纸(共发行一千二百二十五万五千份),每星期登载六天,美国人热烈地读他的文章,经常写信或打电话询问他的健康和安全,在国外的美国士兵和将军无论他走到哪里都认得出他,都信任他。当他不幸在战场殉职时,美国总统与海陆军部长等亲发悼文,备受哀荣。

为什么恩尼·派尔这样受人爱戴?他有哪些地方值得我们记者通讯员们学习呢?

他值得我们学习的首先是群众观点,他在战场上经常和士兵们一起过着和他们同样的生活,只在他搜集了足够的材料要写文章时才暂时离开士兵,因此,他对英勇受苦的士兵有着深厚的热爱,有着深刻的了解,他了解美国兵士们的愿望、恐惧、苦恼、诙谐,以及由责任感所产生的勇气。在他的笔下,很少提到将军,相反的,他却专写平凡的士兵生活,在《勇士们》一书中我们看到,他称赞海军暗夜中在正确地点登陆不是用的将军的谈话,而是用的一个兵士的话语。在他的文章中,把他所见到的士兵、军曹们的姓名、籍贯、个性,特别喜欢什么、过去做过什么、将来的希望、特长等都写出来,因此,他写出的人物都是现实生动的人物,不但使战场上的士兵们读起来觉到亲切,在后方的人们读起来也会感到亲切。

他值得我们学习的,其次是他对于各种各样的人、各种各样的事物,都有一种深切想了解的欲望与兴趣,他广泛地去接见不认识的人,去看新的事物,搜集直接的材料,他决不固执自己主观喜爱而不去接近他不高兴接近的人或事物，他对所遇到的事物都要问个为什么，而进一步去做深刻的了解，因此，他所写出的东西有着高度的感人力量。

他值得我们学习的第三是他尊重事实、关心事实，在他的笔下没有夸张掩饰、没有矫揉造作，他写那些战斗机飞行员们才进行战斗回来，竟"那么开心……讲述他们的飞行，杀人和被人射击。完全像讨论他们的女朋友或是他们的功课一样起劲"。他写出士兵们的艰苦生活，也写出了士兵们的英勇，这样的战争使每一个在地球上渺小而平庸的人物变成真正的英雄，他看出了一个人、一件事物的内在矛盾——现实的、事实的内在矛盾，他的作品所以能特别感人的地方就在于他能描写出那矛盾到近乎精确，平凡到使人几乎不相信，而使人不得不深信的事实。事物的优点与成功的一面他固然要写，事物本身的缺点、失败甚至罪恶的一面他也写出了，这种精神，对他自己也运用了，在他的专栏文章里，他戏弄自己，把各项小的弱点、错误和灾难都戏剧化，他坦白地把他自己生活中出丑的地方也写了出来，这使人感到特别真实亲切，这是与很多别的记者不同的，别的记者只愿写自己威风的场面，而不愿写自己丢人的地方。

他值得我们学习的，是在他写文章时所用的是平凡、明晰、特别亲切的体裁，在他的报导中没有故意摆弄的结构或装腔作势的文辞，他的叙述采取了最容易使人接受的方式，他的语言是采用为士兵所常说、所能理解的语言，更重要的是他用不容任何人有任何怀疑的事实说明一个思想、一件事物的发展变化，如他描写巴黎人民在巴黎获得解放时，如何狂热地欢迎美军，除了写出巴黎人民各种欢迎的表示外，他写道：有一个滑稽的小老太婆，她长得太矮小，要和军车上的人接吻不够高度，第二天她身边带着一个活梯，车子一停她便爬上去和士兵们拥抱，说笑，接吻。这样一个事实不是比任何形容欢迎的热狂的词句更生动吗？

虽然因为过去受着敌伪的封锁，而现在受着国民党反动派的封锁，使我们对于这位"大兵记者"知道得太少，我们所能谈到的他的作品只有《勇士们》一书，但我觉得他的作风、风格有很多地方值得我们学习，所以大胆地写出四点如上，尚望各位先进指教。自然，恩尼·派尔和他所写的士兵都是生长在资本主义的美国，他的作品中所描写的人物事件都与我们的战士人民不同，如像他所写的士兵的悲观、迷惘、胆小等，在我们的军队人民中是不存在的，至少是有程度上的差别，这是特别值得我们注意的。

(《晋察冀日报》1946 年 7 月 11 日，副刊第 44 期)

# 《忍让》之我见

唐皎

正当我们讨论自卫战争原则的时候,副刊上连续刊载了三篇讨论《忍让》的文章,引起了争论,我读后,觉得有些意见想提供出来。

我是个老粗,对于许多原则和政策没有深刻研究过,我是根据亲眼见的事实,做个介绍。向作者同志学习。我的态度:认为副刊二十五期《忍让》一文所叙的炮击情况及其连长在这种情况下的处置是正确的;三十七期《评〈略谈《忍让》〉》的见解我也同意;三十期《略谈〈忍让〉》的态度,我认为不妥当。

自停战以来,前线上蒋氏反动军,向我们放冷枪、放炮、偷袭、摸哨等事情是司空见惯的。不要脸的反动派就是这样无耻,用各种各样的方法来挑衅,只要我们一还手,他就作为借口,说我们违反停战协定。甚至常以三五十人窜到我们防地边沿,向我们放枪,只要我们一追,他就跑,跑到他们防地边上伏下抵抗,一面很快报告执行组,说我们打他,这样阴谋虽很浅显,我们本来有百分之百的理由,但对那些死不要脸的反动派、无理搅三分的人是说不清的。你说当反动军向我们放几炮时,我们就还他几枪,那有什么用呢!如果反击去,那就正合他们的企图了。前线上的情况是非常复杂的。所以我认为那位连长分析情况、处置情况是正确的。《略谈〈忍让〉》的作者,只引证了连长说话的前几句,而没有引证后面几句,说:"……不过,他要真敢把狗爪子伸进来,就不客气地给他剁掉。"这两句话也是值得注意的。

《略谈〈忍让〉》的作者说:"必要时采取忍让,更重要的是坚决自卫与反击。"我认为不能说忍让与反击谁更重要,谁不重要。停战协定的宣布与停战局面的成立，如果没有党的让步，是不会取得协议和停战的；又如果我们没有去年几个月的自卫战争给蒋家反动军以痛击，那他也是不会同意同我们讲和平的。忍让为了和平，反击也同样是为了和平，我们并不是要消灭国民党，只要忍让（有限度的）与反击都能取得和平，那你能说谁更重要，谁又是不重要的呢？中国的事情就是这样复杂。忍让与和平不能有任何偏废，站在为了和平立场上，看情形来运用。事实上我们就是这样做的。

一个具体事件，是很困难反应政策的各个方面，只要它能反映主要的一方面，并不放弃或忽视其他方面就是对的。

（《晋察冀日报》1946 年 7 月 12 日，副刊第 45 期）

# 再谈《忍让》

伍延秀

一篇艺术作品，不仅是现实的再现，而且是反过来作用于现实；一个作者，不仅是一部照相机，而且要能概括现实，要能抓住各种现象的本质，把它统一在作品里，造成艺术的典型。鲁迅先生在《我怎么做起小说来》的那篇文章里这样说，"所写的事迹，大抵有一点见过或听到过的缘由，但绝不全用这个事实，只是采取一端，加以改造，或生发开去……"，"人物的模特儿也是一样，没有专用一个人，往往嘴在浙江，脸在北京，衣服在山西，是一个拼凑起来的角色"。鲁迅先生这些话，就是告诉我们，一个作者，必须要有概括现实的能力，必须不拘泥于事实的限制，而应该在现实的基础上，抓住它最基本的特征，把它压炼或夸大，造成艺术上的典型。这是为现实主义创作所容许的。

那么，《忍让》这篇作品的主要缺点是什么呢？我在《略谈〈忍让〉》的那篇短评里说过，它主要的缺点就在于作者在取材上仅仅限于国民党军队在向我们炮击，而没有看到国民党军队到处撕破协定向我们进攻，没有看到人民的军队坚决给敢于进攻者以自卫的反击。因而不能使作品成为典型，因而不能全面反映我们党争取和平的政策。

副刊三七期《评〈略谈《忍让》〉》的作者，抛开了《忍让》这篇具体的作品，单纯从政治上来探讨问题，我本来不想在这里饶舌，但问题既提出来，而且又为着互相研究的缘故，就不得不顺便谈它几句。

《评〈略谈《忍让》〉》的作者写道："共产党对战后的中国国

内问题,一向是主张政治方式来解决……"作者并以我军撤出长春作为证明我们党争取和平的主要政策是"忍让"。换句话说,作者认为:党的争取和平,主要是以"忍让"来达到政治解决,以"忍让"来作为达到换取和平的目的。这种看法,也是出得片面,忽略了当前的敌人是个什么东西,忽略了国民党反动派是一面和我们谈判,一面却向我们开刀。就拿作者自己的见解来说,作者一方面极力企图证明党的争取和平政策主要是"忍让",一方面却又认为"忍让是有其一定的限度",这难道不是自相矛盾吗?假如这样,那我们又如何了解山东我军应人民的请求而解放六大城镇呢?我想:作者一定是害怕"中国搞烂",这诚然是一种良好的愿望,但是要打内战的是谁呢?要"搞烂中国"的又是谁呢?这谁不知道是挂羊头卖狗肉的法西斯的中国的徒子徒孙们吗?难道流了八年血汗的中国老百姓,还能傻里傻气地恪守着统治阶级那一套"只准州官放火,不准百姓点灯"的法律吗?

话还是说回来吧,《忍让》这篇作品发表了以后,它在读者中起了什么效果呢?一个同志对我说道:

"我看了这篇东西以后,我感觉到它煽起了我对于国民党反动派的憎恨,但是,当我的憎恨被煽动起来了以后,它却又被党洒了一盆冷水,把我的感情压抑在党的'忍让'的甲谷里,使我感觉到对党不满,使我感觉到党的政策落在群众的后面。"这说明了什么问题呢?

依我看来,一篇真正的艺术作品,它是通过形象去说明事物,通过形象去解释和指出事物的必然发展规律,而《忍让》这篇作品,它主要的是通过柱子这个人物来表现当前我们党的争取和平政策。但是,柱子的性格、柱子的感情,被作者通过国民党哨兵的虐待人民,通过白发苍苍的老太婆的遭遇而激起他的愤怒,最后,通过他父亲的遭害,通过国民党军队的残酷的炮击而激起他对反动派的憎恨到最高峰的时候，他却一下子被作者通过作为代表党的政策的连长，用一套教条的原则把他幌住，使柱子的性格和感情再也不能够得到进一步的发展。这就是使读者感到精神受压抑，感到对党的政策不满的原因。也就是这篇作品所起的效果是不良的。

我想：假如把这篇作品的主题发展下去，抓住国民党反动派到处撕破协定，到处向我们进攻的这个特点，而使柱子在坚决自卫的战斗中，得到为人民报仇的机会，得到发挥他由于对反动派的憎恨而英勇行动的话，那这篇作品无疑的一定会相当成功，无疑的可以正确地反映我们党争取和平的政策，无疑的可以反映我们对于政策的体现。

最后，也许有人这样说："这是一篇报告，而不是一篇小说，因而不能够把它当作小说来要求。"不过，我认为：作者虽然好像取了一定的实实在在的个别事件，然而，从作品看来，作者是费了一些心机来构成这个有些波澜的故事，而且，有些地方也显明的是一种虚构，因而，说它是一篇报告，毋宁说它是一篇小说更为恰当。假如不是这样，为着反映国民党军队仅仅向我们炮击，而没有向我们进攻的这种个别事件，写成一条新闻就够了，而不必浪费心机来写这样长的吃力不讨好的文章。

七月二日夜

（《晋察冀日报》1946年7月12日，副刊第45期）

# 论典型环境与事件

## ——《再谈〈忍让〉》批判

何远

读了《略谈〈忍让〉》之后，我觉得这篇批评不够实际，硬搬出什么"典型"一类书本上的原则公式来套活生生的作品，不仅毫不中肯，反而无原则地抹去了该作品的任何价值。当时我就想写出我的感想就商于该文作者，无奈琐事缠身，未能如愿。最近又获机会读到《再谈〈忍让〉》的原稿，我不能不写了。"千虑之一得"，意见还很不成熟，但愿供读者参考，并希批评。

所谓典型，并不是或不完全是政治概念的形象化。如果有人以为一篇文艺作品没有完完全全地说明了某个政治概念，就认为不典型，这种看法显然是不合实际的。其实当执行一种政治任务或一种政策时，每每不是直线的，而且可能自成几个阶段，每阶段都有每阶段的不同具体情况与特性，表现各阶段的文艺作品都可以成为典型的。而称得起典型的文艺作品，则一定能够充分表现这阶段的特性之各方面，即是说，不仅表现出性格的阶段的特性，而且也表现出环境与事件的阶段的特性。这三者都是有机相连，不可割裂的东西，因此我们批评创作时，千万不要离开作品中所表现的环境（具体情况）而空谈事件（或做法）。实际上，围绕着事件的环境是有决定意义的。某种具体情况决定采取某种行动，这是极简单的道理，用不着我来啰唆了。

那么，《忍让》中所表现的环境是什么呢？是国民党反动派向我解放区发了十一炮，是无耻的骚扰。像这样的挑衅行为不仅发生于青龙桥一地，许多两军对峙的地区都是如此，这是极普遍的现象，因此，这种情况我们称之为"典型的环境"。环境既然如此，那么我们应如何处理"事件"呢？依照《再谈〈忍让〉》作者的主张，乃是"坚决自卫，坚决用武力来保卫和平，给进攻者以反击"。假如情节真是如此处理，那么，连长就应该同意柱子的提议，再下面的情节，就该是"炮火连天"的自卫战争了。这样处理法是否合理呢？不，我以为这样处理不仅不是典型的，而且是根本歪曲了现实。因为实际上并非如此，如果有人说确有过"他一犯，我就自卫反击"的情形（不管是否事实），但这只能算是偶然的个别现象，绝非典型的。已然这样，怎么能把"个别现象"拿来做"典型事件"处理呢？据我所知，当反动派只是骚扰、挑衅，还没有侵害到我们的基本利益时，即像《忍让》一文中所表现的那样时，我们总是采取忍让态度。这是我军一致的态度与做法，因此是典型的。但如果反动派一挑再挑，一进再进，我忍到一定限度时，便毫不犹豫地起而作坚决自卫或反击。这也是我军一致的做法，也是典型的。《再谈〈忍让〉》的作者写道："我在《略谈〈忍让〉》的那篇短评里说过，它主要的缺点就在于作者在取材上仅仅限于国民党军队在向我们炮击，而没有看到国民党军队到处撕破协定向我们进攻，没有看到人民的军队坚决给敢于进攻者以自卫的反击，因而不能使作品成为典型……"这种说法，令人看了莫名其妙！他完全抛开了《忍让》那篇具体创作，而专拿抽象的概念去硬套人家的作品，套不上就说不是典型的。什么叫作典型呢？我再说一遍：典型并不是，或不完全是政治概念的形象化。我完全承认，反动派到处撕破协定，向我进攻，是事实；人们军队曾坚决地自卫反击，也是事实。但是我要问：是否除了这事实之外，别的题材就无写的价值呢？是不是除了这算是典型之外，写写"他挑战，我忍让"就不算典型呢？是不是"他一挑衅，我马上反击"倒叫作典型呢？

该文作者只知道"概括现实,抓住各种现象的本质,把他统一在作品里,造成艺术的典型",但却忽略——典型事件与典型环境的关系,忽略了在一个大的政治任务之下还有各个小的环节。这正是他立论的症结。

《再谈〈忍让〉》作者为了否定《忍让》的价值,竟搬出一位"读者"的话来作"撑腰柱子",这位"读者"是否实有其人我且不去管他,奇怪的是作者把这篇糊涂透顶的话当作宝贝,拿来当作说明《忍让》"效果不良"的证据,并且还加以发挥,不能不使人惊异不置!老实说,这位"读者"的那篇话,不仅没有力量去否定《忍让》的价值,反而露骨地暴露了小资产阶级无原则的感情冲动,和违背党的精神的偏激。由这偏激所引起的"不满",明明是不对的,怎么可以把责任推到"党的政策"上呢?党的自卫原则及争取和平的方针都是完全正确的,连长约束柱子的行动是掌握了党的政策原则的(并不是教条的),这种约束也是完全正确的。像这样的约束现象已不是个别的了,因此,它也是典型的。但《再谈〈忍让〉》的作者却写道:"……激起他(指柱子)对反动派的憎恨到最高峰的时候,他却一下子被作者通过作为代表党的政策的连长,用一套教条的原则把他幌住,使柱子的性格和感情再不能够得到进一步的发展,这就是使读者感到精神受压抑,感到对党的政策不满的原因。"但我却以为小资产阶级一切无原则的感情冲动,与一切易于触犯党的政策(触犯人民利益)的性格,都应该受到约束。不但人家可以约束,更重要的是自己自觉地约束。如果任这种感情性格"发展",党的事业(人民事业)势必要遭到损害,党的政策之执行就会遭到不应有的困难。这不是很明白吗?如果以为柱子的感情不能任意发展,影响了某些读者精神感受压抑,因之对党的政策"不满",那是由于"不满者"自己还存在着许多"腐朽"思想的缘故。奇怪的是《再谈〈忍让〉》

的作者，竟以此种思想为理论资本，且加以发挥，诚使人"为之担忧"，希望及时警惕！

总之，我认为《略谈〈忍让〉》与《再谈〈忍让〉》两文，都是离开具体作品，纯从抽象概念及一些文艺教条出发，去硬套人家活生生的作品。像这样不良的批评方法，不仅对读者作者无任何帮助，反而只会助长一种恶劣的批评偏向。

至于写个别事件是否仅限于新闻消息这问题，我觉得该文作者的看法也极荒谬。因为与本题无关，拟另日专文讨论。

（《晋察冀日报》1946年7月12日，副刊第45期）

# 走向人民文艺

郭沫若

文艺在它原始的阶段上是只有着一种形态的，便是由公众所集体创作、集体享受、集体保存的人民文艺。它是人民生活的直接反映，人民的喜怒哀乐好恶和一切愿望，用人民的言语真率地表达出来，同时也就尽了它的领导生活、批判生活、改善生活的能事。它是社会共同的财宝，也是人类共同的财宝，任何开化民族的古代文艺或落后民族的现成文艺，都蕴含着无尽藏的美，而有普遍永恒的价值。何以会这样？理论很简单，是因为这种文艺的产生最契合于文艺的本质。

人类社会有了分化，文艺因而也有了分化，有专门向上层统治者取媚的文艺，有留在下层仍然为人民所享用的文艺。取媚上层者隶属于统治者的权势之下，得到攀龙附凤的结果，逐渐被视为了文艺的正统，而盘踞着支配者的地位，文艺的美名更几乎为它所独占了。留在下层的，成为了不足以登大雅之堂的土俗的东西。然而中国的一部文艺发展史告诉我们，只有这种土俗的东西才是文艺的本流，所谓正统的贵族文艺或庙堂文艺，其实是走入了断港绝潢的畸形的赘瘤。

中国每逢换一次朝代，差不多就有一种新的文艺形式出现。这新的文艺形式，追溯起来都是起源于民间。朝代的换取者是由民间起来的草莽英雄，故随着新朝新代便有新的民间形式登上庙堂。但和登上了庙堂的人不久便失掉了他的人性一样，登上了庙堂的文不久也就失掉了它的文性。一部廿四史是人民和贵族的斫杀史，一部文艺史也是人民文艺和贵族文艺的斫杀史。但历朝历代留下了贵族文艺的尸骸，而人民和人民文艺却始终是浩浩荡荡地流着。

中国的文艺遗产，只有没有脱离人民生活、没有脱离人民言语的那一部分，是永远有价值有生命的精华。周秦以来的民间歌谣、五代的词、元代的曲、明清的小说，这里面正有不少的这种精华的结晶。所谓扬马班张、王杨卢骆、韩柳欧苏，那些专门逢迎上层的文人及其作品，认真说，实在是糟粕中的糟粕。试问两汉的古赋、六朝的骈俪、唐宋的古文，在今天究竟有什么光彩呢？那些不是和明清的八股一样，都是无用的长物吗？

人民始终是保卫着文艺的本流的，一部《水浒传》，虽然在今天我们还不能确切地知道它的作者究竟是谁，是施耐庵，是罗贯中，是他们两人或和其他别人的集体创作？但它的文艺价值和社会价值，没有任何庙堂文艺可以和它比配。人民并不需要作者的官衔和地位，而是需要有滋养的作品和作品中的养分。黍稷稻粱、松杉桧柏，家家都知道保重，奇形怪象的盆栽，那是脱离了正常生活者的慰藉聊胜无的玩弄品。请你把一个盆栽放在大森林的边沿上去赏玩呢，那贫弱相是多么的可怜呵！

今天是人民的世纪，一切价值是应该恢复正流的时候。一切应该以人民为本位，合乎这个本位的便是善、便是美、便是真，不合乎这个本位的便是恶、便是丑、便是伪。我们要制造真善美的东西，也就是要制造人民本位的东西。这是文艺创作的今天的原则。现时代的青年如有志于文艺，自然是应该 写 这样以人民为本位的文艺。人民在今天所最迫切需要的是什么，也就是今天的文艺工作者最迫切的课题。能够把这个课题抓紧、解答，而且解答得详尽周到，那便是为人民所欢迎的东西，也可能就是最伟大的作品。我们时常听见人说，自五四运动以来，中国的新文艺里面还没有够得上称为伟大作品的成绩出现，假如要追求它的主要原因，那应该就是文艺工作者还没有认真体贴到人民的需要，而给予以满足的供给。这儿正留着一个宏大无垠的处女地，等待着文艺青年们来垦辟。

应该怎样来垦辟这个处女地呢？先决的问题是在人民本位的思想的把握，要把封建时代的一切陈根腐蒂肃清，彻内彻外地养成为一个科学的民主的思想的所有者。是什么种子才能生出什么树木，是什么树木才能开出什么花朵，结出什么果实，这是不能够假冒的。蒺藜上生不出蜜橘，蓬蒿上长不出葡萄。在能写作民主文艺作品之前，必须首先是民主的人，凡是不合乎民主范畴的一切想法都必须毫不容情地严密地自行纠正，自己不能成为人民以上或以外的任何东西。一切必须于生活实践中求取正当的解决。先驱者在生活实践中提炼出了一种正确的思想，这思想的发生过程分明是生活在先。但在我们后进者则可以根据一种正确的思想以规范生活，这思想的体验过程是生活在后。譬如先有测量而生地图，这是前一种，依据地图而旅行，这是后一种。依据地图旅行并不是耻辱，要这样才能使地理智识生根，根据自己的体验，使地图上的智识化为自己的智识，可能补充或修正它。就这样思想与生活交织，成为写作的基本。没有生活实践的思想搬弄便是公式主义的八股，没有思想规范的生活描写便是黄色报纸的新闻。思想、生活、写作，应该是三位一体。

封建思想在我们的意识里植根太深，在社会的每一个角落里也弥漫着它的网络，我们对于任何问题的看法，很轻易地便落在这种网络里而不自觉察。例如我们在喊"文章下乡"，以为这是很前进的民主思想了，然而为什么不喊"上乡"而要喊"下乡"呢？这可见我们还是轻视人民、轻视老百姓的，我们自己是高高乎在上，而老百姓的"乡下人"是低低乎在下的。这似乎是无关宏旨的区区小节，但其实是思想转换上的根本问题。今天我们搞文艺的人是应该诚心诚意向老百姓学习的，假如依然看不起老百姓，那学习从何说起？看不起老百姓的那种旧毛病，要当如医治淋病梅毒一样，使它彻底断根。或许会有人会怀疑，你这样说说也不过学学时髦，什么"向老百姓学习，向老百姓学习"，老百姓究竟有什么了不起的智慧值得我们学习呢？要建筑长江水闸，我们晓得找萨凡奇，要制造原子弹，我们只得找科学专家，为什么谈到文艺我们偏要"向老百姓学习"？——不错，一点也不错。治水有治水的专家，造原子弹有造原子弹的专家，文艺是生活的反映，而老百姓就是生活的专家。我们要表现农人，为什么不向农人学习？我们要表现工人，为什么不向工人学习？农民工人在工农生活方面比任何博士硕士、大总统大主教还要专门，我们为什么不向他们学习？十九世纪初期的法国大画家德勒珂罗亚画奔马在口角上没有画白沫，受了一位马夫的指摘，马夫在熟悉马的生活上便是专家。看不起老百姓的坏习惯，实在是应该苦加针砭的了。我们要向老百姓学习，学习老百姓的言语，把握老百姓的生活习惯，以老百姓的好恶为好恶，以老百姓的要求者我们极端地爱他，反乎老百姓的要求者我们极端地恨他。由这极端地爱写出我们的颂扬，由这极端的恨吼出我们的诅咒。

这样的文艺当然得不到大人先生们的赞赏，但人民会赞赏你们。到了人民真正成了主人的一天，施耐庵和罗贯中的铜像会遍地林立的。

一九四六年六月八日于上海

(《晋察冀日报》1946 年 7 月 14 日，副刊第 47 期)

# 评《李三娘》

朝□

《李三娘》是部反作用很大的、宣传封建秩序的、极端反动的影片，它迎合了一般群众的落后心理，巧妙地使人们流着同情的热泪，因此，使观众消弭了所有对刘志远的仇恨。

其实像李三娘这样的牺牲者何止以千百计？这部片子所表现的，猛一看像是旧社会的暴露，而其实却是一篇极巧妙而诡谲的辩护：无疑的，李三娘是一个可怜的被迫害者，但她所身受的痛苦是谁给予的呢？员外死后，她的嫂嫂即首先以女子无继承权的传统律条挟持她的哥哥，取得了"家主"的地位，把她逐出门外，刘志远偕三娘离岳家之后，为了"向上爬"，出门争取"功名"去了，但他到了外边很快地做了一个权门小姐的丈夫，当他把对妻的责任和自己的"功名富贵"放在天平上去衡量的时候，他的"封侯欲"是战胜了，从此便"乐不思蜀"置发妻于脑后。三娘的一切苦难便与他无关了。直至见到自己的儿子才忽然想起给三娘送几个钱去，可是这能卸脱他的责任吗？影片的作者很"技巧地"、又很矛盾地处理了几个对比镜头——一面是刘志远备享荣华，同时李三娘在痛尝虐打，看起来刘志远真够一个"负心汉"了。但这"负心汉"是如何被处理的呢：当他衣锦还乡，作为一个新的统治者处罚了他的大舅子夫妇之后，随即指定了李三娘和岳氏女的姐妹关系（亦即妻妾关系），大家相安，天下太平。最后的胜利者看起来是谁呢？好像是穿着起夫人服饰的李三娘，而实际上却是左妻右妾的刘志远——一个新的封建领主，李三娘只不过是从劳役与孤独转到一夫多妻的罪恶魔爪下去的一只柔驯的羔羊而已。

假如说李三娘的悲惨遭遇是一个封建社会的"牺牲者",那么刘志远无疑地是一个刽子手了。从表面看,刘志远似乎还有"良心",其实刘志远十足是个重名利、轻情义的封建人物。影片的作者如此处理这个片子,是不过是为了骗取观众姑息刘志远的罪恶而已。

这就是《李三娘》这部影片的中心思想。够了,影片作者的目的已暴露无遗了。今天的问题是如何使每一个热心的观众觉察出这个封建制度的辩护,认清这个骗局!而这又是多么艰巨的工作呵。

(《晋察冀日报》1946 年 7 月 15 日,副刊第 48 期)

## 《春夜》读后感

仓泰

这的确是一个很好的题材：一个女人由十八层地狱的生活翻身过来，骇人听闻的由做八个人的妻，变成过自由富裕幸福的生活，这是值得反映的，作者的确选中了一个好题材。

可惜的是作者意图强调秀兰子解放后的愉快情绪，因为主观想象多于实际，因为一种小资产阶级的浪漫幻想，或一种比较陈旧轻浮的表现手法却意外地失败了。

这篇文章告诉了我们什么呢？暴露了敌伪压迫下，女性所受到的残酷待遇吗？我觉得非常的不深刻，许多地方感到是轻描淡写，虽然文章中也写着："真是骇人听闻，她一直同时做了八个人妻……有的净是无数的拳脚和辱骂，净是永无休止的一个个轮番的、野兽一样的、痛苦不堪的纵欲，不管你是有病，不管你是劳累饥饿，甚至也不管你是正来了没有定期的月经……"可是因为作者的心情，并没浸在这悲痛的惨遇里，同时整个作品的浪漫轻松气氛，将这些都掩盖了，人们只想着："春夜是最美丽的，那银光灿烂的夜，那又是柔和温暖的夜，生命力生长和飞跃的夜，充满了爱情的夜啊！"

那么它是否写出了秀兰子翻身解放的过程，八路军民主政府怎样帮助了她，这同样也写得很概念抽象，如区妇联会陈主任说："八路军和民主政府的妇女政策和一夫一妻的婚姻制度，绝对不允许这种非人的事实存在。"同时把其他七个工人也说服了，我觉得这样写是非常不够的。

它写出秀兰子解放后的真心愉悦吗？像秀兰子这样的妇女经过了七年这种非人的生活，同时按照她人物的身份，虽然她是解放了，她的感情应该是深沉的、压缩的，在这样一个第一天晚上，按女人的性格，她会想起悲惨的过去，感到悲痛，同时她更珍视现在这种不可想象而得到的生活，她的思想一定会引到更深的地方："为什么会得到这样的生活？谁给予她的？今后她应该怎样？"她会很兴奋快乐，可是这种经过长期悲惨生活后而得到的快乐，她的表现决不会这样轻快浪漫。当我读到了文章开头时，我以为这是一个廿岁经过恋爱而结婚的少女，我以为这是一个小资产阶级充满浪漫性的女人，没有想到这是一个久经折磨的工人家属。因此我认为这种感情是不真实的，是一种小资产阶级狂热幻想的自我表现，而不是此时此地这种人物的感情，是一种主观的臆造，而不是一种真实的反映！

作者写出了这种人物的发展没有呢？文章中也写出了秀兰子要生产，要参加纺织做鞋小组，可是当时的对话动作，很容易使人想到这是一个多么轻快爱娇的妻子，他们的夫妻关系太像一个知识分子，或外国人（并不是妻子不可吻丈夫），问题是像秀兰子那样的人，即使在那样的心情下也不会那样说："怕什么，……管保你天天吃饺子！"生活对她曾千百斤地压过，想想不久以前她是每天吃粗糠，吃红高粱，拉不出屎，一年到头也吃不上饺子的人，她对于现在的生活是多么爱惜珍贵呀！她应该很认真严肃地计划她现在的生活，作者是忽视了这些，却看重另一些趣味如："说着又吻了丈夫一下，丈夫把他搂紧点。"

因为作者在思想与创作方法的不妥，自然的写作的角度也有偏差了，他没有着重暴露敌伪时代加上千年封建历史，妇女所受的残酷待遇，也没具体写出八路军解放对她起的变化，或民主政府怎样具体地帮助她翻身，也没写出这种最受压迫的人物□经过翻身后，她会怎样（据我想她会坚强起来，她会感到革命与她不可分的血肉关系），那么它写了什么呢？正像它的题目一样，他写了春夜，写了主观幻想臆选出发的小资产阶级的狂热与轻浮，表现的手法显得陈旧庸俗，它给了人很不严肃真实的印象。

这是我对《春夜》的意见，坦率提出，希望作者读者指正。

(《晋察冀日报》1946年7月17日，副刊第50期)

# 谈《歌声泪痕》

天羽

最近在张家口剧院放映的《歌声泪痕》是隐藏在虚伪的人道主义下面的一个作品。

革命的人道主义,发挥着互相帮助以至互相救济的精神,其立场和态度是平等而友爱的。而虚伪的人道主义是布施式的恩赐、要饭式的乞怜,是统治阶级所利用的骗术。

《歌声泪痕》里面的大少爷,始终是一个凭仗着金钱来玩弄女人的花花太岁,因此他彻头彻尾不会有真实的爱情和人道精神。很简单的,他为了占有阿桂,为了买得这包裹着肉欲的爱情,才付出了他所有的资力。尽管他怎么为阿桂而神魂颠倒,举动失常,怎么由救济阿桂个人而至于救济大批难民,但至多只能是出于性心理的驱使,只能是一种冲动的卑鄙行为。

假如说,他的"义举"可能是出于转变,但其实只是一条饿狼在尾随着一脔肥肉而已!而且看不出转变过程。假如说,冲动可能产生高度的热情,但却不能完全掩饰其为昙花一现的假象。如仅为了爱情而助人,为了求得代价而助人,还有什么意义?特别是突如其来的,花花太岁竟然大发慈悲了,阿桂竟然说"我爱你"了,这有什么可歌的"歌声"?这有什么可泣的"泪痕"?这不过是一句无聊到极点的滑稽剧而已!

《歌声泪痕》的反动作用,会使人们认错了革命的人道主义的面貌,将教人们对剥削阶级存着幻想的希冀心理。

有些反动的作品,一看就知道其为反动,这倒并不可怕,而这种似是而非的东西,穿着混淆真理的伪装,其为害却值得严重注意。

(《晋察冀日报》1946 年 7 月 17 日,副刊第 50 期)

# 看了《李三娘》，我同情谁？

亚君

看了《李三娘》，我只同情李三娘，因为她是旧社会、旧道德的牺牲者，我极端反对刘志远，因为他是代表封建统治的人物，李三娘为了他受尽折磨，岳小姐为了他甘做二房，宝成为他拿出积存多年的二十几两银子，但，最后得到好处的不是他们，而是刘志远。刘志远有一套虚伪的手腕，他可以让李三娘和岳小姐互相叫声"姐姐""妹妹"，于是就成为他的娱乐工具，我真为李三娘抱屈。岳小姐盲目顺从他是愚蠢，宝成盲目忠实他是糊涂，李三娘受尽折磨，苦了十三年，最后只得到一个大太太的称呼，是无知而被骗。他们都不应该承认刘志远这种封建统治，应该反对这种不合理的封建道德。

李三娘的哥哥怕老婆而甘做坏事是没出息，其妻泼辣成性，欺凌和侮辱李三娘的人权是无耻的坏女人，夫妻俩都不值得同情，不过都是旧社会的渣滓。

今天的女性应该毫不妥协反对刘志远这样的"丈夫"。

《李三娘》的作者，是个伪君子，是个彻头彻尾骗子，他用巧妙的容易激动人感情的离、合、悲、欢来麻痹观众，为封建道德作忠实的喇叭，我们看《李三娘》被他骗去了不少眼泪，但应该留心不要上了他的当。

（《晋察冀日报 1946 年 7 月 20 日》，副刊第 53 期）

# 纪念伟大的人民音乐家——聂耳同志

周巍峙

今年七月十七日是聂耳同志逝世十一周年纪念日,这是抗战胜利后第一个聂耳同志逝世纪念日,中国人民经过八年流血的战斗以后,对这位用歌声组织群众、推进救亡巨浪的人民音乐家,新中国音乐运动的创造者,特别感到怀念。

聂耳同志生于内有封建压迫、外有帝国主义侵略的旧中国,他为生活所逼迫,当过兵,做过勤务员,很年轻的时候,就开始了流浪生活,饥饿常常临到他的头上,但他决不屈服,总以他饱满的而带有乐观主义的青年热情,与环境搏斗,寻找他自己想走的道路。因此他才能在"一二·八事变"前后(那时他还不到二十岁),一方面在黎锦晖先生所创办的明月歌舞班当"琴师",一方面又敢于批评当时特别流行的"靡靡之音",他希望这些作曲家们,能写些有功于国家社会的东西,他不因为生活问题而放弃他的正确见解。他很早就想到要用音乐来为人民解放事业而斗争。正因为他和中国广大劳动人民在一起——他自己就是一个被剥削者,所以当他一开始创作生涯时就喊出劳动人民的呼声,如《码头工人歌》《打桩歌》《饥寒交迫之歌》等曲,都充分表现出在生活重压下的人们的求生欲望与坚强的斗争意志。而且这种歌声越唱越多,越唱越响,也越唱越远,终至汇成一股巨流,一切不愿做奴隶的都起来了,拿起一切拿得到的枪,在强壮有力的节奏里组织起来了,广大人民不怕国内外反动派的任何威胁,不怕前进道路上的任何崎岖,以充分的自信心坚决向帝国主义者开火,大胆揭露汉奸卖国贼及一切投降主义者的丑脸,号召全国人民以主人翁的感觉起来担负起天下的兴亡,建立新的长城。聂耳同志正是这种伟大的民族民主革命中的伟大的歌手，中国新音乐运动的开路先锋。也就因为他在精神上和人民在一起，所以他能充分表现出劳动人民特有的朴实而有□力的情感，并且他还能学习群众的音乐语言，特别是工人的劳动歌声，因此他的歌曲才能很快传布到全国，成为抗战前救亡运动中组织与教育人民的特殊工具。人们在游行示威的时候常是臂挽着臂，紧紧拉在一起，唱着《义勇军进行曲》，在中国军警或租界上"巡捕"的监视包围与枪刀木棍的威胁之下，勇猛前进，不怕任何的牺牲。

聂耳同志在二十三岁时死于日本海内，生前写了三四十个反映人民斗争的歌曲，他像晴天霹雳一样震惊了国内外的反动派，他们勾通在一起，不仅禁止唱聂耳同志及其他救亡音乐的歌曲，摧毁各种歌咏组织，逮捕歌咏干部甚至连一个纪念会都不让举行。记得在一九三六年七月一六日，聂耳同志逝世一周年的前一天，上海与救亡音乐工作者，因为忙了一二个月，最后一天还没有找到一个开纪念会的地点，当大家借中华职业教育社礼堂练歌时又遭到上海法租界巡捕房的干涉，那时全场数百人的情绪，悲愤到极顶，就在帝国主义者红色警车的包围下，临时以练习变成非正式的纪念音乐会，由吕骥同志等领着唱聂耳纪念歌及聂耳同志的许多作品，并唱出冼星海、吕骥诸同志的新作，以纪念死者。当时唱的人大都含着眼泪唱歌，有的泣不成声，对反动派的仇恨情绪，使全场人们更加紧密地团结起来了，要求翻身的人是永远不会忘记统治阶级对付进步音乐家所采取的一切阴谋诡计。后来救亡歌咏运动的继续高涨，充分说明广大人民对当时国内外反动派的有力的反抗。

在中国共产党领导人民得到解放的地区，聂耳同志和他的作品更为人们所理解，人们可以自由地表达对这位大众的歌手的尊敬，并且能得到各方面的赞助。如在延安和敌后各根据地，虽然在人力物力十分困难，敌后并经常处于紧张的战斗当中，但人们从不忘记七月十七日这一使人悼念的日子，举行过多次的纪念音乐会，介绍聂耳同志的历史、作品及创作精神，演唱他的作品。在晋察冀，一九四二年敌人疯狂地实行治安强化运动，用各种方法封锁与破坏边区。当时边区战斗频繁，物质特别困难，不少机关学校以黑豆当饭的时候，这儿的音乐工作者仍像往年一样，在离敌人三十里左右的地方，举行了盛大的聂耳同志的纪念会，演唱了他的《打长江》《大路歌》《开路先锋》《新女性》及《打椿歌》等歌。一些从不知道聂耳同志的学生与农民，立刻为他的歌曲所鼓舞。在新解放的张家口，新华广播电台常以《开路先锋》或《大路歌》为开始或结束广播节目，这也受到广大听众的欢迎。

十一年以来，中国人民一直在追念聂耳同志，广大的音乐工作者学习着聂耳同志的工作精神与创作方法，走着他所开辟的道路，继续奋斗，来完成他未竟的事业。现在中国抗战在共产党的领导下，与全国人民一致苦斗的结果，已经得到胜利，一万万以上的人民在中国广大的土地上已经得到解放，这些和聂耳同志生前的努力是分不开的。我们向聂耳同志致最崇高的敬意，并且誓以最坚决的意志、加倍的努力，运用歌咏这一大众化的武器，与全国人民在一起，和国内反动派斗争到底，以求得国内民主化的彻底实现，使中国真正成为一个独立自由民主繁荣的新民主主义的中国！

聂耳同志精神不死！

中华民族彻底解放万岁！

（《晋察冀日报》1946年7月22日，副刊第55期）

# 我怎样写《春夜》的？

丁克辛

自从《春夜》发表后，引起了一些反响，也有一些不满意的批评，这是很好的。在这里，谈一谈我怎样写它的，对于读者和批评者，似乎都有必要。

《时代妇女》向我约稿，最好不超过三千字。当时我虽有一些关于妇女的题材，但都比较长，并且都不是最近和近地的。恰好有一个同志告诉我《春夜》里所写的一个故事，我觉得比较合适，就决议写它。

我所要表现的主题很明显，像秀兰子那样一个敌人奴役下的牺牲者，要得到解放，要过真正的人的生活和爱情，要女子人格独立，只有遇上了共产党八路军才有可能，而这种可能实现后的兴奋和愉快，简直是不可计量的。

那么我怎样着手写它呢？我只是有了这一个故事（是一件实事），而对于秀兰子的实际情况和实际生活，却完全不熟悉。因此，为了避免描写生活的失败，又想借夫妻的"真的爱情的愉快"（欧阳一同志语）来烘托主题，我采用了现在的写法。同时，恰好有不少同志对我到张家口以后发表的几篇东西（如去年十二月日报上发表的长篇报告《村长和他的兵》、《北方文化》六期发表的小说《一天》等），都批评太朴素了一点，感情也因之减弱。在这篇《春夜》里我就想，趁秀兰子的愉快，我为她抒一抒情吧，但是这"抒情"却没有"抒"好：第一，固然我抒写了爱情的愉快，也抒写了沉痛的可怕的回忆，抒写了对于今后幸福生活的展望，抒写了对于民主政府和妇女团体的感谢，但后面几点写得太轻，而前面一点却写得太重。第

二，写得"太重"并不怕，问题是这个生活角度取得不合适，一"重"就更不合适了！第三，由于对秀兰子的实际情况和实际生活不熟悉，却又要替她抒情，抒的完全是"知识分子"和"小资产阶级意识"的情。第四，为了要抒写秀兰子的疼痛的可怕的回忆，没有注意到在描写七个工人给予秀兰子的痛苦时，似乎连七个工人也有不是了。由于有这些缺点，因此，本来想描写"真的爱情的愉快"来烘托主题的企图，不但没有达到，反而把主题削弱了。更严格些说，甚至有些转移了主题思想，这是很大的失败！这种失败对于作者是一个严重的警惕，作者自己比读者更难受。实在说，在发表之前，我是没有想到会是这样的。同志们提出批评原是很好的，特别是仑泰同志的意见，大体上我都同意。但是欧阳一同志说它不是"典型环境中的典型事件"，只是"猎奇"来"赢得读者"，以致损害了工农兵文艺，成了"近乎色情文学"；尤其是亚君同志说得更痛快，说它是"并非偶然"的"蒙疆时代的作品"，这在立场、态度和论点上都是太欠考虑，对我却并无损害。因为真正的是非只有一个，而像这样的批评确实是"不会给读者什么好处的"！

总之，《春夜》给我一个教训：没有生活的，凭故事来抒写臆造的小资产阶级知识分子的感情的作品，不管它如何写法和写得如何，总是空头作品！我相信自己，在我的创作历程中，像《春夜》这样写法的作品，决不会再有第二篇。过去我已发表的《村长和他的兵》《一天》等，不管评价如何，基本上它将是自己遵循的道路。

（《晋察冀日报》1946年7月23日，副刊第56期）

# 《逼上梁山》评介

何洛

《逼上梁山》的演出，是一件大事。正如毛主席所说"是平剧之划时代的革命"。

记得抗战开始不久，为了配合当前的政治任务，文艺界也曾闹过一阵"大众化""通俗化""利用旧形式"的问题。如罗烽等集体创作的《台儿庄》以及田汉等编写的若干平剧，都是用来响应这种号召的。可是在这些旧瓶里面所装的新酒，不是李宗仁、白崇禧身披盔甲，手执干戈，大唱其西皮、二黄；便是硬叫那些袍笏登场的历史上的人物，最后大喊其"抗战必胜""□国必成"的口号。这除了表现牵强的宣传，再加一点儿滑稽的娱乐外，还有什么好说呢？同样，在解放区，也有过类似的情形。虽然服装故事都是现实的，比较前者进了一步，但形式上，仍未打破旧的枷锁。例如《平型关大战》中，朱总司令坐在中央，林彪、贺龙二将军陪侍两侧，而进进出出的八路军仍然大走台步。又如《新平贵别番》本来是八路军的老婆送郎上前线，却照例"夫君"，"娘子"，拢袖，撩衣……那么一套，这说明改造旧形式，特别是改造平剧，并不是一件轻而易举的工作。直到一九四三年冬，《逼上梁山》终算创作成功了。《逼上梁山》的成功，不仅是给平剧奠下了一块坚固的基石，同时，更指出了今后平剧所应采取的方向——新历史歌剧的方向。

人们总是怀疑着，试探着：平剧为什么不能表现目前的生活呢？平剧的形式，为什么不能大大加以改革呢？

理论上和事实上的答复都是，平剧固然是一种艺术形式，但它是特定的形式。它生长在封建的土壤中，它只适于表现封建社会的生活。要拿今天的人物、事件放进去，不单与那些腔调、做工、服装、道具不调和，而且也不够表达今天的人物、事件之复杂的思想、情感、关系、变化。因此，它只能成为历史的歌剧，但应使它成为新型的历史歌剧。利用这种凝固而"完整"的艺术形式去传播历史的生活知识，尤其是传播盛衰成败的经验教训，倒是很可发人猛醒的，所谓"借古喻今""鉴往知来"，仍然有它重大的意义、重大的作用。然而这里，却必须具备几个条件：第一，要订正历史的真实性，还历史以本来的面目。即是说在不违背历史的前提下，允许加添或修改原来的故事。第二，要去掉旧戏中那种迷信、盲从的宿命观，而表现出一切皆由人类自己所主宰。第三，编写历史剧须从今天的要求出发，以处理历史题材，吸收其经验教训，才能产出更大的政治效果。第四，在语言、化装、手法、布景各方面，都可适当地加以改进。

《逼上梁山》之所以成功，原因也就在此。

首先从政治的意义来说吧，它借宋朝的腐败统治，影射了今天的贪污专横。譬如高俅的阴险残暴，陷害忠良，暗通金人，欺压民众，以及嫉恨林冲的却敌之穿沟战法等等，这与向来的蒋家"德政"究竟有些什么不同?! 甚至在个别细节上，都是一致的。（比如高俅得志后，不认旧时结拜的兄弟，现在某巨公也不认以前异父同母的兄弟。）如果要说不同的话，那就是前者比后者，真如"小巫之见大巫"了。特别是眼前对人民大规模的屠杀，主权不断地葬送，连中小资产的家庭，都喊活不下去，官逼民反的事实，一天多似一天，再来回看数百年以前人民所经历的血泪图，不是更会激起我们努力争取自由的斗志而发生岁月如流之感吗？

其次，从艺术的价值来说吧：第一，在人物的处理上，它破天荒地，使多数群众登场，并居的历史舞台的显要地位，以显示其对社会的影响、力量，如林冲之决心投奔梁山，就是受到群众的推动。这是

《水浒》蓝本所没有的。第二，在技巧的改进上，也添加了新的东西，如：（一）林冲的思想之转变，是根据其地位、出身，合理地在矛盾中展开。几经群众的劝说，并照他亲身的体验，最后才由民族的思想前进到民主的思想。（二）人物性格，尽量使其明朗、突出，而非类型。（三）某些群众的语言地方化。（四）群众不再以小丑登场，面目清秀，鲁智深的化装也与向例颇有出入。（据在延演出时所见）这些都是该剧的特色。无怪它"轰动延安"，无怪它得到毛主席的奖誉，而成为平剧的一面旗帜。自然这样并不是就认为该剧完全没有缺点，但那属于个别技术的问题，暂且略而不说。据闻《逼上梁山》又快在张市和观众见面了！我预祝它这次上演的成功并为晋察冀平剧的前途贺！

(《晋察冀日报》1946年7月24日，副刊第57期)

# 不要把自己的作品偶像化

郭沫若

到今天还是一件遗憾。今年夏天，我到苏联去，足足待了五十天，看了好几位诗人博物馆，还游览了老托尔斯泰的故乡，独于关于高尔基的纪念布置我却没有看过。大约是以为我已知道得很详细，所以无须乎要再看的吧。实在是一件憾事。

关于纪念高尔基的布置，我相信在苏联是无微不至的。前几年我曾经得到苏联对外文化协会（VOKS）送我一套关于高尔基的照片，一共一百张，所有高尔基的生平著作、原稿、信札、剧本演出的舞台面等的资料，大率是应有尽有。每张照片都附有详细的说明，可以说是纸上的高尔基博物馆。这些照片可惜我没有带在身边，不然我们随时可以举行一个高尔基资料展览会的。苏联对于文化和作家的重视，由此可见一斑，就在这样小的地方似乎都值得我们学习。

我对于高尔基，事实上并没有作过什么深刻的研究。高尔基于我是精神上的维他命。同一的维他命在生化学的学者是研究它的属性、本质构成、效果，而在普通的一般人则只是享受。我便是高尔基精神的享受者。"真是百姓日用而不知"，要叫我说出一个所以然，我就是这样一个不知不识的老百姓的态度。

只是有一句话给予我以特别深的铭感，便是"不要把自己的作品偶像化"，我感觉着这句话是可以使我终身受用的。一个人如把自己所作的任何事物偶像化了，那便自尊自大、自我满足，丝毫也没有再进步的可能了。高尔基这样发人谦抑、虚己，实在是极可宝贵的修养过程。高尔基自己便实践了他自己的话，他对于自己的有名的剧本《夜店》便表示过不满意，别人虽然称赞它，他甚至说那剧是含有毒素的。要能够这样严厉地自我批判，也才是高尔基之所以为高尔基。

高尔基是十分敬仰歌德的，时时提说到他的《浮士德》，或许也就因为《浮士德》所包含的哲理主要是戒人别自满吧。浮士德不能满足于现有的一切，尽力追求至善至美。他对恶魔靡非斯特匪勒斯的契约是：只要有一刻踌躇满志的时候，他便立刻成为恶魔的奴隶；在没有那个时刻以前，恶魔是侍奉养他的。待浮士德日后移山填海，建立了一个共和国，自己立在山头看见人民熙熙攘攘便喊了声"美呀，暂停一刻"，于是他的眼睛瞎了，便把自己输给恶魔去了。我看，这应该就是"不要把自己的作品偶像化"的形象化吧。

要把自己的作品偶像化，那就等于瞎了眼睛，归顺恶魔。

（《晋察冀日报》1946年7月28日，副刊第61期）

# 画上街头

亚君

是两个月以前了,当时人民剧院那块大广告牌上,曾有一幅大彩色画描绘着张家口市的繁荣景象,差不多成天都吸引着观者伫立观赏。不久,抗敌剧社演出《戎冠秀》,又在那块广告牌的背面画着戎冠秀在群英会上被奖一头大骡子,子弟兵正欢送她回家的写真,一边画着,一边就拥着一群市民在看望。最近堡子里的鼓楼洞壁上贴着一幅画,上面画着中国反动派坐在一辆坦克上,正向解放区进攻,旁边立着美国反动派,手里抱着炮弹,嘴里衔着一个气管子向中国反动派头上吹气,技巧不算好,却随时都有人在那儿观看。七月时节,中央局联络处,在解放大街电业公司墙上贴着一幅连续漫画,叫《保卫边区》。画面很通俗易懂,这套画的观者实在不可计数,从"七一"到现在,我每天都经过那里二三次,每天都看见观者云集,男、女、老、少,各式各样的人都看得那么出神。

这些事实可以看出,在人口集中的城市里,美术作品的伟大力量了。我们应该珍视这些收获,但也应该承认,这之前,我们的专业美术工作者们,在怎样把画笔转向街头这一点是做得很不够的。这儿,我谨向张市的美术家们建议,希望你们迅速地把作品贴向街头去,用美术这独特的形象,去告诉人民城市里的广大观者,用形象把当前时局、国家大事和中共政策等等告诉他们,并用你们的画笔把这人民的城市装点得更加壮丽,中央局联络处的连环画是值得学习的。

(《晋察冀日报》1946 年 7 月 30 日,副刊第 63 期)

# 《大报仇》
## ——一个县干部们编演的真实的戏

严辰

我们来到涿鹿的第三天,在和本县干部们的联欢晚会上,看到了由干部们组织的业余剧团的《大报仇》的演出,非常兴奋。这个戏,对于我们到农村去实习工作,去了解农村社会的阶级关系,去了解封建剥削的残酷情形,以及如何发动群众等等,可以说是上了极有意义的第一课。

《大报仇》是一个真实的故事。全戏共分九场,以地主恶霸绰号大恶、二剥皮、三秀头的兄弟三人为经,贯串着全部的戏;以几个受压迫的农民的悲惨场面为纬;以大报仇为结束。

第一场到第三场写谷老大的儿子曾明从当了七八年兵的傅作义部队里回家,带了一支大枪。谷老大给大恶扛长活扛了十三年,这时正病着,见到儿子回来,悲喜交集。大恶走来,把曾明的枪收去了,回到家里,一怕曾明报仇,二怕外人知道私藏军火吃不消,就和二剥皮、三秀头计议,要谷老大自己把儿子处死以灭口。第三场就是写谷老大下不了手,想叫曾明跑掉,正在荒山上抱头痛哭,而大恶和二剥皮来了,一个拿绳,一个持刀,亲自动手把可怜无告的士兵勒死了。

第四场是介绍另一个故事:一个穷苦的老太婆,他儿子上山打柴,在河滩遇到二剥皮,二剥皮设了圈套骗他赌钱,说是以羊枣(羊粪蛋)为赌注,结果却折成了两吊钱,二剥皮天天上门讨债,儿子跑掉再不敢回家,老太婆被打死了。

第五场介绍第三个故事:一个该了大恶三担小米的农民,因一时无力偿还,被逼给大恶做饭,操劳七年,不但没一文工资到手,而且

三担小米的债仍不能清除。冬天，做饭的没有冬衣，家里孩子又多，养不活他们，就用一个姑娘换了一件光板皮袄，大恶硬赖是偷的他的，做饭的当然不承认，大恶又说是偷他的□刀换的，要把做饭的送将官里去，做饭的只得含冤承招，愿意让大恶把皮袄拿走。这时大恶却把脸一板，装着不要皮袄，要他三天之内还□刀。做饭的受了冤屈，在厨房里叹息诅咒，被大恶、二剥皮在门外偷听到了，就将他勒死，并把他挂在梁上，诬他自己悬梁自尽。

第六场介绍第四个故事：给大恶放了七八年羊的年老的羊倌，因为雪天放羊冻死了十二只，被大恶毒打一顿后，服毒死了。

第七场介绍第五个故事：一个被大恶逐出的佃户因无法生活，讨乞度日，走过田野里看庄稼的窝铺，在里面躲风，被大恶、二剥皮看到，疑心会放火烧他们窝铺，就把讨乞的塞到冰洞里去。这是大恶害死的第五个农民。

第八场是八路军解放涿鹿后，农会开小组会，农民们讨论怎样处置大恶、二剥皮、三秀头。第九场是大报仇，群众开大会，控诉，清算，惩处。

故事是那么多，内容是那么丰富，也许有人要说，这剧的结构太松，毫无剪裁，只是一些事件的罗列，后面解放的过程不够……甚至还有别的不少缺点。这固然都对，但我们不想讲这些，我们必须注意一点，即当我们看到这戏是如此逼真，如此动人，如此地富有教育意义，能鼓动起群众的斗争情绪，如此地为老百姓所喜闻乐见时，我们又有什么理由一定要用那些死板的戏剧成规来要求它，从那样的角度来评价它呢！我们说：这是一个动人的戏，一次成功的演出。

首先，它反映了地主剥削农民的真实的情形。这是个真实的事件，它发生在涿鹿胥家窑子，地主姓谷，受压迫的农民的姓名，在戏中也都无所改动，只除了语言，那是没法，也没有必要照原来的样子搬上舞台的,但它却一样的真实而生动。戏中表现地主的贪婪、阴险、狠毒残暴,农民的病贫可怜、走投无路、冤屈、愤恨,非常深刻、真挚。

比如最坏的大恶,把曾明勒死了还不准谷老大说出去,且说:"我是一辈子行善的人……有我吃的有你吃的,你还能活几年?死了给你棺材……"对羊倌他说:"你欺侮我……你穷人值我一个羊,这是十二个羊哩!"地主的伪善、残忍,真是暴露无遗。二剥皮去老太婆家要赌债时,老太婆恭敬地问:"吃饭没?"二剥皮像受了极大的侮辱一样生起气来:"我吃饭不吃饭你管得着!"这又是多么盛气凌人呀!当大恶诬做饭的偷皮袄时,骂:"你吃了我熟的,拿了我生的。"做饭的被冤,对着羊皮袄叹气:"孩子!为了要你,连爹的命都要了!……这是穷!"又是如何悲惨、深邃。"这是穷!"这简单的语句里含着多少血泪,也说出了多大的真理呵!

这是一幅地主们"吃人肉喝人血"的残酷的图景,地主们手段的毒辣、卑鄙,用心的残忍、无耻,是难以想象的,我们几乎要疑心这只是戏,只是戏里夸张了的情节。然而,同志们,这是千真万确的事实!

其次,更为难得的是,这戏的编演。它是涿鹿县的工作干部们自己搞起来的。他们在去年冬天参加并领导了对这三个恶霸地主的斗争后,觉得很可以把它演成戏,来教育群众,于是几个人在一起谈了谈,把故事梗概定好,把戏里的唱词写出,其他对白动作大部由演员自己创造。今年年前演出相当成功,以后每次演出,台词常有变动,唱词是用的河北梆子,对白动作却完全是话剧的,即是说完全是现实的。

他们不但自己编,还自己演出。比如演大恶的是县武委员会副主任,演二剥皮的是民教科长,三秀头和长工谷老大都是区委,曾明是青年主任兼代的，老太婆是农会主任兼代的（原是妇联主任演），做饭司务是宣传部长，羊倌是农会主任……除了县长和县委书记外，其他干部差不多都参加了，而在斗争大会那场，县委书记和宣传部长的出场，更是现身说法。这是延安党校四部的军事老干部亲自演《同志，你走错了路》后，我们所看到了又一次的群众工作干部们的亲自演出。

他们都是本地干部，对于地主和农民的生活非常熟悉，有着很深的理解，加上亲自领导与参加了群众的斗争，有着高度的对于剥削者的恨、对于农民的爱，所以他们的表演能这样逼真，不特动作表情惟妙惟肖，感情也完全能掌握。当长工谷老大被逼要处死儿子，互相抱头痛哭时；当饭司务被锁在厨房里对着皮袄唧叹时，演员们的眼泪簌簌地掉下来，观众的眼圈也红了。试想：没有对于这些生活的深刻的体验，没有对于人民解放的高度的热情，没有对于农民们的诚挚的爱，这眼泪是可能的吗?!

所以，我们说，这戏不单只是从生活里来的，而且是从斗争里产生的，这是一个很有教育意义的戏，首先是对于我们知识分子，而且也是对于工作干部、对于农民群众。无论是对于提高觉悟程度上，或是推动其他地区的工作，和更进一步开展以后的运动上，都有其很大的价值。

我对戏剧是外行，更不懂河北梆子，但是对于这样的戏，对于这样的干部演员，怎能不说出来我的高兴、我的钦佩呢！

一九四六年七月二十六日涿鹿

（《晋察冀日报》1946 年 8 月 2 日，副刊第 66 期）

# 大众的鲁迅与鲁迅的普及

曼公

中国人民大众长期在政治上经济上的被压迫，在文化上也就从来被看成"愚昧无知"的一群，没有自己在文化上的代表者，一直到鲁迅的出现，中国大众才有了在文化上第一个代表自己的人物。

如果说文化是人类生活与斗争的历史知识的总汇，那么鲁迅是把中国历来最大多数人民所创造而为极少数人所剥夺操纵的文化，夺取回来，服务于人民自己。这就成了人民大众的文化。鲁迅一生鞠躬尽瘁的伟大努力所得到的伟大成就即在于此。中国人民的领袖毛泽东同志所以称誉鲁迅为"中国文化革命的主将"，为"文化新军的最伟大与最英勇的旗手"，说他是伟大的文学家、思想家与革命家，说他是"在文化战线上，代表全民族的大多数，向着敌人冲锋陷阵的最正确、最勇敢、最坚决、最忠实、最热忱的空前的民族英雄"，说"鲁迅的方向，就是中华民族新文化的方向"，其理由也在于此。

"全民族的大多数"是谁？当然是人民大众，是工农兵广大群众，鲁迅就是代表这个大众的，属于这个大众的。而鲁迅的方向就是为这个大众服务的方向，我们研究鲁迅的全部目的必须为了实现这一方向，舍此以外不能有其他目的，离开此目的而研究鲁迅，亦必毫无意义。

然而，也往往有目的说是相同，而做法却很不一样的，那其实还是因为目的不同。究竟应该怎样做呢？这问题还要看大众究竟需要什么。鲁迅叮嘱过我们要"俯首"为大众服务，这所谓"俯首"，不但是指那甘心情愿、鞠躬尽瘁的服务精神，而且包含有审查大众的需要，迁就大众，接受大众指导，向大众学习而又教育大众的服务方法在内。那么，我们且看一看今日的大众需要些什么呢？

现在的中国，赶走了日本法西斯强盗，取得了胜利的中国，一方面虽然有了人民大众自己的解放区这一片光明的世界，另一方面却也还有反动黑暗的国民党统治区，那里有"新的皇帝""新的奴才""媚态的猫""严厉的狗""哼哼的蚊子""嗡嗡的苍蝇""做戏的僵尸""洋场的市侩""欧化的绅士"（更恰当地应该说"美化的绅士"）……到处充满了"墨写的□说"，到处充满了"血写的事实"，那是"屠伯"们的世界，人民需要再一度觉醒，更有力量去讨还"血债"。在新解放区，人民刚翻过身来，他们长期陷于文化落后和饥渴状态，需要更多文化上的"滋养"，需要启蒙；而在老解放区，人民虽已有了自己的文化生活，但亦极感不足。这种情况，深给文化工作一个新的重大任务，就是要把鲁迅所代表的文化，进一步普及起来，来一个文化普及运动、新的启蒙运动。

一切以鲁迅的方向为方向的文化工作者，现在都要用鲁迅的话再来问一下自己：究竟要做个"天才"呢，还是应该做"培养天才的泥土"？是自己埋头努力于提高而自命为"天才"呢或自成为"天才"呢，还是向群众努力普及，自甘为"泥土"，以培养群众的天才（自己真正的天才也在内）呢？共同的目的应该是后一个。因为只有先向大众普及而后才有提高，毛泽东同志早已对我们解说了这个真理。而且向大众普及，它的本身正是一个大的提高，而不是小的提高，因为它把最大多数人提高了，并不只是提高了少数人。今天只有把代表中国大众的鲁迅文化、人民反帝反封建的文化，普及到全国广大群众中去，把大众自己的文化交还给大众，才能有新的文化的发展，才能彻底实现鲁迅的方向。

（《晋察冀日报》1946年8月5日，《鲁迅学刊》第1期）

# 光辉的旗帜

何洛

愈是灾难深重的日子，愈使人想起鲁迅——

鲁迅是光、是热、是力量、是智慧的化身。

今天，抗战虽已胜利了，部分的人民也已翻过身来了，但在反动逆流的猖狂中，鲁迅的一言一行，仍然像战鼓、像军号，响亮地召唤着我们前进。

譬如十多年以前，他就讲到过：统治中国的屠夫及其走狗们是媚外的，他们说反帝乃"分裂与猜忌的现象"。同时，又以张献忠为例，他指出统治者的嗜杀成性，是在于他临到末日的疯狂，以为自己做不成皇帝，也就叫人民同归于尽。把这些话拿来和最近吴铁城、彭学沛以及国民党某要人所说的□□□罗隆基和共产党的谈话是反对美国友邦啰；国民党不打也被拖垮，打也没有办法啰……一对照，使我们更不禁佩服鲁迅先生的卓识、鲁迅先生的伟大。我们一定要遵循着他所指示的韧性战术和打落水狗的精神，来消灭敌、伪、顽法西斯的残余，来和国民党反动派及其帮凶——美帝国主义分子斗争到底。

自然，鲁迅先生的卓识、伟大，还不仅在于他是政论家的这方面；同样，他在思想、文化，特别是艺术各部门的造诣和贡献，也是难以估量的。单只研究他的小说，就足够费去一个人若干年月的精力。然而，英国的文艺复兴的大师莎士比亚，在日本已有像坪内逍遥博士等贡献他们的一生而来发掘他的宝藏了，而在东方——更是我们中国自己——启蒙运动的巨匠鲁迅呢，却还没有几个人能够来充分地加以认识与研究，辛勤地加以开垦，这不能不叹我们自己的懒惰与落后。

如今在张家口,"鲁迅学会"算是成立起来了,我们愿意在这风风雨雨中,更要学习,更要研究,更要用我们的力量把鲁迅的旗帜举得更高一些,插得更远、更多、更深、更坚牢……为了充实自己,为了有助于别人。

(《晋察冀日报》1946年8月5日,《鲁迅学刊》第1期)

# 崇高的革命友情
## ——为翻印瞿著《乱弹》而写

何干之

像鲁迅先生和瞿秋白同志之间那样的革命友情，真是革命队伍中一个模范。

本来，以五四运动为一条界线，鲁迅是革命文学的开山祖。当鲁迅先生在《新青年》发表小说的时候，秋白同志还是北京俄文专修馆的一个学生，有时也到北京大学去听讲。如果说鲁迅代表革命的第一代，那么，秋白应当是第二代的人。五四之后，领导过革命文学运动的"文学研究会"，鲁、瞿虽然不是这会的发起人，但《小说月报》常有鲁迅的小说和翻译，文学研究会的丛书就收有秋白的处女作《新俄游记》和《赤都心史》，所以在文学革命早期，他们是师生、是同志、是战友。秋白同志从新俄回国后，就献身于政治运动，而鲁迅先生则在北京与封建余孽战、与"正人君子"战，一直到民国十五年的逃出北京。

由一九二八年至三六年，鲁迅先生在上海，那时他是左翼文坛的大旗，著译也最多，是鲁迅革命事业的最光辉时期。一九三一至三三年间，秋白同志也在上海领导左翼文化斗争，这是他们二人最接近的时候。三三年春，他曾选集鲁迅的杂感，编成一本书，并写了一篇序言，像他那样正确地评判鲁迅的价值，那时恐怕是第一个人吧。他把鲁迅当作是封建宗法社会的逆子，当作是绅商阶级的贰臣，当作是浪漫蒂克的革命家的诤友，这是中国用马克思的观点来评价鲁迅的第一篇。

秋白同志在上海的时候，被反动政府所追缉，完全不自由，他用各种笔名，或是"易嘉"，或是"宋阳"，来发表文章，并且为了保存自己，曾有一个时期，就住在鲁迅的寓所，有不少翻译和论文，也都在他寓所写的。

一九三五年秋白同志殉难之后，他的遗文，一本文学论集叫《乱弹》，一本文学翻译叫《海上述林》，都由鲁迅先生及其他友人出资印刷，并且他为死者的遗著改正笔误，补上脱字，附加注释，使更臻于完善，又独出心裁，为《海上述林》的样式设计，像《海上述林》这本书，装订那么精美，在新出版物中实在是首屈一指的。

"鲁迅学会"现在所翻印的《乱弹》，也就是鲁迅所收集与出版的，样式也是由鲁迅设计的。为了纪念秋白同志殉难十年，我们特来翻印这本书，而且排版也全照原样。

这本书，是秋白同志的有名的文艺论说。他的处女作已被反动政府所毁，除了政治论文之外，这是秋白同志唯一的遗著了。这本书所收集的文字，大抵可分为三部分：一、杂感；二、论中国文学革命；三、文艺评论。秋白的杂感，和鲁迅的一样，深刻、有力、含蓄，并且字汇新颖、造辞精确，是近代的一种代表作。对于文学革命的提倡，秋白同志的主张最正确、功绩最大，他反对周秦式的古文，反对梁启超式的新文言，也反对五四式的白话，他主张要创造一种现代中国语言，即活人嘴里所说的话。为了这点，他提倡彻底的文学革命，即汉字拉丁化，而且自己根据工人的发音，创造了拉丁化字母。像他那样能言能行的文学革命家，更是难得的。至于文艺评论，他那时对于第三种人文学运动给予最有力的抨击，他的《文艺的自由和文学家的不自由》这篇文，和鲁迅先生的《论第三种人》，都是反对文学自由论的雄篇。

这本书的文字，是写于一九三一至一九三三年，他的卓越的思想、他的丰富的革命经验、他的社会科学的造诣，以及特殊的文章风格,在这一书里最能够显示其特色,青年们拿这一本书当作思想的指导、当作作文范本、当作现代的史料来看,都无不可。

秋白同志遇害后,鲁迅先生只有无言的愤怒!但是他知道要纪念死者的最有效的办法,是出版他的遗文。"一个人如果还有友情,那么,收存亡友的遗文,真如捏着一团火,常要觉得寝食不安,给它企图流布的。"鲁迅先生确是这样去做,他在一九三六年春秋二季,几乎用了全力来编辑出版《海上述林》和《乱弹》。秋白的遗文得着鲁迅的助力,真的流布起来。鲁迅先生说道,像秋白这样的革命作家——思想精确,富有战斗经验,学贯中西,精通中俄语文,实在是中国当代的第一人。国民党只会杀害中国最有用的人,但中国总会有人记着他的。一点也不错,瞿秋白是中国最有用中的一个人,中国人永远记着他,说着他的。

鲁迅先生有他的全集二十大卷,瞿秋白除了被毁的处女作以及未整理或已散失了一部分的政治论文之外,还有他的《乱弹》和《海上述林》,这是中国青年最不可少的精神滋养品,反动者永远不能够来毁灭的,而将被毁灭倒塌下来的却一定是反动者自己和他们的用血所写的谎言。

八月一日

(《晋察冀日报》1946 年 8 月 5 日,《鲁迅学刊》第 1 期)

# 读《地板》
## ——读本刊第五十二期

白桦

《地板》，这杰出的短篇，除掉它的深刻的教育意义以外，在创作技术上，也提供了一个新的命题。就是说，描写的目标必须放在内容的真实上，至于故事的完整或曲折，则是第二义的、次要的。有些人，追求故事的繁复与戏剧化而夸张事实，因之便歪曲了真实的本质；有的人，以一种形式化了的定型的结构去装活生生的现实，能装进去的便装进去，装不进去的便削掉，实际需要表现的要素也许就根本不会适合那固定的模型，而不必要的陈腐的成分倒恰好嵌装轻易。所以，才有千篇一律的调子的反复，才有看了开头就可以知道末尾的类型作品的产生。《地板》的成就，给了一个优秀的榜样。和它的"深刻的思想性"及"高度的艺术性"（编者前记里的话）对比起来，它的结构是异常朴素的、平凡的，但却决不流于类型或定型。除却第一段文字表现顽固地主王老四的偏见以外，全篇都以小学教员王老三的讲话贯穿到底，然而，读者对于这种描述，丝毫不感觉枯燥，反而津津有味，乐于鉴赏，因为作者借王老三这人物，把农耕生产的劳动过程，发掘得那样深刻，而又分析得那样细致，完全用生活的真实形成了艺术的真实。我想，这即是它"高度艺术性"的意义。另一方面，读者对于这个短篇所宣示真理——唯有劳动才是创造和生产的根源，不感到冷严的说教，或勉强的注入，不感到厌烦，不仅由理性而且也由感情肯定了这真理是对的、毫无疑问的。荒山一处，加上人的劳动，就变成生产财富的沃土；失掉人的劳动，土地又恢复了原来面目，毫无用处。作者整个根据事实，具体地说明而且证明了这个真理。这便是艺术本来的使命。这篇小说达成了这个任务。不是用几句抽象的叙述或对话,来指示一个教义或提出一个教条的任何作品所可比拟。真实即是它的"深刻思想性"的基础。在艺术的范畴中,一切的问题都必归结于"真实"。故事的末尾,作者没有表现王老四的反省,他是怎样接受了王老三的讲话。但是,作品的不可抗的迫力,使读者想象王老四的被说服是必然的。

关联《地板》想到的第二个问题,是创作语言的问题。一直到现在,也还可能有许多从事写作的人,在大众语(工农群众的语言)或非大众语(知识分子的语言)这问题上彷徨、苦恼。这表明了这问题依然是一个颇为严重的问题,有一次,和一位同志谈起来,他说:"有的人,以为要大众化了,就把老百姓的土语方言原样或者更夸张地搬到作品里来,弄得一般读者读不懂,老百姓更读不懂。他们不知道,必须是洗练过的老百姓的语言才能够成为文学里的人民语言。"他又接着说:"有的,在一篇作品的对话里,表现一串特别艰涩的老百姓语言,而在描写叙述的时节,便又用雕饰了的文绉绉的笔法,形成鲜明的矛盾的对照——这都是需要考虑的。"在决定创作语言问题的方向上,我相信,这种意见所给的指示,是很珍贵的。同时,我觉得,《地板》的语言并没有犯上面两种错误的任何一个,而且它的风格证实它绝对是作者长久向人民的语言学习的成果。它的语言,是朴素的、是真实的,是和它内容的真实、形式的朴素,密切调谐的,使我们读起来,不感到生硬,不感到矫揉造作,并且非常生动,有着丰富的幽默和兴趣。这都是群众所喜欢的。其中,有些耕作的内行话、□致的譬喻,更会给农民读者以魅力。这在说明着一个道理,就是,不一定写了方言土语老百姓就读得懂,不一定写了普通白话老百姓就读不懂。要之,在于怎样表现得明了、简洁、新鲜而且有群众的观点、群众的味觉。

赵树理同志的创作,将会获得更高的评价,由《地板》这一个短篇,就可以预言。

(《晋察冀日报》1946年8月6日,副刊第69期)

# 平剧改造运动杂谈
## ——《逼上梁山》观后感

萧军

### 一、"众好之,必察焉;众恶之,必察焉。"

《白毛女》在张家口上演过了,颇得观众们的好评;最近《逼上梁山》又由俞珊女士所领衔的"张家口平剧实验剧团"开演过五六天,据说叫座能力和一般舆论也不差。这是可喜的事。

这两出戏是延安几年来"创造新歌剧和改造旧平剧"运动下所产生的一对代表的姊妹,能够在这里先后和广大观众见面,而且获得了"好评",这与其说是她们本身生得如何漂亮,还莫如说这是观众们思想上有了新的要求和审美观有了新的改变,才有这点比较的"成功",这是我们应该感谢张家口观众们的厚意的。

"众好之,必察焉;众恶之,必察焉。"这是我国先哲孔子说的两句很好的话。他告诉我们揆人、度事、省己、听政……第一要从"众"。翻成现代语就是"从群众中来",看看他们的"恶"和"好"是谁、是什么?其次还要"察",就是说还要看看这是一些什么"众",在什么条件、环境下,所恶和所好的是谁、是什么?而后才能够"众好好之,众恶恶之",这大概才能够算"全面的""群众观点"和"本质地看问题"吧,否则恐怕就要非"左"即"右"了。这不独与孔先生的"中庸之道"不合,对于我们真正的"正确路线"以至"基本原则"也就很容易出偏差。我看,这方法对于我们当前的"剧运"——更是平剧——也可以应用一二。这样,不独可以戒"骄",更可以防"馁"。因为对于前两剧的演出,好评固然很多,近于恶评的也不能说没有，据我所知不独在延安，在张家口也是存在着的。因此在"省己"这一点上，我们就应该多下一点功夫了。那种阿Q式"飘飘然"的精神固然不可有或长，就是偶尔听得别人一点"恶评"那种小丈夫式"悻悻然"以至"垂垂然"的习气也应该很好地消除它。因为一般人对于一种新事物的产生，盲目好奇，或者就是含着敌意的冷淡以至"找碴儿"的倾向这也是难免的。虽然说那种"吹毛求疵"之谈我们可以不必管，但"求全责备"之助却不能无望于贤者。

## 二、"推"与"拿"

前面那一段话似乎看来与本题无关，但我还是觉得说出来好，因为"骄"与"馁"这全是有志于一切改革者的大敌。当我们先懂得了什么是改革路上真正的大敌以后，其余的事就好办了。

"拿来主义"这是鲁迅先生对于古、今、中、外文化遗产接收的主张。他是说，凡于我们革命有用的东西就应该"拿来"它，没有用的就踢开，或消灭它；"推陈出新"这是毛泽东同志给予"延安平剧研究院"的"匾额"；"为人民服务"这又是指出的一般文化、艺术应走的总方向。《逼上梁山》就是延安从事改造平剧工作同志们，从"陈"里"推"出来的第一个"新"；《白毛女》这形式却是从秧歌、话剧、平剧、地方戏、小调、中国音乐……所"拿"来的各项遗产，经过改造和加工，于是也成了中国新歌剧的第一具标本的雏形。"拿"里面要有"推"，"推"里面也少不了"拿"——它们是统一的。不管平剧，不管新歌剧……它们必定得在这不断地推推拿拿的过程中、为人民服务的过程中，才能够获得到它们的新内容、新形式、新生命以至将来"新"的成功。否则那就很难说！——大概不会好。

关于《白毛女》或《逼上梁山》这两剧，不论内容和形式以至演技与演出，好和坏，今天我全不准备谈它。这是因为个人不独对于新旧歌剧是外行，可以说对于任何戏剧也全是知道得太少。谁全知道我是只能写点小说和杂文之类的人。因此在这里还是藏一点拙的好，省得弄出笑话，那就既麻烦也无趣！不过让我对这部门再好好歹歹学习若干时日，那时候我也还愿意杂谈杂谈自己一些具体的意见的。

### 三、先说说我的改造平剧观

我是从小孩子时期起，就喜欢逃学串戏园子的人，后来入了军队也还少腔无调地学着唱唱"西皮""二黄"。到延安以后，也常常和一些从事平剧工作的同志们来往，这就引起了我要改造平剧的一股兴趣。那时候把我的一些主张和看法也和一些同志们谈论过，有的赞成，有的当然也被反对。我的主张：

第一，平剧必须要利用。因为它既然有现实广大的观众基础，在形式和技术上经过了若干年舞台经验积累，它又有了"一套"，在新的歌剧还没有成型的今天，利用这"一套"作为"纠正历史，表现历史"，我觉得还是很好的艺术工具之一。我反对那种透底的"取消论"者以及以话剧"代替论"者们的一些过激主张。

第二，平剧必须要被改造才能够获得新价值、新生命。但这要从平剧现有的形式基础上，从不太违反它的特有的体系的范围内，估计它能够负担起来的担子的力量上——纠正历史，表现历史——来改造它。在形式或技术上，除开反对那死硬的保守派而外，我也反对对于平剧要求得过多或超乎它能够和应该表现和担当的限度——像对于话剧那般要求过于细致地屈曲地刻画人物性格、表达复杂心理、实做实说等；像秧歌那样"完全"通俗化；像电影那样无所不包；甚至如"海派"那般真驴上台，当场洗澡等类下流噱头等——因为歌剧本身，用绘画来个比喻，它究竟是属于"图案"一类：装饰味更浓一些，线条更直接，色彩更单纯、鲜明，形象更突出和夸大一些，暗示力更富于象征些,是不能像对于肖像画或写生画那般要求的。就是肖像画和写生画,那也是不能用照相的例子来要求的,就是照相,它和实物本身也还是有着某种程度的不真实和偏差的吧。但另一方面,完人要"神"化,而竟走向"绝对象征"以至神秘到取消的程度的说法,这也是在我的反对之列——也是超出了平剧或新歌剧应有的限度,更是超出了我们新现实主义所容许的"文艺观"了。

第三,改造平剧要先从改造剧本开始。因为任何艺术形式,全是为了表达一定的思想、感情而存在的。决没有"无所谓"的艺术形式。剧本就是组织这一定的思想、感情的具体纲领,通过演员在舞台上的行动,传达给观众……获得一定的艺术效果,于是那剧本原来所含有的思想、感情,才算完成了它的一定的社会任务,而艺术呢,也就获得了它应得的美学价值。不独戏剧,任何艺术,随它凭借任何物质基础,采取任何特定的形式……它们的过程也必是如此。平剧当无例外。如果可以这样打个比方:剧本是乐谱,指挥是导演,演员是演奏者,那么要想完成一次演奏,第一选定乐谱,其次决定指挥,其次分配喇叭手或提琴手,否则这演奏就不会成功。但如果指挥不按乐谱,喇叭手、提琴手又不管指挥,随便拉、随便吹喇叭,试想,这将成何体统?当然,作乐谱的人一定也得按照他那个时代里现实物质基础——乐器、演奏者——来制定他的乐谱;指挥者也一定得按照自己的能力,演奏者的数量、技术,听众要求等来选择乐谱,否则也一定要不成功,以致闹出笑话来。如果抽象一点说,乐谱是音乐的灵魂,剧本就该是戏剧的灵魂。

怎样改或造平剧剧本呢?我有说如下:

为了承继遗产,为了迁就旧艺人已有的技术,为了补救新剧本的缺乏,这是可以把所有的旧剧本——无论口授、笔录或印刷——经过一番大体选择,只要它的内容不太悖谬、荒唐,形式上不太简陋、庸俗、支离、破碎……就可着手改订、补正它。从内容上,根据"纠正历史"这原则，我们要清除那些故意宣传，夸大封建、迷信、淫乱、奴才道德等等的毒素而外，要把历史的"事"（传奇、故事、神话、野史、说部……）放到它所应存在的那历史一定的现实基础和条件上面去观照，来解决；关于历史的"人"（忠、奸、好、坏）也是应该如此。这叫作代古人断案，替古人申冤。比方像《走雪山》这出旧戏，不管这"事实"有没有，以至于是否如此？……但在情理上却可能有。从剧情来看，一个忠心的老仆，为了搭救一个弱小的遗孤，甘心使自己冻死，这是多么悲壮和崇高的情操！可是编剧人不知是出于好心还是恶意，竟让他死后做了神仙，而且还要大笑三声，这简直是对于这老奴隶的忠心一种污蔑！如果再深刻一点说，这就是利用"报来世"这阴毒政策来奖励"奴隶道德"的发扬！他把曹福这老奴隶那种无功利的纯侠情的美丽的闪光的透明的优良品质，轻轻地给一笔抹黑了！在真的历史上、戏剧里……这般被冤和被抹黑，到现在的有名和无名的古人，真不知有多少，我这只是随便举一个小例子而已。

为了要完全无疑地按照我们的观点、方法来表现历史、纠正历史，创造新形式、新手法、新技术、新技巧……那就要亲自动手创造新剧本了。当然这并不是太容易的事。以历史为题材而写的文艺作品，不管诗歌、小说以至剧本，我是遵循着"不脱离历史，不拘泥历史"这若即若离的原则，再加上艺术的"加工"而来进行自己的工作的。另外从形式上来说，我是主张一定要照顾到现存的演员已有的技术、文化水准，舞台的物质条件、音乐、服装、道具……以至观众的对象和水准，来决定它的改造和提高到某种限度和程度的。从平剧的前途和任务来看，不能不改造，不能不提高，但从现存的现实诸种基础上来看，却又不可能一下子改造得太彻底，提得太高超！除开在基本观点上我们不能不彻底地改变以外，其余的，那恐怕还要一半"改良"，一半"革命"，像俗语所说的"癞虾蟆吞长蛇"，一段一段地来吧。不能操之过急。创造新剧本如果能够照顾到以上所举的一些条件，那么，剧本可以演出，通过舞台才能获得社会、艺术的效果；谈改造平剧才能获得初步的进展。同时演员他们既有的技术能够充分地被利用，为了适应、表现新剧情、新人物，他们又不能不创造新的技术和技巧，以至附带地学得了新的历史和艺术的知识，这岂不是一举数得哉？同样，其他方面——如音乐化装等——或多或少也一定有着某种程度的改造和收获吧。

改造剧本是改造平剧运动中的第一个重要工作——我如是说。

第四，要改造演员。整个世界、社会全在改造中，每个人也全在被改造中，作为一个平剧演员当然也没有例外。"改造"这个字眼，不独无任何"侮辱"意味，而且是表示着一个人追求进步的光荣标志。在解放区的平剧演员，为了要担当起为人民服务这伟大的任务、改造平剧的庄严而繁难的工作，不独在技术上要追求着新的方向，更重要的首先还要在思想、意识以及生活态度、工作作风上，先要获得一个基本的新认识与新方向，否则不独在各项工作上要遇到种种困难，自己也一定要陷在苦闷的牛角里而钻不出来。或者就闷死也说不定。在解放区的演员们第一个自己应该先清楚，我们已经不再是封建帝王的奴隶或奴才、旧社会的"玩物"，以及仅仅为了一口衣食和一点金钱而出卖自己劳力的苦工。在今天，我们和众人一样是革命政权下堂堂正正的公民，有公民们所享有的一切权利和义务，保有着职业上与人格上的完全尊严，经济上合理的获得，生活上相当的安适与安定……就是这样初步的获得，也不是那样容易到手的，这是费去了我们多少革命者的鲜血和脑袋才换到了这第一步的"翻身"！只要我们以自己的技术、劳力为人民诚心诚意服务，这是和其他部门为人民服务的工作者们一样应该受到保护和尊敬，一样应该享有革命的果实和光荣。这里是不容许有任何歧视以及旧社会那种"残存观念"的产生的。

我们全是出身于旧社会,无疑的每个人的思想、意识、行为、习惯、习气……或多或少总要带着或深深浸润着那些有害的毒汁!更是作为过去的"万恶集萃"的那些游乐场所,它们被逼迫着、被需要着、被奖励着……不得不"投其所好",否则就不能生存。虽然在某种限度上有些人也可以"出淤泥而不染",但这是不容易的啊!可是此时、此地我们有意或无意地再保有或"实"有这些东西,阻碍自己进步,阻碍革命工作开展,这不独是耻辱,也已成了罪过!

无论怎样好的剧本,如果没有演员来体现它,这怕就等于一篇剧本式的小说,或没声音的乐谱,是不能算为"戏剧"或"音乐"的。演员或乐器演奏者,他即使有一定的技术以至技巧,如果不能够在一种有价值的剧本或乐谱里被使用着,终其身也只是个"技术者",决不会成为一个"艺术家"。如果用"人"作比方:剧本是灵魂,演员是肉身,技术就是声、目、四肢有节制的动作,而后别人才能懂得他在干什么,或者想要干什么。灵魂失了肉身当然不存在,肉身如果没有灵魂的控制,手脚乱动,说话、唱歌不知所云……这不是白痴,大约也是某种程度的神经病患者,这不独不能算为艺术的演员,也就不是个健康的人。好的剧本遇到不高明的演员固然要减色不好,甚至被歪曲、倒置;但是好的演员如果遇到太坏的剧本,那他一定也要倒霉!不独不能够展其所长,创造新的表演技术,他们的声誉反要被堕落!在过去,仅就平剧的演员来说,具有高度的天禀、丰富与优秀的技术是很多的,但因大多数的剧本是"下流货",于是演员和剧本在精神上就分了家,以致形成了后来的看"角"不看"戏",听腔、听味、听板、听字……不听词的风气。至于剧本的思想内容、艺术上的美学价值,那是没人过问的。于是"技术至上"这坏传统就形成了旧剧界的"正宗"。京派的梅兰芳虽然像是很要把平剧改动一番,但他除开多做了一些"行头",使自己唱腔上多增加了一些花样,做法上更"女人化"，偶尔也添加一些西洋乐器以至话剧式的布景而外，好像翻了一个跟头又掉回来。恐怕他的"光荣时代"也就到此为止了。这就是他们表演的那些不三不四的剧本扼死了他艺术上的新生命！阻害他成为一个真正的——具有独特思想、感情、美学观、表演技术、特殊作风——艺术家。此外，海派的周信芳对于京剧垂灭的生命延续却尽过一笔火力！他为了适应上海那商业市场的需要，敢于把京剧的"一套"僵了的墙拆一道缺口，塞进一些新的东西来——比较地他能刻画人物心理、性格，体会剧情，使唱腔、用字平易近人，照顾多数观众等——能够使自己"存在"，这也是不容易的事。至少对于所谓京派为了投合封建余孽、官僚豪绅、无聊文人，以及奴化太深了的某些小平民等的趣味，那种以正统自居，保守的、"古已有之"不可动的"守旧党"是一个耳光！不是吗？在热骂冷嘲之余，所谓正统的京派出身的演员们不也由偷偷摸摸地到公开地演起了海派的脚本，穿起海派的服装，甚至于唱起海派的腔调来了吗？在京派，我以为这应该不算丢"面子"，而正是表示一种进步，丢面子的却应该是那些"保守党"们。但是海派因为他们的基本观点仍以封建主义思想为基底，加上一些资本主义的思想成分，和目的——讨好商业都市市民观众，卖钱第一，以及在艺术形式所采取的那种无中心的"集纳主义"、"噱头主义"、"胡闹主义"、无原则的"标新立异"主义，以及对真正艺术美学无理解等，这结果当然也还是翻一个筋斗落下来——仍然落到台板上。这也是他们的剧本——内容和形式——阻碍了他们的新生，扼死了他们艺术的生命！

在今天改造平剧运动过程中，我是主张剧本是一切根源，改造演员的思想意识是第一。其次是技术。对于一些"技术至上""技术独立""内容与形式可以对立""平剧一套不可触""古已有之，不可少；古而无之，不可添"等等的说法和论法，我是坚决反对的。一切应该以革命的人民需要为前提，一切应该以"拿来"主义和"推陈出新"的观点为观点、方法为方法。

剧本改造了,演员改造了,技术、音乐、道具……以至于剧场观客们用的椅子,它们也将要或多或少地被改造着了。

## 四、有望于张家口"平剧实验剧团"者

文章本打算写得精练一点、短一点,但又拖了这样长!好像还有些话要说的样子,但是今天——不说了。最后希望"平剧实验剧团"在张家口好好担负起这改造平剧的任务吧。因为我从看了《逼上梁山》演出中,使我愉快的是觉得所有的演员们大部分是青年,精神很旺盛,做戏也认真;另外一些老演员们也全富有舞台经验,如果大家——从领导者到每一个在这剧团、剧场工作的人——能够认真地以"为人民服务"的精神,"拿"和"推"的方法,"苟日新,日日新,又日新"的魄力,不怕任何失败与挫折而"实验"下去,和其他剧团、剧院很好地以兄弟之谊互勉互助地共同来进行平剧改革的工作,不久它就会显出优异的成绩来吧。我是如此相信着!也如此切望着你们的。

一九四六年八月一日(完)

(《晋察冀日报》1946 年 8 月 7 日、8 日,副刊第 70 期、第 71 期连载)

# 从《李三娘》说起（影评）

罗拉　万年

看到古装片子《楚霸王》，我想，在日本法西斯铁蹄下的八年，电影界不能不向历史故事里找出路；昨夜又逢重演《李三娘》，看罢，觉得事情并不像我那时想得那么简单。

《李三娘》所表达的思想就是：叫被人毒打、虐待、遗弃的奴隶不要反抗，要心安理得地等待出头；到出头那一天，他还得对过去压迫他的人宽宏大量——自然出头之后还可以压迫别的奴隶这一点，电影上并没有讲出来。这是十足的命运论和奴才道德。

我小时候也听到一种说法，他们把人分为两种：一种是生来就有"福相"，一种是"穷骨头"。前者则是"金龙转世"或"白虎下凡"，结果不做皇帝，就当将军；老百姓大多数是鼠、兔、猪、狗投胎，一辈子做不了大事。就同样是多长了几根腿毛，说法也有不同："有福之人毛两腿（财气旺盛），无福之人两腿毛（废物）。"当时，我的确相信这种说法，每逢地主家的少爷出来钓鱼，我总仔细瞧他几眼，果然吃得胖胖的，唇红脸白，满面光彩，出门总带着两个仆人和一条狗，穿得特别好，真是满身"福相"；再到河边照照自己的相貌：蓬头垢面，穿戴破烂，手指头像鸡爪一样黑，骨头没长直就得拾柴担水，也真是晦气十足。

年纪大了，自己想想，原来少爷们天天啥事不干，穿好的吃好的，哪能不长得好看，怎么会不满脸"福相"？自己呢？一年到头种地受苦，打下粮食都交给少爷们享受，自己却吃不饱、穿不暖，哪里会有"福相"？统治阶级为着维持这种制度，因此拼命宣传"贫苦有命，富贵在天"的歪道理，让穷苦人永远供养他们，永远不反对他们。这也就是《李三娘》这个戏所表达的思想之一面——命运论。

统治阶级自知贫苦人不是都那样"乐天知命""安分守己",当他们被压榨得求生无路,他们要反抗的,而且人多势众,反抗起来一定会得到胜利。为着保证自己失败后仍能徐图恢复,最后仍要骑在穷苦人的脖子上拉屎,他们提倡"对敌人宽大",他们污蔑人民对侵略者的正当防卫为"野蛮行动",他们教导人们当左脸被打的时候,赶快把右脸献上去。蒋记法西斯对这种奴才道德是发挥得淋漓尽致的,日寇投降后"爱敌人"的声明,全湘大饥馑里仍要维持俘虏的优良供给,甚至吃顿把子稀饭也算"有伤国家体面",进而日寇的战争损失赔偿还没有交过来,沿领海的渔权倒先送过去,这不过略举大端,就可以充分代表。我不反对留下几只豺狼,关进铁笼里,做活标本供人鉴赏;但是像这样饲以血肉,放诸山林的宽大,那就不是仁慈,而是对被害者与行将受害者的极端的残酷。

统治阶级所制定的奴才道德,原是让穷苦人遵守,骗他们上当的。除开对他自己的主人,奴才总管是否也这样恭顺仁慈呢?绝不。十年来,"杀无赦"的命令不晓得下过多少道,"决予严惩"的训词不晓得重复过多少遍,而且还赌过咒,说不能消灭代表穷苦人利益的政党和军队,死去也还睁着眼睛呢!那么,所谓"爱敌人"云云则为着敌人与奴才总管原是一家亲(一个阶级),手指只有往里弯的缘故啊!对压迫者要宽宏大量的奴才道德,是哪种人所提倡,它毒害的对象又是哪种人,岂不极其显明吗?《李三娘》表达这种思想,到底为哪种人服务,想欺骗哪种人,不也极其清楚吗?

今天,法西斯反动派的政治欺骗往往易为人们揭穿;反之,同样的思想,如果包以艺术的糖衣,就会使人糊涂。这几天在戏院里,颇见到有人对《李三娘》之类的片子感兴趣,观众看了又看,戏院就放了又放,"生意兴隆"不在话下,观众付出票价却买回糖衣的毒品,这种客观作用如何,深值得考虑。

(《晋察冀日报》1946年8月10日,副刊第73期)

# 战斗的歌手,人民的歌手

## ——纪念苏联杰出的大音乐家 A. 亚历山大罗夫

苏河清

苏联艺术界遭受了重大的损失:在苏维埃美丽的天空里,一颗艺术的巨星陨落了,今年七月八日,《苏联国歌》作曲者 A. 亚历山大罗夫在柏林逝世。

亚历山大罗夫是一位天才的人民音乐家,是两次获得苏联红旗勋章的"红旗红军歌舞团"(注一)的创造者和长期的领导者。他在红军部队里服务二十多年,从一个普通作曲家升为音乐界的最高权威,最后,获得了苏联统帅部委任的光荣的红军少将官衔(注二)。

亚历山大罗夫的事业,是和红军的事业一同长大的。

还在一九二八年,亚历山大罗夫就创立了世界闻名的"红旗红军歌舞团",这是苏联最杰出的音乐团体,它当时只是一个五六个人的小小的音乐工作组,现在已发展到三百五十多个人的大型的高级音乐艺术水准的歌舞团了。

多才多艺的作曲家——亚历山大罗夫,曾不间断地从各个方面很敏捷地反映了现实,因此,他的每篇作品都具有高度现实性的艺术价值。同时,亚历山大罗夫又是出色的教育家,他是莫斯科国立大学音乐学院的博士,培养了无数青年一代的音乐家和音乐工作者。他是苏联合唱艺术指挥的最优秀的代表。他是用人民大众的语言、用包含深刻的革命内容来创造光辉灿烂的苏维埃歌曲的第一名建设者。一句话,他的作品做到了:口语化、艺术化、政治化。

当苏联伟大的祖国战争时代,亚历山大罗夫经常努力将自己人民的光辉成绩和红军的英雄事迹,不断地灌到音乐中去。这位艺术家,这位爱国主义者，在战争中写了成百首歌曲，号召英雄主义和果敢刚毅的战士们，为祖国、为自己可爱的故乡去打仗，去杀死万恶的敌人。

哪里是前线，他就奔向哪里，于是在那里就即刻飞扬起熟悉的亚历山大罗夫的战歌……

如读者们容易知道的《哈桑湖之歌》《诺蒙坎的战斗》就是这样的例子。他以全部的精力来表现千百万人民的感情，表现他们的坚定不移的战败德、日法西斯匪徒的胜利信心，由于这样，许多成名的战歌就产生了——如像《神圣的战争》、苏联国歌等等，这些歌曲已成为苏维埃人民宝贵的遗产了。

这位战斗的歌手、人民的歌手，在苏联是如何被人民欢迎和爱戴的呢？我只想向大家介绍一点：有一次莫斯科大戏院门前公布了当晚亚历山大罗夫的歌舞团演奏的节目，票价特别贵，可是早早地就被抢着买光了，很远的居民都争着来欣赏亚历山大罗夫的晚会。在舞台上出现一个高高的个子，亮亮的头发，下方就沸腾起来，——亚历山大罗夫同志万岁！亚历山大罗夫同志健康！……掌声和喊声要继续很长的时间。

在中国，我想大家也很知道他的，如像他作的《游击队歌》《斯大林颂》《穿过波浪，穿过海洋》和苏联国歌等等都是大家流诵口头的歌曲。

苏联国歌的创造，是亚历山大罗夫政治思想与文化艺术成就的具体表现。

在音乐艺术的范畴里，亚历山大罗夫以自己独立刻苦的劳动——为人民所完成的各项工作，在他自己的祖国和在国外都获得了最光荣的称赞与崇高的尊敬。

只有社会主义制度，才能使亚历山大罗夫和其他艺术家的天才得到广泛的和光辉的发展。苏联人民和苏联政府对他一生的音乐活动给了高度的估价，因而好几次颁给他和他所创造与领导的"红旗红军歌舞团"以最高的苏联勋章，他个人又光荣地获得过两次斯大林艺术奖章，在苏联，这样多次地得勋章和奖章是很少和很不容易的。

苏联模范的爱国主义者——大音乐家亚历山大罗夫为人民服务的精神永存，永存于一切进步人士的心里！

亚历山大罗夫的战歌飞起吧！……

　　　　子奇译 八月八日亚历山大罗夫逝世一月

（注一）"红军歌舞团"现在在苏联有很多，"红旗红军歌舞团"应只有这一个。

（注二）在红军里服务的艺术家，得到少将阶级的是很少的。

（《晋察冀日报》1946年8月12日，副刊第75期）

# 介绍文学名片《莱蒙托夫》

羽山

莱蒙托夫是十九世纪俄罗斯的一位大诗人。他的闻名于俄罗斯正是反对沙皇黑暗统治的"十二月党人"事件以后,在与"十二月党人"有密切关系的大诗人普希金被害以后,正如索洛库氏的日记所说:"普希金之死,促使全俄知道有一位诗人莱蒙托夫出世。"《莱蒙托夫》这部片子,便是他从闻名到与人决斗被杀的这个片段的传记。

银幕上的第一个镜头,是一八三七年在圣彼得堡(现在的列宁格勒)的一个跳舞会,莱蒙托夫便出现在跳舞会上。因为他听说大诗人普希金今天要来此,早想和他认识,但当他和郡主尼娜同舞后,却从追尼娜的司公爵口里知道:当天普希金已与荷兰公使的义子决斗被杀了。他赶到普的家被宪兵阻难,医生告诉他普已重伤无救,于是莱蒙托夫很沮丧地回家,当晚即写了那首有名的诗——《普希金》,来追悼他所敬慕的诗人,因为这首诗指责了沙皇暗害普希金的诡计,沙皇把他充军到高加索。在高加索他凭吊了大文豪格里鲍耶陀夫的墓,同时遇见被沙皇贬为戍卒的诗人奥陀耶夫斯基和老友马尔斗诺夫,后因与上司某少校口角欲与之决斗而被侮,乃纵马游于高加索的深山中。过一时期,他被赦回京,在书店中得识大批评家别林斯基,谈到果戈理从巴黎的来信。不久监视他的华公爵在法公使面前挑拨,说莱有诗讽刺公使的儿子,闻得他又要与法公使决斗,但当时决斗是犯法的事,莱蒙托夫又被罚往边疆军营服役,在俄土战争中,莱蒙托夫中尉带领队伍打了胜仗,沙皇却授命将军不使他有得势的机会,反被送回后方,后来作为沙皇忠实走卒的华公爵又挑拨他和老友马尔斗诺夫的感情,怂恿他们决斗,结果在一八四一年七月十五日莱蒙托夫被他的老友马罗斗诺夫射死。

这儿我们可以了解像沙皇这样独裁统治的社会,是不容许为人民拥戴的天才存在的。一切有才智的人均不能在独裁统治下得到自由地发挥。因为莱蒙托夫的诗是不满沙皇统治,号召人民来推翻这个黑暗统治的,所以独裁者便想尽一切卑鄙的方法来绞杀他。这与中国历史上的秦始皇与今天独夫蒋介石的统治是"异曲同工"的。

在这部片子里我们不仅看到一个天才在被沙皇绞杀,而且看到为全俄人民所仰戴的大诗人普希金的被暗害,看到诗人奥陀耶夫斯基的遭遇,也知道大作家果戈理的流亡巴黎。同时那被莱蒙托夫凭吊的大文豪格里鲍耶陀夫,何尝不是被沙皇统治所绞杀的呢?

不管沙皇对诗人们怎样逼害,普希金、莱蒙托夫是为当时全俄人民所尊重的,因为他们代表了人民指责沙皇的黑暗统治,给人民以斗争的勇气和信心。而俄罗斯人民和这些天才虽然被卑鄙地暗算,但不到一世纪他们的理想终于在俄罗斯的土地上实现了,他们的意志为列宁、斯大林为首的无产阶级政党所继承发扬了。

只有人民才是国家的主人、人民应当是国家的当权者,任何像沙皇那样的恶政府,终将被人民送上断头台去,任何反动的势力都会被人民革命的洪流淹没的。

从而我也衷心地感到,在中国解放区的我们是如何的幸福啊!在这儿我们的一切智能都可以尽量发挥,我所以要这样说,是因为想到今天蒋家天下的暴政,想到在蒋家统治的昆明被独夫暗害的闻一多、李公朴及所有惨遭杀害的才智之士和为祖国争自由的人们。我敬佩莱蒙托夫反抗沙皇的那种"硬骨头",我们是要用这种"硬骨头"来打垮今天中国的反动统治,实现人民当权的政府的。我想:在中国人民已彻底觉悟的现在,我们愿望很快就可以变成现实,最终还要经历流血的斗争。

一九四六年八月十三日

（选自 1946 年 8 月 16 日《晋察冀日报》，副刊第 79 期）

# 官场学者的脸

## ——《华盖集》的价值

何干之

鲁迅先生的《华盖集》的价值，到现在，实在应该着重来提起的。因为这一本书揭破了欧美式绅士的假面，而这一群官场学者，由北京时代以至现在，都是帝国主义的鹰犬、中国暴君的爪牙。事隔二十年，而鲁迅当日所剖击的人物，真的不知道生出了多少徒子徒孙，现在的富豪、新贵、党棍，都是这一群的化身，他们把持着"恶政府"的中枢地位，结成了自古以来未见未闻的暴政。所以这一本书正是说着现在的事情。

《华盖集》原有正续两篇，都是写于一九二五至二六年的杂感的结集。鲁迅自己解释华盖就是厄运的意思，一个平常的人，华盖当头，正是他碰钉子的日子。因此，这里面的事情都和他个人有关，而他也执滞于这些事情上。但是，那些事情，断然不是他个人的私事，只是在他的身上集中地表现出来，而他所说的人，又都是那时代中某种人的典型，显示那时社会上某种人的具象的。

但也有一个鲁迅的知己，早就见到这一点，这就是瞿秋白同志。

"现在的读者往往以为《华盖集》正续篇里的杂感，不过是攻击个人的文章，或者有些青年，已经不大知道陈西滢等类人物的履历，所以不觉得很大的兴趣。其实，不但陈西滢，就是章士钊（孤桐）等类的姓名，在鲁迅的杂感里，简直可以当作普通名词读，就是认作社会上的某种典型。"（《乱弹：〈鲁迅杂感选集〉序言》）

瞿秋白写这话的时候，在一九三三年，距今十三年，更远一点，鲁迅写那样的杂感的时候，距今二十一年，所以有些青年，对于陈西

滢、章士钊这种具体的人物，甚为陌生，不足为奇。然而，他们个人的履历倒并不是重要的事，而且陈章等辈都不是国民党官僚机构中的大人物，重要的是他们所固有的特性。

对于这些欧美派绅士、名人学者，鲁迅是以蚊子、以苍蝇、以山羊、以俄国式老婆子来比喻他们的。要叮人先就哼哼地发一篇大道理，使人们承认理应被叮的，这就是蚊子。嗡嗡地吵了半天，然后停下来，揩一点油水，而且在被揩的东西上，拉一点污秽的，就是苍蝇。他们又如山羊，披着名人学者的外衣，领了羊群向着死亡的道路上走去。或者如俄国式老婆子，用花言巧语，说：老爷一时糊涂，打了我两个嘴巴，但他终于明白过来，又赏我一百卢布。天皇毕竟"圣明"，忍耐终有"好报"，那时他又以恶毒的老婆子而现身了。

这是北京时代姓段的皇帝的新式奴才，现在，姓段的皇帝退了场，新的皇帝已经登台，可是这些绅士们，一个个都群集在新皇帝的周围，为新的主子效劳，成为最得势的达官显宦。

鲁迅和这些人物搏斗的时候，他揭发了他们的伎俩是把哼哼式和嗡嗡式的议论，即把要人承认理应被叮而他们却从此可以揩点油水的议论，标榜为讲公话、为谈公理，更自以为是一个闲话家。闲话家仿佛在说，看官别要误会，我所说的是闲话，所管的是闲事！于是他就拿着这个盾牌来伪装自己是一个公正的人。但是，天下哪里有什么闲事和闲话呢？即使是大人先生或名人学者吧，他也未必就有偏管一切的本事，那么，退一步，就只好抓一点来管，至于他为什么一定要抓住这一点呢？自然因为和他自己有关，这不论他承认与否，事实就是这样。这就是鲁迅对于这种装聋作哑的人的反击。

现在，这些绅士们，大抵已经没有当日北京时代的正人君子们那种闲情别致，今日要讲闲话，明日又要管闲事了。因为现在是多么危急的时代呢，闲话式的议论已经不合时宜，相继而起的则是谣言。譬如说吧，一、对于国事，明明是用着武力来解决的，而他却闭着眼睛说是用政治来解决，还要振振有词地说，这是大公的舆论。二、既已动武器打了人，和杀了人，但还敢于说，就是别人要打我，我也一定不来还手。这一回，却是主席的谈话。三、自己打内战，杀百姓，但在国际和会上，竟还倡什么世界和平，什么大西洋宪章。这一回，却又是外交家的演说。

总而言之，闲话大家忽而一变而为谣言大家。

至于他们要来对付反对者和论敌，则是把异己者当作"匪徒"、当作"土匪"、当作"学匪"、当作"学棍"。鲁迅当日就背着这个罪名。这种战法更为恶辣，因为反对者和论敌都背上这个恶名，那么，他们可就有着"可死之道"。这种衣钵祖传至今，对于凡是异己分子，他们都给他一个诨号——"匪徒""匪党""匪区""匪军"。革命的民众、革命的政党、革命的土地、革命的军队，都是"奸"、是"匪"，既然是"奸"是"匪""乱臣贼子"，人人都可得来诛杀他，那么，这就藏着一个"杀机"。而这二十年中，也不知道有多少无辜的人，都做了嗜杀者的祭旗的牺牲者了。

但是，谁是匪徒、匪党，谁是匪区、匪军呢？鲁迅早在二十年前就已经回答了这个问题。他说匪有两种，"有官之所谓匪，和民之所谓匪，有官之所谓民，和民之所谓民，有官以为匪而其实是真的国民，有官以为民，而其实是衙役马弁"。（《学界的三魂》）

官之所谓"匪"，而其实是民的，而民之所谓匪，才是真正的匪，这是颠扑不破的真理。阎锡山，他是三十年来山西的土皇帝，倘问山西人民，阎锡山算什么人，那么，答案是：阎锡山是"咱老百姓的死对头""阎锡山不死，老百姓的害"。这是老百姓根据事实而提炼出来的一句斩钉截铁的歌谣。民之死对头，民之所谓匪，也就是真正的匪。

鲁迅还写过一篇叫作《送灶日漫笔》的短评，说有的乡下人对付要上天讲坏话的灶君的法子，是用一种叫作"胶牙饧"的糖，请他吃了，胶住他的牙，要他不能开口。然而，他又觉得这还是老实人对付老实人的法子。也真有这样的老实人想出这样老实的法子，也真有这样老实的灶君去上这种老实的圈套。但是官毕竟和民不同，绅士毕竟和常人不同，他要捉弄你，就不是用胶牙饧把你的嘴堵住，叫你不能开口，他要捉弄你，就用酒饭使你醉饱，叫你不想开口，不敢开口，不要开口。在高贵的绅士们看来，这自然是高妙的方法，所以那时的正人君子们的公论，也就是醉饱之后所发的公论。这种酒醉饭饱政策，一直到现在，成为官僚集团愚弄人的一种"韬略"。横竖党国有的是部长，有的是校长，有的是委员和主任，有了酒饭，有了名位，于是赵龙张虎，凡是被驱使者，都是这一伙，而在这一伙之外的人，就给他一个绰号——"匪徒"，教他到"死地"去。

民国十六年三月十八日的屠杀事件，事先就有阴谋家的谣言，把异己者当作"匪徒"，然后段祺瑞政府布成了这个罗网，所以鲁迅说这是最黑暗的一日。但他又说杀人者绝不是胜利者，而被杀者也绝不是劣败者，将来的事，终要大出于屠杀者的意料之外。

"这不是一件事的结束，是一件事的开头。"（《无花的蔷薇之二》）

这个开头的一件事，就是人民流了许多血之后，而换得的"觉悟和决心"，就是真的猛士的前仆后继。而同时，另一件事的结束，则是这个黑暗世界走到它的尽头，到了它的末路。人民的"觉悟和决心"既已埋葬了段政府，那么，更大的觉悟和决心，当然也将埋葬一切段政府的后继者。

八月十五日

（《晋察冀日报》1946年8月20日，《鲁迅学刊》第2期）

# 要承继鲁迅的文艺传统

萧军

文艺——是表达思想、感情,组织人民意志,推动人民革命行动的工具。更确切一点说就是武器!刀和剑所不能够达到的地方,它却能达到;枪和炮所不能够摧毁的"堡垒",它却能够摧毁。这不是夸大的狂言,更不是"套言",这是真理。有谁蔑视它,他就犯了错误,犯了"幼稚病"。

仅就中国来说,从五四运动以来,我们的革命文艺和革命的人民、革命的军队……就是一母双生的亲兄弟。我还没有见过世界任何国家——连过去的俄国也在内——革命文艺和革命行动拥抱得这样紧,这样血肉相连!

在一九二七到一九三七这十年,反革命者蒋介石等所造成的"黑暗时期",这是革命与反革命生与死的血斗十年!也是革命的人民和反革命的政府血斗的十年!在江西等地,蒋介石利用了各帝国主义和法西斯蒂大批军事顾问、技术人员,以至正式军官,配合了各式武器……对于那里的革命人民、革命军队,进行五次"围剿";而在上海以至各地,他们更不惜用了最残酷、最卑贱的方法和手段,对于革命文艺以及革命的文艺工作者们,进行摧毁、监禁和屠杀!有名的胡也频、柔石等五位青年作家被杀害,就正是在这个时期!但是如今以毛泽东和朱德等为首的革命的人民军队,他们那时期不独未被消灭,而且在八年民族抗战的斗争中,立下了无数惊天动地的功劳,打下了建设新中国的坚固地基;以鲁迅等为首的革命文艺以及真正的革命的文艺工作者,他们从来也没有因为任何理由——杀戮、压迫、贫困、病弱、饥饿等——放弃过自己应负的革命任务以及战斗的武器——笔或其他——而不和敌人搏斗着。在那凶恶的"黑暗时期"是如此,在抗战时期是如此,在今天,以至将来……只要中国人民以及为大多数人类,还有一个不获得解放,这光荣的战斗传统就一定要继续着。我愿望从事文艺工作的"老"同志要保持这传统,发扬这传统;"新"同志要好好承继下这传统吧!

附记:这是我本年七月中路经承德,为那里《热河文艺》留下的一篇短文,兹略改数字,附刊于此。

一九四六年八月六日改于张家口

(《晋察冀日报》1946 年 8 月 20 日,《鲁迅学刊》第 2 期)

# 鲁迅先生的"博"和"专"

欧阳凡海

和朋友们闲谈的时候，一提到鲁迅先生修养的深邃，我总不觉感慨系之。先生不但精通几国文字，对世界各国的文物知识丰富超人，而且是中国历史、文学、社会、思想等等全部知识的卓超的批判者与继承者。他所拟写的《中国文学史》一书，可惜限于天年，未能完成，不然，一定是我们年青一代的宝库。他的《中国小说史略》，可惜只是一个纲要，据听过他讲的人说，他讲这小说史略时，总是具体生动、旁征博引、风趣横生，叫听者为之入神的。这话不用旁证，单以他在广州那篇关于魏晋文人的讲演——《魏晋风度及文章与药及酒之关系》一文，便可充分令人深信不疑。我相信他的小说史的讲述，如有详细记录，一定不弱于这篇魏晋文人的讲演。而讲历史上相隔若干世纪的人物，能有这样的功夫，绝不是一般人所能做得到的。

我们做文化工作的人首先应该向鲁迅先生的渊博学习。鲁迅先生正因为渊博，识见广大，所以办事、做人，胸襟都很宽大；能感觉新鲜事物，也能适当掌握旧有的东西，加以运用，能洞察将来，也能痛陈旧弊。正因为如此，所以他的事业总是博大，总是能取得大多数群众的欢迎，影响到每个角落里去的。

这种精神值得我们年青一代的人学习。

鲁迅先生不但博，而且专。先生自从认定文学可以医治国人精神上的疾病之后，便以全力从事文学活动，终其一生，始终没有离开过这个岗位。在鲁迅先生以前的所谓中国文人，大抵把文学当作雕虫小技或者失意时发发牢骚的东西；有的人则把文学拿去给官家帮帮忙、帮帮闲，或充杀人的帮凶，或充少爷小姐的消闲品，这些文人们，从来没有把文学当作一件严肃的终生事业来看。决心以一生的精力贡献给文学这一专业而始终不渝的，在中国文学史上，应该说，鲁迅先生是第一个开山祖。

正因为如此，所以鲁迅先生尽管博识多闻，却从来不轻视文学这一专业中的任何一个具体小节。比方译一篇文章吧，鲁迅先生总是用几国文字来对照着译的，出版的时候，他还自任校对，不让错漏一字。看青年们的稿子，他也从来不认为是附带的不重要的工作，而把它当作是自己的专门业务工作之一；他总是用很严肃的态度，仔细地阅读，仔细地保存青年们的手稿的。办杂志、出书的时候，编排样式、装帧，以及封面，差不多样样他都亲手设计；办《奔流》的时候，每期他都写出详细的编后记，那种一丝不苟的专心业务的精神，我们只要翻一翻收在《集外集》中的那些《奔流》的编后记，实在就够令人感动了。

但鲁迅先生的专，正因为有他的博作为基础，所以他的专，没有钻牛角尖。专而专成钻牛角尖，就只能是一个狭隘的经验主义者或书呆子，恐怕什么像样一点的事也做不出来的。

我们学习鲁迅先生的博，同时也要学习他的专，而学习他的专，要同时学习他的博。博要以专为方向，而专要以博为基础，此二者是互为表里的。"精深博大"这四个字，鲁迅先生受之毫无愧色。其深、其大，都可与海洋媲美。站在此海洋旁边，我们感觉自己微小，只有加紧学习。

一九四六年八月十八日

（《晋察冀日报》1946年8月20日，《鲁迅学刊》第2期）

# 关于《鲁迅思想研究》（书评）

何洛

《鲁迅思想研究》，是一部鲁迅的概观。翻开这本书，我们可以看到鲁迅的思想体系、鲁迅的战斗历程、鲁迅的艺术成就、鲁迅的文化批判。显然，制作这些图片，作者是费了一番工夫的。而时间，据说断断续续地，也耗去二三年之久。

《鲁迅思想研究》有两个优点：第一，它把《鲁迅全集》二十大卷，提要缩写成为十余万字的一册，但精华依然未损，这是颇不容易的。全书分九章四十六节，编制颇为得体。第一章像绪论，从鲁迅幼年生活说到他救国思想的形成及其所采取的方法、途径，乃至一路与封建僵尸战、与"正人君子"战的经过，这不单指出了中国新文艺的方向，也把鲁迅——一个中国最有卓识、最有骨气的智识分子——是怎样地随着时代前进而前进的情况，扼要地显示给了我们。其次，再从第二章以鲁迅的眼睛看出中国社会里的病态，乃有三四两章中鲁迅的整个人生观、社会观、政治观。以下各章，则根据他的这些基本思想、基本方向来分别介绍鲁迅在文艺理论、文艺形式、文艺方法以及对文化遗产的态度、研究和成果，顺流而下，条理清楚。第二，鲁迅的著作，意义常极含蓄的，为了逃出检查网，有时还故意把文字弄得晦涩一点，致使一般读者不易了解。《鲁迅思想研究》，则阐述了鲁迅著作中的许多重要论点或引申其某些未尽的意义。这对读者也是很有益处的。

然而，正如摄影，也许由于光线、角度的选取，未能完全如意，而会影响到照片的明暗、位置……一样，该书在行文和写法上，还有个别缺点。我在这里不妨提出来就正于作者和读者。

第一，写得不够通俗，某些文句和内容，仍不易为一般读者所懂，这在今天普及鲁迅的意义上，未免受些限制。第二，文中哪些是鲁迅的话，哪些是作者的话，若不仔细辨别，一时颇难分清。自然作者是根据鲁迅的思想及其著作中的某些论点，就题略加发挥，不一定要求多引鲁迅的原句，但重要的话，尽量不要打散，而加以括弧，也许更有好处吧。第三，个别章节，未能有力地说明该章，或该节的中心思想、结果、小节太多，各有涵义，而节之中牵涉的问题也不少，乍读似嫌零散。比如第四章的第四节谈中国人民的容忍，有些议论是较含糊的，而第六章谈辩证法的例子，也是如此。因为其他章中鲁迅对其他问题的看法也是辩证的，故显出其不特别尖锐。（据闻本书原与重庆某书店预约出版，故行文颇受限制。）

虽是这样，但我们仍应说这是一本值得推荐的书，由于上述两大优点，读了它再去读鲁迅的作品，固有帮助，即读了鲁迅的作品再来读它，也是同样有用的。特别是就我们今天的条件来看，要想遍读《鲁迅全集》，无论在经济、在时间、在购买各方面均感困难的情况下，《鲁迅思想研究》更是一部恰合时宜的书，应该研读的书。

（《晋察冀日报》1946年8月20日，《鲁迅学刊》第2期）

# 关于社会新闻

李贤

一般地，我们的通讯员都很注意报导军政大事。例如：某地蒋军结合伪匪进攻某村镇，或某县、区群众集会要求美当局立即停止军事援蒋等等，对于解放区社会上生动活泼的各种侧面，却没有或不善于报导，有些甚至认为事情太小不值得写；这样就使我们的报纸，在反映现实生活上，于最重要的一面（人民生活的现状及其变化）反映得不够具体生动。

因而，我想各地通讯员必须注意写、多写社会新闻。

社会新闻包括的范围很广。八年抗战和一年以来的和平建设与自卫斗争，使解放区社会生活（生产关系与风俗人情等）发生极大的变化。比如：贫穷人民有吃有穿，他们被人们尊重，参加各级政府；他们迷信鬼神的观念开始改变；婚丧礼仪渐趋朴素、简单；家庭夫妻间恩爱和睦；新的道德（改造懒汉，拾遗不昧）建立起来，以至他们对人民领袖的热烈爱戴……类此种种，没有一件不是极好的社会新闻。同时，最近各地清算减租运动中人民翻身的斗争，更会反映许多有价值的材料。如果把这些材料写出来，就是极生动的社会新闻。可是，写的时候还必须注意下列数点：

第一，一则社会新闻仅仅反映社会生活的一个或几个侧面，如果什么也写，往往容易混乱，使读的人得不到明确的印象。写的时候必须把每一事情的时间、地点、人物关系、事实经过以及前因后果等等弄清楚。这样才成功一篇明确具体的社会新闻。

第二，写前自己要把所闻所见的材料全盘考虑一下。哪些是重要的，哪些是普遍存在的，哪些是有代表意义的，哪些是最经典的；然后围绕着明确的目的对材料选择取舍，不是有闻必录，什么也写。材料既是有代表意义、普遍存在又重要的材料，列举的事实又是典型的事实，因此就成功一篇生动活泼的社会新闻。

第三，当然，最重要的，我们要写工、农、兵以及城市平民在社会上的各种活动，写他们的生活兴趣、风尚、言语和思想，写他们在各方面的新变化（进步）。同时，"没有高山就显不见平川"，我们就要联系到他们过去的情形，要写一向压迫他们的人物的所作所为，边沿地区更要报导反动派如何剥夺他们的既得权利，和他们自己如何保卫自己的利益。

第四，写社会新闻可以采取新闻、通讯、速写、报导等等形式，但不能为想使它具体生动，而加醋添油，如果这样，那就违反了我们实事求是的精神。

第五，文字方面尽量简单朴素，怎样讲就怎样写。像旧式的报纸那样，故意雕琢，套用成语，往往反使生动的东西变成抽象化、庸俗化。

一九四六年八月十九日

（《晋察冀日报》1946年8月21日，副刊第83期）

# 谈解放区文艺

郭沫若

## （一）向北方的朋友们致意

我费了一天工夫，一口气把《解放区短篇创作选第一辑》和赵树理的《李有才板话》读了一遍，这是我平生的一大快事。我从不大喜欢读小说，这一次是破例。这是一个新的时代，新的天地，新的创世纪。这样可歌可泣的事实，在解放区必然很丰富，我希望有笔在手的朋友们尽力把它们记录下来。即使是素材，已经就是杰作。将来集结成巨制时，便是划时代的伟大作品。我恨我自己陷在另一个天地里，和光明离得太远，但愿在光明中生活的人，不要忘记应该把光明分布到四方。

周扬兄明天便要回光明的乡土里去了，他要我把对于上列二书读后的印象写出，草草写此，向北方的朋友们致人民的敬礼。

## （二）致陆定一信

定一我兄：

得到你给我的信和两本书，我非常高兴。《白毛女》，我立即一口气读完了，故事是很感动人的，但作为一个读物来读，却并没有如所期待的那么大的力量。假使是看了上演，听着音乐和歌唱，一切都得到了形象化上的补充，那情形必然又是两样了。但这固然是目前不可多得的新型作品，单是故事被记录了下来，已经是很有价值的。解放区里面所产生的许许多多可歌可泣的新故事、新人物，实在是应该奖励。使用笔杆的人用各种各样的形式把它们记录下来，这是民族的瑰宝、新世纪的新神话。一时或许还不会便能产生出永垂百代的伟大的著作，但把材料储蓄在那儿，在若干年后一定会有那样的作品出现的。例如明代的《水浒传》，那里面的故事有些差不多在民间流传了二三百年，到了施耐庵或罗贯中的手里才结集成了那样一座金字塔。

《吕梁英雄传》我还没有开始读。但我在四五天之前却一口气把赵树理的《李有才板话》和《解放区短篇创作选第一辑》读完了。这两部书我非常满意。适逢此间有一部分友人要大家推荐抗战文艺的杰作，我便把这两本书推荐了。我顺便要告诉你，我把你写给我的信也交给了他们，作为你对于《白毛女》与《吕梁传》的推荐。假如他们要发表时，我已关照他们，把姓名用罗马字代替，想来你不会不同意吧？

赵树理是值得夸耀的一位新作家，他还有一部大作《李家庄的变迁》，可惜我还没有看见。我很希望能够得到机会读它。《短篇选辑》里面的十二篇，我都喜欢，尤其康濯的《我的两家房东》、邵子南的《地雷阵》、刘石的《真假李板头》，简直是惊人之作。这几位作家的笔力可以说已经突破了外边的水准。寂寞的中国创作界可以说不寂寞了。

在此地大家的生活都照常，你说"好像伍子胥过昭关，一夜头发白"，但天天都过昭关，也就没有那么多的头发来白了。奇怪的是我的头发依然一根也没有白的，黑得真是相当顽固。我现在正在虹口狄思威路七一九号，门临大道，近日军运相当频繁，每天清早差不多都有不断的汽车、兵团的卡车通过，都是些新车，载的是面粉之类，毫无疑问是把美国运来的救济物资移作军粮了。

封锁喉舌的事正加紧地在做，《周报》又被禁止出版了。有人说在上海已经组织好了一个杀人的吉普车团，有百多部吉普车，专门在街头撞杀注意人物。如今的世道也真是无奇不有了，像这种手法恐怕是希特勒所不曾想到的，简直是"法东斯蒂"了。这些可诅咒的资料也是应该记录下来的，可惜还没有写，恐怕还需要有钻入内幕里的人才行。

赶着周扬兄回家之便今天拉杂地写了这一些。

祝你健康！

一九四六年八月十日

(《晋察冀日报》1946年8月24日，副刊第86期)

# 文艺怎样"为兵服务"

宋明祥

> 本文是宋明祥同志致《我看见新的士兵》的作者的一封信,我们觉得有公开发表的价值;因为他不仅要求写作者多为兵写作,对于如何写兵的问题,他也从自己的视角提出一些具体意见。这对于我们从事文艺活动和爱好写作的朋友们也许会有些帮助的。
>
> ——编者

副刊编辑同志转
《我看见新的士兵》的作者鉴:

读到你热情的诗篇,对我们八路军寄慰着无限关怀与同情,使我们非常兴奋,尤其是对战士们那么热爱和尊敬,更会增长他们胜利的信心和勇气。

诗的话语是诚恳亲切的,诗的内容也洋溢了目前部队存在的思想和情绪。并且从各方面解释了战士们可能发生的怀疑与顾虑,尤其是与国民党士兵的对比中,显射出他们的光荣的地位,尽致地叙述了一切。作为一个军人的我是很感谢作者这种热情的。

很长时间以来,在我们的刊物上极少看到关于写战士的作品,尤其他们的生活、思想、情绪、故事、传奇等,即使有,也是一些其他地区,较陈旧的一般的东西。

但是,同样的,看了你的诗以后,使我感觉到:

一、关于文艺为人民服务,如毛主席所说"为工农兵服务",这对大家似乎已经很熟悉了,可是自我去年来张后直到现在,为"兵"服务的东西的确见的还很少,比起延安来是差得多了。像延安联政宣传第一、二队他们的任务,很明确地宣布,就是"为兵服务",因此他们演的戏、唱的歌、画的画等,都是从士兵中来的东西,又拿去给士兵们看,士兵们从生动、亲切熟悉的艺术作品中得到了很深刻的政治和生活教育,而现在,部队就是缺少这一精神生活和力量。

二、你写的诗,好像仅仅是从看见出操的兵士们联想到的事情,所以有些地方如果与敌人比就不用说了,那当然有天渊之别,如按部队实际情况说呢?就有很多的地方你应当更实际地去了解与体验一些,就会描绘得更使战士们感到亲切了。所以我认为你的心肠是炙热的,是从旁处——人民之中,士兵之外——来歌颂士兵,你是在人民立场上、士兵圈子外(生活圈子)来歌颂的,这当然也很好,不过,士兵们缺少的还很多,需要的不仅是这些,对我们热情的人们应该做得更多更实际些才好。

三、他们的生活、思想情感,有很多典型是值得写的,战士们的生活是紧张的,说起来也算是枯燥的,体力劳动比较智力劳作多些,语言好像是简单粗鲁些,可是他们正是在这些方面存在着许多正义、豪爽、坚决、英勇、刻苦的集体精神,但这些可贵的精神,却可惜很少有人去细心搜集和介绍。

四、战士们文化程度都很低,但是他们都希望提高,有的他们很想以自己的文化反映自己的生活,因此在这样的基础上,他们也有些粗糙的创造,这些东西,在技术上、线条上是粗陋的,即使夹杂些土语、白字,如果遇到对士兵抱有热情的作者,能够从白字中体会到它的精神,则可以发掘出无穷的创造价值。我希望有人去了解他们的生活,和搜集介绍他们的创作。(下略)

(《晋察冀日报》1946 年 8 月 24 日,副刊第 86 期)

# 读《狗尾巴醒了》
## ——载本刊八十期

□□

这个农民翻身的故事，给了我们工作上一个重要的启示。我们领导广大群众，执行任何一个工作任务时，在群众面前光说要做什么事情是不够的，还要告诉群众用什么办法去做，群众有了办法还不够，还要把为什么要做这件事的道理、好处有条有理地向大家说得清清楚楚。那么我们的工作任务才完成得更好。如果干部在领导作风上，有粗枝大叶的话，就没有像"狗尾巴陈大疤"的翻身。"狗尾巴陈大疤"所以能觉悟了，不再受地主欺骗，是由于我们的工作深入，干部在农民的面前，进行了耐心的思想教育，打破农民一种害怕的心理，启发农民的阶级觉悟与斗争性得来的。目前各地发动群众的工作，正闹得火热朝天，长期在封建地主统治下的农民要翻身，要消灭封建势力，这是广大群众翻天覆地的大事情。但是像"狗尾巴陈大疤"这样的人，在新解放区的农村，是会有不少的。如果我们工作真正深入到群众中去的话，是会找到十个，几十个"陈大疤"这样的农民的。

其次，这个故事，在写作办法上，也比较好，作者用了很大的努力，写出群众喜见乐闻的语言，形式也是群众所喜欢的。这也说明了：只有向群众虚心学习，才能反映群众生动的斗争生活，才能进一步提高群众。

（《晋察冀日报》1946年8月26日，副刊第88期）

# "板话"及其他

郭沫若

费了一天工夫,一口气读完了两本书,这在我是好些年辰以来所没有的事。

这两本书恐怕是在上海所不容易见到的。一本是赵树理著《李有才板话》,又一本是《解放区短篇创作选第一辑》。

我是完全被陶醉了,被那新颖、健康、素朴的内容与手法。这儿有新的天地、新的人物、新的感情、新的作风、新的文化,谁读了,我相信都会感着兴趣的。

《板话》里面只有两篇作品,还有一篇是《小二黑结婚》,两篇都可以说是杰出的短篇。"板话"两个字已经就够有趣了。原来民间形式的顺口调,北方叫作快板,李有才是出口成章的快板诗人。准诗有"诗话"之例,于是乎作者赵树理便创造了"板话"这一个新名词。今天我们有了这个先例,似乎也可以写出《马凡陀板话》《陶行知板话》《冯玉祥板话》了。马、陶、冯诸位,是当今顶出色的伟大的板人。

《创作选辑》里面一共收了十二个短篇,所写都是实人实事,但比任何传奇的作品实在是还要传奇。第一篇是丁玲的《我在霞村的时候》。丁玲是国内国外所熟悉的我国有数的名作家,但她的这篇作品和其他的十一篇比较起来,在手法上毋宁是有逊色的。这正好是一个标准尺度,由此可以知道其他的十一位作家是已经达到了怎样高的水准。

十二篇中我最喜欢的是康濯的《我的两个房东》,那可以说是达到了完善的地步。邵子南的《地雷阵》是板话式的颂歌。孔厥的

《一个女人翻身的故事》，把一位女英雄林聚英的一生写得活灵活现，似乎比读了一部长篇还要够味。

总之，我最近算阅读了这两本意外令人满意的好书。我愿意把这两本书推荐为抗战以来文艺作品的杰出者。这两本书我希望能够在上海重版，使它们更能够与向隅的读者群接近。

（《晋察冀日报》1946年8月28日，副刊第90期）

# 关于政治诗

陈涌

现在我们报上常登载有关时事的诗，这在我们通常叫作政治诗。政治诗产生的根据不言而知，是由于战斗的需要。当民主力量对于反动派的斗争进行得异常激烈的时候，是需要无例外地动员一切斗争武器，个个在自己的岗位上尽□的作用。在文学的部门里，政治诗可以说是比较轻便、比较善于在阵地上回旋的一种武器。

而这，又恰恰应该成为政治诗的特点。

如果我们作一个比喻，那么政治诗的写作便好比杂文和漫画，它同样地需要泼辣、机警、灵活，它的长处是抓住讽刺对象的最丑恶可笑的某一点或某一侧翼作直接的有力的一击，击之血流倒地；长篇大论，或者过分的迂回曲折，或者冗长的正面的说理，在这里是不适合，也无力的。它和一般的社论、专文不同，它是矛子、是匕首，不是坦克和大炮。但矛子和匕首，也自有它的犀利的地方在，这也是非常明白的。

不过在我们收到的一些政治诗里，却往往不是这样，或者说，作者没有认清政治诗的这个特点，举一个例子来说吧：我们看到有不少关于反对内战的诗，尽人皆知，这是目前迫切需要表现的一个主题，而国民党当局和美帝国主义分子的许多扩大内战以及有关扩大内战的事实，又每天不断地供给我们以大量的题材。但是，在我们看到的一些这一类的诗里，却往往看出有些作者不善于选择题材，往往一首几十行的诗里，包括了"反对内战"这个主题下的一切有关的内容：从解放区人民力量的增长到国民党区的经济的破产，从国民党某部队的反内战的起义到湖南灾荒的情状，总之，通常我们在报上看到的一切有关的事实都应有尽有，而且都平均主义地罗列出来了。在语言方面，又往往缺少创造，往往别人不止一次地用过了的语句太多，机警、深刻的句法太少，读起来真可以说很少新鲜的感觉。

从这里我们可以得出这样的结论：我们的政治诗里也和我们的新闻、报导、通讯一样，是有着公式主义的存在的。这个公式主义便表现在我们仅仅限于注意报纸已经提出来的几个大问题和几个主要事件，于是便从抽象的概念出发，堆砌一些空洞的词句，变成一种缺乏内容的徒然的呼号。一个有才能的政治诗诗人却不是这样。他首先是到群众中去，了解群众所最关切的各种具体而普遍的事实（这些事实看来也许是最平常的），体验他们对这些事实的情感，了解这些事实的现象与本质，然后将这些事实，用集中、对比、陪衬的手法表现出来。

在这里，我愿意把马凡陀的一篇《发票贴在印花上》作为例子。（这诗于六月初在本刊发表，现再刊一次。）每一个第一次读这首诗的人都会感到：这里是容纳了上海日常发生的大量的事实。它差不多每一句都反映了国民党统治区的某一方面的矛盾和不合理，强烈地表现了人民对反动统治者的愤怒和嘲讽，深刻地描绘了这些独夫们反民主反人民的狰狞面貌，同时，句法又是这样的新鲜巧妙，加上和它的内容完全适应的轻松的亦庄亦谐的风格，读起来真是令人忍俊不禁！

即使在上海重庆等地生活，日常见惯了这些现象的人，我想，他们也会和我们一样喜欢这首诗，因为他们对于这些日常见惯的现象未必如这首诗的作者一样注意，注意亦未必能如这首诗的作者一样构思得这样巧妙、这样集中。

我们有些同志常常有着这样的做法：在一篇暴露国民党统治区的黑暗的短小杂文或者一首诗里，一定要同时在末尾加上表现人民方面、光明方面的一段，而结果往往千篇一律地照例重复了"但是，人民的眼睛是明亮的"这样的句子。事实上，这样的写法也慢慢地变成了一个公式。

人民的力量无疑是应当随时表现出来的，但人民的力量应该表现在整个作品对于前途的信心上，表现在作者看问题的方法上，表现在作品的全般的情绪上，甚至，它也表现在诗的韵律上。因此，即使在内容上只是暴露国民党统治区的黑暗的东西，也可以看出是否有足够的人民的立场的。

这便是我对于目前写作政治诗——也可以说包括杂文、漫画——的一点感想。

(《晋察冀日报》1946年8月29日，副刊第91期)

# "滦州影"
## ——冀东民间艺术介绍

刘大为

在冀东，无论男女老幼，一提起"滦州影"来，他们是相当熟悉的，每个人都在热爱着这种民间艺术。在冀东丰玉宁南部传说着这样一个故事："妇女们正在家里做饭的时候，一个一个地往锅里贴饼子，忽听锣鼓响起，影开台了，妇女们忙地把饼子贴到门框上，抱起孩子跑去看影，走到影台跟前，才发现把孩子脑袋朝下抱着呢……"从这个传说里，我们可以知道，"滦州影"，群众是多么地爱你呀。

群众为什么对它这样爱好呢？首先，我觉得因为它是完完全全来自民间、来自群众的艺术，它所表现的故事多是采自群众所熟知的故事，如《天河配》，冀东的民间故事《杨三姐告状》等等。在语言上它全是被群众所了解易懂的语言。同时，编剧也大多是群众自己，在演出的组织上比较简单，随便任何的一个场所，把布篷支起来（只有一间屋子大小），前面用三张高桌，在桌子上再架起二尺上下的一面白窗户来，里面点起灯，于是所要表演的故事，就在这张窗户上借着灯光照出的影子像，在银幕上放映电影似的映演起来。

这种影戏最早发源于"滦县"，所以叫"滦州影"。再由于在窗户上所放映的演员是用驴皮刻成的半尺上下高的人形、桌椅、山水等，故又名"驴皮影"。

"滦州影"在演出的组织上是相当复杂，但又非常节省人力的。一个影班有六七个人就可以组成，影里所有的一切效果、布景、乐队，以至于演唱者，都由这六七个人担任，他们的分工是这样：

要线的：在影窗户上照出来的人物（他们叫影人），是由两个人在窗户后面拿着影人来做各种动作在配合着剧中的唱词。这两人还兼任着布景（把剧里所表现的环境用大道具，也用驴皮刻成，随时更换），同时，他们也兼任着做效果的职务。

乐队：拉胡琴的人，大都是瞎子，用一种特制的"四根弦"来伴奏，至于打击乐器（锣鼓钹），是由耍线的人兼任，把锣吊起来，把另外一个钹放在桌上，用两只手可以同时敲奏两种乐器。

演唱者：这是"影"里面的主要成员，他们配合着窗户上的人影演唱着。在唱法上值得介绍的是，咬字特别真，并且能唱出每个角色的个性，用声音来区别，通常他们用以表现女人的唱法叫作"小"，表现老头的唱法叫作"然"，表现大汉的唱法叫作"大"，表现年青人的唱法叫作"生"。

抗战期间，冀东的"影"更提高了一步，在剧本的内容上，由于很多艺人的努力，大加改变，创造出了很多现实的剧本，反映冀东军民的英勇斗争事迹，把民兵打炮楼、八路军打埋伏等等很多生动场面，都搬到影窗户上去。同时他们也改编了《血泪仇》等剧，目前，他们准备把《大家喜欢》《刘小眼大翻身》加以改编，配合目前政治任务演唱。

这里，再值得介绍的是：过去在旧社会上很有地位的影戏艺人，如张茂兰、苏旭等，他们对"影"是有着相当研究的，他们的唱词曾灌过唱片，也有的曾到国外演唱过。他们参加革命后，不但在技巧上提高，更重要的是这些旧艺人经过教育之后，在政治上有很大的进步。他们已经能够自己改编和创造新的剧本，由一个旧艺人变成一个为工农兵服务的艺术工作者。

（《晋察冀日报》1946年8月30日，副刊第92期）

# 编者的话（副刊第九十三期）①

最近收到不少关于反映土地问题的稿件，其中很大的比重犯了公式化和简单化的毛病。这些稿件大部分都是写清算大会，开头总是农民讲话揭露地主罪恶，其次就是地主在农民斗争下被迫屈服，最后即大吃翻身饼以示庆祝。

其实，我们并不是反对写大会，问题是作品中是否生动地反映了目前的斗争。

譬如写农民控诉地主的罪恶，这当然是很重要的，不尖锐无情地揭露地主的罪恶，便无从说明我们斗争的正义性。但是，这里揭露，应该是从各个方面下手的，诚如我们所知道：地主不但有一套封建的较为明显的剥削方法，而且更有许多笑里藏刀的阴谋诡计。地主的目的虽然一样，但他们所实行的方法却各有不同。我们的作者常常将地主的面貌、腔调、方法，写成千篇一律，因此使读者得不到一个深刻的印象。

譬如写农民斗争的过程，这是最重要的一部分，借此可以窥视农民对于我党土地政策执行与了解的情形。更重要的是可以写出经验，推动旁处的工作。有一篇写天镇县三十里铺执行土地政策的稿件，是犯了最典型的毛病的。这一稿件开始写三十里铺的农民对于清算斗争如何不感兴趣，但这一次却"迅速地发动起来了"。这里面到底经过了一些什么过程，农民的态度怎样转变的，我们的工作改换了什么新的方式，地主的反应，作者一点没有说明白。

譬如写翻身后农民的欢喜情形，大部是抽象的概述，不是大吃翻

---

① 本文原标题为《编者的话》，为便于读者阅读，将标题改为《编者的话（副刊第九十三期）》。

身饼，就是"欢喜若狂"。然而事实上农民由于庆祝翻身，就以一个家庭的男、女、老、少来说，他们喜欢的情绪也是不同的，最可惜的，是农民由于被翻身鼓舞而出现的具体行动，却为我们的作者所忽视。

关于这方面的意见说到这里为止，希望大家共同研究，加以克服。

其次，我们再一次吁请投稿同志注意下列数点：（一）希望来稿用稿纸按格誊写清楚，不要写草字与简笔字。有些投稿人常常把两个字连在一起写，有的又把一个字写成两个字，使编者与排字工友都平添了不少困难。如无稿纸也希望分格分行缮写清楚，标明确切字数，并留下修改空格。（二）凡歌曲，希望把谱子用黑墨水誊写清楚，以便制锌版，否则一律不用。（三）来稿不附足退稿邮票者，一律不退，也不代保存原稿，请原谅！

（《晋察冀日报》1946 年 8 月 31 日，副刊第 93 期）

# 改进我们的通讯和报纸

【新华社延安三十日电】九一记者节对于解放区的新闻工作者应该是个检讨总结工作，提高自身修养，改进新闻业务的日子。

在八年抗战中，解放区的新闻事业已有光辉的成就，我们创造了和执行了与实际结合与群众结合的办报方针。对于人民抗日战争作了重大的贡献，同时也使我们解放区的报纸面貌一新，与旧式的报纸大相异趣，在中国新闻史上放一异彩。我们培养了一批优秀的新型的青年新闻战士，我们积蓄了许多经验，学会如何在农村、在战争环境中、在极端困难的物质条件下办报。正因为有这些成就和基础，所以一旦日本被打垮，凡是人民军队、人民力量所解放的城市，都能迅速建立新闻机构、出版发行人民的报纸。而且由于人民力量的生长，现在我们的新闻工作已经在全国政治生活中占了十分重要的地位，经常影响着中国时局的演变，影响着世界舆论的动向了。这是人民的新闻事业的一个伟大的发展。我们庆祝这个发展，但是同时应当看到，正因为这个发展非常迅速，正因为我们迅速地面对着广阔的新环境、大量的新事物、复杂的新问题，我们就必须同样迅速地提高我们的工作强度和工作质量，而不能自限于过去时期的成就。

首先看我们的通讯社工作，通讯社是解放区今天与反动派作全国范围的宣传斗争的最重要武器，是使全解放区人民每天了解世界动态、全国动态和全解放区动态的最重要武器。但是不仅由于我们的物质条件、交通条件的困难，而且由于我们主观上对于这项工作的认识与经验的不足，很多人只当它是报纸的简单附属物，以至我们的通讯情形还存在着严重的弱点。这里不说各种技术上的问题，只提出目前通讯工作的基本要求，这就是要做到通讯内容的迅速、准确和明了。

迅速和准确是今天紧张的宣传斗争的生命线，而正在这两方面，我们的人力物力给我们客观的限制最大。由于我们缺乏充分的电讯设备和普遍的通讯网，由于交通的不便，甚至隔绝，我们对于某些紧急的事件，往往报导得迟缓，有时还有某种程度的笼统。在反动派继续内战政策的条件下，完全消灭这种弱点也许是不可能的，但是解放区的党政军民组织以及通讯社组织本身，仍然必须尽一切可能通力合作来求得我们的新闻通讯的最大限度的迅速和准确。在迅速和准确不可得兼的时候，我们发出的通讯就应当采取某种谨慎的保留的形式，以便继续补充更准确的报导，绝对不能允许任何的马虎态度，须知这对于整个政治斗争是异常重要的，是必须采取严肃态度的。做到了迅速和准确以后，为了便于广大读者的接受，还要力求明了。这就是说，在最经济的文字中还要能够做到具体生动、系统完整。永远不要忘记你所写的每一个新闻通讯都是为了那些最不明了的人，而不是为了那些最明了的人。因此，每一次都用一切方法，使你所觉得最明了的事件能被那些不明了的人所明了。正如我们从外国的电讯中明了一些我们所未之前闻的或极不熟悉的事物一般，这就成为我们的另一个工作纪律。应该老实承认我们现在还往往把通讯社所需要的电讯和报纸的本地新闻通讯看作一件事，把我们自己所熟悉的所记得的人物、地点、事实、名称、观念，当作读者也是已经熟悉的或常常记得的事实，况这些不但对于外国人，对于解放区以外的人，而且对于解放区内另一个地方的人，如果没有必要的介绍，一般都是很难明了，很难记得的。我们对于报导典型，虽有若干成就，但一般地说，我们还不善于获取典型，和生动地报导出来。对我们最生疏的和最不熟练的，就是怎样用简洁的文字，不断描绘出整个的轮廓，而且穿插以典型的事例、生动的图景，给读者一个深刻的印象。因此我们的电讯有时流于若明若暗、空泛或是枯燥；我们还往往不善于用简洁的文字，不但说明某一件事件的经过，而且衬出历史和环境的背景，进行前后左右正反的比照，用事实的叙述，而不是用议论来点破它的意义影响，使它更加突出；我们还不善于组织彼此相互联系，前后相互连续的报导，使整个新闻有因有果，有始有终，这些"技术"上的问题，都关系于政治斗争的得失，决不应该轻视。在这些方面，我们必须虚心学习，经常检讨工作的效果，并且经常观摩外国先进的通讯社报纸和记者的作品，像小学生用学字帖一样学习它们成熟的技巧。

我们的报纸工作历史比较久，但是对于新的环境也有不能充分适应和正确适应的地方，主要的缺点是：某些地方的报纸，对于本地群众的联系还显得薄弱。由老解放区进入新解放区，由乡村进入城市的某些报纸，由于种种原因，对于新的群众还没有很好的联系，而旧的干部辛勤建立的新闻阵地也松懈了，这样这些少数报纸，对于城市群众的需要（在具体的节目上，这是与农村的需要不尽相同的，虽然需要同一的群众路线）固然不完全符合，对新农村群众活动的反映也是不能令人满意，在个别的情形，甚至在形式上，只知热衷于扩大版面，铺张模仿，内容则主要依靠通讯社的电讯，而不管这些形式和内容在本地是否需要，是否适宜。总之是不把本地群众的和工作的需要放在第一位，不以本地需要的标准来组织剪裁和排列新闻论文以至副刊的稿件，因而使报纸指导工作、动员群众的作用受到很大的损失，由于和工作与群众的联系不足，报纸的自我批评的严重责任更受到显著的忽视，这些倾向虽然是部分的、暂时的（因此是容易纠正的），但是是必须迅速纠正的。加强业务，联系群众，这是当前中心课题，而要实现这个课题，必须从新闻工作的重视和领导加强培养干部和总结经验入手。党的各级主要干部，必须充分了解今天通讯社工作和报纸工作在我们整个革命事业中的头等重要意义，亲自了解我们通讯社和报纸的实际状况，克服现存的缺点，帮助解决它们的困难。

我们的新闻干部的阵容虽比以前壮大得多,但因业务一日千里的发展,在数量上仍患不足,而质量的提高更为当务之急,这个情形在通讯社方面尤其显著。所以新闻干部的配备、培养、训练和爱护应该是干部工作和干部教育工作的重要任务之一。新闻工作是革命事业不可缺少的一部分,需要有一整批的战士,终身从事这一事业,所以凡是已经参加这一战线的人员,应该认识到革命的新闻事业是为人民服务的最光荣事业之一,立志埋头钻研业务,以求熟练和精通,不要一曝十寒。至于总结经验,这是培养干部、提高业务的最好途径,我们的新闻工作历史已不太短,经验也已经不少,所需要的就是善于经常地总结,并将总结所得的心得和创造加以整理推广。我们已经有了相当巩固的阵地,在国内外已经建立了广大的影响,只要我们继承杨松、何云诸先烈牺牲奋斗的光荣传统,不断地力求进步,我们就一定会得到更伟大的胜利。(《解放日报》社论)

(《晋察冀日报》1946年9月1日)

# 关于写作
## ——高尔基语录

真正的诗——往往是心的诗,往往是心的歌,即使略有一点哲学性,但是总以专讲心理的东西为羞耻。

★★★★★★

作者必须了解一切——生活的一切川流,川流的一切的细流,现实的一切的矛盾,现实的悲剧,英雄主义和卑鄙性,虚伪和真实。现实的现象无论觉得怎样微小,怎样无意义,作家也必须了解:它是崩溃的旧世界的破片,或是新世界的嫩芽。

★★★★★★

短篇小说必须这些条件:鲜明地描写事件的环境,活泼地表现作品中的人物,选择正确而生动的用语。

★★★★★★

短篇小说,一切必须写得像隐现在读者的眼前一般。画家生动地浮雕地描写人物和事物,要画得像现在就要从画面里跳出来一样:小孩子却不懂"远近法",只画出事物平板的轮廓和外表的素描。

★★★★★★

现在,大部分诗人,似乎处在生活之外,生活的混沌之外,而完全住在无人的荒地上。这当然比生活在现实的混沌中容易而愉快,但是,这样却等于掠夺自己。

(《晋察冀日报》1946年9月2日,副刊第94期)

# 鲁迅文章难懂辩

应人

近十数年来，一些知识分子青年，常诉说鲁迅文章看不懂，而愿读巴金的作品。十数年之前，鲁迅的文章同样未广泛地博得当时人们的注意，而郁达夫等人的小说，如《沉沦》的风气则颇盛行于一时。当然，这里所说的"盛行"，是也有范围的，只是指的手掌般大的中国的"新文化领域"而已。这样看来，鲁迅先生著作的"难懂"，想是无可讳言的事实了。

为追究这个"难懂"的所以然，历来就有许多种的说法：有说鲁迅先生的古文底子深，遣词造句上难免有些"古典"或"旧文套"；有说鲁迅先生思想深奥，语意含蓄且为曲折；也有说到鲁迅为要躲避统治者的检查网而是故意写得隐晦一点的；但也有归罪于鲁迅是绍兴人，因其有"师爷"的气质，"脑筋复杂"，外加"南腔调"的缘故；又说鲁迅的文章"枯涩无味"，有的地方即便鲁迅自己也不明白的；更干脆的是说鲁迅是"杂感专家"，终日骂人，根本不叫人欢迎，人们一见鲁迅的著作就头痛了，更还谈得上什么"懂"与"不懂"……

上述的这种种说法，说的人自也都有道理的；但以我看来，最好的"解释"则莫过于最末一项的说法了，即"鲁迅的文章根本不叫人欢迎"，我国之一些自称或所谓"有学识的人"，以及一些有心的或无意中跟了他们跑的青年，是都和鲁迅的想头与看法不同，何止不同，简直大相径庭，殊异其趣是也。而其实，旨意相投，热诚欢迎的人是有的，且是很多很多，不过他们大多则在忙于"做奴隶""做牛马"，还都不认识字，或正开始学识字而已。鲁迅先生早先不就因为这缘故而深深地感到"寂寞"的吗。

不过，我可以断言，一旦这些大多数的中国人已经站立了起来，要想获得解放，而在文化的学习与修养上只要有了相当的程度，他们就会马上告诉我们：

"哈，什么呀，实在是只有鲁迅的文章最有意思，也最好懂。"

真的，鲁迅先生的文章是最有意思的，仔细读起来，鲁迅先生的文章也实在并不难懂的，因为他所说的、所暗示的，都是中国人的日常生活、希望与真理。这在解放区鲁迅之受广泛的欢迎与崇敬，鲁迅的著作，大家逐渐都要懂了；在非解放区，鲁迅则受少数人的诬蔑与压迫，鲁迅的著作，他们是不愿也不会懂得的；在同一个中国，鲁迅先生就遭遇到两种不同的命运，这事实证明了——是谁在欢迎，谁在蔑视鲁迅先生；鲁迅先生的著作，到底"难懂"还是"易懂"，其基本的关键是在这里。

所以，一般地说来，我以为鲁迅先生的文章的语法和用字上，那种明确、平易、有力的地方，倒是很值得我们学习的；鲁迅先生观察事物的锐敏与深邃，也是很值得我们研究与效法的；鲁迅先生为要避免有权者的检查，多用"曲笔"固是事实，如说什么"师爷气质""南腔北调""杂感专家"等等，则是一些"哼哼""嗡嗡"的绅商老爷们的胡说八道，是不值一辩的。

但是为什么今日的有些青年们，即在解放区亦有这样的青年，还在述说鲁迅先生文章的难懂呢？鲁迅先生的一大部分的作品是通过检查网而发表的，所以遣词立意不免要含糊些，事隔十多年后，读起来是不易懂了；还有鲁迅文章本身的结构极为简练，用字有时甚至于达到吝啬的程度，一般初学者读起来确是甚感吃力的；再者，鲁迅的识见的丰富、观察问题的深刻，形诸文字之后，自亦必须有相当社会经验的人看起来才心心相印。其实，这些地方是很可以补救的，补救的方法，就是"鲁迅的大众化"的工作，我们可以选注鲁迅的作品，我们可以出版研究鲁迅的专著，我们可以就鲁迅作品中和现在时事特别有关的问题加以发挥，这样一步一步做下去，我们这一代青年接近鲁迅是没有问题的。

至于读者本身要虚心求之于己的是不要粗心大意，以为人家的文字一口就可以咽下去，而是要慢慢咀嚼，慢慢消化，有不明白的地方，要细心思索，或就教于友朋或师长，粗枝大叶地一看了事，一定是毫无所得的。

今日的时代，是反卖国、反独裁的时代，像鲁迅那样在形象上对于卖国者和独裁者这一流人——用鲁迅的话来说是西崽兼国粹家、洋奴而独夫，及时揭发伏藏，显其弊恶，在当代是第一个人，这是我们的国宝，每一个青年是都应当像他那样做的。

一九四六年八月二十九日

（《晋察冀日报》1946年9月5日，《鲁迅学刊》第5期）

# 《三打祝家庄》介绍

子修

这是《水浒传》中出色的一段，宋江三打祝家庄，在军事和政治的结合上，由失败到成功的发展上，它是一个范例，不仅是一段小说、一幕戏，而且是一课策略教育，这一本戏，是根据毛主席所指示的几个原则而着手编的，在延安经过无数次的修改、无数次的演出，它在干部和群众中经过考验，它是继《逼上梁山》之后的很有教育意义的革命剧本。

全剧分三幕，故事是从时迁偷鸡被擒之后，杨雄、石秀上梁山请宋江发兵营救。时祝家庄反动地主祝正钦，所生三子，武艺过人，更有教师栾廷玉相助，更与扈李两家，结下攻守之盟，反抗梁山有功，钦封为朝奉大夫。宋江以祝家庄钱粮充足，再加时迁被压，决发兵攻打，林冲阻令，谓先探明虚实，方可进兵。石秀、杨林，应命前往，杨林冒失，不虚心，自高自大，被人看破，入庄被擒；石秀因机警伶俐通过群众探得虚实。但宋江并未等石杨回来即贸然进兵，被困盘陀路中。扈三娘捉去王英损兵折将，幸遇石秀引道，花荣射灯，才得出险，第一幕即至此止。这一幕的中心思想，是要着重表现调查研究，宋江起初没有这种思想，虽然命石杨二人探庄，未等回报，即行进兵，兵家大忌，竟然不知，急躁用事，结果失败。另一方面剧本在这一幕中特别有教育意义的是对石秀、杨林探庄之时，所表现的两种方式，加以表扬和反对：一种是反对杨林的自高自大，自以为是；一种是表扬石秀的机动谨慎，团结群众。另外在祝李扈三家，本有生死之盟，第一次因修盘陀路，经费分担不公，李应已有不满，又因李应要还时迁，更使两家起衅。李应身中祝彪一箭，愤懑在心。这一个矛盾，在第二幕中却被宋江利用了。

第二幕是祝家因一箭之仇，不来接应，乃命祝虎带领彩缎羊酒前去谢罪，被李家主管杜兴责退，宋江已知祝李不和，前去与李家结交，李应深感宋江义气深重，不与梁山为敌，鼎足之势，已折其一。扈家庄仅扈三娘骁勇异常，宋江计擒之，于是扈翁扈母，爱女心切，答应宋江的不帮助祝家庄即保留扈三娘性命的条件，于是祝家遂被孤立。宋江这时，以为满有把握了，再加祝家庄用教师栾廷玉之计，大书"填平水泊擒晁盖，踏破梁山捉宋江"之句，百般辱骂。宋江一怒而攻，结果败绩，二打祝家庄即至此止。这一幕的中心思想，是主要表现在利用矛盾，各个击破，宋江一打失败之后，已有反省，如"这是我用兵不谨慎，不明情况贸然进兵……"李逵建议猛打猛攻，宋江当时拒绝，唱道："贤弟不要太急性，只凭猛打怎把功成……"但等三庄结盟拆散之后，宋江唱道："扈李两庄来修好，祝家庄斩去臂两条。"左顾右盼地哈哈大笑起来，后闻祝家辱骂，便以李逵之意，发兵猛打，虽经林冲花荣劝阻，无效，结果又遭失败。作为一个统帅，力量的估计，却不明白，意气用事必败无疑，策略之运用，都是由林冲、石秀、花荣等人的提起，宋江尚能倾听群众的意见，要是一意孤行，唯我独尊，不仅在军事上再遭失败，也不会有政治上的成功。

一打二打时间上已够一个晚上，三打较长，故单占一个晚上，全剧分上下两集，两次演完。

第三幕是由宋江遣花荣回山搬兵，正以里应外合之计，不得其人之时，适逢登州兵马提辖孙立反，率孙新、解珍、解宝等八人奔赴梁山，闻宋江攻打祝家庄，愿通过同窗好友栾廷玉的关系混进祝家庄作为内应，于是下得山来，乔装改扮，进了祝家庄。这一幕主要是写里应外合，孙立等人在庄里革命地下工作者的活动。其中以铁叫子乐和的活动为最主要，乐和利用了守寨城的头目的矛盾，团结了群众，日期一到便能开寨门，放吊桥，其次顾大嫂的机灵，也探得了不少秘密。孙立的领导，一点不露马脚，取得祝家信任，然后里应外合一举荡平，祝家土地分与农民，群众提灯欢送，纷纷参军，剧于是终。这一幕较前两幕在故事和人物上都比较集中，不落旧剧窠套，下层生活比较丰富，故事发展十分曲折，耐人寻味。

这一个戏在政治性和艺术性相结合上，是比较成功的，不是说教，因为它创造了几个人物，它打破了平剧人物类型化的圈套，如一些人物既非小丑，又非老生，老生老旦却又是丑化的，如扈公扈母、乐和似武丑，而不勾丑脸，顾大嫂近似彩旦，却很正经等等，故事发展上，比较曲折，三幕各有中心，头绪不乱。

但是严格要求起来，这个剧本，太着重故事的叙述，对于平剧是歌剧的特点，照顾不够，这是一个大问题。我们今天还写不了像《二进宫》《玉堂春》那样一唱到底的歌剧出来，我们对旧剧，在形式上的掌握，还很不熟悉。

这个戏，在实验平剧团演出了，基本上是成功的，由于旧的演员演新的人物，有些是演得不够的，探庄一段太昆曲化了，旧探庄的成分太浓厚，因之减少了钟离老人做戏的机会，另外在延安时出演音乐上也有创造，恐因条件上的困难，没有完全采用。

（《晋察冀日报》1946年9月7日，副刊第98期）

# 读《马秀英献田》后

李成瑞

九月三日的副刊上，登载了张岱同志所作的《马秀英献田》，描写一个街妇联会主任马秀英动员她丈夫王慈喜，把自家一顷廿亩地献出一顷，表现了土地改革□□部的以身作则和大公无私，连妇女亦不例外，全文通篇流畅，从这些意义上说，这篇文章有其好的一面。但是，在内容上，却颇有值得研究之处。

首先，关于马秀英，由于她在区里受训"知道无地的农民生活太惨苦"，再加"自己是个区委员，又是后府街的妇联会主任，各自人的事情不赶在头里办，还能行吗？"，所以，就坚决地、反复地动员自己丈夫献田。这样的描述我想是对的，但却是十分不够的，她的思想只是这样的单纯吗？她家献出了土地的六分之五，生活总不觉要下降（甚至是显著地下降，即使是暂时的），她对此事毫未想过吗？她和她的丈夫过去是否全部参加劳动呢？（她丈夫虽也做买卖，但照他自己的话说，还是"我有田出租，还能靠人家养活"。）抛弃坐食的地主生活（作者对此没有详细的叙述，我只好一般推论），而主要靠自己的劳动，即使她是一个共产党员，也不会没有一点内心斗争吧！马秀英只是动员丈夫献地，但献出土地六分之五之后，日子如何过法（如参加劳动、精耕细作、经营副业或工商业等），为什么马秀英和她丈夫从未提过呢？（如果献田之后他家生活并不受多大影响——如还有更多的商业收入，那文中也应该说明一下呀！）因此，我觉得作者对于马秀英的内心描写片面了一些，说的话"学生腔"了些。以致不大像一个现实的街干部（尤其是出身于小地主家少妇的干部），有点像一个脱离生产多年与家庭毫无经济联系的知识分子。

最值得研究的是关于马秀英的丈夫王慈喜和关于农民的描述，王的同意献田是因秀英"左说右劝"和户籍员"常去找慈喜拉话，有时捎了报去念给他听"，据我所知，地主的献田一般是由于农民运动的澎湃开展，不可抗拒，才来献田的。文中对这一点是初步地把握了（如秀英说"年上退租还欠下三年租，这笔账迟早要算的，家里没有余粮，也得把田顶过去"及念报的影响等），但显然是十分不够的，文中的农民简直是可怜的尾巴，请看秀英提出献田之后，农民和她的对话吧：

"你家不种田？"（农民说）

"我家留一点。"（秀英答）

"你一大家子人哪行？"

佃户们你看我，我看你。眼珠子溜来溜去，摸不清怎么回事。

"这可不能要……给你们送上点租子，心里倒舒坦。"那个年老的农民连连摇头。

"管他，秀英在区上办事，人家啥事闹不清，说话没有错。"农会主任是个高个子，他这时站起来，把白布衫搭右肩上。

在这儿，农民之中受宠若惊、诚惶诚恐的，似乎还不只是"年老的农民"一个人。连作为农民领袖出现的农会主任也只是说："管他，秀英在区上办事，人家啥事闹不清，说话没有错。"多么稀松而糊涂！无怪乎最后"佃户们搔着头皮，满脑瓜子疑团似乎解开了"，仅仅"似乎"解开而已。我想，假定把这段对话去读给正在或已经翻身的农民们听，他们会感到很大的不满，以致认为是对他们的侮辱，特别农会主任等干部们听了会抗议说："哪有这么扯淡的农会主任……"

土地改革，农民们是从反奸、清算、减租、减息、退租等斗争中获得土地,而不是其他,仅仅由于农会运动的高涨,开明地主才会出现,对于这种开明行为我们当然是欢迎的,提倡献田是必要的,但决不能因此看轻了农民的斗争这一主要的基本方面,我不是要求每篇文章都去写清算退租中的农民斗争,但在描写其次要侧面——如献田——时,必须把献田安放在适当的位置,他必须以轰轰烈烈的农民运动为背景,加以烘托,才是符合现实的。

作者可能发问道:"你的话在理论上说得通,但我不是从一般的公式出发,而是完全根据实人实事的报导呀!当时农民只说了比较稀松的话,我也不好客里空地给添枝加叶呀!"

我想,我确实是从理论出发的,但如果这个理论是从现实中抽引出来的理论,那它就被赋予了报导现实的资格和权力,并不一定"凡理论皆教条"。从事实出发,一般说是好的,但也要看他所抓取的事实是否能代表本质的事实,如果是些偶然的、非本质的、不合乎客观规律的事实,那却是虽真亦假,记得高尔基曾说过这样的话:

"事实本身不一定就是真实,那只是一种素材而已,我们应将这种素材溶解,而从其中抽出现实的真正的真实来,不要把鸡毛和鸡肉一同炒。对于事实的偏爱,不外是把偶然的、非本质的东西和根本的、典型的东西混在一起。"

不把自己的作品看作"纯客观"的反映事实的镜子,而区分其本质与偶然,鸡肉与鸡毛,使作品不仅反映现实,而且指导现实,这是新现实主义创作方法与资产阶级"自然主义"创作方法的重要分野。

当作一篇文艺作品或报告文学来要求(这篇东西显然不是简明新闻),作者所抓取的材料是很不够典型的,还不是或不完全是"真正的真实"。一般说,这件事是没有加以描写的价值(它是一个多么蹩脚的事例啊!)即使一定要描写它,那必须同时显示出这样做是不妥当的，才使你的作品有提高的意义。但是，本文却没有这样做，再加对马秀英等人物理想化、片面化、简单化，更不免对事实有所歪曲。

这篇文章反映与提出了开展献田运动中的一个重大的问题，就是我们怎样去认识与运用献田运动，我们应当认识，"群众翻身的基本标志是群众的主人翁的自觉""即使经济利益得到了，而没有主人翁的自觉，那仍然是失败了"。如果群众没有"翻心"，不光在政治上仍要被人踏在足下，经济利益也极难巩固，一旦地主反攻或时局有个风吹草动，农民会暗暗又把租子送回去的。土地改革的重点应当是发动与教育农民翻心、团结、斗争，献田是一个必要的，但是次要的方式，它是农民运动的副产物。王慈喜家献出了土地，农民们自然可以表示欢迎，但农民们多年来给他当牛当马，而且有三年的租子未退，那农民自然是受之无愧，心安理得，以至理直气壮的。（因为献田的本质是还田呀！）农民们（以至每个通讯员或文艺工作者）可以赞扬地主的开明，却不能认为这是"额外的""开恩"，领导那件工作的同志不但未以这种精神去教育农民，使他们翻心、团结、斗争，连献田是怎么回事也没向农民解释清楚。（甚至连农会主任也不清楚！）于是出现了完全恩赐式的献田，这样做下来，究竟工作是成功了还是失败了颇值得研究，献田与发动农民孰重孰轻、孰先孰后，在这里是没有弄清楚的，——当然，文章写至此为止，这一缺点还可随后弥补，我们希望这一缺点随后能有圆满的弥补。

还有一个问题，即是王慈喜向马秀英说："那还税契吗？"秀英答道："不税契了，献了田就归了人家了。"这个话是不合政府法令的，依政府法令：凡土地转移不论以地抵价清算退租或自动献田，皆须另立新契，销毁旧契，以便确定产权，予以法律上的保障。再说，税契是新地主的事，旧地主根本不必担心此事。现在各地县政府多在印发布告，促农民快来税契，而农民也欢天喜地踊跃投税。

在一万万四千万人口的解放区，农民运动正以史无前例的广度和深度，轰轰烈烈地开展着，农民与地主的斗争是多么剧烈、微妙、生动而丰富！农民们在共产党的领导下，已经空前地觉悟起来，他们含着祖祖辈辈的忧愤，揭掉千斤重石，捏断万年穷根，挺身站起！他们排除与压倒了反动地主任何的阴谋与抵抗，又艺术地争取和团结了一切开明人士（农民是十分懂得策略的艺术的）。这些都需要我们加以反映，加以歌颂！日报上已出现过一些较好的作品，但较之伟大、丰富的现实，还是相形见绌的。这需要今后继续的努力。在这里，我觉得赵树理同志的《李有才板话》是十分值得学习的，从语言、结构，到观点、立场，可说是一本十分成功的作品。

我个人，对群众工作和文艺工作都未做过，完全是门外汉。谨陈管见如上，如能由此引起作者和各位读者的指教、讨论，那就是作者所十分希望的了。

（《晋察冀日报》1946年9月10日，副刊第101期）

# 读《李有才板话》

文涛

《李有才板话》，这是一篇很有价值的文艺作品，也是对我们有直接教育意义的一篇新小说，有些同志可能嫌它长，或者向来就不爱看文艺性的文章，就把它忽略过去了，现在请大家还是把它仔细看一下，因为这篇文章对我们很有帮助。

第一，文中生动活泼地写出解放区农民翻身的曲折斗争和细致地描画了干部的两种不同的工作作风，这对于我们领导减租、查租以及将来解决土地问题，都有最直接的教育意义。对于检查工作与干部作风，提出了最明确的标准。

第二，看了这篇文章之后，立刻就会感到我们的乡村政权和农会，究竟有多少已经切实掌握在"老槐树底下"一类受痛苦农民的手里？有多少还在"阎恒元"一类恶霸操纵下面？我们传令嘉奖的模范，竟有多少是章工作员所了解的模范，有多少是老杨同志所创造的模范？我们的队伍中有哪些人现在已经是穿起军衣，插上水笔，不下庙堂的陈小元？哪些人是糊里糊涂跟上老恒元跑的马凤鸣、张启昌？农村中是不是还有广聚这样的村长？是不是还有像小明、小保、李有才这一类的人仍在被驱逐、被压迫的情况下，唱不起干梆戏呢？当然我相信绝大多数的干部是老杨同志而不是章工作员，绝大多数的村政权，一定是掌握在老小辈手上，而不是在老恒元的支配下，但是我们应当认为就是有上三个、两个，甚至一个章工作员和老恒元也是严重问题啊！因此深入检查乡村政权和农会工作和各级干部的思想倾向与工作作风，是非常必要的。

第三，这篇文章对宣传工作者、文艺工作者提出了很明确的指示，这就是"板人"李有才的立场、观点和他的创作方法。我们虽然也发现了拓开科这样一类的"板人"，但我们对他们联系、教育、培养还十分不够，还不能使他们像李有才那样密切地发动农民斗争的情绪和配合农民斗争，甚至我们的一些文艺工作者是十分骄傲，只求搞出大名，而简直看不起这种精干有力的农村宣传家。这些，都是值得我们仔细反省和改正的。

(《晋察冀日报》1946年9月13日，副刊第104期)

# 诗　话

叶圣陶

从《文艺复兴》七月号,读到杜丹乡先生的几首诗,我最喜欢那首《宣言》。

> 你有鞭子,
> 我有意志!
> 刺刀是你的,
> 理想是我的!
>
> 我爱你所爱恨的,
> 你恨我所爱的;
> 咱们中间永远存在着一段天大的距离。
> 你有手枪的恐怖,
> 你有枷锁的威胁,
> 你有策略、命令……监狱、陷阱……
>
> 但是,你,
> 以及你的主人和你的徒子们哪,
> 却没有人民!

我说喜欢,也不必说什么理由,也说不出什么理由,总之,在如今时候,读这样的诗最配胃口,杜丹乡先生总称他的诗叫"愤怒的抒情诗",在如今时候,除了"愤怒的抒情诗",还有什么诗可以写的?

我也有些语句,像不像诗不管它,当然由于愤怒,够不够得上抒情可不敢说,姑且写在这儿。

你爱好听的名儿,

我把一切好听的名儿让给你,

咱们站在两边儿,

水火之势不自今日始。

你喜欢自居革命,

好,我就自居反革命;

可是,你骨子里若是反革命,

我就反反革命。

爆一声,

"咱们的中国!"

这话教我今天怎么说。

你不信铁树开花,

也可那么有一句话,

你听着,等火山忍不住了缄默,

不要发抖伸舌头顿脚,

等到青天里一个霹雳,

爆一声,

"咱们的中国!"

　　这"一句话"现在是"爆"出来了,而且,不只是一个霹雳,是漫天漫空的雷阵。可是,偏有人不爱听这"一句话",他们以为中国是他们的,"咱们"都没有份。一多先生就死在这上头。然而,你不妨想想那个比喻,"火山忍不住了缄默"。世界上有扑灭爆发的火山的事情吗? 除了妄人谁也不相信。

　　你喜欢自居正动,

　　好,我就自居反动;

可是，你骨子里若是反动，
我就反反动。
你，爱好听的名儿呀，
朝你说旁的话全是多余的，
只有一句话：
"不与同中国！"（《世界晨报》）

（《晋察冀日报》1946年9月15日，副刊第106期）

# 关于《夜半歌声》

由□

这是一部以革命为主题,而含有着恐怖性质的影片。发生的地点是在一个剧场里。在这影片制作的当时,还是中国有有声电影不久以后的事情。用现在的眼光看来,当然难免时有幼稚的地方,有的演员甚至连台词还不很会说,但谁知在上演的当时却博得了中国人民热烈的欢迎,这原因最重要的是因为剧情的紧张,时时拨动着观众的心弦。并且摄影成功,随处给增加了恐怖的成分。但其次最大的成功是剧本的作者,使全剧充满着文学的高尚气品,不同于低级趣味的俗调。现在我站在剧本者的立场上,略略地对剧本加以讨论。全剧中的构成虽然也有很多缺陷存在着,但也随时有精彩可见。最显然的地方是由宋丹萍与爱人会见,遭人毒打,爱人伤心哭泣表哥劝解以至于丹萍的脸被毁伤,和爱人疯狂的几个场面。这几个场面在构成上抓住了故事的重点,将每个场面都放在适当的地方,既简洁,又有力量。再加上台词运用恰当,演员演技动人与导演的处理便造成了一个大的高潮。给影片幼稚的中国电影界,放出一道异光。

其次是缺点的存在,认真分析起来,也不能否认的。最重要的是宋丹萍与孙小鸥的对立,破坏了统一的条律。这样他们二人,各能成为剧中的主人翁,而又各不能成为剧中的主人翁,使寄附在演员身上的剧中最紧张的情绪,不能集中或更加强。并且丹萍既有爱人,小鸥亦有爱人,最后故意使小鸥的爱人死去,也不免露出造作的痕迹来。并且以解释爱的立场来说,对于丹萍的爱人的处理合理了,而对于小鸥爱人的处理却不甚合理。虽然两个爱人的冲突给剧情中激起了一些动力,但于剧情的进展上终难免有些不自然。还有剧中有时以唤起革命思潮为目标，又有时以解释不幸的爱为中心，两种故事的处理未能合一化，也是一件遗憾。

影片的故事是需要复杂的，但主要的在剧本构成时，却必须合一，也就是一切的故事都向着剧情的中心，而能使剧情的中心增加力量。这样，许多故事的小力量才能融合成一个大力量，而不分散。

《夜半歌声》的脚本就稍稍犯了一点这种毛病。所以难免有"美玉之瑕"之嫌，不然在中国电影史上，这要算最放光的一页了。（摘自《东北电影工作者》创刊号）

（《晋察冀日报》1946年9月17日，副刊第108期）

# 谈 灯 影

易人

灯影在今天幻灯尚未普遍，电影更付缺如的广大乡村里，我认为是最好的宣传工具，它用人不多，文武场六七个人就够了，服装道具只要有一个大纸烟盒子就都可装下，而演出的东西却是包罗万象的，古装旧戏、飞机大炮、山水树木，都可以搬上影幕。前年我与几个同志制作了几个小戏，很受群众欢迎，老百姓叫它土电影，在唱腔方面我们采取了当时流行的郿鄠调，一支嘹亮的短笛，伴奏以四弦在深夜的广场上，影人跳来跳去，是非常富有诗意的。

由于几年来这种东西渐渐稀少，那种特制透明的驴皮已经不好买了，所以我们就改用了纸的，方法是这样，拿那种糊灯笼的薄绵纸，用糟过的浆糊把它黏成纸板，三四五层不等，然后把画过的人体部分黏在上面以后雕刻，头部用薄的，腰部用中的，腿部用厚的，这样玩起来，便于黏在银幕上，头部也显得有精神，除竹签上有铁丝环外，最好人体上也有小环，因为纸的没有皮的耐，以防损坏，故涂上颜色后，再抹上桐油，使之透明、坚固，这样全部过程就完结了。至于放炮中间的烟雾，或飞机丢弹等，仍用旧艺人喷烟的办法，道具中间的活门窗，只要用铁环挂上，增加一支竹签就行了。耍签子是艺术内的技术，初学时不妨一个人耍一个人，节目中间的人物多，除拿签子的外，还可增加几个帮签的。下乡演时，除预演过的节目外，不妨带点纸板同刀子，以便临时发生事故，马上编成戏，雕成人，就可上演。因灯影不用背台词，在幕后看着剧本唱白就行。这样又及时、又轻便。剧社如附带有一套，当演戏不方便时，演上一次灯影，一定也会得到观众欢迎的。

（《晋察冀日报》1946 年 9 月 19 日，副刊第 110 期）

# 关于民间文艺

何干之

一九四二年文艺座谈会的讲话之后,解放区的文艺运动,走上了一个划时代的新方向。这个方向,是要创造为工农兵的民族形式的艺术。所以在戏剧方面有秧歌的演出,有平剧的改造,有敌后斗争的话剧;在文学音乐方面,则又有民间故事、民歌、民谣的辑录等。循着这一条道路,我们要创造新的艺术。

这个方向,我们在鲁迅先生的著作中,找到了许许多多的片段,这些片段的思想,发掘是深刻的,彼此又是互有关联的,合起来就成为关于民间文艺的有条理的见解。这个革命的遗产,也为解放区所承袭,所发展,而且实行起来。

鲁迅是很注意平剧的,他常提到梅兰芳。他认为梅兰芳是有过变迁的,这就是老百姓心中的梅兰芳和士大夫心中的梅兰芳的变迁,当梅兰芳演俗戏的时候,他所饰的乡妇村姑,虽则"猥下肮脏",但是"泼辣有生气",可是待到他化为天女,化为林妹妹,从俗众中脱出,被供在庙堂里,老百姓就看不懂和听不懂。民间的东西,一被文人学士所夺取、所强奸,它就变了质,于是梅兰芳也和俗众隔膜了。

也许有人说,梅兰芳由俗变为雅,这是他的艺术的进步,但正是这一变,使他由老百姓的占有物,而变为士大夫的占有物。雅确是雅了,但老百姓是不需要的,于是和梅兰芳疏远了。所以这"俗气",正是一个优伶的生命的寄托,比如那老十三旦,也为鲁迅所提起的,他到了七十岁,一登场,依然满座喝彩,这就是因为"他没有被士大夫据为己有"的缘故。

(《晋察冀日报》1946年9月20日,《鲁迅学刊》第4期)

# 《少年鲁迅读本》读后

欧阳凡海

在张家口,《少年鲁迅读本》的出版,对鲁迅精神的宣传与普及是一件有意义的事情。《少年鲁迅读本》把鲁迅先生少年时代的一连串富有教育意义的故事编成十四课浅近的读本,每一课是一个独立的单位,按照这个单位所包含的故事本身的教育意义,作者再就题加以发挥。这样,便使鲁迅先生少年时代的这些事迹本身,变成了后代的模范,变成了少年们接近鲁迅精神的初阶。

本来,鲁迅先生一生的业绩不是几句话说得完的,成人要懂得鲁迅先生就不十分容易,何况少年?但现在,孙犁同志这一本书,却对这问题提供了一个帮助。当然,这仅仅是一个帮助,还不是问题已经解决了。问题的更好地解决,还需要今后大家更多的努力。

这本书的最大的长处是每课都是一个故事,而这故事本身又包含一定的教育意义。其次,作者就每课故事本身的教育意义加以发挥时,没有流于说教,写得颇具体生动。这样,读者读去既感有趣,也能获益,并不觉得单是事实的堆积,也不觉得枯燥厌烦。

但这本书也有缺点。各课之间,好的和差的,距离很大。我个人觉得,最好的是第一课和第十二课。这两课除了有一般的如我上面所说的优点之外,主题又很集中,思想表现特别明确。恐怕像这类教科书式的课本,限于字数,主题思想不特别单纯、集中,是很不容易供少年的读者得到明确概念的,这两课是做到了。

与以上二课相反,比方第七课,叙述鲁迅童年时代的环境,举出了三种不合理的现象,却用几句抽象的话,如"看清他们的脸""要求新的教育,……正直和勇敢"等来说明了鲁迅对这三种不合理现象的批判，就算结束了。其实这是不够的，对这三种不合理的东西，应该各有其不同的具体批判，最好分写三课，现在合写一课，内容太杂，思想便不容易发挥了。

第六课写得更差。狗和猫结仇的故事与鲁迅的祖母讲故事的情况很少关系，插进这一段，使上下文不甚连贯，似乎没有必要。鲁迅为什么不愿听那些说鬼说怪的故事，单纯用害怕来解释，也觉得教育意义不够。至于摘引鲁迅自己那一段关于百草园的描写，更没有必要了。

第四、第五课，关于鲁迅为什么爱现实世界的活的东西，为什么爱画图画，还需要再发挥几句。第十课在鲁迅弃医而学文艺的地方，也需要再说明几句。否则，儿童是不宜了解的。同课后半也说明太少，或者索性不要，省得太杂。第十四课，没有把鲁迅的"堑壕战"点出，是一个缺点。书中写是写到了，但没有点明。其实，在鲁迅的战术中，这是一个主要战术，"打落水狗战术"倒不是主要的、常用的。作者既然在开头引了毛泽东同志的话，我以为在分析鲁迅先生的战术时，顶好也按毛泽东同志的话指出鲁迅先生的战术怎样的合乎科学和怎样的严肃。

此外，还有些小毛病。作为少年读物，有个别的地方用倒句，嫌欧化了点，比方第二课的最后一句；有个别的地方句子太长，比方第十三课就有一句很长的句子；有个别的地方行文次序欠佳，比方：第三课第二段最后一句中的事实，如能移前说明，给人的印象当更清晰些。印刷上也不够仔细，比方：第四课第四段第一句话，一定漏了一个字，不然就不通——《山海经》错成《三字经》；第七课，"子"字错写为"了"字；第十一课，引号不清等。少年对印成书的东西，是当作文范本看的，所以这也值得再版时注意。

尽管有这些缺点，但一般地说，这本书是成功的。我前面所说的优点,差不多可以说,一般的每课都多少有点具备,在鲁迅精神的普及上,在少年中进行鲁迅精神的启发教育上,这本书是有用处的。

一九四六年八月三十一日

(《晋察冀日报》1946 年 9 月 20 日,《鲁迅学刊》第 4 期)

# 保卫莫斯科的雄狮是怎样训练的

## ——读《恐惧与无畏》后

宋明馨

《恐惧与无畏》这本书主要内容是叙述一个营的新兵,是怎样在一个短短的时间内训练成一支坚强的力量,将各种不同成分的非武装人员,凑合起来的新队伍,很快地从意志上、心理上、技术动作上、组织纪律上训练成一支锋利的"宝剑"、无数的"战鹰"。它告诉我们带兵和用兵的人,如何从严格的纪律、认真细微的技术动作中,把战斗学会,把"恐惧"肃清,认识了战争是为了"活",不是为了"死",并且学得了"活"的本领。这种认真、严格的实际主义的精神,具体细密的检查与指导的方法,是值得我们深刻学习与体会的。我们掌握这种精神时,应根据我们部队的情况具体运用,机械地搬运一定会碰钉子。

首先,我们看到巴武尔章的部队,有严明的纪律,他对违犯纪律的人绝没有一点姑息,他对胆怯的人、对逃避战争的人、对背叛祖国的人——对自做残废、制造恐惧的巴郎巴也夫,采取了坚决的处置。在场的全营部队,每一个人都跳动着恳求饶恕的同情心,巴武尔章毅然决然地把他枪毙了,纪律好像是无情的、冷酷的。可是,他,巴武尔章是有感情的,是很热情的、情感很丰富的人,他的感情,表现在强烈的热爱祖国上面。他也深切地仇恨敌人,法西斯匪帮,他更憎恶向敌人低头、背叛祖国的胆怯而制造恐惧的巴郎巴也夫。虽然巴郎巴也夫也是卡萨克人,他们过去很熟悉,且赞佩过巴郎巴也夫。但是他为了纪律、热爱祖国、仇恨敌人的情感所凝结的红军意志,保障祖国生命的灵魂——他不能顾及什么。他以铁的意志和恐惧作斗争。不仅在战场上作战,在战场外教练也是一样,他不姑息,因为姑息就要

"死"，就不能"活"。第二连长，谢维流科夫，烟草工厂的经理，四十多岁身体肥笨的人，已经跑得汗流满面气喘吁吁的人了，他虽然能体验到那是怎样的情况，但也不姑息，仍叫他跑步到队伍前边来。那为了什么呢？——也是为了"活"，能打死敌人，不被敌人打死。

第二，他训练部队的方法和要求，是那样的实事求是、严格、细致。他们第一次行军就是五十公里，出发前他检查行装，发现了卡尔库沙和高鲁布操夫十几个人的装备不确实。他们的大衣卷和手榴弹袋不好，他问了他们，叫他们跟自己走，途中不让他们拾掇。到了目的地有锅炉而不使用，只发给他们生肉。人们纷纷议论着，——他是知道人们恨他，他检查阵地看见战士用细木料上面盖上沙土，他用手枪打穿后叫战士下去看，"不盖上五层粗木料还叫他弄掉"……在阵地前叫战士们试射……这是多么认真细致和深入具体的检查？可是，他知道当时战士们是多么不满意他。然而，他更知道，如果就那样马马虎虎地过去，人们是满意的，法西斯的炮弹和机枪是更满意的，这里不仅是严格而且是合乎实际情况的科学教育，是从实际中体验出来的真理。他们做一件事、一个小的行动都看着表。这就是科学的计算。战争，是综合的科学活动，需要精确的计算、准确的行动。严格的要求，是使一切活动都按计划进行。

第三，巴武尔章的部队，能利用一切机会寻找战斗，从战斗的急流中，去磨炼他的"宝剑"。在战场上他使部队轮流着一班一班地出去侦察，使每个人都有机会与敌人接触，他组织他们去袭击敌人，他将胜利的愉快，像电流似的将全营战士感染起来、奋发起来。去寻找敌人的目的，是要从战争中去学习战争，使恐惧的心理变为无畏的意志。

第四，他是一个军事人员，但他又是一个漂亮的政治工作者。波仔沙诺夫是个政指，他不仅向部队讲"死"，而且讲得是那样抽象，那么一般的大道理。巴武尔章则不然。他告诉战士们打仗是要活。他一个一个地问，是愿意活、是愿意死，他从这一个分界上去引导战士认识要活的道理。他从每个人的生活和家庭谈起，告诉他们这就是祖国，祖国就是自己。

最后要认识，巴武尔章并不是一个不懂战士心理，故意与战士"做对"的主观主义者，而他的心经常是与战士的心交流着。他不让卡尔库沙修整手榴弹袋，不让高鲁布操夫修理大衣卷，让大衣卷把领子磨红，不叫战士们用锅炉做饭，发给他们生肉。他不知道战士们恨他吗？他知道。当时战士们是不知道的。当行军回去以后说出了战士们的心情，战士们也了解他了，齐声高呼"为了苏维埃"。当谢维流科夫的连没有掉队的时候，当这个连十八分钟转移新阵地完毕的时候，当战士们说偷着打了枪，没等命令射死憎恨的野兽回来报告的时候，当他这一支队伍成了一把利剑的时候，他不是和大家一样的无限兴奋吗？

正因为他是密切与战士的心情一起波动着，与战士一起生活着，才使这支队伍变成了如意使用的"宝剑"。巴武尔章、潘非洛夫，这是在莫斯科大门上与德寇决斗过的英雄，当时不仅在沃拉高拉木斯克前线上，在加里宁，在威雅泽马、图拉等德寇都已经涌上来了，像潮水一样地要将莫斯科淹没，可是保卫莫斯科的英雄们，将德寇如秋风扫落叶地赶了出去。巴武尔章的一个营，只是这些英雄们的缩写。

我们解放区，现正遭受着中外反动派的进攻。我们爱祖国的人民正踊跃地参军，一营一营地组成额外的新的师团，但要怎样把这些新的部队，认真地负责地在战场上，或战场外训练成锋利的"宝剑"，成为拖不垮、打不烂的队伍，读一读《恐惧与无畏》是有帮助的。

（《晋察冀日报》1946年10月2日，副刊第123期）

# 把尖利的画笔刺向中外反动派

## ——关于蔡若虹的漫画

薛景瑄

从今年春三月以来，我断断续续地在几种报纸和刊物上，读到蔡若虹同志的一些漫画，最近又将它搜集整理齐备，按照它问世的顺序加以排列，重读之下，心中很有些感想。

若虹同志的漫画，是以态度严肃、幽默、讽刺两皆含蓄见长的。尤其在他最近发表的三十余帧画幅中，可以使人稳重地觉察到，作者正力图摆脱着西洋漫画技巧的束缚，克服着一般漫画创作上的狭隘性，并进而使自己的漫画直接地从人民当前的斗争中获得意识，吸取想象，和采摘新的表现方法。这种努力，对我们边区目前的漫画界来说，是新颖而又非常重要的。在我们边区内少数的漫画家中间，优秀的作家和作品都曾出现过；但是由于蔡若虹同志的新的努力，像他这样有系统、有准备地，用他的画笔，将目前国内战争中所发生的重要事件，从各个正面和侧面而给以系统描绘的作家却不多见。

很明显地，漫画常常是在斗争最尖锐的地方出现的。因为只有在这种关头，才能更加暴露敌人和异己者的丑恶，而必须给以即时的揭穿、讽刺和嘲笑；同时也是常常在这样的时候，胜利的斗争着的人民，也最能表现出他所加予敌人的那种更机智、更加动人心魄的讽刺和嘲笑而赋予作家以创作漫画的灵感。无疑地，漫画家的科学的工作，将会克服我们漫画创作上的沉寂现象，而大大地有助于人民当前正在进行着的正义性的斗争。若虹同志的漫画，是在一定程度上正在努力满足着这个要求的。这点，我们不难从下面作者最近所产生的几幅优秀精湛的作品中看出。

《是天灾，还是人祸？》这仿佛是一篇流传在人民中间的一个令人悲喜交集的传奇一样。在画幅中间，作者安置了一棵粗大的古树，树的一半是枝叶繁茂、果实累累地覆盖在解放区的天上，在那下面的人民，是家家炊烟，男耕女织，商业兴盛，过着丰衣足食的生活。作者像是在勾画着一篇散文诗一样的，笔触是那样轻松明快，赋予了抒情的格调。但是树的另一半的枝丫，却都枯死了，在那枯枝上面有被国民党"田赋征实"逼得吊死的人民，地上是饿尸遍野的悲惨图画，就是这样，国民党还用绳索和皮鞭，驱策着无辜的青年来进攻在另一块土地上安居乐业的人民。这种对比的讽刺，激起了一种有力的愤怒，据说北平的一个小贩在看了《解放》（三日刊）发表的这漫画之后说："国民党是从老百姓的白骨里榨油，共产党是只怕老百姓骨头上不长肉！"这是人民对反动派最真实最动人的讽刺，也是对这幅画的最严肃的批评。另外作者曾用同样对比的手法、差不多的题材，画过一幅《胜利之灾与胜利之果》，也很获好评，这种表现手法，无疑的是人民在现实的斗争中所要求所需要的。

《乌龟进门槛》，是作者借用一句在中国民间流传很广的"歇后语"作为□题，来讽刺蒋介石的内战政策的画幅。正如画中所显示给我们的一样，蒋介石这个有着浓重乌龟脾气的黩武将军，在边区人民的英勇反击下，他一定是一跌再跌，而最后"跌个四脚朝天"，爬不起来，一败涂地。这是一幅有着人民的幽默的画幅。另外，作者以同样的精力、同样的贯注，又创作了一幅以《罪恶的买卖》为题的漫画。画中画着的蒋介石，正像我们通常在骡马市所见的那些"牙子"（经纪人）一样，他一手提着中国的航空权作资本，一手在和太平洋剩余物资拍卖店的"山姆大叔"在袖筒里做着讨价还价的生意。他那双老奸巨猾的眼睛，是那样贪婪地望着店里用布罩掩盖着的大炮，和各种各样的军火。这幅画使人民那么熟悉地认识出了美帝国主义帮凶者的虚伪与恶毒,看穿了蒋介石的卖国与无耻。上面那是两幅画面简洁、章法完整、想象通俗和讽刺有力的作品,任谁看了,都不能不赞叹作者的惊人的努力。

其他如描写抗战胜利后,工人的失业惨景的《在胜利门外》,描写远东国际法庭上日本战犯暴露蒋、日一家的《马脚毕露》,描写蒋介石卖国买枪打内战,结果厌战的蒋军却把那些美式枪械交给八路军了的《买办买办,卖国打仗,前面接枪,后面出让》等画幅,也都是精心之作,限于篇幅,就不再一一介绍了。仅就上述读者所涉及到的一些画页,就很可以看出作者是在做着怎样的努力,和有着怎样的成就了。

作者在创作过程中的新的努力,不等于说作者完成的作品就没有缺点了,在他的作品中也还是存在着像《美化中国图》那样罗列现象的作品;像《好一个密切关系!》那样过于欧化,使人难懂的作品;像《胜利之灾与胜利之果》那样的画面显得烦琐而不集中的作品。这说明作家驾驭一个改造创作的过程是如何的不易。但是,由于这些缺点在目前对于作者来说并不是重要的方面,所以就更显得笔者的过于挑剔了。若虹同志的新的努力已经说明他有了新的可贵的收获,新的经验同时也证明了新的漫画应该更加扩大它的读者范围,而使之与人民更加接近。这正像陕甘宁边区的劳动诗人孙万福的诗,已经打破了关于新的神秘界说一样,现在我们应该打破漫画对于读者层的"限制性"的妄说,边区的读者需要边区漫画界的新的努力和新的成就。

(《晋察冀日报》1946年10月5日,副刊第126期)

# 短些，再短些！

乔木

话说得短，说得简要对我们沾了"长风"的不是易事。我回想自己说过的话，看看写过的什么，每次先叫我难过的就是既不简又不要，想起"由俭人奢易，由奢入俭难"这老格言果然不错。一九四二年二月八日延安反对党八股的大会原先就叫压缩大会，四年半了，压缩尚未成功。那次引的鲁迅的话，"写完后至少看两遍，竭力将可有可无的字、句、段删去，毫不可惜"，依然是我们的警钟。

我们的说话短要靠开会的主席，作文短就靠解放报的编辑。因此我向解放报提个议：（一）新闻要五分之四是一百字到四百字的（内中至少五分之一还要能概括一时一地一种情况一项问题的全貌）；（二）通讯和副刊稿件五分之四是四百字到一千字；（三）研究□文、专文等等五分之四是四百字到两千字。道理无需列举。这对读者作者都有大好处，都是大解放；五分之四以上的作者原也是爱写短的，现在是地盘叫少数大地主霸占着了吧。

我还是投稿给副刊，就说说我们的副刊吧，它在全国的同类中篇幅特大而篇数特少。我看到的其他解放区"大报"纸也多学这个样，有时还更阔气些，一版只见两三个大题，甚至花几整版登一篇"半文学"的作品。那些地方另有杂志，可见延安副刊的派头并不由于没有杂志。我想我们应承认群众观点太弱，或者承认我们还不会给报纸写作，没弄清每天写给几十几百万人跟每周每月写给几千人的区别，没记着写得愈长看的人就愈少。黎烈文编的《申报自由谈》未必是给大众看的好副刊，它的小杂作已经太少了，但还是以我们一半的篇幅登了几倍多的东西，其中大部分（包括鲁迅那些伟大的小□

文)不过几百字长短。我们按说得更通俗、更活泼、更丰富,除了例外,每篇平均字数得更少。让我们有这样的副刊吧,它没有太多的可有可无的以各种名义出现的列宁所谓"智识分子的议论",可是每天万把字的版面上挤满各种作者读者、各种内容形式的几十篇稿件信件,切实而紧凑地传达着生活和战斗的各个侧面,传达着群众的嘈杂,好比生意旺盛的花园一般!

(《晋察冀日报》1946年11月26日)

# 读了一首诗

陆定一

我以极大的喜悦读了《王贵与李香香》。因为这是一首诗。

自从"文艺座谈会"以来,首先表现出成绩来的是戏剧。那年就有新式的秧歌出场了。《兄妹开荒》现在已经传遍全国。新的戏剧运动,范围非常广大,改良的平剧出现了,《血泪仇》和《保卫和平》等秦腔戏出现了,新式的戏剧《白毛女》出现了。这方面的收获最快、最丰富。戏剧真正到了人民大众里面去了。

其次跟着来的,是木刻。这方面革除了外国气派,采取了中国气派,也有很大的成绩。现在解放区的木刻代表了中国,在全世界有了地位。

来得更晚些的,是小说和说书,这是最近一两年间才有的。小说里面,如《李有才板话》《吕梁英雄传》《抗日英雄洋铁×》《李勇大摆地雷阵》等,获得广大的读者,教育了广大的读者,并在小说的领域里展开了新的一页。在说书的方面,有韩起祥编的许多本子,显出民间艺人惊人的天才。

比较来得更迟的,就是诗了。《王贵与李香香》,就是这样的新诗。用丰富的民间语汇来作诗,内容形式都好的,在外面有袁水拍先生,现在我们这里也有了。

我们看到:文艺运动突破一重重关,孟晋不已。出来了新的一套,出来一批新的人物。每一次这样的胜利,都表示了新民主主义文艺运动对于封建的、买办的、反动的文艺运动的胜利。新的文化在一个一个地夺取旧文化的堡垒。反动的文艺,因为它有"民族形式",虽然内容反动极了,但在人民之中据有地盘,毒害人民。革命的文艺如果不学会自己的民族形式，即劳动人民所喜见乐闻的形式，哪怕内容很好，就不可能在几万万人民的头脑里把旧文艺的影响打倒、肃清。

　　文化的斗争，这是不流血的。但是，不把几千年来的封建文化所筑下的无数堡垒一个个地夺取过来，并建立起新民主主义的文化堡垒，那就不会有新的社会。这是一件极其繁难的工作，需要极其坚韧不拔的努力。谢谢毛主席，他给我们指出的道路。谢谢领导文艺工作者走毛主席的路线的许多同志，他们的努力有收获。谢谢新文艺的开路先锋的各位同志，他们在文艺战线上披荆斩棘，开出了道路，他们是文艺战线上的战斗英雄。我们离开完成任务还很远，不要骄傲，不要停止。

（《晋察冀日报》1946年12月28日）

# 关于《李有才板话》

茅盾

前些时候读过马烽和西戎的《吕梁英雄传》，觉得很好，曾经写过一点读后感，现在再把读了《李有才板话》以后感想也写一点吧。

《李有才板话》是赵树理写的一个中篇小说。赵树理是解放区的新作家，他的第一篇为人所知的短篇小说《小二黑结婚》，在一九四三年发表之后，立刻在群众中获得大量的读者，仅太行一个区就销行达三四万册。群众并自动地将这故事改编剧本，搬上舞台。（引见周扬《论赵树理的创作》）继《李有才板话》之后，他又发表了长篇小说《李家庄的变迁》。

我也读了《小二黑结婚》，可惜还没有借到《李家庄的变迁》。这一篇小文打算只说一说《李有才板话》，因为这个中篇当然可以视为赵树理（到目前为止）的代表作。

《李有才板话》写的是解放区的农民"为实行减租减息，为满足民意、民主、民生的正当要求而斗争，这个斗争在抗战期间大大地改善了农民的生活地位，因而组织了中国人民抗敌的雄厚力量。抗战胜利以后，减租减息与反奸、复仇、清算的斗争结合起来，斗争正在继续深入发展。这个斗争将摧毁农村封建残余势力，引导农民走上彻底翻身的道路。……它正在改变农村的面貌，改变中国的面貌，同时也改变农民自己的面貌。这是现阶段中国社会的最大最深刻的变化，一种由旧中国到新中国的变化"。（引见周扬《论赵树理的创作》）《李有才板话》写农民与地主的斗争，而斗争则围绕在改选村政权与减租减息两个问题上，为什么发生"改选村政权"这问题呢？因为阎家山的地主阎恒元利用了村里的落后农民和落后的工作干部，通过了在作村长的他的私人,而把持了村政权;并且愚弄着那个年轻、热情,但是没有经验,犯了主观主义、官僚主义的章工作员(区派来的);又打击、分化、收买农民中的积极分子。村政权既然这样的不民主,那自然要发生贪污,使得减租只是个名目,农民依然受地主的剥削。结果是县农会主席(一个长工出身的人)偶因公事到这村里来,看见村公所像个衙门,村长及工作干部居然都有官架子,觉得不对,于是他取了群众路线(和农民们住在一起,同饮食,帮他们打谷),得到农民们的信任(相信他不会"官官相卫"而帮助地主阎恒元一党),弄清楚了阎等的不法和奸诈,鼓励农民开大会改选村政权并清算了阎恒元这伙。《李有才板话》让我们看见了解放区的农民生活改善的斗争过程和真相,使我们知道此所谓"斗争"实在温和得很,不但开大会由群众举出土劣地主的不法行为与侵占他人财产的证据,同时也许地主自己辩护。近来有些人一听到"斗争"两字便联想到杀人流血,凄惨恐慌(这都是听惯了反动派的宣传之故),遂以为"改善农民生活"乃理所当然,而用"斗争"手段则未免不温和,哪里知道解放区的"斗争"实在比普通的非解放区的地主老爷下乡讨租所取的手段要"温和"了千百倍呀!地主老爷下乡讨租不但带着武装,而且往往一言不合(佃户的对答稍欠恭敬,或稍稍申诉自己的痛苦)就打佃户,乃至带回县里押起来。两者相比,谁是温和,谁不温和,亦就可以了然了。我还疑心《李有才板话》所写的,尚不免夸张,事实上恐怕还要温和些,恐怕地主欠农民那笔账,不会算那么清楚,事实上是地主该吐还十块钱的时候能够吐出七块八块也就算了:地主们之狡猾和以钞为命,我是知道得很深刻的。

《李有才板话》是一部新形式的小说(这里和章回体的《吕梁英雄传》不同的),然而这是大众化的作品,所谓"大众化",可以从下列诸点得到证明:第一,作者是站在人民立场写这题材的,他的爱憎分明，情绪热烈，他是人民中的一员而不是旁观者，而他之所以能如此，无非因为他是不但生活在人民中，而且是和人民一同工作一同斗争；第二，他笔下的农民是道地的农民，不是穿上农民服装的知识分子，一些知识分子那种"多愁善感""耽于空想"的脾气，在作者笔下的农民身上是没有的；第三，书中人物的对话是活生生的口语，人物的动作也是农民型的；第四，作者并没有多费笔墨刻画人物的个性，只从斗争（就是书中故事）的发展中表现了人物的个性；第五，在若干需要描写的地方（背景或人物），作者往往用了一段"快板"，简洁、有力，而多风趣，——这也许是作者为要照顾到他这小说的题名《李有才板话》。但是，我们试一猜想，当这篇小说在农民群中朗诵的时候，这些"快板"对于听众情绪上将发生如何强烈的感应，便知道作者这一新鲜的手法不是没有深刻的用心的。

由于两种努力的汇合与交互影响，解放区的文艺已经有了新的形式。这两种努力一方面是和广大人民生活且战斗在一起的革命的小资产阶级作家，为要真正服务于人民而毅然决然不以本来弄惯的那一套自满自足，而虚心向人民学习，找寻生动朴素的、大众化的表现方式；另一方面是在民主政权下翻了身的人民大众，他们的创造力被解放而得到新的刺激，他们开始用"万古当新"的民间形式，歌颂他们的新生活，表现他们的为真理与正义而斗争的勇敢与决心。《李有才板话》是这样产生的新形式的一种。无疑地，这是标志了向大众化的前进的一步，这也是标志了进向民族形式的一步，虽然我不敢说这就是民族形式了。

（《晋察冀日报》1947年1月13日）

# 为新的农村着色

## ——介绍冀中制作的新年画

蔡若虹

今年的春节实际上是解放区农民的翻身节,它汇合了从抗战结束到土地改革完成的一连串斗争胜利的欢快串。因为胜利是空前的,因而欢快也是空前的。但是,为了爱国自卫战争仍在向胜利行进,欢快的意义就不能仅仅是停留在已经取得的胜利上面,必须通过欢快去认识过去一切痛苦的根源,必须为巩固现有的欢快而积蓄新的斗争力量,必须将过去的斗争经验和当前的斗争任务结合起来。所谓欢快,那就是盛开在继续胜利和必然胜利的信心上的精神花朵。一切的文化艺术活动,都将成为培养这种斗争精神的滋料,成为解放了的农民进一步地教育自己提高自己的手段。看,春节到来了,新的农村在春节中呈现了新的气象,艺术活动是新气象中的特色。如果说,秧歌的演奏代表了一个新的农村的声音,那么,春联和年画就应该是新的农村的色彩。

今年在冀中出版的新年画,是恰当其时地满足了新的农村的要求。仅仅从销售四十万份以上的数量来说,就不能不算是空前的盛举。这可以作为解放了的农村在经济上文化上不断上升的例证,又可以作为一切艺术活动只有实践群众路线才能得到巨大成就的例证。

冀中新年画这次能够大量地出版,首先应该归功于十一分区王雅波同志、冀中文协和抗敌剧社田零同志三方面的积极推动,从动员印刷工人和民间艺人,利用武强固有的印刷条件,开作坊、办画店,以及灵活地解决了资本与材料问题等等,这才给新年画的出版发行开辟了一条大路。没有他们的努力,就不会有今天这样的成绩。在过去,年画工作虽然每年都在进行，但因为没有适当地利用民间的印刷条件，出品的成本常常比旧年画高出数倍，印刷的效率也减低数倍，更加上发行工作的薄弱，使新年画的销售不能达到通畅。这是所有参加年画工作的美术工作者一致认为最大的憾事，也可以说明出版发行工作是发展年画的重要环节。这次冀中出版新年画的经验，值得各地方文化机关的注意和提倡，并且应该发扬王雅波同志努力文化普及工作的精神，使新年画今后能够普遍地发展。

这次我所看到的冀中新年画有九种，内容包括有生产、自卫、参军、优抗、土地改革、学习文化、清算复仇以及小说故事等等。表现方式有四扇屏、连续故事画、农节图及单幅创作多种。参加年画创作的有民间艺人、联大的美术教员、小学教员和其他美术工作者。据田零同志的来信说，最受群众欢迎的是描写农村劳动生活的四扇屏（小学教员张化民作）和农节图（民间艺人郝云甫作）。前种是说明十二个月中的生产节目，后一种仅仅是在优抗图上面附加一张农历表。它所以得到群众的喜爱的原因，是因为图画的内容与农民的生活取得直接的联系，反映了而且帮助指导了农民生活中的劳动程序。这样的主题在新年画中应该占重要地位，因为在土地改革之后，农民不会再把希望寄托在缥缈的幻想里（如突然发财或意外的丰收之类），土地的归来使农民正视了现实，新年画就应该是农民现实生活的画像，应该是加紧生产和保护土地观念的精神画像。凡是围绕着这一主题的作品，农民一定是欢迎的。当然，合乎中国传统的美术形式的四扇屏，也是受群众喜爱的一个原因，值得今后的仿效。至于过去想利用旧年画中的财神灶马之类的形式，装上新内容而挤出迷信成分的企图，在今天是应该取消了，因为农民在他自己的斗争中、经验中已经赶走了迷信。有这样一个例子：一个农民给他的灶王爷下了驱逐令，他说："你是天天看见的，咱从前吃糠面野菜，你没个办法，如今咱翻身了，吃上白面了，你在这儿也没啥用。"这难道不是一个很好的解答吗。

白毛女连续故事画（郝云甫作）也是群众最喜爱的一种，销路也最多。本来，连续故事画在民间（无论是城市或乡村）的地位，总是占通俗读物中的第一把交椅。形象的故事给予读者的印象既较文字深刻，在文化尚未普遍提高以前，故事画更有它独特的力量和重要性。大量制作故事画册，是今后美术活动在实践群众路线上一个主要的方向。另外白毛女连续画得到群众的欢迎，不仅是因为白毛女故事已经被群众所熟悉的缘故，而是在过去的封建压迫下，群众本身生活与白毛女故事有血肉相连的关系。白毛女的故事是千千万万农民本身生活的缩影，因此，虽然白毛女故事画在编制和表现技巧上都存在着缺点，但群众，却不因为这些缺点而加以拒绝。正确的主题，真实地反映群众生活，在艺术创作上总是首要的一环，这是不能变更的。

关于根据历史或小说来编制的年画（如逼上梁山），我认为与其择取故事中的一个场面，不如仍从连续的描绘为佳。不然是不会得到效果的，而且会落到旧年画的陈套里去。

其他单幅的年画，也各有各的特色，不同地反映了目前农村生活的一面，表达了革命的农民的愿望和欢愉。在表现技术上，人物的形象和地方色彩都比较过去有更多的注意，至于如何再前进一步，那只有从群众的意见中去做深入的研究了。

在这一次的年画欣赏中，使我再一次感觉到学习民间美术的重要，我认为国画的表现方式是一个丰富的宝藏，值得大家去开发，民间美术就保存了国画中最主要的优点，也可以说是艺术的特点，风格不过是从属于这种特点的外貌而已。这种特点，概括地来说就是表现主题的明确，为了达到明确的目的，它就具备了特定的艺术手段：它不惜打破透视的法则，从一整个家庭的景象来说明这家主人的身份，也可以抛弃光影的明暗，只从形象与形象之间去取得相互的区别，它不愿离开环境来描写人物，却喜欢用陪衬来说明主题，它强调视觉上形象的平面化，因而冲淡了物体原有的立体性质。由此种种，表现方法上：轮廓就必须清楚，线条就必须简练，色彩就必须鲜明……一句话，它要观众明确地了解图画的内容。是这样的一种艺术企图，不管它在表现上附有何种糟粕，仍然不能否认它的价值，不能轻视它在中国人民中的传统地位。取长去短，正是我们今天所要学习和研究的。

以上是看了新年画以后一些零碎的感想，写出来供大家参考。据说王雅波同志在取得出版经验之后，要继续而且扩大这种文化普及工作，要将连续故事画册、教学挂图、图画课本等等都逐渐编制出版，这是一件好事，是文化工作在群众路线上一个更经常更深入的实践，是完全符合新的农村要求的。愿我们美术工作者，都努力为新的农村着色！

（《晋察冀日报》1947年2月13日）

# 新华总社对各解放区新闻工作的几点口头意见
## ——张映吾同志在太行新华日报欢迎茶话会上谈

一帆 整理

前延安《解放日报》新闻编辑部主任张映吾同志，由延赴山东，路经太行，带来总社对各解放区分社及报纸工作的几点口头意见，于太行新华社日报干部欢迎茶话会上传达。本文发表于太行新华分社编的《通讯工作》第三期，特为转载，以供各地新闻编辑和通讯员同志参考。

党的新闻事业，也就是人民的新闻事业，经过多年来的艰辛缔造，获得了很大发展。但几年来虽然积累了一些经验，还没有很好加以整理；虽然也培养了一批新闻干部，但也还不够用。反攻以后，据博古同志谈，全解放区（连油印小报在内）的新闻工作干部只有数□人，如果进了城市，更大大不够用。所以中央曾经指示任何人不准抽调新闻干部，总社也曾登记过各解放区的新闻干部，意思是希望这批干部不要改行。今天同志们提出：希望总社多负责交流经验、举办新闻学校、培养新闻干部的问题，确是重要，当建议总社考虑。

这里我把总社对各解放区分社及报纸工作几点口头意见谈谈，也许对同志们提出的许多问题，可以作一总的答复。

一、地方报纸与本区实际联系的问题

几年来各个解放区的报纸有很大发展，较之我们在苏□时代只有一家报纸——《红色中华》是强得多了。但办来办去都和《解放日报》差不多了，只是版面大小、标题大小不同而已。因此，今后地方报纸应该面向本区读者——人民，而不应面向全国，正如毛主席指出：应该给本区几百万人民办报，而不是给新华社办报（即是说用新华社电讯过多），只有这样才能指导本区现实斗争，做到全区办报。这样就要求我们在新闻处理上明确：地方报首先应该立足于本区，除了全国性重大问题，鲁南□军大捷外，就应多宣传本区。因为宣传吴满有，远没有宣传太行英雄对太行推动作用大。

二、报纸的战斗性与批判性问题

加强报纸的战斗性，就是紧密与当地区实际工作结合。报纸的战斗性不仅是表扬（这是主要的），而批判也是一个党报对工作指导的重要问题，这样才能表现战斗性与发挥指导作用，如一月十九日太行新华社报载陵川两个干部铺张浪费的消息，在提倡艰苦奋斗生产节约的今天，适当进行自我批评，对工作的指导意义是更大的。路过潞城、黎城就听到当地干部引起很大的警惕。当然，在处理上应慎重并与各地党委密切配合，像区专署负责同志对陵川干部浪费问题处理与答复的做法，就是密切配合的例子。

正确的自我批评，不会也不能被敌人利用，这就应该注意多表扬，从表扬中批判坏的，单纯表扬，光说"好好好"，反会引起外界人士的怀疑。事实上世界上也不存在没有一点缺点的事，正像我们过去报导议员开会一样，如果我们只报导会议进行如何顺利、如何融洽，而没有一点争议，反而看不出解放区的民主自由空气。相反，我们报导了各阶层参议员发言、争论或向政府质询，最后取得一致意见，倒使人真正体会到解放区真是民主自由幸福。

三、报导方式上的人民立场与民族立场问题

也就是报导上少发议论，多做客观事实报导问题。许多外国记者常用此问观察家、中间人士、权威人士、消息灵通人士发表言论如何如何，从来很少说记者认为如何。我们则常正面出头，侃侃而谈。我党中央每一个主张、意见都□是人民意见为依□，反映人民要求，代表爱国主义、民族利益的。我们要紧紧掌握这一原则。国民党反动派是懂得利用人民立场民族立场的，因此它常常标榜"爱国""民主"……过去我们对此注意是不够的。譬如对中苏英美四大强国问题，以前我们曾认为蒋介石不能代表中国，不配列入四强，不愿标四强如何。其实这是错误的，因为忘掉我们自己。蒋固然不能代表中国，可是我党领导的抗战军民，是可以列入四强而无愧的。

四、关于典型报导问题

总社希望我们，一般报导和数目字少一些，除非必要的总结，一般场合下都远不如典型的生动的事实效用大。如：晋察冀报导张家口女烟草工人的生活情形，就曾引起北平女工注意，纷纷函求北平《解放报》介绍，要到解放区来工作；新华总社转播的《小山东转变》一文，平沪一带反映很好；晋冀鲁豫总分社介绍邯郸通用私营汽车公司等劳资合作情形，引起蒋管区工商资本家注意。除内容上要选择典型外，而且还要注意标题和手法上的形象化与趣味性。正如同志们所说：《一幅新富贵图》就比《李顺达发家故事》好，《剥开皮来看》就比评《蒋介石密令》生动吸引人，毛主席写《请看今日之域中，竟是谁家之天下》一文能引起全国人士注意，原因即在此。因此，我们应特别注意侧面地、多样地去处理新闻，要单元多范围广，才能吸引人。

五、关于新闻通讯写法问题

上边已谈到一些，这里再着重谈谈。首先是新闻真实性，无论如何不能歪曲事实、扩大事实、报导失实，只能达到暂时的目的，将来水落石出，是得不偿失的。当然有关宣传策略问题时，可以考虑是否发表、少发表或晚发表，如上党战役，依据当时情况，地方报纸是可以宣传的，但如向全国宣传，过分刺激不好。其次是多谈事实少下结论。我们起先是事实少，议论多，后来是由事实得出结论，但都不如只报导事实，由读者自下结论。再次是形象化与趣味性问题，我们过去注意不够。这里举些好的例子说明：如晋冀鲁豫总分社记者写访问刘师长，他在描绘接见场面时，写刘师长如何悠闲，隔壁的马达如何叫唤，在军事紧张环境中，衬托了刘师长的指挥若定。较之正面的空洞的写法能引人入胜。美名记者斯诺在《苏联□记》中写火焰农场一位女英雄时，只用这位女英雄因为没有消毒不让他进牛舍参观，烘托出女英雄对牛是如何爱护，这一点，正可以看出英雄之为英雄了。美记者罗尔波在写《高邮被炸目击记》中，用空袭后农民对他——作为一个美国人的新闻记者的怒目而视，轻轻地描出中国人民的正义的愤怒，而在最后说：马歇尔、魏特梅耶一再声明没有援华内战，最好请他们到高邮街上来看一下，十分巧妙。美斯特朗老妇人写蒋介石到庐山乘凉，马歇尔满头大汗奔波南京庐山之间，全文没有一句骂蒋介石和批评马歇尔的字眼，但美国人读了，对于蒋介石十分不满，对美国特使马歇尔也很不满，认为有失尊严。又如《大公报》女记者彭子冈在《张市漫步》中，用这儿没有"接收"，只有"缴获"的对比手法，表现出国民党与共产党对待日寇的态度是截然不同。又她在《再会》中，写数次访问宋庆龄未晤，最后一次宋美龄仍说不在，但宋庆龄恰于楼上下来，宋庆龄未能与她多说话，只道了一声"再会"，这篇不过数百字，却把宋庆龄被国民党特务软禁失掉自由的事实揭穿。这些都告诉我们，新闻通讯写作上的形象化与趣味性，在宣传上是如何重要。第四是熟悉群众语汇问题，毛主席说话写文章都能深入浅出、雅俗共赏，其原因即在此，如整风文件中的"墙上芦苇，头重脚轻根底浅，山间竹笋，嘴尖皮厚腹中空"，都是熟悉群众语汇最好表现，每一个同志都应注意。

六、关于新闻处理问题

地方报纸内容，可以根据本区情况灵活安排，除中央重要文件言论外，与本区斗争无大关系的社论也可以不登或摘登，国内外消息也是一样。军事报导、重大消息外，最好单独综合发表，如一月军事情况等。在标题版样上，只要不损害党报尊严，可以尽量活泼，但应视各地群众的喜好而定。如群众嫌转弯过多，就可以多排方块。总之，为人民服务把报纸办好，时刻记住是为人民办报，而不是为新华社办报，要给人民，不能光要。全党办报，在各地说来，也是全区办报，不能下命令要全党办报，只要为读者（人民）服务，一切均无问题。

最后，再解答两个问题。

一、新闻面宽与篇幅小的矛盾，是各地区报纸共有的问题。我认为只有压缩精编。编辑编辑，"编"得好就是要把本区以至国内外新闻，只要是重要的，都编出去，但东西多、篇数少，所以非压缩精编不可，能压缩一句一字都好，有时新闻导语也可不要。标题字要少，三四行标题不必要。一般的标题有两种，一是对联式，一是口语式，但无论如何不能大。排版方面，一般可多排短栏，比较好看。至于照顾地区和通讯员，则可采用简讯方式。再则是改进报头，不一定都用新华日报社样式，报头很大，两边都占个框框，铅条可改得更窄一些，标点可用半点。总之，一切为了多登东西。

二、短与内容问题，不是绝对矛盾，但必要的长以外，一个新闻不应面面俱到，应提倡一个新闻解决一个问题，新闻要新而短，同一天版面可组织新闻、通讯、评论等等多样化，但要分开新闻通讯不能混淆。开大会的长消息要改进，一般人讲话都可不要或摘其精神特点，而主要应该反映群众的生动场面。编辑改稿应尽量删，但不等于不加考虑一笔勾销，而应像博古同志所说的，"人言我不言"，不重复。特别是四版应短而精，多搞些花样，像开馆子一样大餐小吃俱全，但也应注意配合中心。

（《晋察冀日报》1947年4月24日）

# 谈文艺问题

## ——在边区文艺座谈会上的发言

周扬

这次座谈会开得很好，交换了文艺工作的经验，讨论了当前文艺运动的问题，提出了今后工作的意见。根据大家讨论的结果，中央局作了关于开展文艺创作、乡村文艺运动、部队文艺工作的三个决定，这是这次会议的重大收获。在这次会上，听了同志们的发言，我也学习了许多东西。现在就大家所提出和讨论的问题，发表一点意见，同时也是对上述决定作一些解释，供同志们参考。

这些决定的总的精神是什么呢？

就是要：进一步发动与组织文艺界的力量，反映伟大爱国自卫战争，反映有空前历史意义的土地改革，反映大生产运动，表扬群众的新英雄主义，使文艺无愧于这个新的群众的时代。

就是要：进一步发动与帮助工农兵积极参加文艺的创造，自己反映自己的生活和斗争，使新生的工农兵文艺得到丰满茂盛的发展。

总之，就是要：文艺更好地为工农兵服务，文艺工作者与工农兵更好地结合，进一步贯彻毛主席的文艺方针。

边区文艺工作者，抗战后就在敌后艰苦斗争环境中做了许多的工作，有不少的贡献。特别是毛主席的"文艺座谈会"以后，由于文艺工作者的人生观、艺术观得到改造，实践了文艺与工农兵结合的方针，产生了不少优秀作品，同时由于群众文艺运动上正确地提出与执行了《穷人乐》方向，乡村文艺活动有极大的开展，边区文艺进入了一个新的阶段。但是比起九年来边区丰富的斗争历史与当前丰富生动的实际，文艺创造上的反映仍然是显得薄弱的。进一步展开文艺创作就有十分的必要。

文艺工作的中心问题就是创作问题。

"文艺座谈会"以后，文艺创作的各个部门，不论戏剧、音乐、小说、诗歌、木刻、绘画，都出现了新型的作品。它们在内容上反映了工农兵的生活和斗争，形式上采取了工农兵熟悉喜爱的形式。这种作品的产生是经过了一个相当时候的酝酿过程的。这就是文艺工作者的思想情感与工农兵群众的思想情感逐渐融合的过程。这种作品是产生得还不够多的，简直可以说，还太少了。干部与群众要求文艺忠实地反映他们的事情，表现他们的思想情感。这种要求是迫切的、正当的。文艺工作者能及时地胜任、愉快地满足他们的要求吗？在他们的要求面前，能够逃避责任或敷衍了事吗？文艺工作者在整风后对自己作品要求更高了，对人民的责任感更加强了，因此在创作上也就更加慎重了。同时不少文艺工作者做了行政的工作。另一方面，对创作鼓励不够，出版文艺作品较少，也是创作活动不够旺盛的原因。

这次会上，许多同志认为今天应当从各方面来鼓励创作，要来一个创作运动，这是很需要的。有的同志甚至尖锐地说一个作者创作上有些毛病不一定算是错误，只有搁笔不写才是错误的，我想这种精神是很好的。文艺工作者已经并且正在继续经过各种努力与群众实际斗争结合，这给我们的创作提供了有力的保证。积极地写吧！时代太伟大了，我们需要写！群众斗争中的英勇事迹太多了，我们需要写！一个新的人民文艺的时代正待我们创造，我们需要写！

中央局关于开展文艺创作的决定，就是给大家出了题目，号召大家写！

主题是确定的：文艺工作者应当而且只能写与工农兵群众的斗争有关的主题。文艺工作者所熟悉、所感到兴味的事物必须与工农兵群众所熟悉、所感到兴味的事物相一致。文艺工作者必须真实地反映群众的要求和情绪，而且站在一定的政策思想水平上回答群众从实际斗争中提出的问题。文艺反映政治、服务政治，主要就是把群众在斗争中及执行政策中的丰富经验加以吸收、消化，生动地描写出来，使这些经验反过来再普及到群众当中去，并且借文艺之力，潜移默化，深入人心。所谓"主题是从作家经验而产生的思想"，这就是说作品不能从概念出发，而对于一个革命作家来说，他的经验又必须同时是群众的经验。如果□没有经验过群众所经验的，他就必须到群众的生活和斗争中去学习与了解他们的经验。作者愈深入到群众的生活和斗争中去，他对主题的选择与处理也就愈自由并且自然而然合乎政策，不致捉襟见肘，显出勉强和拘束的状态。文艺工作者观察生活、批判生活的能力也只有在群众实际斗争中才能正确地养成和发展。

郑红羽同志所谈抗敌剧社的入伍经验是很好的。他提供了文艺工作者思想情感改造的生动例证。部队文艺工作者在与战士一起生活一起战斗中，自然产生了爱兵的思想。爱兵，也就能爱兵之所爱，恨兵之所恨。从战斗中更体验了战士的伟大，感到自己渺小。这种思想感情的变化是很重要的，这正是深入连队的一个具体结果。

文艺工作者深入工农兵群众的生活与斗争，在今天仍有头等重要的意义。

写真人真事，是"文艺座谈会"以后文艺创作上的一个新现象，是文艺工作者走向工农兵，工农兵走向文艺的良好捷径。群众创作相当大一部分是写真人真事的。《穷人乐》以及许多作品都是如此。真人真事，有模特儿，比较容易表现。而且本地的人物事件，大家熟悉，感到亲切，因而也易于收到教育的效果。文艺工作者写真人真事的作品，较早的，如《一个女人翻身的故事》，是为大家所称道的，英模会上文艺工作者写的英雄传，其中也有不少的佳作。边区的《李国瑞》在写真人真事的作品中应当占有一个突出的地位。它反映了真正士兵的生活和情感，又写了部队领导思想作风的问题，语言又是很成功的，这称得上是一个优秀的剧本。

也许有人要问：写真人真事，即便写得再像，岂不也只像高尔基所说的"一幅失掉社会教育意义的照相"吗？文艺上创造典型的任务能够放弃吗？创作缺少想象，那还成吗？这些问题，我想是不成问题的。我们写的真人真事大半是群众中的英雄模范人物和英雄模范事迹，他们本身就是新社会中的典型，就带有教育的意义。当然，写了英雄模范，也不等于就创造了文艺上的典型。大家都知道，要创造一个新人物的典型，作者必须熟悉许多新的人物，把他们最本质的特点概括在一个人物身上。文艺工作者一般地与工农兵群众还不过是开始结合，他们创造典型还比较困难，而写群众中实在的人物正可作他创造典型的准备。写真人真事，不能有想象吗？事实并不是如此，是容许而且需要想象的。作品中想象的贫乏基本上是由作者生活的贫乏而来的。一个文艺工作者，当他还不熟悉工农兵群众的生活和斗争，他的思想情感还没有与工农兵的思想情感打成一片的时候，那就不管他写什么，是真人真事也罢，不是也罢，他的想象的翅膀总是飞不起来的，要飞就会飞回到小资产阶级的空想去，结果除了迷失方向以外，再不会有别的。我的意思，并不是特别着重写真人真事，而只是一般地着重写新的人物和事件。文艺工作者必须学会描写新的人物。

新的内容要求新的形式来表现，而技术就是赋予内容以一定形式，求得内容与形式和谐的一套方法、一套手段。内容决定形式，思想指导技术，这是确定的，没有问题的，但是形式对于内容也发生一定的影响，我们不能轻视形式、轻视技术。"文艺座谈会"以后创作活动上的主要特点，就是内容为工农兵，形式向民间学习。我们在民间形式的学习上是有很大收获的。现在已经不再是简单地"利用旧形式"了，而是对民间形式表示真正的尊重，认真地学习，并且开始对它加以科学的改造，从这基础上创造新的民族形式出来。文艺上的民族新形式正在生长与发展的伟大过程中。今天各种形式，新旧交错，杂然并陈，有的是新生的，有的是过渡的，新生的有的已经成熟或接近成熟，但许多还是幼芽，其中也有不一定能成长的。我们面前是一片新生气象。所有这些形式，只要是群众所喜欢所能够接受的，都应该让它们有自由发展的机会。让群众去选择吧！群众一定会挑选出最适合于他们的，因而也是最适合于我们民族的东西，而一切不适合的东西，最后必然要受到淘汰。文艺工作者的任务就是以十分注意的态度去寻找与发现群众所熟悉所喜欢的形式，细心去研究它们，加以分析综合，提高一步。在这里，技术就作为科学方法被使用，学习技术是需要的。我们所反对的：一是那种单纯技术观点，认为技术无须受思想指导，有了技术，可以解决一切问题；二是技术上的保守主义，把技术固定化、神秘化，不敢突破一步，没有创造精神。学习民间形式，也不是单纯着眼于形式，主要还是学习群众表现他们的生活、思想、情感的方法。同时学习民间形式是为了改造与提高民间形式。学习民间形式中，学习民间语言是特别重要的。

主题、题材、语言、形式等等问题解决了，创作的问题也就解决了。而这一切问题都不是在书斋中能够解决的，只有积极参加群众的斗争，同时积极反映他们的斗争，实践、创作、再实践、再创作，这样再三反复，才能解决。

文艺工作者除了自己的创作的任务外，另一个主要的任务就是帮助工农兵自己的文艺活动，与他们合作，向他们学习。边区的群众文艺运动，它的规模与深度都是惊人的。中央局关于开展乡艺、部艺的决定中已作了正确的估计。根据去年底的统计，冀晋村剧团就有一千三百八十一个，冀中村剧团也是很活跃的，数字没有统计，据估计也在一千以上。在村剧团中出现了像柴庄那样模范的剧团。他的创作道路与密切联系群众的作风，特别值得学习。群众创作，冀晋出版的已有十二种（这当然只是从群众创作中挑选出来的极小极小一部分）。在土地改革中，涌现了像安国护持寺那样的翻身剧团，群众创作了许多翻身民歌，我看过一些，非常之好，应当加以搜集、介绍、出版。说新书的也有不少，陕甘宁有个韩起祥，我们这里也有个王尊三，他的作品是很多的。今春美术工作者与武强民间画匠合作，创作了十一种年画，销售达四十万份以上，这可以说是美术运动上的创举。边区乡村文艺运动所以有这样大的发展，固然是由于群众在政治上、经济上、文化上翻了身，但同时也是由于领导上提出并贯彻了《穷人乐》方向得来的。正如乡艺决定中所说的："《穷人乐》的方向是毛主席文艺方针在群众文艺运动上的具体实践。"劳动群众在文艺上表现了他们丰富的创造性，《穷人乐》的方向就是积极地肯定与充分发扬这个创造性。连队文艺活动也是活跃的，战士们把自己的生活和斗争反映在墙报、歌咏、快板、绘画、戏剧上。《穷人乐》的方向应在连队中也得到贯彻。工厂文艺活动较少，工友们都希望文艺工作者去帮助他们，他们说文艺为工农兵，把一个"工"字丢掉了，应当引起我们的注意。

边区文艺工作者在乡艺、部艺工作上已有很多宝贵的经验，值得我们大家研究。我在这里仅谈谈以下两个问题：一是在文艺创作上向群众学习的问题，一是从群众的需要与自愿出发的问题。《穷人乐》的成功就是虚心向群众学习得来的。群众有卓越的创造才能，我们必须信任他们的才能。群众有自己的文艺传统，又受过新文艺的影响，自己多少有一些文艺的经验，我们必须尊重他们的经验。特别是群众固有的文艺形式，我们必须特别予以重视。边区民间形式的储藏听说是丰富得很的，这是人民的财产呀，民间艺人常常就是这些财产的不被注意的所有者、保存者。为了学习和创造，我们访民间艺人做师傅吧！为了建立乡村文艺工作上的统一战线，团结民间艺人为新社会服务，并改造他们，我们也需要与他们很好合作呵！只有当群众学生，才能当群众的先生，这句话在这里不是一样适用吗？对民间艺人，采取排斥或轻视的态度，是不对的。当然，在文艺创作上向群众学习，不只学习他们旧的经验，同时要学习他们的新的经验。而且旧的民间艺人经过改造之后也就变成新的民间艺人了，赵玉山就是一个典型。群众的创作虽还是萌芽状态的，却正充满了生命力，必须十分爱护培植它们，在修改与润色它们的时候，必须注意保存与发挥它们原有的农民文艺的特色。文艺工作者应该多多地从它们吸收健康的养料，而不是以知识分子或小市民的所谓情调去渲染它们，结果将它们糟蹋。学习民间文艺对新文艺建设有极重要的作用。

在群众文艺活动上，我们又必须坚持"群众的需要与自愿"的原则。一切应从群众的需要与自愿出发，而不应从文艺工作者的主观愿望、热情、兴趣出发。应当充分顾及我们今天的环境与条件：一是大规模战争，二是农村分散，三是群众文艺活动是业余性质，不脱离生产。这三点就规定了：乡艺活动一般应有季节性，以本村活动为主，创作上多采用小形式，村剧团经费由自己生产解决。村剧团开销大小，常常可以左右群众对剧团的态度。村剧团是为群众服务的，不应加重群众负担，一切铺张浪费脱离群众的作风习气都必须克服。这些问题，在乡艺的决定中，已规定得很明确，我不必多说了。总之，边区群众文艺运动已经有了广大的基础，不管条件如何困难，它一定能够坚持与发展的。我们必须以更艰苦的努力来进行工作。文艺工作特别需要耐心、毅力与持久精神。

我们正处在全国性革命斗争的大风暴的前夜，让我们更深入到战争中，到群众实际斗争中去吧！用我们的笔，并且也用群众自己的笔和口，把这个伟大的时代从各方面，用各种形式反映出来吧！

(《晋察冀日报》1947年4月26日)

# 学习新作风

## ——《王元寿访瞎牛》读后感

戈夫

《王元寿访瞎牛》一文读后,会给我们一个很深刻的印象。它不仅是生动、具体、深入的一篇好通讯,简直是以活生生的事实,写出的干部学习材料。更确切些说,可以作为整风文件读。

因为它向发动群众中的高高在上、走马观花、主观急躁与消极等待,以及单纯的干部路线和个人英雄主义的工作作风,宣了战!要么,来一个工作作风大革新,学习王元寿放下架子,以访贤的精神,走阶级路线,深入群众,发动群众;要么,仍把"走群众路线""深入群众"等当作教条,停止在口头上空喊,仍抱住旧的一套不放。前者表面上看来,似乎简单,做起来确乎不易!工农出身的同志还好说些,特别非工农出身的知识分子与地主富农成分的干部,就要难些。首先,要有坚定不移地为工、农一心一意服务的信念。也就是"叛变自己原来的阶级",这是第一关。但只是主观上有了这么一个信念,是非常不够,而又非常脆弱的,只有深入下去,在实际斗争中去逐渐考验,逐渐坚定起来,才是可靠的。但工农在贫困的缠绕下,简陋、肮脏与思想迟钝等,就必然是"深入下去"必过的第二关了。这一关如不能咬紧牙关胜利跨过,即什么"为工农服务"呀,"为农民翻身"呀……叫得天响,也只能是写在广告上的动听的词句而已。第二关的顺利跨过,着实需要下一番苦功夫才行!因为"瞎牛是个五十开外的老汉,一把花白胡须,破衣烂裳,脏手脏脚,样子实在难看"。你不但不能嫌他"难看"且要"偏爱这样的人"。当你接近这些"偏爱的人"时马上就会感觉他们迟钝、"落后"、"不觉悟"……

你问他什么好不好？他会不加可否地回答："都不赖，都不赖……"这时你又不但不能心烦意躁或消极不理，反要体贴他们、同情他们，王元寿做到了。"瞎牛家里吃什么，老王也跟着吃什么。瞎牛下地，老王也跟着下地。去由生活上打成一片，建立感情，再逐渐"启发诱导，提高其觉悟程度，以至敢于起来翻身斗争。这是一个多么烦琐、细致与曲折耐心的过程啊。如果没有"对人民高度的热爱与忠心"的话，将是难于想象的事。但我们必须要决心学得，因为学会了它，在工作中就可以少走许多弯路，把群众发动起来。学会了它，在群众斗争中、领导上，一些不必要的纷争就会追清责任，找出是非，求得正常解决，而不致使"别有居心的人"有机可乘，造成工作中的遗憾。因之，在今天（或今后）这样复杂而富有伟大历史意义的土地斗争中，像王元寿式的工作作风，该是何等急切地需要啊！（新华社察哈尔稿）

（《晋察冀日报》1947年8月9日）

# 钢铁三大队的墙报是怎样办好的

冀晋子弟兵报社稿

冀晋三大队自成立以来，墙报工作就始终没有搞起来，原因是：

一、干部强调游击部队不能建立墙报，有墙报也没处贴。

二、干部看不起下级来，以为战士是"土包子"不能写稿。

三、干部战士在思想上重军事，轻文化，认为墙报是多加麻烦。（如召开通讯会议时一中队田政指说："那还不是白麻烦，能起什么作用。"）

四、领导上不重视，一般光忙于中心工作，有时布置一下，也不检查，思想上就认为"搞起来好，搞不起来也就算了"，也不开会研究讨论。

## 墙报如何建立起来的

自从立功以来，发现了不少英雄模范，怎样表扬这些英雄模范呢？干部开始认识到墙报是最好的地方了。于是首先召开了个通讯工作会议，排级以上干部、文书也参加，将平定大队通讯工作、四区墙报的建立等，作了个详细的介绍与传达，具体讨论研究了一次，确定墙报一定要开展起来，由各队政指、文书专门负责搞，限定三天出版，并选出了墙报委员，当场号召每人一篇稿运动，有人提出不会写等困难，马上就规定了代笔组，写好后部队修改。

可是到三天头上部队又要执行任务去，大家都要休息，叫出墙报，各队文书都睡觉去了，找干部，干部也要准备执行任务，谁也不待管。后来在行军中，才发动特派干事，大队部文书张拴牛、一中队文书郭如意、卫生员刘玉林等人，共写了八篇稿子，第一期才算勉强出版了。在这一期中，主要表扬了行军中的一些好样子，和一些动员稿子，可是因执行任务，大家没有很好地读。结果出了一期就不出了，执行任务以后，又召开墙报委员会研究了一下，决定先从二中队开始搞，检讨了失败的经验，召开支委会，进行动员，然后传达到每个党员身上，党员起保证作用和模范作用，干部亲自动手，起带头作用：由武政指、贾副队长、文书、各个排长，每人先写了一篇，又从支部发动党员每人一篇稿的运动，这样就写开了，头一次来的稿件大部是表扬，特别是阎掌战斗缴了枪，稿件更多了，渐渐战士稿也有了，这样二中队的墙报就搞起来了。

一中队还没有稿，就叫田政指和文书来参观二中队的墙报，这给一中队的干部刺激很大，回去就下定决心要搞，"人家二中队能搞起，一中队就搞不起来？"于是由干部带头，党员保证，推动战士群众，当时的口号是"不要质量，只有来稿就行"，这样群众性的写稿运动，也就开展了。二中队是《快报》，一中队建立《飞报》，每五日出版一次，四月份开始至五月底，两个中队出了二十余期，稿子数量达三百余篇，开头是干部稿子多，战士稿子少。后来转变为战士的多，干部的少。如一中队第二期，战士七篇、干部九篇，在第五期上干部的稿子两篇、战士十九篇，从这个数目比较来看，写稿是比较普遍了。同时质量上也逐渐提高了，写得很生动很具体，如二中队的《快报》第五期，战士王三亥对排长的建议："咱们二排长很不关心一排的战士，昨天晚上来到北温川村，因为住房问题说话不客气，结果一排的房子二排住了。"这篇稿是很生动而且一些词句也很好。

### 墙报起作用很大

一、提高了每个战士的学习热忱。战士都要求买铅笔，订识字本子，文化水平提高了一步，都是主动地搜集材料，往墙报上写稿，写稿人占全队三分之二强。（一中队占百分之八十）如：一中队何巴虎是放羊工人出身，一字不识，二个月识到五十多个字，二中队韩玉金识一百余；有的也能写墙报写稿子了，一中队通讯员潘六小同志，一个字不识，从建立墙报后，他积极搜集材料，找人代笔，每次墙报都有他的稿子，一月还识下二百字。

二、提高了政治情绪。二中队吴有生过去是个伪军，在东黄龙战斗时空手缴到了一支三八枪，写墙报表扬了他的勇敢和积极，使他在战斗中更勇敢了，每次战斗都要缴到武器，共缴步枪四支、轻炮一门。一中队何巴虎，帮助群众工作好上了报，不但他帮助群众更好了，而且还要推动大家帮助。又如刚打开三区，战士们要请假回家，吴从生在墙报上写了《劝大家》的快板，大家看了，请假的减少了。

三、改造落后分子。一中队贾清、陈双程，二中队武殿常、郭有堂、陈爱发等有的是调皮的，违反纪律的，有的是光讲怪话的，有的死气沉沉有右倾情绪的，有的战场怕死的等，给他们写了墙报，他们看了心里害羞，就写自我反省稿件。如一中队王月凌反省说："过去我那样落后对不起大家，今后报上登我的好例子吧！"后来在井显战斗时他很勇敢，还缴了武器。

四、发扬了民主作风的管理教育。有什么问题就在墙报上发表了，如二中队二排长的打人不对，马上在墙报上给发表出来了，武政指的态度不好，也上了墙报。发扬自我批评，如李同厚破坏了公物，他自己就在墙报反省坦白，是自己的不对，有些和群众不好的也上了墙报。

五、培养了工农通讯员。稿子战士占多数，战士稿送子弟兵的就十八篇。

（《晋察冀日报》1947年8月21日）

# 反对客里空作风，
# 建立革命的、实事求是的新闻作风

周扬

我们的报纸，从土地会议后，有了进步。它的作风改变了。它有了实际内容，有了指导思想，并且努力采取了群众化的形式。

这以前，我们的报纸是令人很不满意的。它登过好些不真实的，以及没有立场的新闻，它染上了客里空的作风。这种作风现在是在努力克服着；但它并没有肃清，随时随地都有侵蚀我们报纸的危险。反对客里空，还是今天新闻工作中一项要紧的任务。

大家知道，客里空是苏联剧本《前线》中一个信口开河的记者。他代表了新闻报导工作中的一种最恶劣的倾向，一种讲假话、吹牛拍马、无是非、无原则的倾向。有客里空的地方，就没有真实，就谈不到批评和自我批评。

目前党内不纯，客里空的危险性就更大了，它时常和地主富农思想搅在一起。客里空捧戈尔洛夫，戈尔洛夫不管怎么样总还是革命的，现在我们的有些客里空，却曾经替地主富农涂脂抹粉，歌颂地主"开明"，甚至把地主、富农分子、流氓分子描写成"英雄""模范"。过去我们的土地改革明明搞得不彻底，可是这些客里空们却曾经大吹特吹什么"全县土地改革胜利完成"哪、"全部贫农上升中农"哪、"赤贫绝迹"哪。这一类客里空，已经不是普通一般的客里空，而是地主富农思想的实际的代表。他们之所以要夸大和捏造土改的成绩，实际就是自觉地或不自觉地代表着地主富农的利益和观点来麻痹我们。报纸上有了这一类客里空的地位，就使党的报纸在某种程度上不自觉地充作了宣传地主富农思想的讲台。

客里空当然不只反映地主富农思想，而主要地还是反映小资产阶级在政治上和思想作风上的投机性、迎合性。他们不是依照群众中的实际情况来报导，而是专看某些领导者要什么就给什么。他们不是有一分讲一分，而是有一分讲成十分，没有的也可以讲成有。他也可以把十分讲成一分，或者讲得没有。他们的天性是善于迎合，扯谎是他们的本领。领导上有官僚主义，他就天天给你假报告，迎合你的官僚主义。你要他讲真理，他就把真理夸张成这样的程度，使它变成真理的反面。他一切都从表现个人出发，他对党、对人民毫无责任的感觉。这种客里空，新闻工作的队伍里面有，其他一切工作部门里面也有。这是一种毫无党性，毫无阶级立场因而也没有人民立场的人，是一种品质很坏的人。

客里空作风和我们许多同志在观察问题、反映问题上的粗枝大叶、道听途说、捕风捉影、从想象出发等等不踏实的毛病也有很大的关系。这些同志的动机倒不一定是坏的，就是思想方法、工作方法不对头。不要看客里空是个坏名字，我们细细地检查一下，我们自己平常讲话、写信、作文章、编报，不也常常有意无意、或多或少地犯了客里空的毛病？我们还很缺乏实际进行调查的习惯，还很不善于精密地思想、观察和分析，因而往往不能准确地叙述和论证一件事情。冷静头脑和革命热情还没有很好地结合。片面性还是大得很，讲好就一切都好，讲坏就一切都坏，我们凭耳朵的时候比凭眼睛的时候要多。许多新闻报导是单纯从干部谈话或汇报听来的，而很少是记者亲自深入到群众中去，亲自用眼睛去看，直接向群众作调查得来的。因此常常把计划中的事情当成已经完成的事情，把估计当成事实。当编辑的因为常年坐在房子里，往往缺乏判断一个稿件是否真实的充分能力，有的还由于在改稿时不细心、不负责，甚至自作聪明，以致使本来还真实的新闻变成不真实，本来不真实的新闻就更不真实了。许多不真实的新闻来源于没有调查或调查不确实，这些新闻的供给者主观上不一定是客里空，但客观上起了客里空的作用。

客里空是一种有害的东西，它欺骗党、欺骗人民，使领导和群众脱离，阻塞批评和自我批评，助长领导上的主观主义、官僚主义、万事大吉的自满情绪，减低党报在人民眼中的威信，减低人民对党的信任。

所以我们的报纸一定不能有客里空的作风，一定要建立一种党报、人民的报纸所应有的革命的、实事求是的作风。这后一种作风应当是什么样子呢？列宁在《论我们报纸的性质》那篇文章里面有段话是说得最好的了，他说：

"少登载些政治的空谈，少登些知识分子的议论，多接近些生活，多多注意工农群众在事实上、在其日常工作中怎样在建设新的东西，多多检查这种新东西有多少是共产主义的。"

这就是说，第一，要真实地反映工农群众的实际生活，特别要注意他们生活和工作的日常的方面。列宁和毛主席总是叫我们注意日常的东西，因为日常的东西是最具体的，同时也是最带大量性、普遍性的。第二，要留心去发现生活中的新的东西，同时还要加以分析，要检查其中有哪些是有发展前途的，即是合乎历史要求的，有哪些是并不好的，因为并不是一切新的都是好的。当然新东西的一切萌芽都需要十分加以注意，好的则加以爱护和培养，这是列宁常说的。毛主席也说过：要有新鲜事物的感觉。因此，一个党的新闻工作者必须具有明确的阶级立场和观点及一定的政治敏感和远见。党的报纸不但要叫人们看到眼前的事情，并且要看得比眼前更远一点；它必须启发人们思想，引导人们前进。上面这两点，是新闻工作的基本方法，也是一切革命工作的基本方法。客里空的作风是正相反的。他既不去真实地反映群众的生活，更看不到生活中任何新的前进的东西。客里空本身就是一种腐朽透顶的作风。

那么，如何来展开反客里空运动呢？首先，新闻队伍必须切实整顿。每个新闻工作者都应严格地检查自己的思想、立场、作风。必须认识自己作为党的喉舌、人民的喉舌的责任之重大。客里空就是对党、对人民不负责、不忠实，就是没有党性、没有无产阶级起码的道德。必须在新闻工作者中间展开批评和自我批评，揭发客里空及其他坏倾向。编辑、记者应经常学习讨论党的政策和毛主席的著作，提高自己的阶级觉悟与政治水平，应经常地轮流下乡，以增进对实际的了解。同时应加强报纸与工农群众和干部的经常的联系，不仅用报纸来教育群众，并且把报纸放在真正群众的监督之下，依靠群众来揭发客里空，而且也只有依靠群众，才能揭发。不但要揭发不真实的新闻，而且还要揭发来自任何工作部门的一切假报告。要在党内党外造成舆论，使客里空到处没有容身之所。此外，必须以雇贫农中的积极分子及与他们有联系的干部为基础，重新建立通讯网，多多登载工农的稿件。过去培养工农通讯员的工作是做得很差的，有些工农干部说，我们报纸只看得起知识分子的稿子，看不起工农的稿子。并且说，知识分子写东西总喜欢多讲点，工农分子写东西，讲漏的时候多，讲多了的时候少，这些话很值得我们注意。当然，工农分子中也有客里空，但是比较起来，工农分子是踏踏实实得多。必须用各种方法来鼓励和帮助工农写作；知识分子一方面帮助他们，一方面向他们学习。当知识分子学习了工农朴素的作风之后，客里空的作风自然而然地就会少了。

（《晋察冀日报》1948年1月28日）

# 改造我们的党报

彭真

我们的党报，是为人民服务的报纸，也是实现党的领导的重要工具之一，是指导党与群众的思想、与党内外一切错误及敌对思想作斗争的武器。是对敌斗争的思想武器，也是党的批评与自我批评的武器。党的领导机关，必须十分注意对于报纸的领导。报纸的每一句话、每一篇文章，都是代表党讲话的，必须是能够代表党的。它不是一个自由主义的报纸，或者是吃饱了饭无事干的、有闲阶级的文人们，想起什么写什么的"自然流露"，它的每一字、每一句都必须是对人民有用的和有利于人民的报纸，对人民、对党负责的报纸。一字一句，从内容到形式，都必须是真正有利于人民的，才可以登载，与此相反的就必须坚决改正与抛弃。我们的报纸和从事新闻工作的人员，应该依此标准来加以彻底的改造和提高。

必须使一切从事新闻工作的人员，全心全意为人民服务，为人民当孝顺儿女，勤勤恳恳地体贴与领会人民的要求、思想、感情和语言，这样才有可能为党与人民办一个好的报纸。党必须依此为标准，选择一批好的党员，加强新闻工作，组成一个能为战争服务，还能负担领导土地改革任务的坚强的新闻工作的队伍。各级从事实际工作的同志，应该经常负责为党报写稿。另一方面，现在的新闻工作同志，应该深入群众，参加土地改革，向工人、农民、群众学习，以坚定自己的阶级立场和观点，彻底改造自己。只有这样，才能把报纸办好，才能肃清目前弥漫边区、流毒全党、祸国殃民的客里空作风。

报纸的编辑形式、文风、语风，都应该服从于上述的政治任务和政治内容与思想内容，应该与群众采用共同的语言、共同的形式，树立为群众所容易掌握的和群众所熟悉的，即群众自己的形式，大众化的形式。应该以这样的观点研究我们的编辑技术，使技术更能有效地为政治服务，和科学地表现内容，而不是因袭或模仿资产阶级的技术。更不能以纯粹技术观点，来编辑报纸。因为我们的党不是无阶级立场的美术的党，我们的报纸也不是这样的一个纯美术的报纸，而是一个革命的战斗的武器。

  为了改造我们的作风，改造一切工作，就必须开展批评与自我批评。要表扬好的，批评坏的。表扬好的，对于坏的同时就是批评。

  表扬或批评是为了什么呢？是为了提倡一种东西和反对一种东西。日丹诺夫在苏联哲学讨论会上的发言，指出批评与自我批评是社会主义社会发展的动力。没有矛盾的斗争就没有进步，我们工作的进步，也是一样，要依靠批评与自我批评。我们对于工作中的错误和缺点，必须采取认真的态度，加以揭发批评和改正。但批评与自我批评不是简单地暴露，叫人丧气，而是为了提高士气，提高信心，把工作搞好。它是积极的，也必须是积极的。只要这样，也就不会使人丧气。我们这一次土地会议，还不是批评得很厉害吗？但我们大家并没有因此丧了气，反而使大家信心提高了。批评要合乎实情，哪些应该否定，哪些应该肯定，要恰如其分，并须有积极改进的办法，同时也不要怕为敌人所利用，即因噎废食，放弃批评与自我批评。

  我们的批评与自我批评，也要走群众路线，真正走群众路线，就要放手地进行批评与自我批评，彻底改造我们的作风，彻底改造我们的一切工作。我们的报纸应成为发扬批评与自我批评的武器之一。（一九四七年十一月七日在边区土地会议上结论的一节）

（《晋察冀日报》1948年1月29日）